浙江省哲学社会科学规划重点基地项目（12JDYW02YB）

浙江省哲学社会科学重点研究基地越文化传承与创新研究中心
资助出版

绍兴文理学院越文化研究院
（浙江省重点研究基地越文化传承与创新研究中心）
越文化研究丛书编委会（以姓氏笔画为序）

顾　　问　　安平秋　李学勤　黄　霖

委　　员　　王志民　叶　岗　刘毅青　朱万曙　汪俊昌　寿永明
　　　　　　李圣华　张太原　陈书录　赵敏俐　胡晓明　柳巨波
　　　　　　俞志慧　高利华　郭英德　徐吉军　钱　明　黄胜平
　　　　　　谢一彪　廖可斌　潘承玉

主　　编　　寿永明

执行主编　　潘承玉

越文化研究丛书

李先国 著

越地现代文学理论研究

中国社会科学出版社

图书在版编目（CIP）数据

越地现代文学理论研究/李先国著. —北京：中国社会科学出版社，2019.3
ISBN 978-7-5203-4016-8

Ⅰ.①越… Ⅱ.①李… Ⅲ.①中国文学—现代文学—文学理论—研究 Ⅳ.①I206.6

中国版本图书馆 CIP 数据核字（2019）第 021915 号

出 版 人	赵剑英
责任编辑	郭晓鸿
特约编辑	许洪亮
责任校对	石春梅
责任印制	戴 宽

出　　版	中国社会科学出版社
社　　址	北京鼓楼西大街甲 158 号
邮　　编	100720
网　　址	http://www.csspw.cn
发 行 部	010-84083685
门 市 部	010-84029450
经　　销	新华书店及其他书店
印　　刷	北京明恒达印务有限公司
装　　订	廊坊市广阳区广增装订厂
版　　次	2019 年 3 月第 1 版
印　　次	2019 年 3 月第 1 次印刷
开　　本	710×1000　1/16
印　　张	23.5
插　　页	2
字　　数	339 千字
定　　价	89.00 元

凡购买中国社会科学出版社图书，如有质量问题请与本社营销中心联系调换
电话：010-84083683
版权所有　侵权必究

自 序

一

　　文艺理论研究文艺的性质、特征和基本规律。它以文艺实践为基础，对文艺创作和文艺批评起指导作用。纵观已经完成的越地文学艺术研究，主要存在以下特点。一是对越地文艺实践研究比较多，而对越地文艺理论研究较少。例如，《中华文化格局中的越文化》《越地文学艺术论》《越中名士文化论》《越中人文精神研究》等都从宏观上对越地文学艺术进行了研究，但越地汉至魏晋时期的文艺理论如王充《论衡》中的"文气"说、嵇康《声无哀乐论》和《琴赋》（《嵇康集》第2卷至第10卷为文论卷）等著作中的音乐理论、阮籍《乐论》中的"自然本体"论，阮籍《达庄论》、《大人先生传》、《清思赋》和《咏怀诗》82首中的道家美学思想，明清时期影响公安派文论的形成的王畿的"现成良知"说和徐渭的"真我说"、祁彪佳的《曲品》和《剧品》等体现的戏剧本体理论、王骥德的戏剧创作理论、章学诚的"文德论"以及王守仁、刘宗周等的文学思想，等等，鲜有问津或很少进行具体研究。二是对越地作家作品研究多，而对其理论与批评著述研究较少。古代作家评传如《陆游评传》《张岱评传》等，现代知名作家评传系列如《柯灵评传》《许钦文评传》等主要基于作家的人生经历、创作成果等进行研究，对作家的文艺理论著作、序跋书评和直接的文学批评中体现出来的文艺理论观点较少论述。三是对著名人物的文艺理论研究多，而对名气稍逊的人物的文艺理论研究较少。例如，对周氏兄弟（鲁迅、周作人）的文学思想研究尤其多，对其"人的文学""儿童文学""平民文学"等观点的研究较为深入。仅以近30年对鲁迅的文艺思想所进行的研究为例，至少在3个方面取得较多成果：从历史观念出发确定了鲁迅文艺思想的形成过程及其在文艺理论史上的贡献与地位；通过人物比较显示了鲁迅文艺思想的个人特色；通过对鲁迅文艺思想本体内容的挖掘，说明鲁迅是一个有深厚理论基础的批评家。但是，对现代其他作家如刘大白的新诗理论、夏丏尊的文学教育思想、范文澜的《文心雕龙注》和《文心雕龙讲疏》等所涉甚少。因为曾经与鲁迅交恶，徐懋庸的文艺理论研究更是少有人提及。事实上，徐懋庸20世纪30年代陆续写成并合集出版的《街头文谈》《文艺思潮小史》《怎样从事文艺修养》等著述集中地反映了他对文艺理论问题的基本看法，体现了他的现实主义文学观、唯物论的文艺思潮观，初步形成了个人特色的文艺理论的基本体系。对于蔡元培、夏丏尊、范寿康、范文澜、胡愈之等名人，其文艺理论方面的成就在研究者那里往往被研究对象的如美学家、教育家、政治家、历史学家、新闻学家等身份所遮蔽。当然，更谈不上对越地现代文艺理论的系统研究。

因此，对越地现代文艺理论进行系统研究很有意义，具体体现在如下两个方面。

一是随着越文化研究的深入，系统地挖掘整理越地的文艺理论代表人物、主要著述乃至整体描述越地文艺理论的发展历程是一种历史必然，这是一项必须花上数年的大工程。而从越地现代文艺理论入手可以为完成这个大工程打下一个扎实的基础。

二是越地现代文艺理论既基于越地文学实践的历史发展，又上承魏晋时期的文学自觉、明清时期性灵派文论，同时深受外来文化的影响，如鲁迅对厨川白村的《苦闷的象征》的翻译、周作人对古希腊文明的推崇、夏丏尊所受《爱的教育》的影响、朱自清用现代解诗学和文学批评对古代诗文评的改造，范寿康对日本《美学概论》教材的直接翻译与借鉴，等等。正是在这一复杂过程中逐步建立了今日所谓的文艺理论学科体系，其中有许多经验与规律可以总结探寻。故而，研究越地现代文艺理论有可能为中西文论交流、中国古代文论的现代转换提供一个生动的实例。

对越地现代文艺理论进行研究的基本思路是：先从历时与共时双向坐标入手，找准越地现代文艺理论的历史渊源与时代因素，对越地现代文艺理论有一个整体轮廓的描述；接着挖掘整理越地现代有代表性的人物的文艺理论著述，对其著述形式、主要观点、产生和形成的原因进行具体阐述，展现越地现代文艺理论的生动个案与发展历史；最后总结越地现代文艺理论的地域风格与精神个性以及在中国现代文艺理论发展史上的地位与影响。

二

对越地现代文艺理论进行研究应完成以下主要内容。

一是梳理越地现代文艺理论的历史渊源。蔡元培1917年出任北京大学校长后采取的一系列改革措施中，包括在课程设置中将文学的课程分为通科和专科。通科的课程中新设了文学概论，设想讲授的是《文心雕龙》《文史通义》之类的内容。我们从中可以看出《文心雕龙》的影响，其所谈到的关于文体、创作、批评鉴赏的思考，都是后来的《文学概论》课程涉及的重要问题。由此可见，"五四"学者也确实意识到了传统文艺理论的价值所在。纵观越地其他文艺理论家对古代文艺理论的继承也是明显的。范文澜的《文心雕龙》注疏，周作人对明清小品文审美精神品格的继承与发扬等都可以作为这一问题的旁证。

二是弄清越地现代文艺理论的时代因素。1912年（壬子），蔡元培担任中华民国首任教育总长，于同年7月至8月召开全国临时教育会议，9月向全国颁布《学校系统令》；次年，陆续颁布各级各类学校令。这些条例与《学校系统令》合称"壬子·癸丑学制"。该学制接纳了近代西方的分科观念与分类方法，形成了相对完整的学校教育系统。"壬子·癸丑学制"将"文学概论"科目与哲学、美学、修辞学等临近科目相提并论,"文学概论"科目第一次明确出现在大学文学科的课程设置中。这使得文艺理论在现代知识谱系中的地位得到认可,学科身份借助教育制度公开亮相,从此真正开始了中国现代文艺理论话语的转换。随即,文艺理论教材、专著和译著大量出版,出现了一个新的学术景观。例如,鲁迅翻译厨川白村的《苦闷的象征》并将之作为大学教材、夏丏尊撰述《文艺论》、章锡琛两译本间久雄的《文学概论》、范寿康根据日本美学家阿部次郎的《美学》和伊势专一郎的《艺术之本质》两本著作编著《美学概论》、胡愈之对写实主义的译介等,还有顾仲彝编《文学概论》、邵伯棠编《中国文学指南》,商务印书馆、中华书局、世界书局、《东方杂志》等媒体译述西方理论,蔚为大观。学制的保障、课程的设置和著述的出版,成为中国现代文艺理论运行的基本模式,为文艺理论由古代到现代的转换,提供了新的生产、传播和评价模式。

三是廓清越地现代文艺理论主要范畴。完成这一部分研究就能具体梳理出越地现代文艺理论的主要贡献,也就是现代越地文艺理论研究者针对文学基本问题做出的超越历史开启未来的回答。例如,周氏兄弟、夏丏尊及各种《文学概论》对文学的基本性质、特征都做出了个性独特的解释;朱自清对创作时处理文学与现实的关系的原则进行了思辨;周氏兄弟、刘大白、朱自清等用创作实践更新了现代的杂文、小说、散文与散文诗等文体观念;蔡元培的"以美育代宗教"、徐懋庸的《怎样从事文艺修养》、周作人的文艺"无用之用"等观念开启了人们对文艺功用的新认识;胡愈之的《文学批评——其意义及方法》(1921年)是我们目前看到的较早在中国专门讨论文学批评的文章,周作人提出了文艺批评的"宽容"的原则;对其他文艺思潮、文艺发生发展规律等问题,越地现代文艺理论研究者也有自己的回答。

四是研究越地现代文艺理论与现代文学创作之间的互动关系。许多研究者如此描述"五四"文学革命:受特殊的时代环境激发,先有文艺理论的革命,再产生和创造了"新文学",创作是在理论的指导下有组织地发展起来的。这是文学成熟的必然,也是时代要求的体现。中国现代文学经过"五四"学人的努力开始受到广泛关注，后来各种文学流派纷至沓来，始终不忘理论的建构和批评的指导，在时代浪潮的推动下，中国现代文学不断完善和成熟起来。王嘉良先生曾经指出，虽然"文学革命"的口号是由陈独秀和胡适1917年发出的，但真正脚踏实地践行这个口号的人却是周氏兄弟，他们回答了"革什么命""往哪里走"的问题，是身体力行的伟大实践者，其人学理论和"人的文学"是其文艺理论方面的重大建树。他又指出，中国现代文学史上有三个以绍兴作家为主体的作家群体，分别是"白马湖作家群体"、"浙东乡土作家群体"和"语丝散文作家群体"，其中后面两个成为著名的中国新文学流派——乡土文学派和语丝派。可见，越地现代文艺理论与越地现代文学创作之间是紧密联系、互动发展的。

五是总结越地现代文艺理论的特点。越地现代文艺理论是在域外文艺理论的启发和示范作用下产生的，在形态上既保留了传统文论的影响也有对域外理论的借鉴。在功能上，越地现代文艺理论经历了从"启蒙论"到"审美论"的变化。在目的上，越地现代文艺理论在20世纪三四十年代出现了分歧与对峙的局面，左翼理论意在颠覆、警示、为人生，自由主义论者则倡导宣泄、审美、为艺术。与之相关，两派理论在关于创作方法、审美趣味、语言色彩、文本结构等方面也依据各自的逻辑而各有主张。总结越地现代文艺理论的这些特点，可以丰富和深化我们对中国现代文艺理论进程的认识。

总之，越地现代文艺理论开风气之先，借鉴外来文化的影响，为建立新型的中国文艺理论与批评奠定了基础。越地现代文艺理论在发展过程中与中国社会的时代命运紧密相连，承担了时代赋予的启蒙与救亡的任务。越地现代文艺理论指导推动了越地现代文学创作，为中国现代文学的发展奠定了理论基石。

三

对越地现代文艺理论进行研究需要注意两点：一是对越地现代文艺理论的个案研究，要求资料翔实，既要尊重已经研究得比较深入的成果，又要善于发现不为人关注的领域，力图以史实征信；二是对越地传统文艺理论资源的分析和其历史地位与影响的分析，要求视野宏阔，既在历时与共时双向坐标中定位越地现代文艺理论，又反观越地现代文艺理论对推动中国文艺理论发展的作用，注重学科发展脉络的支撑。

其中的重点是对越地现代文艺理论代表性著述的挖掘与整理，只有在这样的基础上才能准确地进行越地现代文艺理论的历史定位与学科贡献的探寻。

难点是越地现代代表性著述的确定与深入研究。从时间上来说，为越地现代文艺理论找寻一个确定的时间起点是十分困难的。所谓现代，本可概指从1840年鸦片战争后至1949年新中国的成立的整个近现代时期。但鸦片战争后国运颓靡，又经太平天国革命、洋务运动、八国联军侵华、戊戌变法、甲午中日战争、辛亥革命战争等，政治变动不居，文艺理论无暇顾及，所以此处现代仅指辛亥革命后至1949新中国成立前夕。我们相信，任何一种学术理论、范式的转型都是多种因素"合力"的结果，是整个历史、时代语境催生的结果，它必然与前代有千丝万缕的、割不断的承续联系，不可能是本质的突然断裂，也不可能仅仅是某个个人的理论使然，更不可能存在一个突变的转折点，正如瑞士心理学家皮亚杰所说："从来就没有什么绝对的开端。"在这里我们截取从1840年鸦片战争后至1949年新中国成立的整个近现代时期的越地文艺理论进行研究，并不否定此段历史的前后勾联。

从空间上来说，所谓越地，为阐述方便仅指以现代绍兴行政区划为限，即今天的越城区、柯桥区、上虞区、诸暨市、新昌县、嵊州市等地，兼涉宁波余姚市、杭州萧山区。但涉及具体人物的所谓代表性著述，又有复杂情况。第一，可以是现代绍兴出生、成长的人物的著述，尽管其著述可能在远离绍兴的北京、上海甚至海外等文化中心。例如，周氏兄弟的多数著述、范寿康的《美学概论》，徐懋庸的《街头文谈》《文艺思潮小史》《怎样从事文艺修养》等。第二，可以是非绍兴本土出生成长，但著述时又以在绍兴及其周边工作交游为主。

其他时间地点的著述除非前后关联紧密，或者可以以资例证，余皆一般不予涉及。例如，朱自清1920至1927年从杭州一师到春晖中学任教时的有关著述，都可算作越地现代文艺理论的代表性著述。但朱自清后来在清华的大量著述，暂不考虑作为越地现代文艺理论的代表性著述。朱光潜虽在春晖中学时写过文艺美学起步之作《无言之美》，而后来的西方美学研究等却不在绍兴，也暂不予以考虑。对于那些虽然祖籍在绍兴，但其本人出生成长和工作都与绍兴无多大关联的自然不予考虑。科技进步，交通便捷，社会发展，交流频繁，文化的空间地域特色日益减弱。但现代越地文艺理论的地域特色因为以往人们对绍兴现代文学在中国现代文学史的地位的认定而逐步清晰可辨，深入挖掘可为文艺学的地域研究创造样本。

对越地现代文艺理论进行研究，创新之处有二。一是将以往研究者忽视的越地现代文艺理论的代表性人物的著述进行挖掘整理与系统整合，探寻越地文化的地域风格与精神个性，从而开创越文化研究的新领域，丰富越文化研究的具体内容。二是将地域文化研究与文艺学学科建设相结合，避免当前文艺学研究视野开阔而著论空疏的弊端，从而在扎实的地域文艺理论研究中丰富当代文艺学建设的具体内容，在深入的历史梳理中找寻中外文论交流、中国古代文论现代转换的生动实例。

中共十七届六中全会的文化决议指出："坚持和发展中国特色社会主义，必须大力发展哲学社会科学，使之更好发挥认识世界、传承文明、创新理论、咨政育人、服务社会的重要功能。要巩固发展马克思主义理论学科，坚持基础研究和应用研究并重，传统学科和新兴学科、交叉学科并重，结合我国实际和时代特点，建设具有中国特色、中国风格、中国气派的哲学社会科学。"学术是理论的生产力，理论是创作的生产力。因此，选取典型地域的文艺理论进行研究，可以为新时期的国家文化发展提供理论基础与学术支持。

目　　录

引论　越地现代文学理论主要著作 …………………………………… 1
　第一节　夏丏尊的《文艺论ABC》 ………………………………… 1
　第二节　章锡琛翻译的本间久雄的《新文学概论》及
　　　　　《文学概论》 …………………………………………………… 8
　第三节　范寿康的《艺术之本质》《美学概论》 ………………… 15
　第四节　许钦文的《文学概论》 ………………………………… 23
　第五节　徐懋庸的《街头文谈》《文艺思潮小史》
　　　　　《怎样从事文艺修养》 ………………………………………… 27
　第六节　范文澜的《文心雕龙讲疏》和《文心雕龙注》 ……… 33
　第七节　本书的主要内容 …………………………………………… 42

第一编　本质论

第一章　越地现代文学理论偏重表现的文学审美本质观 ………… 49
　第一节　越地现代文学理论偏重表现论 ………………………… 51
　第二节　越地现代文学理论强调文艺的审美性 ………………… 64

第二章　越地现代文学理论关于文学的形象性与情感性的认识 …… 74
　第一节　文学的形象性 …………………………………………… 75
　第二节　文学的情感性 …………………………………………… 84

第三章　越地现代文学理论关于文学的社会功能的认识 …… 97
第一节　文学对社会有一种特殊力量 …… 98
第二节　文学的无用之用 …… 105

第二编　创作论

第一章　越地现代文学理论关于文学与现实生活关系的论述 …… 117
第一节　现实与生活的关系论 …… 117
第二节　取得题材的方法 …… 124

第二章　越地现代文学理论关于文学创作的主体意识的论述 …… 133
第一节　创作主体论 …… 133
第二节　创作能力论 …… 140

第三编　作品论

第一章　越地现代文学理论的作品构成观 …… 151
第一节　文学作品构成要素论 …… 152
第二节　文学语言论 …… 164

第二章　越地现代文学理论的文体观 …… 178
第一节　诗歌论 …… 181
第二节　随笔与杂文论 …… 187

第三节　小说论 …………………………………………… 192
　　第四节　戏剧文学论 ………………………………………… 198

第三章　越地现代文学理论的艺术风格论 ……………………… 204
　　第一节　风格的含义 ………………………………………… 205
　　第二节　风格形成的客观因素 ……………………………… 213
　　第三节　风格形成的主观因素 ……………………………… 219

第四编　赏评论

第一章　越地现代文学理论关于文学鉴赏的讨论 ……………… 227
　　第一节　文学鉴赏的意义 …………………………………… 227
　　第二节　文学鉴赏的特点 …………………………………… 233
　　第三节　鉴赏主体的养成 …………………………………… 239

第二章　越地现代文学理论关于文学批评的认识 ……………… 246
　　第一节　文学批评的性质和作用：批评是鉴赏的发表 …… 246
　　第二节　文学批评的标准 …………………………………… 258

第五编　发展论

第一章　越地现代文学理论关于文学思潮的论述 ……………… 267
　　第一节　关于文学思潮的主要讨论 ………………………… 267
　　第二节　从古典主义到浪漫主义 …………………………… 275
　　第三节　与浪漫主义比较的现实主义 ……………………… 282
　　第四节　19、20世纪交替时期的文学思潮 ………………… 288
　　第五节　新现实主义 ………………………………………… 296

第二章 越地现代文学理论关于文学发展中的继承与借鉴的论述 …… 302
第一节 批判地继承民族精神文化的遗产 …… 302
第二节 文化交流与文学发展 …… 309

余论 越地现代文学理论的现代性 …… 317
第一节 "审美现代性"视野下的蔡元培的"以美育代宗教" …… 317
第二节 "启蒙现代性"视野下文学与政治的关系 …… 331

参考文献 …… 342

后记 …… 361

引论　越地现代文学理论主要著作

对于鲁迅、周作人等的著作大家已经耳熟能详，即使对其著述中有关文学理论的部分，各种研究也颇多涉及。而对于越地现代其他人的文学理论著作，大家可能并不了解，更谈不上熟悉。兹列几例，以供管窥。

第一节　夏丏尊的《文艺论 ABC》

图1　夏丏尊的《文艺论 ABC》的封面

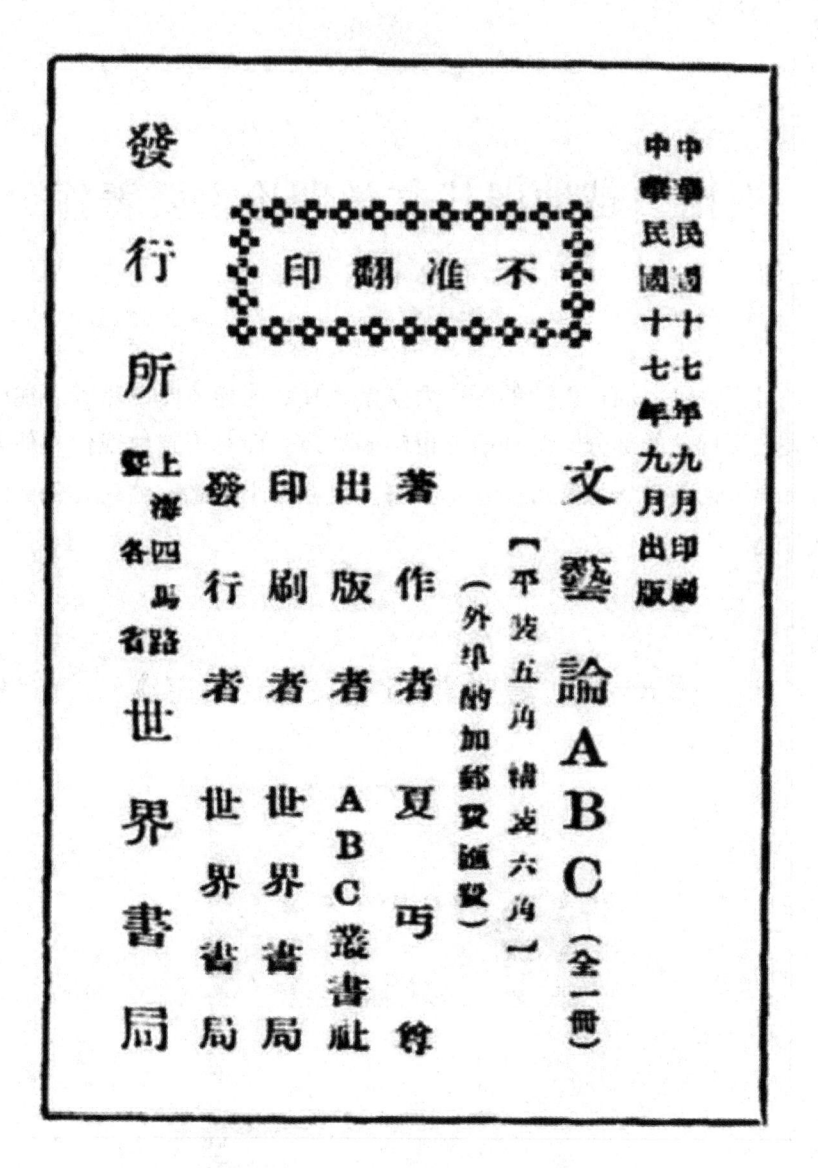

图 2　夏丏尊的《文艺论 ABC》的版权页

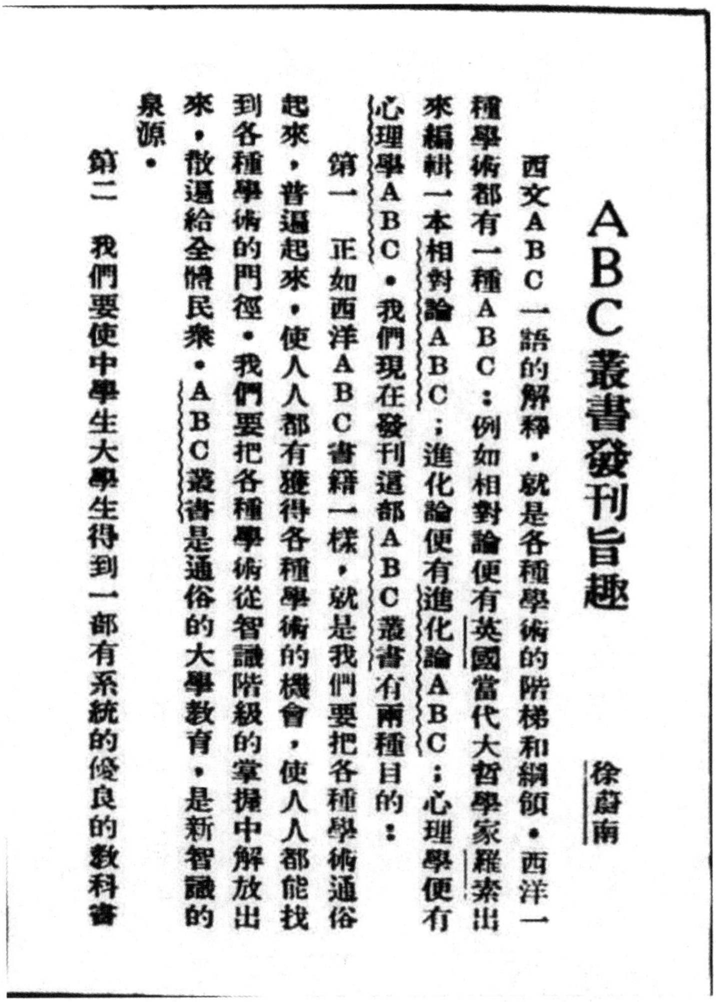

ABC叢書發刊旨趣

徐蔚南

西文ABC一語的解釋，就是各種學術的階梯和綱領。西洋一種學術都有一種ABC：例如相對論便有英國當代大哲學家羅素出來編輯一本相對論ABC；進化論便有進化論ABC；心理學便有心理學ABC。我們現在發刊這部ABC叢書有兩種目的：

第一　正如西洋ABC書籍一樣，就是我們要把各種學術通俗起來，普遍起來，使人人都有獲得各種學術的機會，使人人都能找到各種學術的門徑。我們要把各種學術從智識階級的掌握中解放出來，散遍給全體民衆。ABC叢書是通俗的大學教育，是新智識的泉源。

第二　我們要使中學生大學生得到一部有系統的優良的教科書

图3　徐蔚南为包括夏丏尊著作在内的ABC丛书作的总序

文藝講座

上編

文藝論　夏丏尊著
文學概論　趙景深著
文藝批評　傅東華著
藝術哲學　徐蔚南著

下編

詩歌原理　傅東華著
小說研究　玄珠著
獨幕劇研究　蔡慕暉著

世界書局印行

图4　《文艺讲座》的目录

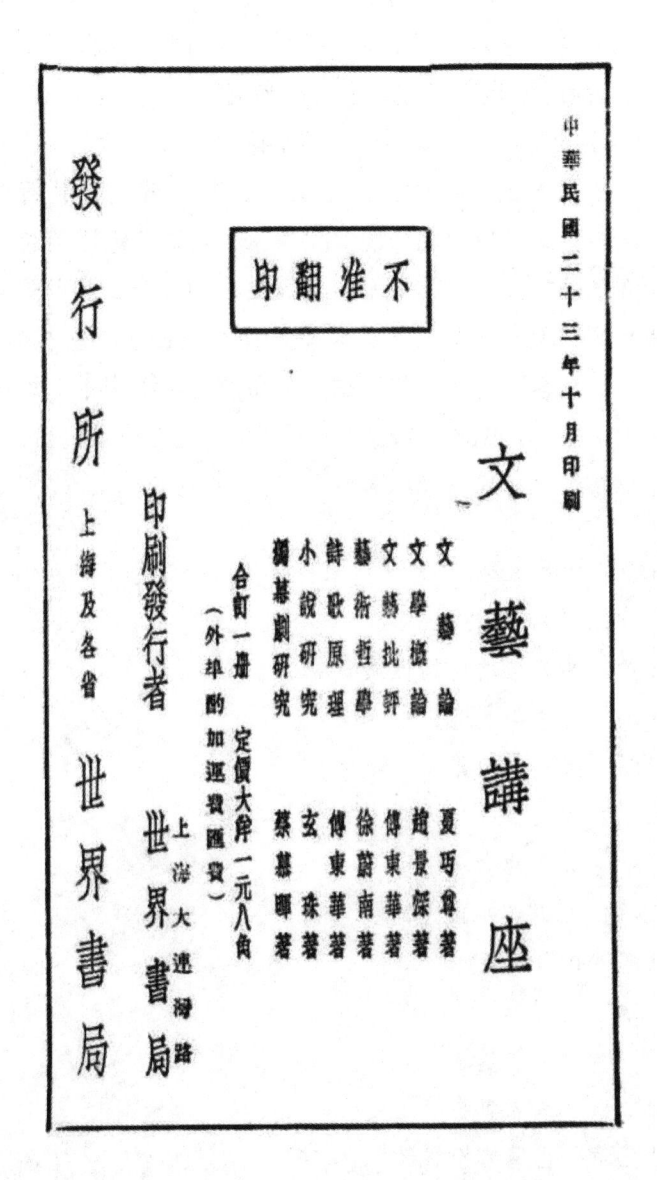

图5 《文艺讲座》的版权页（标明此书出版于1934年，夏丏尊的《文艺论ABC》收入其中，并改名《文艺论》）

夏丏尊的《文艺论 ABC》1928 年由上海世界书局出版。目录前有徐蔚南撰写的《ABC 丛书发刊旨趣》。徐蔚南指出：西洋 ABC 一语的解释，就是各种学术的阶梯和纲领。每册都写得非常浅显而且有味，青年们看时，绝不会感到一点疲倦。还有夏丏尊写的《例言》——"本书虽未将文艺本质论，鉴赏论等分篇，但也似有系统：最初几节是关于文艺的本质，其次是关于文艺的鉴赏，最后是关于创作。文字虽简，文艺论的几个根本问题，却大致已包括无遗了。""近年来革命文艺的呼声，尤其是无产阶级文艺的呼声，甚形热闹，但是所谓革命文艺，无产阶级文艺，究竟是什么一回事，实在有点模糊。著者特辟一章，客观地从文艺创作与革命的关系，根本上加以一番考察，以阐明革命文艺无产阶级文艺的究竟。"全书目录包括：

绪言
第一章　何谓文艺
第二章　文艺的本质
第三章　文艺上的情的性质
第四章　艺术与现实
第五章　经验与想象
第六章　为人生的与为艺术的
第七章　文艺的真功用
第八章　古典与外国文艺
第九章　读什么
第十章　怎样读
第十一章　文艺鉴赏的程度
第十二章　读者可自负之处
第十三章　由鉴赏至批评
第十四章　创作家的资格
第十五章　抽象的与具象的
第十六章　自己省察
第十七章　创作家与革命

第十八章　结言

《绪言》中说:"因了书肆的嘱托,我遂负有向读者讲述文艺大意的任务了。范围是文艺的 ABC,字数是三万。""读者如果想得文艺上的分门别类的系统的知识,那末像文学概论之类的书,世间尽有。可是世间的所谓文学概论之类的书,大都因了分类过琐碎,说理太高远,往往反有使初步的读者头脑混乱的毛病。恰如叙一人物,尽凭你把其身世性行经历等一一说得很详,有时反不及说一二小小的轶事来得可以仿佛其人的面目。本书宁愿幼稚简略,目的但求给读者以文艺的趣味。只要未入文艺的门的读者,能因此稍领略文艺之宫的风光,就算任务已尽的了。"[1]

《结言》中说整部书稿还是略有系统:"最初几节是关于文艺的本质的,中间几节关于鉴赏,末后几节关于创作。但却不敢像模像样地把全稿分为什么本质论,鉴赏论,创作论。"又列出了自己主要参考的七本著作。最后强调:"文艺在普通人只是鉴赏的对象。读者诸君要享受文艺的恩惠,唯一的途径,就是直接去翻读文艺作品。空疏的文艺论,只是说食数宝,除了当作鉴赏上的一种锁钥以外,是全无用处的。我希望读者诸君以我这小稿做了锁匙,自己去叩文艺的门。"[2]

夏丏尊还与人合著《文章作法》。"这是我六七年来的讲义稿,前五章是一九一九年在长沙第一师范时编的,第六章小品文是一九二二年在白马湖春晖中学时编的,二者性质不同,现在就勉强凑集在一处。附录三篇,都是在校报上发表过的,也顺便附在后面。""一九二六,八,七,丏尊记于上海江湾立达学园。"[3]

---

[1] 夏丏尊:《文艺论 ABC》,世界书局 1928 年版,第 2 页。
[2] 同上书,第 101 页。
[3] 夏丏尊、刘薰宇:《文章作法》,湖南教育出版社 2008 年版,第 2 页。

第二节　章锡琛翻译的本间久雄的《新文学概论》及《文学概论》

一　章锡琛翻译的本间久雄的《新文学概论》

章锡琛先翻译出版了本间久雄的《新文学概论》，然后再翻译出版了《文学概论》。

图6　章锡琛翻译的本间久雄的《新文学概论》第三版封面

图7　《新文学概论》扉页上本间久雄的半身照

引论　越地现代文学理论主要著作

图8　《新文学概论》扉页的著者译者信息

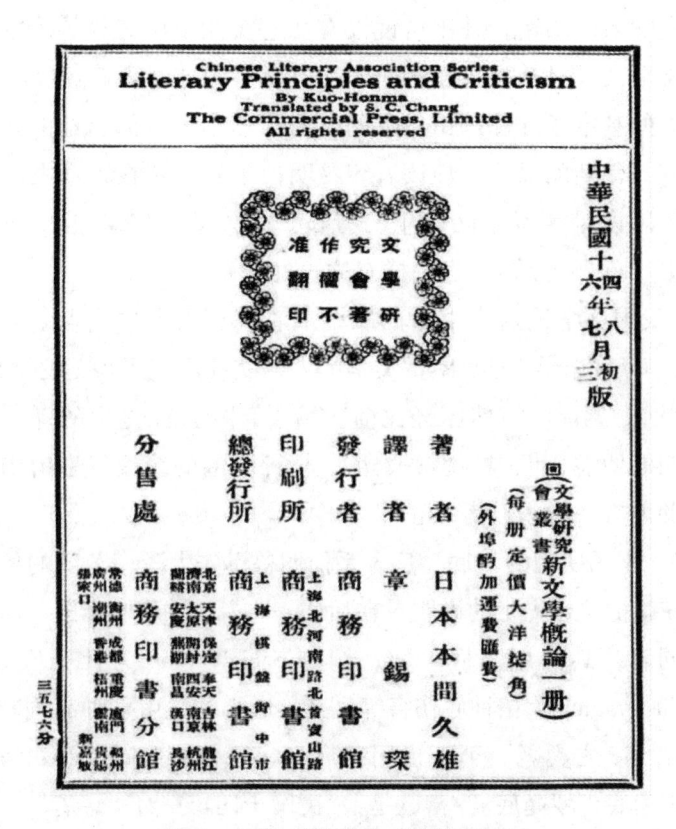

图9　《新文学概论》的版权信息

章锡琛在《译者序》中说:"我的最初翻译本书,是在距今六年前的民国八年,即原书出版后的第三年。当时系用文言文翻译,分章刊登民国九年的《新中国》杂志上,前编刊完后,《新中国》停版,原稿也全部遗失。从今日看起来,那部译本错处实在极多;这个固然因为当时太疏忽的缘故,但一半也因为被文言所束缚,不能把原本的语气忠实达出。上年(1924年)郑振铎先生嘱我把旧稿整理一下,重行出版,因先把后编复译,刊登文学研究会的定期刊物《文学》上;前编也因为没法修改,就把原稿毁却,再行翻译。同时汪馥泉先生也把他译就,在《民国日报》的《觉悟》上刊登出来。但我这回所译的,与汪先生的译本也有不同的地方,仍然可以供读者的参看的。"

"我国研究文学的风气,近来可说大盛,但关于文学概论这一类文学研究的入门书籍,几乎可说没有。这实在很可奇异的。本书据著者在序文上说,是从社会学的研究一点儿,为初学者解说文学构成及文学存立的基本条件和理由。书的分量虽然不多,但引证的赅博,条理的整齐,裁断的谨严,使读者容易明白了解,实在是本书唯一的优点,也可以说是著者本间先生的特长——去年(1924年)我曾译过他的《妇女问题十讲》,也一样有这长处。"

"从我国文学论这类书籍的缺乏上看,从本书的优点上看,本书的翻译,对于我国研究及鉴赏文学的人,实在不能不说是必要的。"

"这回的翻译,虽然已经比前次慎重,并且汪先生的译本也给予不少参照的便益;但因为事务繁忙,精神困倦的缘故,恐怕仍然不免有错误的地方,敬求读者教正。"

"又,本书所用的'底'字,系仿照鲁迅先生译《苦闷的象征》的例,现在就把鲁迅先生的说明录在后面——""即凡形容词与名词相连成一名词者,其间用'底'字,例如 Social being 为社会底存在物,Psychische Trauma 为精神底伤害等;又,形容词之由别种品词转来,语尾有 tive,tic 之类者,于下也用'底'字,例如 speculative,romantic 就写为思索底,罗曼底。"落款是:"民国十四年三月 译者"

本间久雄在《原序》中说:"文学的研究,论述,近来虽已逐渐旺盛，但还意外的少被研究，论述到的，是成为一个社会现象的文学这东西的根本问题。换一句话，便是说到文学的创作及鉴赏比别的种种精神底活动占怎样的位置的一种社会学底研究。尤其是着眼在这一点为了初学者而著的文学论，几乎可说是没有。"

"我早已抱憾于这一事。因而想在上面的立足点，为初学者解说文学构成及文学存立的基本条件和理由。其结果便是本书。""我在这书中，引证泰西许多权威底著述极端的多。这是因为觉得，一则不致陷于自己一人独断地解释，一则对于要想由此进于文学研究的读者诸君，这样更有益得多。"

"本书中的前编《文学通论》在其主题的选择法上，在其说明的理路上，是以 Hunt 的 Literature, its Principle and Problem, Winchester 的 Some Principles of Literary Criticism, Mackenzie 的 The Evoution of Literature, Knowlson 的 How to Study English Literature 等为主，更参酌以 Santayana, Hirn, Guyou, Bosanquet 及其他美学上的著述。但说明理路时具体底作品的引例，几乎全部取自近代文学。""后编《文学批评论》是从 Gayley and Scott 的 Methods and Materials of Literary Criticism, Saintisburry 的 History of Criticism, Moulton 的 The Modern Study of Literature 及其他著作受得影响不少。""本书分量是极少的，但对于要想从新的立场研究及鉴赏文学的人们一定不是无益的，我确切地相信。""又，本书中所引例的 Winchester 的文章，大体借用植松安的和译；Lolie 的文章，全部借用户川秋骨的和译，特附记之。大正六年十月著者识。"

《新文学概论》分前编后编两部分。书后有索引。前编《文学通论》包括十章：文学的定义、文学的特质、文学的起源、文学的要素、文学与形式、文学与语言、文学与个性、文学与国民性、文学与时代、文学与道德。后编《文学批评论》包括五章：第一章，文学批评的意义、种类、目的；第二章，客观的批评与主观的批评；第三章，科学的批评；第四章，伦理的批评；第五章，鉴赏批评与快乐批评（附 结论）。每章的前面有关键词概括本章内容，并用连接号连接。这样的内容概括的形式也记录在前面目录里的章目下面。

二 章锡琛翻译的本间久雄的《文学概论》

图10 章锡琛翻译的本间久雄的《文学概论》的封面

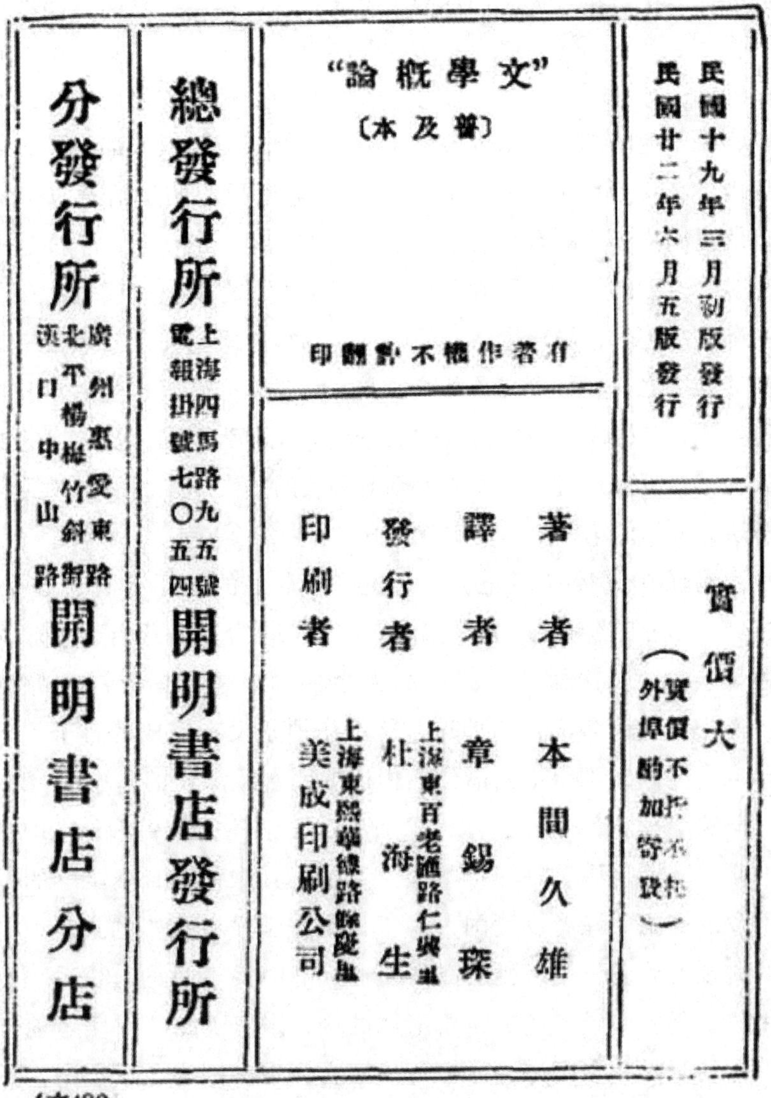
民國十九年三月初版發行
民國廿二年六月五版發行

實價大洋
（實價不折不扣
外埠酌加寄費）

"文學概論"
（普及本）

有著作權不許翻印

著者　本間久雄
譯者　章錫琛
發行者　杜海生　上海東百老滙路仁興里
印刷者　美成印刷公司　上海東熙華德路餘慶里

總發行所　開明書店發行所　上海四馬路九五號　電報掛號七○五四

分發行所　開明書店分店　廣州惠愛東路　北平楊梅竹斜街　漢口中山路

（文490）

图11　章锡琛翻译的本间久雄的《文学概论》的版权页

本间久雄在《绪言》中说："在这讲到文学的一般特质的时候，有必须一说的，就是我们为什么要制作并研究文学和艺术？这问题是我们首先要解决的，否则研究便没有目的了。"

"普通的人，往往有以为玩味文学，研究艺术，像是闲人的闲事业。然而文学艺术,倘是闲人的闲事业,我们便没有真面目地去研究的必要了。文学艺术,绝不是闲人的闲事业,是对于人生最重大的必要品的第一种。所以该有十分努力去研究的必要。""研究文学艺术的目的,关于他的细点,是因各人而不同;但其对于人人都必要的第一个理由,是在于能够把我们的生活深化,把我们的生活意志格外强固,使我们味到生的有益的幸福感。""在这世上的事实,不过是一种生存多于生活的活法。不用说这是可悲的。"为了不仅仅是生存,为了明确生活艺术,赢得生活的幸福感,鉴赏并研究文学艺术实在是最重要的方法之一。研究文学可以告诉人们"怎样好好地生活,怎样丰富地生活,怎样深切地生活"。"文学绝不是单为了创作及批评的特殊的人,实在可说是对于万人的生活上必须的重大的东西。同时我们不能不研究文学的第一个理由也就在此。"

章锡琛在《校毕后记》中写道:"本书的着手翻译,在1927年,经过了整三年的岁月,才得成书。中间为了经营出版事业,忙于种种杂务,屡次搁笔。后面的大半,大都是去冬夜深人静里写的;倘使没有许多读者的催逼,这工作怕永没有完成的日子了。在这印成的时候,不得不向诸位不相识的朋友致深切的谢意。""原著系《新文学概论》的改正本,除加入《文学各论》一编外,增删的地方颇多。因为原著是写给本国人看的,其中关于日本文学的引例占不少的篇幅。译者以我国人对于日本文学没有相当的素养,在学校的讲授上亦多不便,所以都删去了。书中关于'的''底'两字的用法,仍照旧译《新文学概论》的例,附志于此。""著者前年经过上海的时候,会面许巍译本写一序文,现在因为急于出书,不及再向索取了。但著者的好意却应该感谢的。又,翻译的时候,承夏丏尊先生多所指示,并承王执中先生代为校正西文,并此志谢。一九三零年三月 译者"

本间久雄的《文学概论》的目录是:

第一编 文学的本质
绪言

第一章　文学的定义
第二章　文学的特质
第三章　美的情绪及想象
第四章　文学与个性
第五章　文学与形式（一）律语与散文　（二）文体与语言
第二编　为社会底现象的文学
第一章　文学的起源
第二章　文学与时代
第三章　文学与国民性
第四章　文学与道德
第三编　文学各论
第一章　诗　一　主观诗　二　客观诗
第二章　戏曲　一　悲剧　二　喜剧　附　悲喜剧
第三章　小说
第四编　文学批评论
第一章　批评泛论
第二章　客观的批评与主观的批评
第三章　科学底批评与新裁断批评
第四章　鉴赏批评与快乐批评
校毕后记

第三节　范寿康的《艺术之本质》《美学概论》

范寿康1895生于上虞丰惠镇。早年入私塾肄业，14岁考入宁波府中学堂，1912年，应试入浙江省立医学专门学校。1913年东渡日本，入东京第一高等学校，1919年升入东京帝国大学文学部，主修教育与哲学。1923年学成返国，归途经过上海，被同学先辈郑贞文（化学专家）、周昌寿（物理专家）邀入商务编译所，任哲学教育部编辑，主编《教育大辞书》。其间有一时期曾任郑贞文、周昌寿组织的中华学艺社编辑部部长，主编学艺杂志。著有《教育哲学大纲》及《美学概论》等书。1926年北伐军兴，时局动荡，1927年秋离沪，被聘任上虞私立春晖中学校长。其主持校务之暇，写成《哲学及其根本问题》一书。1930年6月20日被绑架50天，健康受到损害，于是在1931年北上，经青岛至营口省亲并修养，出版《教育概论》及《论理学》。1932年应安庆省立安徽大学聘，任教授兼文学院院长，编《近代六大教育思想家》一书。1933年应王星拱先生聘，转任国立武汉大学文学院教授，兼任《文哲季刊》主编。所著《中国哲学史通论》一书颇受学术界的重视。

图12 范寿康的《艺术之本质》的封面

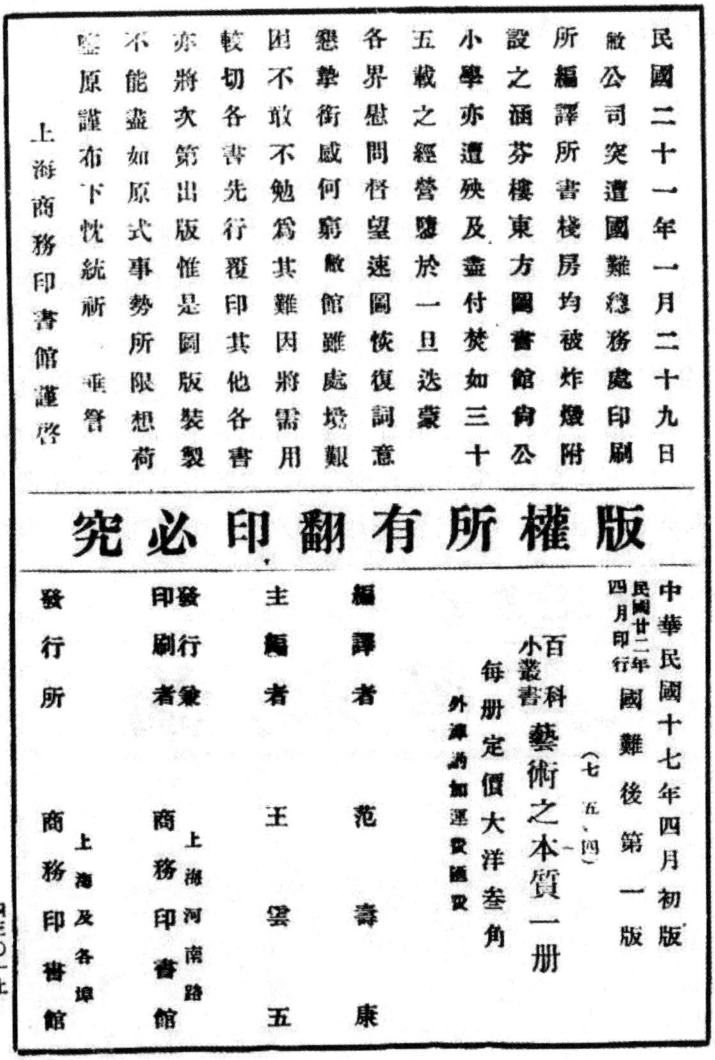
民國二十一年一月二十九日
敝公司突遭國難總務處印刷
所編譯所書棧房均被炸燬附
設之涵芬樓東方圖書館尚公
小學亦遭殃及盡付焚如三十
五載之經營隳於一旦迭蒙
各界懇問督望速圖恢復詞意
懇摯銜感何窮敝館雖處境艱
困不敢不勉爲其難因將需用
較切各書先行覆印其他各書
亦將次第出版惟是圖版裝製
不能盡如原式事勢所限想荷
鑒原謹布下忱統祈　垂鑒
上海商務印書館謹啓

版權所有翻印必究

中華民國十七年四月初版
民國廿二年四月印行　國難後第一版
百科小叢書　藝術之本質一冊（七五，四）
每冊定價大洋叁角
外埠酌加運費匯費
編譯者　范壽康
主編者　王雲五
發行兼印刷者　商務印書館　上海河南路
發行所　商務印書館　上海及各埠
四三〇一上

图 13　范寿康的《艺术之本质》的版权页

范寿康的《美学概论》1927 年由商务印书馆出版。1925 年中华学艺社创办了学艺大学，其中设有文科专门部（内设文学和社会学两系）和法科预科（内设法律和政治经济两系）。范寿康任该大学的董事和法科的主任。而其文科中设有美学一门，其课程由范寿康担任。也正是因此范寿康才得以在日后出版了《美学概论》一书。范寿康在此书的自序中写道:"主任文科者为旧友郭沫若先生。文科课程中列有美学一门,校中欲觅一适当之教师,而海上苦无专门功究美学之人,沫若因邀请予担任。予于美学仅在大学时代听讲一次,此外愧无深广之研究,辞之再三,而沫若邀之弥坚,不得已始勉承其乏焉。"学艺大学仅仅维持了一年就解散了。1927年范寿康将其一年来的美学讲稿整理由商务印书馆出版,遂成《美学概论》一书,此书是我国最初的美学教材之一。这是一部比较完备的表述范寿康美学理论的书。

范寿康《美学概论》全书共分为六章,系统而详尽地探讨了美的经验、美的形式原理、美的各种分类等基本的美学问题。六章分为:第一章,绪论;第二章,美的经验;第三章,美的形式原理;第四章,美的感情移入;第五章,美的各种分类;第六章,美的观照与艺术。

图14 范寿康的《美学概论》的封面

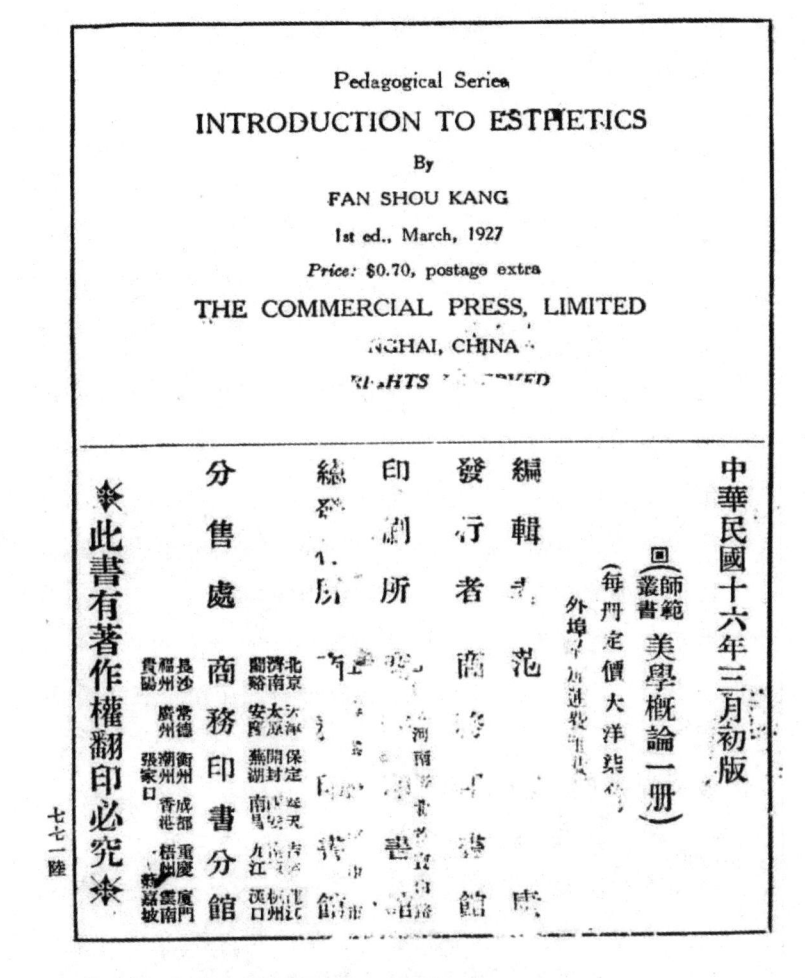

图15 范寿康的《美学概论》的版权页

1924年范寿康先生翻译了伊势专一郎的《艺术之本质》一书。但是此书到1930年才由商务印书馆出版。作者在此书的末尾自述本书取自日本学者伊势专一郎的著书。作者批判了那种认为艺术即美的对象的观点，主张在主观与客观的对立关系中找到美的对象的特征，继而区分了崇高、优美、悲壮、滑稽、谐谑、丑等美的各种类别。

范寿康编译的《艺术之本质》的目录是：

第一章 绪论
　　第一节 美的对象
　　一 艺术作品 二 快不快与美
　　第二节 美的态度
　　一 非功利的态度 二 分离与孤立 三 感情移入 四 艺术观

第二章 崇高
　　第一节 崇高之一般的形相
　　一 量的感情 二 深的感情 三 内容与形式的关系
　　四 无形式雄大自由
　　第二节 崇高之主要的种类（一）
　　一 恐怖的崇高 二 战栗的崇高 三 凄惨的崇高
　　四 沉郁的崇高 五 快适类的崇高
　　第三节 崇高之主要的种类（二）
　　一 壮丽 二 严肃 三 壮静 四 庄严 五 激情

第三章 优美
　　第一节 优美之一般的形相
　　一 优美的成立——美的精灵 二 优美之感觉的形式
　　第二节 优美之主要的种类
　　一 高尚的优美 二 可爱的优美与粗硬的优美
　　三 温雅的优美 四 峻严的优美 五 婉丽的优美

第四章 感觉美
　　一 广义的感觉美与狭义的感觉美 二 感觉美的形式
　　三 粗硬与魅惑 四 华丽与纤丽

第五章 精神美
　　一 精神的印象 二 精神美之感觉的形式 三 瘦硬
　　四 柔

第六章 悲壮
　　一 混合感情 二 悲壮之一般性 三 悲哀
　　四 悲壮之主要的种类

第七章　滑稽与谐谑
　　一　滑稽　二　滑稽的种类　三　谐谑
　　四　谐谑的种类
第八章　丑
　　一　丑之消极的意义　二　丑之积极的意义

范寿康把艺术的本质问题与美的本质联系在一起。艺术是什么？换言之，通常所称为艺术之文学、美术、音乐、演剧等其中哪一点是有称为艺术二字的价值？他认为，这个问题，吟味起来，实在和"艺术作品的哪一点究竟是我们美的经验之对象？"的问题大致相同，更一般地说来，就是："美的经验的对象——美的对象——究竟是什么？"①

范寿康认为美的对象不仅仅是艺术作品。普通的人们往往以为艺术作品就是美的对象。他们以"艺术作品"四字来分别美的经验和其他的经验。详细来说，他们以为美的经验由艺术作品出发，在艺术作品上终结；就是说，美的经验始于艺术作品之感觉，终于艺术作品之判断。他们把这一点作为美的经验与其他经验所不同的根据。因为这个缘故，他们把由作品得来的快不快或满足不满足当作对于该作品的美的价值判断；而且以为这种美的价值判断，倘为同一的作品所唤起，那么，应当是一致的。但是实际上，我们稍一反省，就觉得这种见解是错误的。②

他认为，艺术作品不过是构成美的对象的材料罢了。所谓美的对象乃是由感觉的材料所构成的主观上的形象。因为这个缘故，所以艺术作品只有理解艺术者才能知道他真正的价值。③"由艺术作品所得的快感不能看作美的经验。"④

范寿康先生本人并没有把美学作为自己的主要研究领域。他是个

---

① 范寿康：《艺术之本质》，商务印书馆1928年版，第1页。
② 同上书，第1—2页。
③ 同上书，第2页。
④ 范寿康：《艺术之本质》，商务印书馆1928年版，第3页。

美学家，但更是一个哲学家和教育家，美学著作只是其著作中极小的一部分。其大部分著作都是哲学、教育学方面的。据资料统计，其哲学方面有著作13本，文章24篇；教育学方面有著作9本，文章14篇；而其美学著作仅2本，文章2篇，并且这些内容还有重复，只是在出版的先后、内容的选择上有所差异，一本《美学概论》加之《艺术之本质》的第八章《丑》，已经涵盖了其所有的美学方面的著述。而且，其在此书（《美学概论》）的序言中也坦言，自己于美学并无深广之研究，只是在大学时代听过一次美学讲座而已。就是《美学概论》出版以后，他也没有再继续去探讨美学方面的问题。他没有再发表任何专门的美学方面的文章。而1930年出版的《艺术之本质》一书，实际是六年前即1924年译出的。

范寿康先生的美学思想是从日本移植而来的，缺乏自己的创见。其美学著述其实是日本美学家阿部次郎及日本学者伊势专一郎的著作的编译。他的著述在当时的中国美学界起到的只是一种普及美学知识的作用。他自己也在《美学概论》一书的自序中谦逊地说道："其内容之肤浅驳杂，更不待言。所以问世者，觉一年来个人研专之结果，或可略示初学者以斯学之门径，而节省其少许之时间与精神而已。故望读者对于是书，幸以参考用之，资料视之，勿以完璧期之也。"

尽管如此，我们仍不能抹杀范寿康先生为我国美学界所做出的贡献。在20世纪20年代，中国美学正处于启蒙阶段，那时的学者们纷纷尽自己所能，将西方的美学学说介绍到中国来。范寿康先生作为留日归国的学子，假道日本将先进的美学学说介绍给国民，为中国美学的启蒙和奠基工作做出了贡献。他所编写的美学教材据目前所掌握的材料看，分别于1927年和1933年印刷过两次，是当时通行的教材之一，就是今天在各大学，各省的图书馆也可以看到这本书。可见当时，这本教材发行的范围之广，读者之多。[①]

---

① 明丽霞：《范寿康美学思想研究》，硕士学位论文，东北师范大学，2007年，第27页。

第四节　许钦文的《文学概论》

图 16　许钦文的《文学概论》的封面

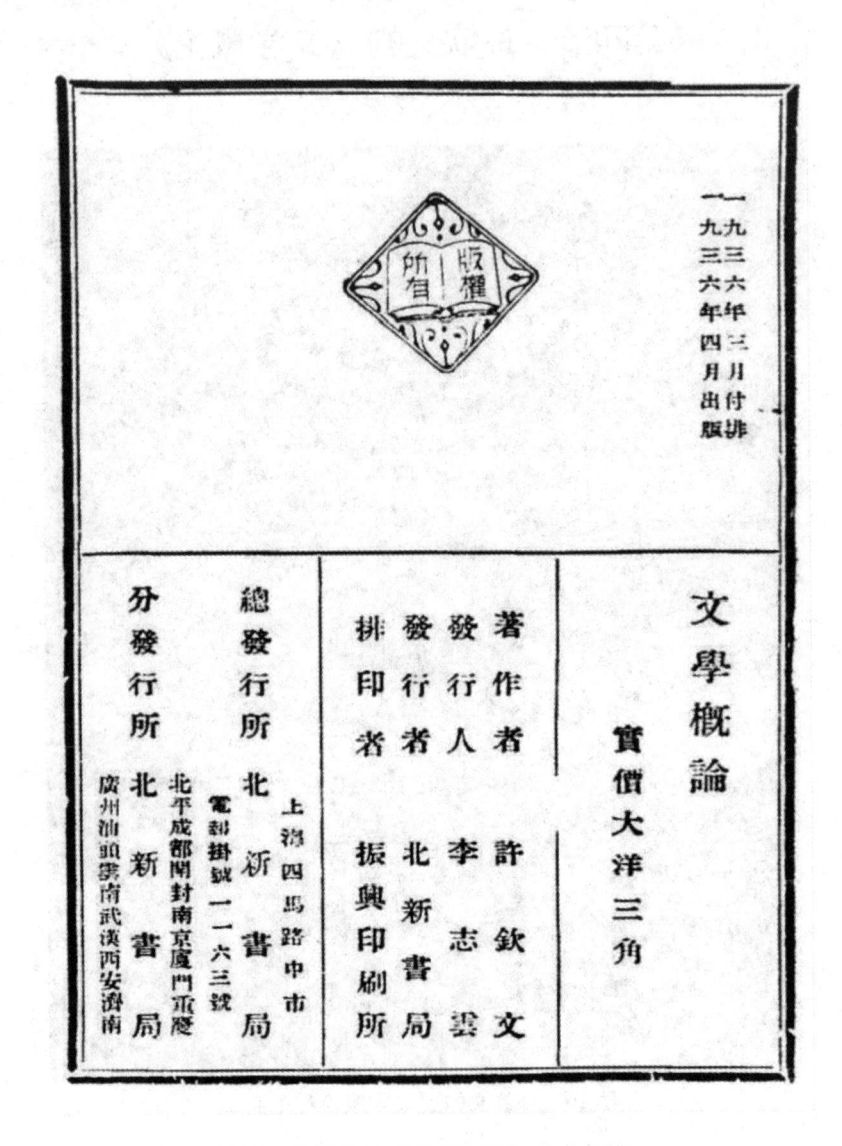

图17　许钦文的《文学概论》的版权页

图 18　许钦文的《文学概论》的封底

《文学概论》是许钦文 1932 年 8 月至 1933 年 6 月旅居蜀地时，在成都的几个专门学校里讲授文学概论课所撰写的讲义。1936 年 4 月出版，上海北新书局发行。

《引言》中许钦文根据许多人在尽力地"反对文学"的现实，先探讨了"究竟要不要文学的问题"。他归纳反对文学的理由为三点："一，文学是浪漫的，现在不要浪漫的行为，所以不要文学；二，救国强种，要用科学，所以不要文学；三，研究了文学，会得赤化起来，所以不要文学。"① 对于第一点，许钦文认为这还是站在古典主义的角度看待文学，没有看到文学后来的发展，已经经过了自然主义、新浪漫派的发展，而新浪漫派文学也注重理智，只是也要理想，也要情感罢了。对于第二点，许钦文除了认为自然主义就讲科学外，而且以法国和苏联革命后立国的史实证明科学需要文学的指导。对于第三点，许钦文认为，文以载道，文学既可以宣扬共产主义，也可以宣扬民族主义，而且在民族的前途上，需要文学宣扬主义、教养民众。②许钦文在《引言》中就当时社会普遍存在的一些错误观点（文学静止观、文学狭隘观和文学机械论）进行的批驳，显示出紧跟时代的进步观念，放眼世界的开放心态，以及难能可贵的民族立场。

许钦文的《文学概论》全书分为总论、分论、余论三部分，共计三十章。总论分为十六部分：文学的地位、文学的内包、文学的成分、文学的意义、文学的新旧、发生文学的原因、创造文学的情形、化妆出现、便化、具象性、暗杀、共鸣作用、普遍性、真实性、净化作用、文学的派别。其总论等同于文学本体论，阐释文学的一些基本概念和范畴。分论包括八部分：小说的意义和地位、断篇的描写、小说的体裁、诗歌、散文诗、剧本、童话、随笔。其分论以文学体裁为序，涉及小说、诗歌、散文等。余论分为六部分：幽默和讽刺、观察、描写形容和譬喻、文学作品的鉴赏、文学同生活、作品一班。其余论涵盖了文学批评以及对一些作家作品的具体评析。

鲁迅先生对厨川白村的《苦闷的象征》的翻译、推荐、讲授、再理解和公开传播，影响了当时及以后一段时间内的许多文学理论著作者，他们对厨川白村的苦闷理论，都进行了不同形式、不同程度、不同层面的呼应、阐述与演绎。与鲁迅先生过从甚密的"五四"青年许钦文，则因其自身的坎坷经历而全身心地拥抱厨川白村的苦闷理论，并对其加以极其个性化的阐释与演绎。苦闷成为贯穿许钦文《文学概

---

① 许钦文：《文学概论》，上海北新书局1936年版，第1页。
② 同上书，第5页。

论》的一根红线。① 例如，许钦文所谓的"化妆出现"，其实是指作家将实际的人生苦闷，用一种伪装修饰的手段表现在文学里，以达到平衡缓释实际心理的作用。所以，他又特别强调"文学是救济神经病的"，即肯定文学有缓解人生苦闷、平衡社会心理的功效。在创作论中，许钦文用"未然"和"已然"两个概念来区分"表现的文学"和"再现的文学"。在许钦文看来，"表现的文学"的"未然性"体现在"理想人物"的塑造上，这个理想人物是作者"想象"出来的人物，目的是为读者"示范"生活；"再现的文学"的"已然性"，体现为所描写的发生过的实有的人或事，但依然需要作者"虚构"具体的故事情节。可见，许钦文看重的是作家的主观性与个人性。为此，他创设了一个新词——"探心的险"——来比喻作家的想象与虚构。其针对具体作家作品的鉴赏与批评，也显示出其对苦闷文学理论的执着。

第五节　徐懋庸的《街头文谈》《文艺思潮小史》《怎样从事文艺修养》

徐懋庸的第一本文艺理论著作是《街头文谈》，探讨一些文艺理论的主要问题。在徐懋庸之前，用通俗的文笔写文学论文的，已有夏征农先生。夏先生在1934年初，在"申报流动图书馆"的读书指导部工作，负责答复关于文学的问题，因为问者大抵是初学的青年，所以他的答案非做得通俗不可，又因问者所出的题目，大抵是很具体的，所以他的指导也十分切实。他后来把那时的答案编成一册，命名为《文学问答集》。徐懋庸承认这就是他的通俗的文学讲话之前的珠玉。后来《新生》周刊的编者艾寒松劝徐懋庸写些类似的文章，徐懋庸便一礼拜一次地写起"街头文谈"来，并用"力生"的笔名在《新生》周刊上按期发表。当发表到第十一篇的时候，《新生》便在

---

① 刘恋：《"五四"式苦闷：许钦文文学理论的个性化书写》，《长江大学学报》（社会科学版）2017年第1期。

"妨碍邦交"的罪名之下被禁止了,还有两篇写好的"街头文谈"也不曾登出。隔了数月,《生活知识》创刊,要徐懋庸继续写下去,也是每期一篇。于是徐懋庸重新动手,但是不满十篇,终因忙于他事而停止了。1936 年 5 月编印单行本时,还加了不少《街头文谈》之外的文艺论文进去。《街头文谈》由上海光明书局于 1936 年 5 月出版,共收文章 28 篇,附录 4 篇。末尾所附的几篇译文,《心理描写与新现实主义》《随笔三则》《王尔德》《"笑"之社会的性质与幽默艺术》都是徐懋庸自己所译,因为每篇都和"文谈"中的文章有些关系,所以也编了进去。

图 19 《街头文谈》的封面

街头讲话的特色，是通俗，同时免不了浅薄。徐懋庸说："我的文章的通俗程度，曾经一个工人和店员所组织的文艺团体的评判，是在柳湜和陶行知两位先生中间。至于浅薄的程度，则使一种叫作《新人周刊》的起了这样的怀疑：'徐懋庸也懂得文艺么？'我自己也知道，不是一出世就懂得文艺的。直到现在也还在学习中，而且要学习到死的；目前敢说已经懂得的斗胆，实在没有。《街头文谈》只是我在学习中的笔记，虽然浅薄，却也曾获得不少的爱读者，因为它还通俗。这证明着通俗的文艺理论，是怎样的为大众所需要！"

尽信书，不如无书，主要是因为有些书中讲的道理并不是依据实际情况阐发宏论。徐懋庸对文艺研究中的类似情形非常反感。他说："世上有许多事情，本来是简简单单，平平凡凡，谁都每天在做，每天在接触的，但被学究先生们咬文嚼字，转弯抹角的一议论，却往往变成糊里糊涂，莫测高深了。"徐懋庸在这里开门见山地指出一些空谈理论的书籍的无益。"倘若翻开一本《文学概论》之类的书来，那就会遇到一大篇愈说愈使我们不懂的原理。拿了那些原理去和一篇小说或一首诗歌去对对罢，却不知道在哪里相合。假如太老实的人，把《文学概论》之类当作文学的门径，读得很熟，读得很多，那么他就要一世不能欣赏文学作品，也要一世写不出文学作品。古今中外，凡是有名的文学家，多半不是翰林院和大学士出身，就是因为进过翰林院和大学的人，专在那里研究'文学概论'之类的缘故。""倘是真要懂得文学是什么，或为想使自己能够写作品的人，那是应该在《文学概论》之类以外的地方去留心，去用功夫的。"整部《街头文谈》，针对现状，联系实际，结合具体作品并辅以个人创作经验娓娓道来，体现了他对文艺基本问题的一些看法。

徐懋庸的《街头文谈》，"文笔轻松活泼，有独到的见解，引人入胜。""这些文艺短论，随意落笔，侃侃而谈，无拘无束，每一篇突出一个中心思想合起来构成一个体系。"张大明还认为徐懋庸的《街头文谈》不像大学教授的高头讲章，板着面孔，叫初学者望而生畏。而是吸收了中外古今关于文学的知识，融会贯通，然后再针对青年的实际,根据社会需要,像摆龙门阵一样,将历史规律、文艺原理阐释得深入浅出。

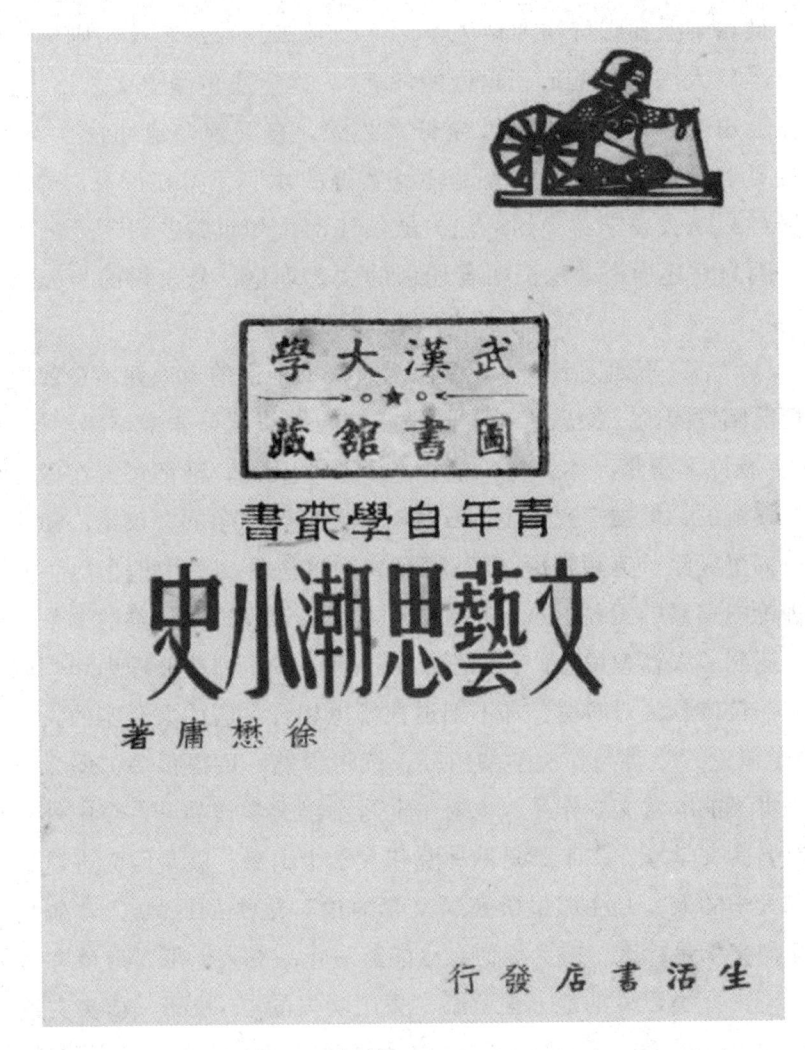

图20 《文艺思潮小史》的封面

徐懋庸的《文艺思潮小史》,最后在1936年由上海生活书店出版,光华书店发行。1948年又在哈尔滨出东北版,改由生活书店发行。

徐懋庸认为这一本小册子,不能算是一种著作,只是好几种文学史和文艺思潮史的内容撮述,尤以弗里契《欧洲文学发达史》和柯根《世界文学史纲》等几种为主要根据。这两本书是中国当时仅有的较详细的唯物观世界文学史,徐懋庸认为青年们必须一读。

有什么撮述的必要呢?徐懋庸解释说:一则许多书卷帙太大,内容太繁,非自学的青年在短时间所能读完,并且倘没有一些预备的知识,读了也难完全了解。二则原有各书,所叙的时代,大抵不完全,如《欧洲文艺发达史》,从中世纪说起,而忽略了古代,《世界文学史纲》则叙述现代处很是简略,尤其是苏联的文艺思想,普通的文艺史上都还不曾提及。三则原有各书虽都有独到之见,但也各有错误的观点,初学的青年,往往难以辨别。因此,徐懋庸认为有必要编一本简明的包括各时代的、采原有各书之长而舍其所短的小册子。故而,当"青年自学丛书"的编者向他征稿时,他就认定了这一工作。着手之后,他又想到普通的世界文艺思潮史都不涉及中国的一部分,这也是一种缺陷,因此最后又自撰《中国文艺思潮的演变》一章,说明"五四"以来直到目前的中国新文艺思想的发展。这可以说是本书的一个特点。1936年11月,徐懋庸完成了这份工作。

全书分为十章:第一章《决定文艺思潮的力量》、第二章《上古和中世纪的文艺思潮》、第三章《文艺复兴》、第四章《古典主义》、第五章《从古典主义到浪漫主义》、第六章《从浪漫主义到现实主义》、第七章《所谓世纪末的文艺思潮》、第八章《二十世纪的种种倾向》、第九章《新现实主义》、第十章即《中国文艺思潮的演变》。作者拟从思潮的角度概述从古代希腊到现代的西方文学的历史,并兼及中国现代文学。

《怎样从事文艺修养》的写作缘起是这样的:徐懋庸自认为他的《街头文谈》实在只是些浅薄的常谈。但《新生》的读者多半是自学的青年,所以不在乎它的浅薄,而爱好它的浅近,大加赞许。这就使他后来在《大众生活》上,又用了"林矛"的笔名,写起"文艺修养"来。可是后来《大众生活》也和《新生》一样,遭了禁止。"文艺修养"自然也像"街头文谈"那样中断了,先后只登了12篇。对于《大众生活》的灭亡,徐懋庸想要留个纪念,所以决心把"文艺修养"编成一本书,除了已经发表的12篇之外,又新写了9篇,并加了3篇附录。附录的最后一篇,是叶籁士先生所译的加里宁的谈话。

加氏虽不是文学家，但他的指示，徐懋庸认为对于初学的青年一定很有益。《怎样从事文艺修养》由上海三江书店于1936年12月15日出版。

图21 《怎样从事文艺修养》的版权页

这本书的主要篇目有《高尔基和香菱》《几首诗的比较》《一种基本的觉悟》《偶然做做或拼命去做》《李杜文章》《文艺和社会科学》《文艺和自然科学》《文艺和哲学》《文艺和一般艺术》《文学遗产》《找寻影响》《"身边文学"和"世界文学"》《文艺家的人格修

养》《怎样研究文艺理论》《怎样理解诗》《怎样理解戏剧》《怎样理解小品文》《怎样理解小说》《怎样理解文艺批评》《怎样理解文学史》《怎样研究文艺思潮》，附录三篇《高尔基的新人道主义》《报告文学》《跟青年农民作家谈文学》等。

徐懋庸的《怎样从事文艺修养》后来没有再版，1984 年出版的《徐懋庸选集》也没有选入，研究者相当少。但是，如果我们将其内容对照新中国成立以后的文学概论主要教材，不难发现：《怎样从事文艺修养》不仅阐述了文学的常道，而且建构了与后来诸种教材大致相同的论述体系，只不过个人的经验与特点更多些。

第六节　范文澜的《文心雕龙讲疏》和《文心雕龙注》

范文澜的《文心雕龙讲疏》一书，是他的《文心雕龙注》的前身。范氏的《文心雕龙注》著称于世，今天尚流传颇广；其《文心雕龙讲疏》则知者甚少。

《文心雕龙讲疏》于 1925 年（民国十四年）10 月由天津新懋印书局出版。24 开大开本（如一般期刊大小），用 4 号字体排印。全书 500 多页，近 30 万字。除去《文心雕龙》原文不计，约 20 万字。范文澜注的注释详赡，另一特色是各篇下面附录不少参考性文字，有的为各篇原文中提到的作品，与原文对照参看，甚为方便，有的为有关的评论文章，或阐发原文意蕴，或提供有关材料，对读者深入理解原文极有裨益。此一特色在《文心雕龙讲疏》中已具有，而《文心雕龙注》又颇多调整增益。如《正纬》篇，《文心雕龙讲疏》仅录刘师培《谶纬论》一篇，《文心雕龙注》则增加了徐养原《纬候不起于哀平辨》、刘师培《国学发微》（一节）等 6 篇。又如《序志》篇，《文心雕龙讲疏》原录有《文质论》等 4 篇，《文心雕龙注》又增加了曹丕《典论·论文》等 5 篇。根据《文心雕龙讲疏》范氏自序，该书在 1923 年已经写成，而《文心雕龙注》则于 1929 年问世，可见从《文心雕龙讲疏》完成到《文心雕龙注》出版，中间又经历了五六年的时间。两书相比，见出范氏对《文心雕龙》注释精益求精、不断提高的精神。体例上，《文心雕龙讲疏》与《文心雕龙注》基本相同，只是注文安排地位有变化。《文心雕龙讲疏》的注文分插在各篇分段下面，《文心雕龙注》则注文与原文分列，上册为原文，中下册为注文，其后重版本又将注文分置各篇之下。《文心雕龙讲疏》卷首原有梁启超序一篇、范氏自序一篇；《文心雕龙注》不录此两序，而有"例言"10条。

20世纪的二三十年代，高校教师为学生讲授古典著作，详加讲解疏证，往往以"讲疏"为名，如黄侃的《诗品讲疏》，顾实的《庄子天下篇讲疏》《汉书艺文志讲疏》，许文雨的《文论讲疏》等。《讲疏》范氏自序，全文约有1000字。其内容首言自己在南开大学任教时为学生讲解《文心雕龙》，征引群书，历时一年多而成该稿。次言清代黄叔琳校注纰缪颇多，宜加补葺订正。又言过去在北平求学时，师从黄侃（季刚）先生，深受黄侃《文心雕龙札记》一书的影响，并将其誉为"精义妙旨，启发无遗"。再次揭示《文心雕龙》要旨。有曰："读《文心》当知崇自然、贵通变二要义，虽谓全书精神也可。作的《讲疏》中屡言之者，即以此故。"

《文心雕龙讲疏》卷首作者自序前尚有梁启超序文一篇，王运熙请友人查核，此文《饮冰室文集》未收，范氏后来的《文心雕龙注》亦不载，世所罕见。

梁启超在《序》中说："吾国论文之书，古鲜专籍。东汉之桓谭《新论》、王充《论衡》、杂论篇章，时有善言，然《新论》已佚，而读者不过数言，《论衡》虽存，而议论或涉偏激。自此以后，挚虞《流别》，李充《翰林》，为论文之专籍矣；而亦以搜辑残缺，难窥全豹，学者憾之。若夫曹丕《典论》，号为辨要，陆机《文赋》，亦称曲尽；然一则掎摭利病，密而不周，一则泛论纤悉，实体未赅。求其是非不谬，华实并隆，析源流，明体用，以骈俪之言，而摛有驰骤之势，含飞动之采，极瑰玮之观者，其惟刘彦和之《文心雕龙》乎！《文心》之为书也，本乎道，师乎圣，体乎经，酌乎纬，变乎骚。缀文之士，苟能任力耕耨，奉为准则，是诚文思之奥府，而文学之津逮也。挽近学子，好诋前修，而自炫新异，可喻于田巴之议稷下，犹未能譬于孟坚之嗤武仲也。扬己抑人，甘于简陋，其何能读古人之书，而默契彦和之深意乎！虽然，抑又有故焉。文心者，言为文之用心也。虽为论文之言，而摛翰振藻，炜烨其辞，杼轴献功，整齐其语。是以命意而曰《附会》，修辞而言《镕裁》，师古而称《通变》，别体而号《定势》，文术虽同，标名则殊。读者不察，或生曲解，或肆讥评，其故一也。加以征引之文，间有亡佚，辗转传抄，讹夺滋甚，苟不辨订错牾，网罗散失，以诠释之，读者自易致迷，其故二也。有此二故，《文心》一书，领悟者寡，诚无足怪，然窃尝深惜焉！乃者吾友张伯苓手一编见视，则范君仲沄之《文心雕龙讲疏》也。展卷诵读，知其征证详核，考据精审，于训诂义理，皆多所发明，荟萃通人之说而折衷之，使义无不明，句无不达。是非特嘉惠于今世学子，而实大有勋劳于舍人也。爰乐而为之序。民国十三年十一月，梁启超。"

  梁启超博学多识，从此序可知他对汉魏六朝的文学批评与《文心雕龙》均有相当的理解。序文末段提到的张伯苓，是一位著名教育家，任南开大学校长多年。上文提到，《文心雕龙讲疏》是范氏在南开执教时的讲稿，故托张伯苓请梁氏作序文。①

  范文澜自序后有《黄校本原序》《南史本传》。后来河北教育出版社整理出版《范文澜全集》时已经删去。《南史本传》后有十二页目录。目录后是讲疏正文。

  范文澜的《文心雕龙注》的底本是1925年天津新懋印书馆所刊印的一册本的《文心雕龙讲疏》，1929年北京文化学社开始分三册出版，1936年上海开明书店出版七册的线装本。该书后由人民文学出版社于1958年、1962年、1978年、1998年多次重印。《文心雕龙注》博赡详备，移录材料遍及经史子集。它既吸纳前人《文心雕龙》校注之长，又厘正昔贤龙注的缪失。清代黄叔琳《文心雕龙辑注》风行半个世纪以后，范注一出即取而代之，成为龙学界的权威读本和必备参考书。

---

① 王运熙：《范文澜的〈文心雕龙讲疏〉》，《江苏大学学报》（社会科学版）2003年第2期。

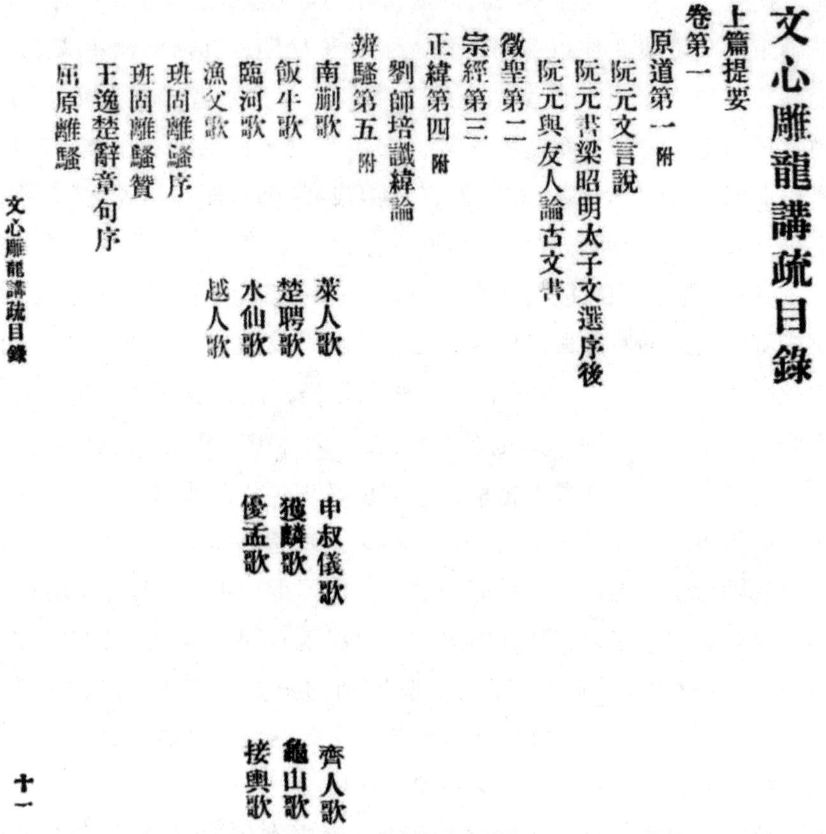
文心雕龍講疏目錄

上篇提要

卷第一

原道第一 附

阮元文言說

阮元書梁昭明太子文選序後

阮元與友人論古文書

徵聖第二

宗經第三

正緯第四 附

劉師培讖緯論

辨騷第五 附

南蒯歌 萊人歌 申叔儀歌 齊人歌

飯牛歌 楚聘歌 獲麟歌 龜山歌

臨河歌 水仙歌 優孟歌 接輿歌

漁父歌 越人歌

班固離騷序

班固離騷贊

王逸楚辭章句序

屈原離騷

文心雕龍講疏目錄 十一

图22 《文心雕龙讲疏》目录的第一页

范文澜的《文心雕龙注》虽出自补苴昔贤之需，却在体例设置和理论建构上自成体系，形成融校释和评论于一炉的《文心雕龙》新的研究模式。

《文心雕龙注》是现代龙学史上承前启后的文化高峰，它凝聚了民国学者体认传统和整理旧学的文化实绩。

范注主要依托黄叔琳辑本，搜采补订、弥补疏漏，而黄叔琳辑本成于宾客之手，纰漏甚多，范文澜继而援引近代学者的《文心雕龙》研究见解，特别是发申乃师黄侃《文心雕龙札记》的观点，汇聚近代龙学的最新研究成果。其校勘之细密、征引之丰富，远迈前人。较以《文心雕龙札记》，范注兼有文字校释、理论阐述、资料汇编的多重色彩,"黄札范注"一同成为20世纪龙学研究界新的里程碑。据范文澜夫子自道,范注除了继承和发扬其师黄侃的《文心雕龙》的义理阐述的路子外,不无补救前人龙注偏狭的考虑,其《文心雕龙注·例言》就难掩一份自得之情:"昔人颇讥李善注《文选》,释事而忘意。《文心》为论文之书,更贵探求作意,究极微旨。古来贤哲,至多善言,随宜录入。"《文心雕龙注》除去《文心雕龙》原文有40多万字,比《文心雕龙讲疏》的注释(包括附录)字数要增加一倍多,主要是注释的条数和内容的增加。如《史传》《诸子》两篇,《文心雕龙讲疏》注文各有40多条,已颇详赡,而《文心雕龙注》又各增至50多条。

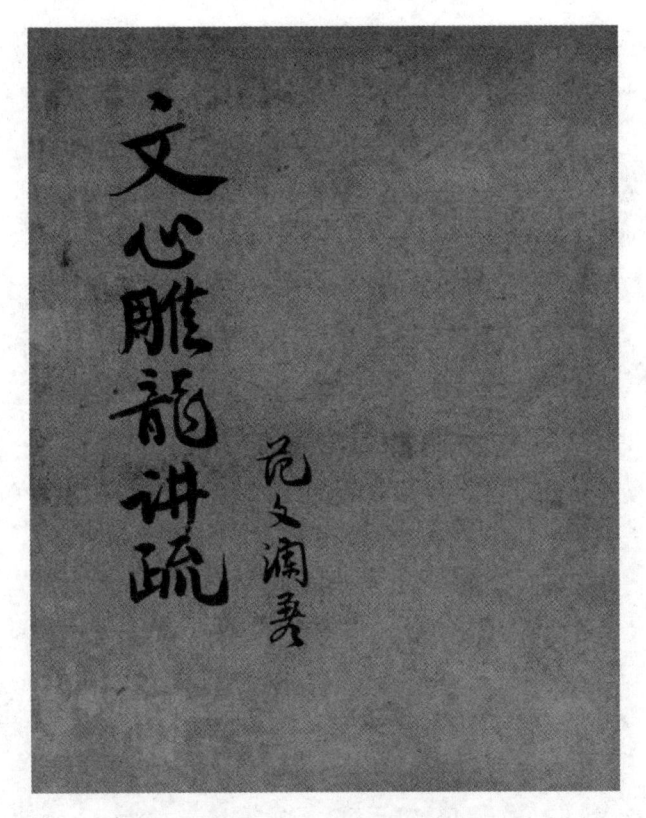

图23　范文澜《文心雕龙讲疏》的封面

引经据典、校勘严谨,范文澜的《文心雕龙注》释义精到,网罗古今旧注之大成,它上承刘师培、黄侃的《文心雕龙》研究,下启杨明照、王利器的龙学事业，标举现代龙学史新的研究高峰。以注为论的文学实践所展示的体系意识是范注理论特质的突出表现，范文澜作为民国时期第一位全力发掘《文心雕龙》理论体系的学者，他立足于文本固有的理论内蕴，进行整体观照和统摄，梳理各篇章的内在联系，列表分析《文心雕龙》理论的体系框架，发掘出《文心雕龙》精深的体系意识。《文心雕龙注》作为对旧学土壤一朵盛开的艺术奇葩的体系结构的发掘，使《文心雕龙》成为与亚里士多德的《诗学》比肩的文论经典，显示了民国龙学的新创获，体现了现代境遇下经典文本研究现代转型的观念自觉。

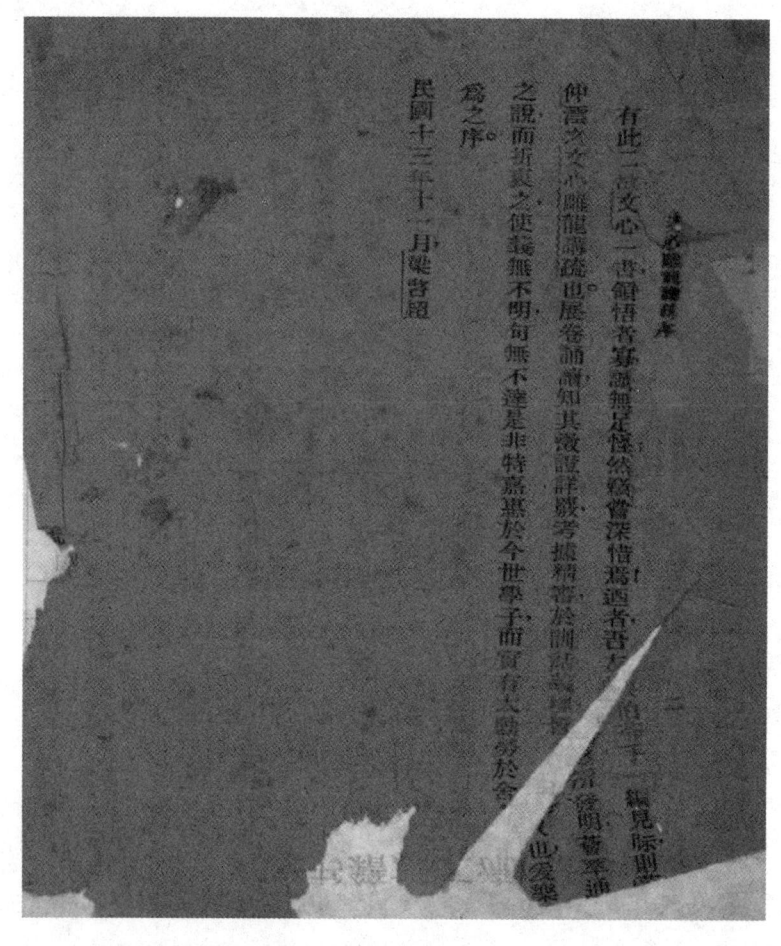

图24　梁启超为范文澜《文心雕龙讲疏》序中的一页

中華民國十四年十月一日出版

版權所有 翻印必究

定價大洋壹元六角

著作者　華北大學編輯員　范文瀾

印刷所　天津東馬路新懋印書局

總發行所　天津東馬路新懋印書局

代銷處
上海　棋盤街　科學儀器館
奉天　鼓樓北　科學儀器館
漢口　漢潤里　科學儀器館
西安省城廣濟街　科學儀器館
上海　三馬路　蝶隱廬
上海　寧波路渭水坊西冷印社
天津　江東書局
北京　直隸書局

图25　《文心雕龙讲疏》的版权页

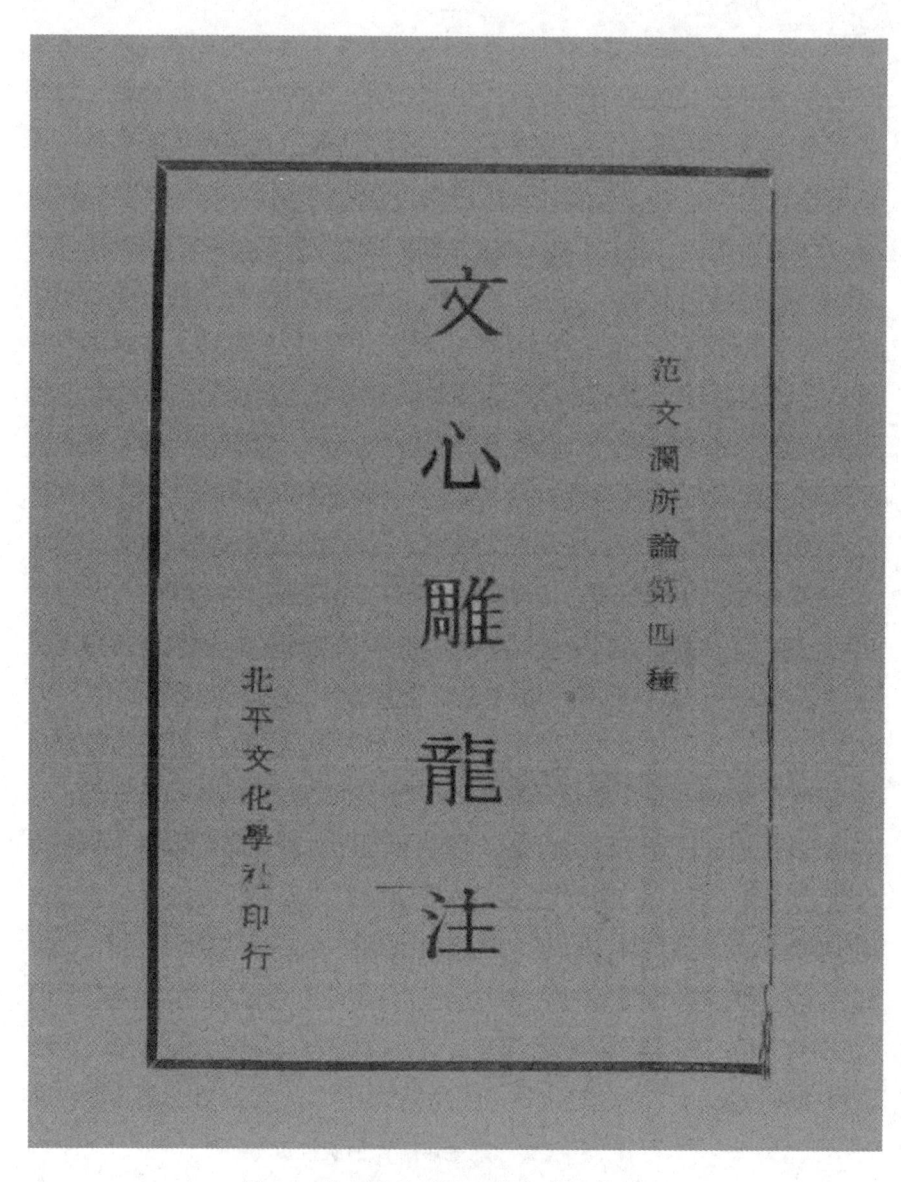

图26 范文澜的《文心雕龙注》的封面

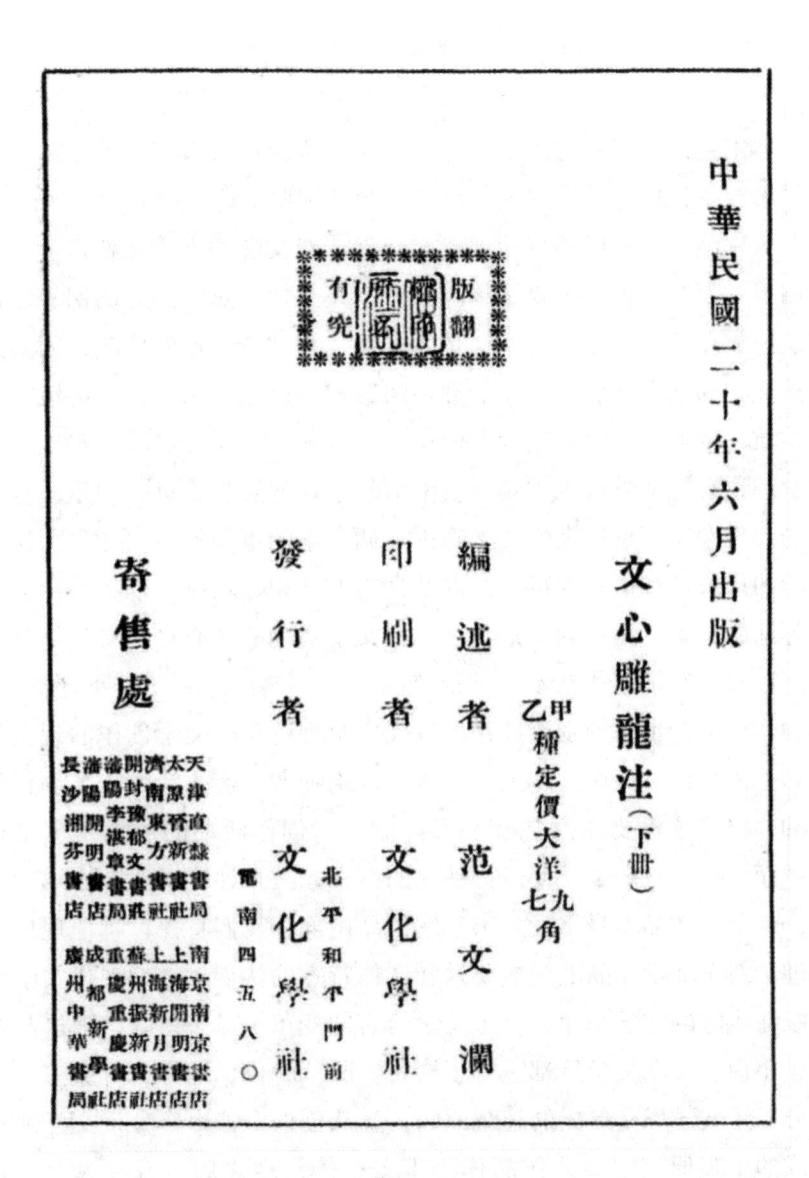

图 27 《文心雕龙注》（下册）的版权页

第七节 本书的主要内容

　　本书主体从五个方面对越地现代文学理论进行考察：第一编本质论，第二编创作论，第三编作品论，第四编鉴赏论，第五编发展论。

　　第一编本质论讲述越地现代文学理论对文学的本质、特点、社会作用等方面的认识，主要是围绕"什么是文学"这一问题的回答。把本质论放在开头部分来讲，这是大多数文学理论著作的作法，因为这牵涉文学的基本观点，后面的许多问题都与此相联系，不先讲清文学的本质、特点，别的问题无所依据，所以先从本质论讲起。越地现代文学理论有把文学看成是对社会生活的再现的观点，更多的是注重文学的表现性质。越地现代文学理论强调文学的审美特质，并且探讨了文学的形象性和情感性特征，以及文学的认识、教育、审美等社会作用等问题。第二编是创作论。创作是文学活动的中心，是文学作品的生产过程。有了创作活动，才能产生作品，然后才有鉴赏批评活动。在创作论中，本书分别论述越地现代文学理论关于文学创作的现实基础和主体意识的探讨。越地现代文学理论强调现实生活是文学创作的基础，提炼题材要注意观察和发挥想象。创作活动的成果是文学作品，而作品一旦产生，便成为独立的存在。文学评论既要有宏观的视野，也要从作品本身出发。第三编作品论部分我们将探讨越地现代文学理论对于文学作品的构成要素和文体特点的认识。越地现代文学理论跟随当时的文学革命，首重文学语言的变革，对于诗歌、随笔与杂文、小说、戏剧文学等都进行了探讨。既从时代、地方、阶级三个方面分析了文学风格形成的客观原因，又从创作个性出发分析文学风格形成的主观原因。文艺作品作为审美客体出现之后，就进入鉴赏过程，同时也就有了评论。所以，作品论之后，是第四编赏评论，专门研究越地现代文学理论对文学鉴赏的意义和特点的认识，对各种审美力的分析，对文学批评的性质、作用、标准的探讨。最后一部分第五编是发展论。这部分分别论述越地现代文学理论关于文学的起源、文学发展与社会发展的关系、文学思潮、文学发展中的继承与借鉴等问题。这样，全书可以系统地展现越地现代文学理论关于文学问题的各个方面的认识与探讨，既谈越地现代文学理论的发展概况，也谈文艺理论的基本问题，两方面互相结合，形成一个整体。在以上五编的总论之外，我们在书前加了一个引论，略举几例以展现越地现代文学理论著述的概貌；在书后加了一个余论，主要从蔡元培提出的"以美育代宗教"表现的审美现代性和鲁迅的政治文论表现的启蒙现代性角度分析越地现代文学理论的现代性。

文学理论研究应该吸收各门学科的知识。近代西方心理学传入中国以后，文艺心理学也相应有所发展。鲁迅不但在20世纪20年代翻译了厨川白村的《苦闷的象征》，而且还运用弗洛伊德的精神分析法来分析中国市民的审美意识；朱光潜在白马湖边写出了其第一篇文艺美学论文《无言之美》，后来在20世纪30年代出版了系统的理论著作《文艺心理学》。我们如果要发展唯物史观主观能动的一面，就要借助心理学的研究；而要加强审美意识的研究，则文艺心理学是必不可少的。心理学是一门科学学科，可以用唯心主义的观点去研究，也可以用唯物主义的观点去研究。就连西方学者某些偏颇的理论成果，也可以加以改造。例如，鲁迅对弗洛伊德的泛性论是有所批评的，弗洛伊德过分强调本能和潜意识，导致非理性主义，这显然是不正确的。但鲁迅有时也运用性心理分析来剖析绅士、淑女、军警、屠夫的性变态心理和小市民的性变态欣赏趣味，切中腠理，非常深刻。越地现代文学理论诸家中的许多人像鲁迅一样，汲取历史学、社会学、宗教学、伦理学、人类学、民俗学等学科的合理成分，融汇到文艺学的研究中，从而取得了越地现代文学理论的繁荣。

自从西学东渐之后，外国的理论系统渐据要津。就大学教材而言，1949年以前引入的主要是欧美理论体系，开始是以日本为中介，例如，章锡琛两次翻译本间九雄的文艺理论著作。后来人们更多地直接翻译欧美的理论著作，这些著作在我国都产生过很大的影响。还有金华傅东华翻译亨特的《文学概论》，宁波胡行之受译著影响撰写的《文学概论》，我们因为地域限制暂时没有放到本书的论述中来。但可以此说明我国文学理论当时受欧美影响的事实。所以，那时我国学者的多种文学理论教材的理论构架大抵由西方著作而来。直到1949年，由于执行"一边倒"政策，一切都向苏联学习，文学理论自然不能例外。开始流行的是几种译本，如以群所译的维诺格拉多夫的《新文学教程》，查良铮所译的季靡菲耶夫的《文学原理》。后来则由高教部聘请苏联专家来华讲学。比如，毕达可夫在北京大学开办的讲习班，就调集了各地高校的文学理论教师来听讲，将苏联的文学理论体系推广到全国各大学中去。后来，虽然出版了许多中国学者自己编写的文学理论教材，但总体上并没有离开苏联的理论体系，或者是在此基础上加以改革，直至"文革"结束。

　　实行改革开放政策后，西方各种新理论的引进，对于开阔眼界，冲击僵化的文学思想，有着积极作用，但完全跟着他们走，却又导致一种消极的结果，即人们所说的"失语症"——失却了自己的理论话语。况且，西方理论本身就有它的消极面，正如美国学者乔纳森·卡勒所说："如今的理论有一点最令人失望，就是它永无止境。它不是那种你能够掌握的东西，不是一组专门的文章，你只要读懂了，便'明白了理论'。它是一套包罗万象的文集大全，总是在不停地争论着，因为年轻而又不安分的学者总是在批评他们的长辈们的指导思想，促进新的思想家对理论做出新的贡献，并且重新评价老的、被忽略了的作者的成果。因此理论就成了一种令人惊恐不安的源头，一种不断推陈出新的资源：'什么，你没有读过拉康！你怎么能谈论抒情诗而不提及这个宝典呢？'或者说'要是不用福科关于如何利用性征和女人身体的性障碍方面的阐述，还有加亚特里·斯皮瓦克对殖民主义在建构都市题材中所起的作用的论证，你怎么能写得出关于维多利亚时期的文章呢？'理论常常会像一种凶恶的刑法，逼着你去阅读你所不熟悉的领域中的那些十分难懂的文章。在那些领域里，攻克一部著作带给你的不是短暂的喘息，而是更多的、更艰难的阅读（'斯皮瓦克？读过了，你可读过贝尼塔·派瑞[Bellita Parry]对斯皮瓦克的批评，以及她的答复呢'）。"①

---

① [美]乔纳森·卡勒：《文学理论入门》，李平译，译林出版社2008年版，第16页。

文艺学研究的是人类文学活动的普遍规律，因此它有世界各国的普适性；但是，由于它所面对的主要是本国的读者，因此又必须有具体的针对性，要具有本国的特点。这一点，理论工作者早已觉察到，所以早在20世纪50年代末，就有人提出了马克思主义文艺理论中国化的问题，其潜在的含义就是不能完全照搬苏联的理论体系。另一方面，我国本有自己的文学理论传承，既有众多的诗品文话，也有《文心雕龙》这样的体大思精的系统之作。我国古典文论有着悠久的历史，内容非常丰富，虽然直观感受多于系统论述，但不乏精彩部分，如关于艺术创造的经验、艺术鉴赏的感受、艺术思维的方式、艺术风格的特点，等等，都很有真知灼见。还有一些独特的范畴，如风骨、意境、神韵、性灵等，也很值得吸取。有一段时间，人们有意或无意地将中国古代文论的范畴和语汇运用到现代文学理论批评中来，《文心雕龙》和其他古文论的研究颇为流行，有些文学理论教材中也大量地引用古代文论，颇有点"浓得化不开"的味道。发展中国文艺理论，需要向古今中外的优秀成果致敬学习。

马克思说："理论只要说服人，就能掌握群众；而理论只要彻底，就能说服人。所谓彻底，就是抓住事物的根本。"[①] 文艺学也是一种理论，它要彻底，就要具有现实性，就要抓住事物的根本。鲁迅在"五四"以后翻译《苦闷的象征》，则意在以天马行空的大精神来刺激中国人萎靡锢蔽的精神，取得了相应的效果，而那些与中国现实离得较远的著作、流派，引进之后，也就激不起什么波澜。

所谓中国化的文学理论，就是要找出中国文学发展的症结所在，提出解决问题的办法。外则吸取世界先进思潮，内则继承本国文论的优秀传统，从而建立自己新的理论话语和新的理论体系。而理论体系的建设，不是靠一人一时建立的。越地现代文学理论诸家，正集中体现了这种建设需要个人努力的史实。

---

① 《黑格尔法哲学批判·导言》，《马克思恩格斯选集》第1卷，人民出版社1956年版，第9页。

第一编　本质论

第一章　越地现代文学理论偏重表现的文学审美本质观

许钦文说："文学是什么？如果这个问题已经解释清楚，文学概论的任务就完了。"①

对"文学是什么"做出回答，就是给文学下定义。这必须从文学的具体实际中寻找出带规律性的东西。这是我们研究文艺理论，首先要说明的一个问题。这不是引导大家死抠概念，而是为了引导大家从定义出发去弄明白文学质的规定性，也就是从文学的基本性质出发，然后才能去考察文学其他各方面的问题。就像黑格尔研究美就从美的概念开始一样："我们要用科学的方法去进行研究，所以我们就必须从研究艺术美的概念开始。只有把这个概念阐明了之后，我们才能把这门科学的各部分划分开来，因而把它的全部计划定出。"②

对定义进行研究不能被指斥为脱离实际的学院派作风。定义是客观事物质的规定性，而模糊质的规定性，便会违反客观规律，走向不可知论或者片面性。当然，这种对定义的研究强调必须从实际出发，脱离实际凭空想出来的定义是站不住脚的。而定义一旦正确地从实际中抽象出来，它就会支配全局，所以我们在讨论问题时，又不能离开定义。可见，从研究定义着手与从实际出发并不矛盾。

马克思的经验值得我们借鉴。马克思曾经总结他写作《资本论》

---

① 许钦文：《文学概论》，上海北新书局1936年版，第9页。
② 黑格尔：《美学》第1卷，商务印书馆1979年版，第29页。

的经验:"当然,在形式上,叙述方法必须与研究方法不同。研究必须充分地占有材料,分析它的各种发展形式,探寻这些形式的内在联系。只有这项工作完成以后,现实的运动才能适当地叙述出来。这点一旦做到,材料的生命一旦观念地反映出来,呈现在我们面前的就好像是一个先验的结构了。"① 马克思在这里强调,在研究阶段,必须充分地占有材料,一切从实际出发;而一旦寻找到现实运动的内在联系,材料的生命便观念地反映出来,再用叙述方法呈现出来就容易了,好像存在一个先验的结构。

黑格尔的《美学》也是一个很好的例子。他在叙述时,先搞清美的定义,"美是理念的感性显现"。然后,他在"美是理念的感性显现"这个基本定义上构建全书的理论体系。其他的美学家和文艺学家,也都对美和艺术的本质有自己的理解,并由于对这个基本问题的理解的不同,而形成了各自不同的理论体系。

章锡琛翻译的本间久雄的《新文学概论》给越地现代文学理论诸家们以鲜活的启示:"我们现在研究文学时,是不容易把文学这东西的概念置在暧昧之中的。倘使不先把这定了一个统一而且清楚的概念,便不能进一步去下研究考察的功夫。"② 在第一章中,本间久雄列举了《新模范大辞典》所载文学(literature)的七种意义以及颇斯耐脱、华舍斯德、勃鲁克、瓦纳、亚诺德、台昆雪、亨德、道甸等人的定义。他认为文学的特质,在于文却斯德所讨论的"感情的永久性及普遍性"。③ 在后来的《文学概论》里,本间久雄也是先给文学的性质进行框定:"通过想象及感情而诉诸读者的想象及感情,乃是文学的第一特色。"④

范寿康就如何给美的对象的特性来下定义做了方法论的陈述,"我们既不能单由感觉自身来规定他,我们也不能单由客观的对象自

---

① 《资本论·第二版跋》,《马克思恩格斯选集》第 2 卷,人民出版社 1956 年版,第 111 页。
② [日] 本间久雄:《新文学概论》,章锡琛译,商务印书馆 1925 年版,第 2 页。
③ 同上书,第 13 页。
④ [日] 本间久雄:《文学概论》,章锡琛译,商务印书馆 1930 年版,第 16 页。

身来规定他。就是说，我们单由主观或单由客观是不能明白确立他的。我们现在只能说美的经验，与其他经验同样，乃成立于主观与客观之对立的关系上面。那末，我们不能不于这主观与客观两者的关系内找出美的特殊性。"①

既然本质论关系到文学理论的各个方面，那么，我们也只能从探讨文学的本质定义开始，来展开全书的论述。

历来对于文学本质问题的见解众说纷纭，莫衷一是。理论家们依据各种哲学观点，从各自不同角度加以观察，提出各种看法。一般的文艺理论著作将之归纳为再现论和表现论。再现论认为文学是客观现实的再现，表现论认为文学是作家心灵的表现。越地现代文学理论家偏重于认为文艺是情感的表现，可以归之为表现的文艺审美观。

第一节　越地现代文学理论偏重表现论

越地现代文学理论中，徐懋庸强调文学是现实的反映，可以归入再现论一派。而更多的人在回答"文学是什么"以及概括文学的特征的问题时强调文学是作家的情感的表现，尽管他们的论述又与人生与现实联系在一起，我们还是将之归入表现论一派。总体来说，越地现代文学理论偏重表现论。

一　越地现代文学理论中的再现论

越地现代文学理论中，徐懋庸推崇写实主义的方法，近似于再现论。在《现实》一文中他反对割裂现实、粉饰现实、歪曲现实。他说："倘若有意地去割裂粉饰，歪曲，那便不能算是艺术创作，只好算卖野人头，变戏法。"②

徐懋庸的这句话强调艺术与现实的关联，这是西方再现论首先强

---

① 范寿康：《艺术之本质》，商务印书馆1928年版，第7页。
② 徐懋庸：《现实》，《徐懋庸选集》第一卷，四川人民出版社1984年版，第324页。

调的。西方的再现论的源头可以上溯到模仿论。古希腊哲学家亚里士多德认为，文学和艺术都是对现实的模仿。亚里士多德在《诗学》里说："史诗和悲剧、喜剧和酒神颂以及大部分双管箫乐和竖琴乐——这一切实际上是模仿，只是有三点差别，即模仿所用的媒介不同，所取的对象不同，所采的方式不同。有一些人（或凭艺术，或靠经验），用颜色和姿态来制造形象，模仿许多事物，而另一些人则用声音来模仿；同样，像前面所说的几种艺术，就都用节奏、语言、音调来模仿，对于后两种，或单用其中一种，或兼用二种……"① 亚里士多德这段话对后世影响很大。正如车尔尼雪夫斯基所说："他的概念竟雄霸了二千余年。"② 古罗马的理论家贺拉斯根据模仿说，在《诗艺》中劝告作家"到生活中到风俗习惯中去寻找模型"③。

徐懋庸认为"第三种人""文艺自由论"者苏汶在《作家的主观与社会的客观》中坚持的主观中心说就是教人割裂现实，粉饰现实，歪曲现实的。④

徐懋庸的这句话强调艺术要再现现实。在西方，文艺复兴以后，模仿说影响更大。《堂·吉诃德》的作者塞万提斯在该书序言中，借一位朋友之口强调了对于自然的模仿，写作小说所有的事只是模仿自然，自然是写作得以完成的唯一的范本："模仿得愈加妙肖，你这部书也必愈见完美。"⑤ 17世纪法国古典主义批评家布瓦罗认为，我们永远也不能和自然寸步相离，生活在作家面前经常充满着模型。18世纪法国启蒙主义者狄德罗在《绘画论》中说："我们最好是完全照着物体的原样给它们介绍出来。模仿得愈完善，愈能符合各种原因，我们就会愈觉得满意。"⑥ 德国伟大诗人歌德说："除了自然之外，形象

---

① [古希腊]亚里士多德：《诗学·诗艺》，人民文学出版社1962年版，第3—4页。
② [俄]车尔尼雪夫斯基：《论亚里士多德的〈诗学〉》，《美学论文选》，人民文学出版社1957年版，第129页。
③ [古希腊]亚里士多德：《诗学·诗艺》，人民文学出版社1962年版，第154页。
④ 徐懋庸：《"作家的主观与社会的客观"》，《徐懋庸选集》第一卷，四川人民出版社1984年版，第376页。
⑤ 伍蠡甫主编：《西方文论选》上卷，上海译文出版社1979年版，第208页。
⑥ 同上书，第388页。

又从何处取得呢？很明显，画家是在模仿自然；那末，为什么诗人不也去模仿自然呢？"① 他声称自己长期对自然事物做好了细致的观察，逐渐学会熟悉自然，就连一些最微小的细节也熟记在心里，所以等到他作为诗人要运用自然景物时，它们就随召随到，他就不容易犯违反事实真相的错误。19世纪法国浪漫主义作家雨果也说："诗人只应该有一个模范，那就是自然。"② 这些作家、理论家虽处于不同的时代，有着不同的倾向，但他们一致把模仿自然看作文学艺术的本质，强调文学是再现现实的。有些人甚至把表现性最强的音乐也看作模仿，如古希腊哲学家德谟克利特说：人们正是"从天鹅和黄莺等歌唱的鸟学会了唱歌"③。古罗马卢克莱修说："人们在开始能够编出流畅的歌曲而给听觉以享受的很久以前，就学会了用口模拟鸟类嘹亮的鸣声。最早教会居民吹芦笛的，是西风在芦苇空茎中的哨声。"④

19世纪俄国革命民主主义理论家别林斯基和车尔尼雪夫斯基等人进一步强调对于现实的模仿或再现。别林斯基说："艺术是现实的再现；因此，它的任务不是矫正生活，也不是修饰生活，而是按照实际的样子把生活表现出来。"⑤ 他要求作家忠于现实，以忠实地描绘现实生活来震撼人的心灵。他说："在艺术中，一切不忠实于现实的东西，都是虚谎，它们所揭示的不是才能，而是庸碌无能。艺术是真实的表现，而只有现实才是至高无上的真实，一切超出现实之外的东西，也就是说，一切为某一个'作家'凭空虚构出来的现实，都是虚谎，都是对真实的诽谤。"⑥ 车尔尼雪夫斯基则干脆提出了"美是生活"的定义，他认为："任何事物，凡是我们在那里面看得见依照我们的理

---

① 伍蠡甫主编：《西方文论选》上卷，上海译文出版社1979年版，第458页。
② [法]雨果：《短歌与民谣集·序》，《雨果论文学》，上海译文出版社1980年版，第91页。
③ 伍蠡甫主编：《西方文论选》上卷，上海译文出版社1979年版，第5页。
④ 参见[俄]克列姆辽夫《音乐美学问题概论》，人民音乐出版社1983年版，第93页。
⑤ [俄]别林斯基：《孟采尔，歌德的批评家》，《别林斯基选集》第2卷，上海文艺出版社1963年版，第73页。
⑥ [俄]别林斯基：《〈玛尔林斯基全集〉》，《别林斯基选集》第2卷，上海文艺出版社1963年版，第197页。

解应当如此的生活,那就是美的。""任何东西,凡是显示出生活或使我们想起生活的,那就是美的。"因此他强调:"艺术的第一个作用,一切艺术作品毫无例外的一个作用,就是再现自然和生活。"① 一般说来,再现派大都把现实生活看作是第一性的,是原本;而艺术是第二性的,是复制品,是模仿。伟大的画家达·芬奇说:"画家的心应该像一面镜子,永远把它所反映事物的色彩摄进来,前面摆着多少事物,就摄取多少形象。"②

徐懋庸在《关于〈莫拿丽莎〉》中反驳了苏汶认为蒙娜丽莎是达·芬奇的心理表现,也就是"艺术家的灵魂"的表现,"寄予着一种人生的理想"的说法。徐懋庸认为达·芬奇的作品也是现实生活的产物,"'艺术家的灵魂'所怀的'人生的理想',毕竟也是'社会的客观'的产物"③。徐懋庸的这句话强调艺术家表现的主观内容也来源于现实。这也体现了中西文论对艺术家主观精神的强调。亚里士多德的老师柏拉图的模仿说与亚里士多德及其后学是不同的。他并不承认现实的东西是第一性的,而认为只有理式才是真实的,现实是对理式的模仿,艺术是对现实的模仿,所以是模仿的模仿,与自然和真理隔着三层。在《理想国》里,他借苏格拉底的嘴说:"床不是有三种吗?第一种是在自然中本有的,我想无妨说是神制造的,因为没有旁人能制造它;第二种是木匠制造的;第三种是画家制造的。"神只制造一张床,就是"床之所以为床"的那个理式,也就是床的真实体。木匠根据这个床的理式来制造床,画家则模仿木匠制造的床。"所以,模仿和真实体隔得很远。它在表面上像能制造一切事物,是因为它只取每件事物的一小部分,而那一小部分还只是一种影像。"④

黑格尔与柏拉图的理论同属一派。他认为理念或宇宙精神——又

---

① [俄] 车尔尼雪夫斯基:《艺术与现实的审美关系》,人民文学出版社1978年版,第91页。
② 伍蠡甫主编:《西方文论选》上卷,上海译文出版社1979年版,第183页。
③ 徐懋庸:《关于〈莫拿丽莎〉》,《徐懋庸选集》第一卷,四川人民出版社1984年版,第381页。
④ [古希腊] 柏拉图:《柏拉图文艺对话录》,人民文学出版社1983年版,第70、72页。

叫绝对精神,是最根本的东西,其他一切都是它的外化,艺术美也就是这种理念的感性显现。在文学理论批评史上,类似的观点还不少,只不过在理论形式上没有柏拉图与黑格尔那么完整罢了。例如,我国古典文论中"文以载道""文以明道"的说法,就有这种倾向。道,即所谓天道,就是类似理式、理念的绝对精神,这是最根本的东西。文是一种载体,它的任务就是去载这个道,去阐明这个道。这种道,不但儒家主张,而且道家也主张,老子《道德经》开宗明义第一句就是"道可道,非常道"。这个"道"是不可捉摸、无所不在的东西。当然,儒道二家之道并不相同,就像佛教与基督教的神不同一样,但都是神本位。载道之论,不但"文起八代之衰"的韩愈主张,就是"绮丽不足珍"的六朝文坛也有人提倡,刘勰的文学理论巨著《文心雕龙》第一篇就是《原道》。刘勰认为,创作"莫不原道心以敷章","道沿圣以垂文,圣因文而明道"[①]。他们不但在具体论述中有许多真知灼见,而且有些明道说提出的本身,就有现实的针对性。如刘勰的《原道》论,就是针对六朝的绮丽文风而发的,所起的作用很大。

在《描写的能力》中徐懋庸认为"要正确,要用具体的形象来表现,这是描写的基本条件。但是要充分地具有这种能力,须得学习新写实主义的方法"[②]。他的意思很容易理解,从再现现实到选用新写实主义的方法,逻辑上是一致的。

二 越地现代文学理论中的表现论

表现论虽然也是古已有之,但在西方文艺界和理论界盛行起来,则是近代之事。这种理论的兴起,与资本主义经济的发展、个性解放思潮的勃兴在艺术上就要求自我表现有关。而理论的渊源,则可溯自康德。康德认为,美是主观的,美的艺术是天才的艺术,"天才就是

[①] 刘勰:《文心雕龙·原道》,范文澜《文心雕龙讲疏》卷一,新懋印书局1925年版,第7页。
[②] 徐懋庸:《描写的能力》,《徐懋庸选集》第一卷,四川人民出版社1984年版,第319—320页。

那天赋的才能，它给艺术制定法规"①。天才论自然不是从康德开始的，但康德认为天才可以超越自然法规，而且强调"天才是和模仿的精神完全对立着的"②，因而不要学习，不需学问，它的创造性是无法描述的。康德的天才论对欧洲近代文艺理论影响很大，那些强调文艺是艺术家心灵的自我表现、而不受现实制约的理论，即与此有关。深受康德哲学影响的德国大诗人席勒，就把艺术看作人类剩余精力的表现。

朱自清从文艺的真实性角度谈到再现与表现的问题。他认为，从"再现"的立场说，文艺没有完全真实的，因为"感觉与感情都不能久存，而文艺的抒写，又必在感觉消失了，感情冷静着的时候，所以便难把捉了"③。又说，"从'表现'立场看，没有所谓'再现'；'再现'是不可能的。创作只是一现而已。就是号称如实描写客观事项的作品，也是一现的创作，而不是再现；因所描写的是'描写当时'新生的心境（记忆），而不是'描写以前'旧有的事实"④。他还认为，事实不能模拟，只能捏造或附会；"模拟事实，实在是不通的话"⑤。后来他说自己"认表现为生活的一部，文字与事实同是生活的过程"⑥。他在《文学的一个界说》里认同《英国文学》的作者 Long 的观点："文学是记载人们的精神，思想，情绪，热望；是历史，是人的灵魂之唯一的历史。""文学是用真实和美妙的话表现人生的。"他认为"与事实一致"的话是没有的。从"与事实一致"的立场看，文学多少离不了说谎。"但这是艺术的说谎，与平常随便撒谎不同。"⑦ 表面上，朱自清用表现否定再现，但实质是在肯定艺术与现实

---

① ［德］康德：《判断力批判》上卷，商务印书馆1964年版，第152页。
② 同上书，第154页。
③ 朱自清：《文艺的真实性》，《朱自清全集》（第四卷），江苏教育出版社1996年版，第92页。
④ 同上书，第97页。
⑤ 同上书，第100页。
⑥ 朱自清：《文艺之力》，《朱自清全集》（第四卷），江苏教育出版社1996年版，第105页。
⑦ 朱自清：《文学的一个界说》，《朱自清全集》（第四卷），江苏教育出版社1996年版，第167页。

的关联的基础上,就其内容来说肯定了作家与艺术家的加工改造。他认为"表现自己"是文学及其他艺术的第一义。表现人生,也只是表现自己所见的人生。"表现自己,以自己的情感为主,能够将自己的'实感'充分表现的,便是好文学,便能使人信,便能引人同情;不管所叙的事实与经过的事实一致否。"①"无论是记录生活,是显扬时代精神,是创造理想世界,都是表现人生。无论是轮廓的描写,是价值的发现,总名都叫表现。"②"能够在作品中充分表现自己的,便是永久的。"③

关于文学的本质,许钦文说:"到了现在,已经可以归纳出共通的意见来,就是'人生的'。""这共通的意见,还可以分作三项来说明:一表现人生;二批评人生;三指导人生。""前两项都是再现的文学,后一项是'表现'的文学。"④ 许钦文在这里首先肯定再现。朱自清在《文学的一个界说》里直接说:"'表现'与'批评',但又强调作家主观能动性的表现不是两件东西,而是一体的两面。"⑤ 朱自清的说法也确认了他们的"表现"并不否定文学与现实生活的关联的观点。

夏丏尊偏向于文学是人的情感的表现的观点。他说:"文学与文艺,原可作同一的东西解释,普通也都这样混同了解释着。"⑥ 又说:"现今所谓文学者,大概指纯文学而言。内容包括诗歌小说谣曲戏剧等,与史书论文大异其趣,其性质宁和雕刻音乐绘画等相共通,换言之,就是和雕刻音乐绘画同为一种艺术,不过文学所用的工具是文字,别的艺术所用的工具是色彩音乐或者土石而已。把文学认为艺术的一种,这已是公认的见解了,由这见解,为明白起见,所以不称文

---

① 朱自清:《文学的一个界说》,《朱自清全集》(第四卷),江苏教育出版社1996年版,第168页。
② 同上书,第169页。
③ 同上书,第173页。
④ 许钦文:《文学概论》,上海北新书局1936年版,第9—10页。
⑤ 朱自清:《文学的一个界说》,《朱自清全集》(第四卷),江苏教育出版社1996年版,第170页。
⑥ 夏丏尊:《文艺论ABC》,世界书局1928年版,第2页。

学而称文艺。"① 王维的"独坐幽篁里"一诗就只有经验事实，并没有明白地列出感情，但读者却会把自己的感情补进去。曹操的《短歌行》只有感情，没有列明经验事实。"文艺的本质是情，文艺中须把经验事实通过情的面纱来表示，从情的上面刺激读者。科学的文字重在诉之于知，道德的文字重在诉之于意，而文艺的文字，却重在诉之于情。"②

范寿康把表现看得更绝对些。他在《美学概论》的结尾里认为艺术为了引起观众或读者的"美的态度"，"给对象以观念性、分离性及客观性"，艺术家采用"特殊的手段"——"艺术的表现"，把其想加以表现的生命先于现实关系绝缘，然后再放到与现实完全异趣的对象里面去。他说："由了表现，生命乃与现实绝缘，而由了与新的官能的形体的结合，美的境域乃与其他的观念世界得以区别。这样看来，我们可以知道艺术的世界乃是一个彻底独立的而且是有组织的完全的世界。而为构成这样的世界起见，我们采用的方法就是表现，所以表现也即是艺术的本质。"③

19世纪后期以来，表现论在西方蓬勃发展，逐渐占了优势。不过，同属表现论，而所论各不相同，于是形成了各种流派。这些流派，我们在越地现代文学理论的论述中都可以找到类似的例子。

柏格森从他的生命哲学出发，认为艺术是"生命的冲动"。他把艺术与现实对立起来，认为艺术的目的不在反映现实，而是生命力的表现，是观看帷幕后面的实在；艺术家无须观察现实，而是以自己的真诚，直觉地去把握生命力。他说："什么是艺术的目的呢？如果实在直接与我们的感官和意识发生接触，如果我们能够直接与外物和我们自己发生感通，那么，我相信艺术大概将是无用的了，或者我们都将会变成艺术家。""在我们灵魂的深处，我们将会听到那发自我们内在生命的永不停歇的曲调——一种有时是愉快的、但更多的是充满了

---

① 夏丏尊：《文艺论ABC》，世界书局1928年版，第3页。
② 同上书，第9页。
③ 范寿康：《美学概论》，商务印书馆1927年版，第214页。

哀怨、并且总是富有独创性的音乐。"虽然他并不否认艺术家"必须生活",但却认为"生活是要求我们从自己的需要出发来把握外物的"。"总之,我们并不认识客观事物的本身。在大多数的情况下,我们都不过读读贴在它们上面的标签而已。"所以,他认为:"艺术不过是对于实在的更为直接的观看罢了。""诗总是表现心灵状态的。"①夏丏尊说:"真的创作上最根本的手段,除了内观自己,没有别法。文艺作品毕竟是作家的自我表现,所描写的自然人生,也毕竟是通过了作家的心眼的自然人生。把自己所感所见的,适宜地调整安排,这就是创作。"②"一切文艺作品,广义地说,都是作家的自传。"③"作家决不能写内心上毫无根据的人物,尤其是人物的心理。"④

弗洛伊德是精神分析派心理学家,他从潜意识与泛性论出发,来论述文学问题,认为创作是由于性的压抑而引起的发泄,而读者的艺术欣赏也是潜意识中性心理感应。弗洛伊德把人的心理分为三个区域:本我、自我和超我。本我是人的本能冲动,它受到自我(有意识的个性)和超我(理性良知)的压抑,这种本能冲动被压到潜意识里去,但随时要寻找机会表现出来。梦是潜意识的表现形式,文学创作也是潜意识的表现形式。他有一篇文章,叫《创作家与白日梦》,就把创作活动与梦联系起来分析。他将两者进行比较研究之后说:"我们本着从研究幻想而取得的见识,应该预期到下述情况。目前的强烈经验,唤起了创作家对早先经验的回忆(通常是孩提时代的经验),这种回忆在现在产生了一种愿望,这愿望在作品中得到了实现。作品本身包含两种成分:最近的诱发性的事件和旧事的回忆。"弗洛伊德认为,文学并不是按照现实的实际情况描写的,而是作家的幻想的表现。他说:"小说中所有的女人总是都爱上了主角,这种事情很难看作对现实的描写,但是它是白日梦的一个必要成分,这是很容易理解

---

① [法] 柏格森:《笑之研究》,伍蠡甫编《西方文论选》下卷,上海译文出版社1988年版,第275、276、279页。
② 夏丏尊:《文艺论ABC》,世界书局1928年版,第89页。
③ 同上。
④ 同上书,第90页。

的。同样地，故事中的其他人物很明显地分为好人和坏人，根本无视现实生活中所观察到的人类性格多样性的事实。'好人'都是帮助已成为故事主角的'自我'的，而'坏人'则是这个'自我'的敌人或对手之类。"① 弗洛伊德创造了一个心理分析的模式，把它套在所有的作品上，甚至偏离模式最远的作品也可以通过一系列不间断的过渡事件与模式联系起来。除了鲁迅翻译《苦闷的象征》表明他对弗洛伊德观点的认同，许钦文也是这样认同的。许钦文在回答为什么要有文学、为什么会有文学时说："这两个问题，可用一句话来解答完结，就是因为'苦闷'。"② "人间有文学，实在是人生的不幸。要是欲望个个都能满足，就不会有文学产生出来。可是欲望无穷，总不会有如数达到目的的时候，所以文学，虽然随时变更情态，是不会消灭的。"③ "发泄在文学上面的苦闷，并不是直接的诉苦，是用'象征'的方式表现出来的，所以叫作'苦闷的象征'。"④ 他还认为那些表现生活美好的一面的文学是"苦闷的反表"或者"喜欢的追慕"。

克罗齐是著名的表现论者。他的理论是：直觉即表现，直觉即艺术，所以直觉和艺术都等于表现——"抒情的表现"。因为人人都离不开直觉，因而人人都离不开艺术活动，人人都有艺术家的成分，"人是天生的诗人"。在他看来，人以直觉的方式对一件事物有了意象时，就已完成了一件艺术品；而美则是成功的表现。克罗齐在《美学原理》中说："我们觉得以'成功的表现'作'美'的定义，似很稳妥；或是更好一点，把美干脆地当作表现，不加形容词，因为不成功的表现就不是表现。""某甲感到或预感到一个印象，还没有把它表现，而在设法表现它。他试用种种不同的字句，来产生他所寻求的那个表现品，那个一定存在而他却还没有找到的表现品。……可是突然间（几乎像不求自来的）他碰上了他所寻求

---

① 伍蠡甫主编：《现代西方文论选》，上海译文出版社1983年版，第146、145页。
② 许钦文：《文学概论》，上海北新书局1936年版，第15页。
③ 同上书，第16—17页。
④ 同上书，第17页。

的表现品,'水到渠成'。霎时间他享受到审美的快感或美的东西所产生的快感。丑和它所附带的不快感,就是没有能征服障碍的那种审美活动;美就是得到胜利的表现活动。"① 夏丏尊的看法有类似之处。他说:"心理学上通例把心的活动分为知情意的三方面,史书偏重于知的方面,论文偏重于意的方面,文艺却偏重于情的方面。"② "文艺的本质是情,但所谓情者,不能凭空发生,喜悦必须有喜悦的经验,悲哀必须有悲哀的事实。把这'经验'或'事实'抽出来看,性质当然是属于知或意的。"③ "对于经验或事实不作知或意的处理,仅作情的处理,这就是文艺的特性。文艺所给予人的是感动或情味,不是知识或欲望。""经验或事实著了感情的衣服表现出来的是文艺,但有时感情与经验事实两方面有偏重而不平均者,甚而至于有缺其一方面者。"④

三 越地现代文学理论偏重表现论的原因

越地现代文学理论偏重表现论首先是因为受到西方文论的影响。

19世纪后期以来的表现论在西方产生了广泛的影响。主张表现论的代表人物除上面提到的3个以外还有很多。如现象学派美学家杜夫海纳在分析艺术家的创作过程时就说:"当知觉深化为情感时,知觉接收审美对象的一种意义。这种意义我们曾主张称之为表现。""表现首先是属于想自我表现的自然,并在作品中找到了自我表现的途径。这些作品本身也是具有表现性的,是自然所启发的。作品给我们打开的独特世界是自然的一种可能;在实现这种可能时,作品给我们带来了一个实质的信息;艺术家作为一个曾经感到这一信息的人,也从中

---

① [意] 克罗齐:《美学原理·美学纲要》,朱光潜等译,外国文学出版社1983年版,第89、129页。
② 夏丏尊:《文艺论ABC》,世界书局1928年版,第5页。
③ 同上书,第6页。
④ 同上书,第7页。

表现了自我。"①　符号论美学家苏珊·朗格说:"一件艺术品就是一件表现性的形式,这种创造出来的形式是供我们的感官去知觉或供我们想象的,而它所表现的东西就是人类的情感。"②　野兽派画家马蒂斯说:"画家不用再从事于琐细的单体的描写,摄影是为了这个而存在的,它干得更好、更快。把历史的事件来叙述,也不是绘画的事了,人们将在书本里找到。我们对绘画有更高的要求。它服务于表现艺术家内心的幻象。""美术学校的教师常爱说:'只要紧密靠拢自然。'我在我的一生的路程上反对这个见解,我不能屈服于它。……我的道路是不停止地寻找忠实临写以外的表现的可能性。"③　但是他们的观点在日本的影响还未体现出来,也就未能及时在越地现代文学理论中留下影子。

　　从历史的渊源看,我们能找到越地现代文学理论偏重表现的因素。东汉越地思想家、文艺理论家王充把他的自然哲学原理引入文论,认为文章是人主动自觉创造的行为结果:"有根株于下,有荣叶于上,有实核于内,有皮壳于外。文墨辞说,士之荣叶皮壳也。实诚在胸臆,文墨著竹帛。外内表里,自相副称。意奋而笔纵,故文见而实露也。"④(《超奇》)主张表现作者主体丰富的精神因素。人作为自然之物,其活动规律与自然之理会通,充分肯定了作家主体自然表现的客观合理性,并由此提倡文章真美,标榜个性,推崇创新,对魏晋文学创作产生了积极的影响。他认为,思想家的文章除了表现自己卓越的思想和谋略之外,还要有强烈的是非,鲜明的爱憎取舍,"精诚由中,故其文语感动人深","书疏文字,夺于肝心"。他体会到鲜明的感情倾向可以产生巨大的感动力量。在王充看来,事实、理真、情切,合起来谓之"真美"。王充提倡作家自然表现自

----

　　① [德]杜夫海纳:《美学与哲学》,孙非译,中国社会科学出版社1985年版,第113、116页。
　　② [美]苏珊·朗格:《艺术问题》,滕守尧译,中国社会科学出版社1983年版,第13—14页。
　　③ [法]马蒂斯:《绘画是一种表现》,江流等编《艺术特征论》,文化艺术出版社1984年版,第99、100页。
　　④ 王充:《论衡》,山东画报出版社2004年版,第165页。

己的真情实意，提倡作家表现个人的奇特才思，反对厚古薄今，提倡创新，在当时是有反潮流精神的。他的文章理论对蔡邕、曹丕、陆机、葛洪、刘勰等人是有显著影响的。[①] 对越地现代文学理论也是有影响的。

王阳明的良知学说无疑具有浓郁的诗学意味。从其突出的主观意识，鲜明的虚灵特征，浓厚的情感色彩，以及超然的人格境界，都深深地影响了他本人的诗学观念与诗歌创作。在心与物的关系中，主体性灵占据了压倒性的优势；在诗歌创作过程中，诗人的人格性情、思想境界成为决定诗歌优劣的重要因素；在诗歌功能上，更强调愉悦性情、快适自我的作用。

宋代越地的王阳明心学影响广泛。明代以后市民意识勃起、要求个性解放思潮的兴起，他对明代诗歌发展的最大贡献还是其性灵诗学观念，可以说他开辟了明代中后期的一种诗歌潮流。尽管开始时成效并不明显，凡是受其影响者也大都具有讲学议论的性理诗的倾向。但是经过王畿、唐顺之、徐渭、李贽等人的发挥推衍，在晚明遂蔚为大观，产生了公安派、竟陵派那样的诗歌流派，终于展现出与复古派截然不同的诗学特征。它上接自宋代以来以趣为主的诗学传统，下开近代以来的新诗源头，从而成为中国诗歌发展史中不可或缺的一环。[②]

夏丏尊曾经留学日本，回国后于1928年出版了《文艺论ABC》。他的文艺观受到日本的影响。章锡琛翻译日本人本间久雄的《新文学概论》于1925年出版，《文学概论》于1930年出版，比较一下更能见出这种影响。所以，当西方现代表现论经过日本被传入中国后，其获得广泛支持与认可就不足为奇。这也就解释了为什么越地现代文学理论偏向表现论的一些原因。

[①] 秦德行：《简说王充的主体自然表现论》，《山西师大学报》（社会科学版）1999年第1期。

[②] 左东岭：《良知说与王阳明的诗学观念》，《文学遗产》2010年第4期。

第二节　越地现代文学理论强调文艺的审美性

夏丏尊说:"人生是多元的,人的生活有若干的方面,故有若干的对象。知识生活的对象是'真',道德生活的对象是'善',艺术生活的对象是'美'。我不如艺术派所说,相信'美'与'善'无关,是独立的东西,但亦不能承认人生派的主张,把'美'只认为'善'的奴仆。我相信文艺对人有用处,但不赞成把文艺流于浅薄的实用。"① "文艺的本质,是超越现实功利的美的情感,不是真的知识与善的教训,但情感不能无因而起,必有所缘。因了所缘,就附带有种种实质。或是关于善的,或是关于真的。我们不应因了这所附带的实质中有善或真的分子,就说文艺作品的本质是善的或是真的。"② 夏丏尊在这里像其他越地现代文学理论诸家一样,强调了文艺的审美性。

一　文学反映现实以审美为基础

徐懋庸在《风景描写》《心理描写》《再谈心理描写》《典型人物的描写》等文章中专门就风景描写、心理描写、典型人物的描写等具体方法提出了自己的看法。例如在《心理描写》中徐懋庸认为弗洛伊德的学说显然是不完全的:"人类的欲望,不止一种性的欲望,受外界检察的,也不止一种性的欲望。在历来的社会里,个人的一切自由活动的愿望,都是受着社会制度的检察和抑制的。人类的苦闷,实系社会制度的矛盾反映而成,而且,人类的一切心理现象,都不是从个人心中凭空地发生,而是由社会的现实所决定的。"③ 徐懋庸同夏丏尊

---

① 夏丏尊:《文艺论 ABC》,世界书局 1928 年版,第 25—26 页。
② 同上书,第 26 页。
③ 徐懋庸:《心理描写》,《徐懋庸选集》第一卷,四川人民出版社 1984 年版,第 333—334 页。

一样，看到人类精神生活的多样性，所以，在对创作目的和动机等问题的解答上，徐懋庸体现了现实主义原则。在《"为谁而写作"》中他给出的答案是："一个作家，有所写作，总是为了一切人或多数人。"① 他认为读者是创作的最终目的和动机。另外徐懋庸的现实主义原则强调艺术对于读者的精神影响。在《创作的态度》中他说："凡有写作，当然是想获得读者的。但作家的获得读者，并不像娼妓获得狎客那样靠了媚悦的手段。作家是象传道者那样，用了自己的精神，去打动别人的精神，在某种意义上，作家是任性的，他只是表现自己所要表现的东西。"②

把文学作为一种社会意识形态来考察，肯定文学作品是现实生活的反映，这无疑是正确的出发点。因为："意识在任何时候都只能是被意识到了的存在，而人们的存在就是他们的实际生活过程。"③ 但同是反映，在各个意识领域内，反映的方式和内涵是不同的，列宁在《哲学笔记》里就曾批评过那种把作为认识论原则的感觉和作为伦理学原则的感觉混淆起来的作法。文学不同于一般意识形态，它对现实生活的反映，是一种特殊方式的反映，即审美反映。这种审美反映，不仅在反映形式上有别于科学反映，而且在掌握现实的方式上也有自己的特殊性。正如夏丏尊所言，人生是多元的，人的生活有若干的方面，故有若干的对象。人生可以一分为三，知识生活、道德生活、艺术生活，与之相对应的对象分别是真、善、美。

夏丏尊的观点与马克思的思路是暗合的。马克思在论述政治经济学研究方法时，曾将科学认识与"对世界的精神的掌握"的其他形式区别开来："整体，当它在头脑中作为思想整体而出现时，是思维着的头脑的产物，这个头脑用它所专有的方式掌握世界，而这种方式是

---

① 徐懋庸：《"为谁而写作"》，《徐懋庸选集》第一卷，四川人民出版社1984年版，第345页。
② 徐懋庸：《创作的态度》，《徐懋庸选集》第一卷，四川人民出版社1984年版，第350页。
③ 《德意志意识形态》，《马克思恩格斯全集》第3卷，人民出版社1960年版，第29页。

不同于对于世界的艺术精神的、宗教精神的、实践精神的掌握的。"①如果说，科学认识侧重于把握事物的性能，实践精神侧重于把握事物的功用，宗教是用对彼岸世界的幻想方式来把握此岸的现实世界，那么艺术认识则是对现实进行审美的观照。譬如，同是面对一座古塔，科学的认识是研究其建筑结构和材料性质，考察其经久不倒的原因；实践精神则研究其利用价值；宗教精神把它当作神灵的象征而顶礼膜拜，而且附会许多宗教传说；艺术方式的认识则是欣赏其苍劲挺拔的姿态，而在审美观照的过程中，早已移入了审美主体自己的感情，并从古塔的姿态中看到某种象征意义，联想到某种人间精神。这样，在审美观照中，就产生了某种意象，如果把它写入诗中、绘入画中，就是艺术的反映、审美的反映。因为有了这种意象的作用，艺术作品中所反映的现实，已非客观现实本身，而是人化了的自然。②

二 越地现代文学理论强调现实是审美的基础

客观现实是创作的基础，是艺术反映的对象。没有这个对象，就无从认识，无从感知，无从反映。

尊重现实，强调作者多从观察现实、积累知识入手是徐懋庸一贯坚持的主张。他在《高尔基和香菱》中说："一切作品都是他亲眼看见过的现实生活的记录。高尔基的颠沛流离的生活是使他成为当代大文豪的最要紧的条件，这是毫无疑义的。现时代的有志于文学的青年必须从充实生活、练习观察入手。"像香菱那样从书本到书本而忽视现实生活基础是不行的。③

但是，艺术的反映毕竟不是简单的模仿，不是镜子中的映象，不是照相底片上的感光，而是经过主观化了的客体，是主客观的统一。正如俄罗斯风景画家列维坦，他把图画看成是经过"艺术家的热情"

---

① 《政治经济学批判·导言》，《马克思恩格斯选集》第2卷，人民出版社1956年版，第19页。

② [古希腊] 柏拉图：《柏拉图文艺对话录》，人民文学出版社1983年版，第70、72页。

③ 徐懋庸：《高尔基和香菱》，《怎样从事文艺修养》，生活书店1936年版，第7页。

滤过的一块自然,没有艺术家的这种热情,图画便不存在,是个空地方。① 类似的观点,古今中外的艺术家发表过不少,可见是人们共同的体验和共同的见解。

古罗马西塞罗说:"那位大雕塑家雕塑龙庇特神像或者米涅瓦神像的时候,他看的一定不是任何一个模特儿,他的心目中有一个绝世无双的美的形象,他注视的是这个形象。他照着这个形象,专心致志的指导他那双艺术家的手来塑造神的形状。"② 这就是说,雕塑家是按照自己心目中的形象来塑造神的形象的。西班牙现代画家毕加索说:"我注意到,绘画有自身的价值,不在于对事物的如实的描写。我问我自己,人们不能光画他所看到的东西,而必须首先要画出他对事物的认识。一幅画像表达它们的现象,那么同样能表达出事物的观念。"③ 可见这位艺术大师是将现象和观念统一起来,作为绘画的对象的。

徐懋庸说作家是表现自己所要表现的东西,这种表现的结果显然不是客观现实本身。他说巴金这样解释自己的创作:"作家的意识是被生活所决定的。我的生活使我感到尚有猛烈地攻击黑暗之必要,我的生活给我太多的悲哀,所以我自然而然写出了那些作品,我不能故意地去写别样的作品。"④

这与古今中外文艺理论对作家反映现实具有能动性的认识是一致的。

中国古代画家石涛有题画诗云:"名山许游未许画,画必似之山必怪,变幻神奇憽懂间,不似似之当下拜。心与峰期眼乍飞,笔游理

---

① [俄]斯托洛维奇:《现实中和艺术中的审美》,凌继尧、金亚娜译,生活·读书·新知三联书店1985年版,第49页。
② [古罗马]西塞罗:《演说家》,《欧美古典作家论现实主义和浪漫主义》(一),中国社会科学出版社1981年版,第69页。
③ 江流等编:《艺术特征论》,文化艺术出版社1984年版,第101页。
④ 参见李存光编《中国现代文学史资料汇编(乙种)巴金研究资料 下卷》,海峡文艺出版社1985年版,第18页。

斗使无碍。昔时曾踏最高巅，至今未了无声债。"① 这里所说的"心与峰期""笔游理斗"，也就是指心物统一、情理结合的意思，所以画出来的山景不是逼真的写生，而是"变幻神奇""不似似之"。后来齐白石所说的"作画妙在似与不似之间"，黄宾虹所谓"作画当以不似之似为真似"，都是这个意思。

关于自然之物与画中之物的关系，讲得更清楚的是郑板桥和潘天寿。郑板桥在题画中详细地描述了他的审美感受和艺术表现的过程："江馆清秋，晨起看竹，烟光、日影、露气，皆浮动于疏枝密叶之间。胸中勃勃，遂有画意。其实胸中之竹，并不是眼中之竹也。因而磨墨展纸，落笔倏作变相，手中之竹又不是胸中之竹也。总之意在笔先者，定则也，趣在法外者化机也。独画云乎哉！"② 这里，画家明确地将眼中之竹（实物）与胸中之竹（意象）区分开来。胸中之竹虽然来自眼中之竹，但经过审美观照，融入胸中勃勃的情意，已非原来眼中之竹了；而在艺术表现过程中，"倏作变相"，画出来的竹又非胸中之竹，更变了一层。潘天寿说："画中之形色，孕育于自然之形色；然画中之形色，又非自然之形色也。画中之理法，孕育于自然之理法；然自然之理法，又非画中之理法也。因画为心源之文，有别于自然之文也。故张文通云：'外师造化，中得心源。'"③ 这是艺术家从自己创作实践中总结出来的经验之谈。他认为画中之形色既来源于自然之形色，又不同于自然之形色，而且明确地意识到，它已加入了创作者的主观成分，即所谓"外师造化，中得心源"，也就是心物的统一。关于心物统一的境界，说得更神妙的还是石涛。他说："山川使予代山川而言也。山川脱胎于予也。予脱胎于山川也。搜尽奇峰打草

---

① 石涛：《大涤子题画诗跋》，江流等编《艺术特征论》，文化艺术出版社1984年版，第18页。
② 郑板桥：《板桥题画》，江流等编《艺术特征论》，文化艺术出版社1984年版，第19页。
③ 潘天寿：《听天阁画谈笔录》，江流等编《艺术特征论》，文化艺术出版社1984年版，第22页。

稿也。山川与予神遇而迹化也。所以终归之于大涤也。"①

这种心物统一的过程，就是所谓"人的本质力量的对象化"。如果说，在黑格尔那里，这种实践观点还只是萌芽状态，那么，到了马克思手里，便得到进一步的发挥。马克思所说的"人的本质力量的对象化"或"人的类生活的对象化"，主要是指在劳动实践过程中，人把自己的生命活动外化到劳动对象上去。这一点，他在《资本论》中谈得很清楚："在劳动过程中，人的活动会通过劳动手段，而在劳动对象上引起一个预先企图的变化。……劳动和劳动对象结合在一起了。劳动是物质化在对象中了，对象是被加工了。在劳动者方面表现为动作的东西，在产品方面，是当作静止的属性，表现在存在的形式上。"② 但马克思并没有把人的本质力量对象化局限在物质生产中，他同样用这种理论来分析精神活动。在《1844年经济学哲学手稿》中，他就说过，动物只是按照它所属的那个种的尺度和需要来建造，而人却懂得按照任何一个种的尺度来进行生产，并且懂得怎样处处都把内在的尺度运用到对象上去。因此，人也按照美的规律来建造。在马克思看来，无论是物质生产，或者精神生产，人总是按照美的规律来改造世界的。因而，艺术家所反映的世界也不再是原来的那个自然，而是经过审美改造、外化了人的本质力量的那个自然。所以，夏丏尊强调文艺作品所描写的自然人生是通过了"作家的心眼"的自然人生，许钦文认为发泄在文学上面的苦闷并不是作者直接的诉苦，是用象征的方式表现出来的。

三 "神与物游"体现了审美是再现与表现的统一

刘勰在《文心雕龙》中提出了"神与物游"。如何做到"神与物游"？在刘勰看来，作家的"志气"——思想感情和个人的生命力——起着主导的作用，是制约"神"——生命体验和审美体验——

---

① 石涛：《苦瓜和尚画语录》，沈子丞编《历代论画名著汇编》，文物出版社1982年版，第369页。

② 马克思：《资本论》第1卷，人民出版社1973年版，第175页。

的关键。刘勰明确指出了培养"志气"的具体方式:"积学以储宝,酌理以富才,研阅以穷照,驯致以怿辞。"① 范文澜注曰:

> 此四语极有伦序。虚静之至,心乃空明。于是禀经酌纬,追骚稽史,贯穿百氏,泛滥众体,巨鼎细珠,莫非珍宝,然圣经之外,后世撰述,每杂邪曲,宜斟酌于周孔之理,辨析于毫厘之间,才富而正,始称妙才。才既富矣,理既明矣,而理之蓄蕴,穷深极高,非浅测所得尽,故精研积阅(阅有积历之意。研,磨也,审也,有精思渐得之意。)以穷其幽微。及其耳目有沿,将发辞令,理潜胸臆,自然感应。若关键方塞而苦欲搜索,所谓理翳翳而愈伏,思乙乙其若抽,伤神劳情,岂复中用。怿疑当作绎,绎,抽也,谓神理之至,须顺自然,不可勉强也。②

范文澜的注释进一步解释了"神与物游"体现的再现与表现相统一的特征。在文学创作实践中,"神与物游"是通过自我情感和对象情感的相互冲突、相互搏斗、相互征服、相互突进而实现的。如同已故当代文艺理论家童庆炳对此的解释:

> 一方面是作家的灵魂突进对象,从而体验到对象的活跃的情感激流,把客观对象变成自己的东西表现出来。另一方面是对象的灵魂突进到作家的情感世界,从而在作家的主体里,扩大了与对象相适应的情感因素,克服与对象不适应的情感因素,使作家的情感世界重新分解与再度建构,填补作家原有情感建构的缺陷。③

这样看来,把艺术看作简单的客体再现或纯主体的自我表现,都不能说明它的本质。只有将再现和表现统一起来,才能解释艺术现象

---

① 刘勰:《文心雕龙·神思》,范文澜《文心雕龙讲疏》卷六,新懋印书局1925年版,第7页。
② 范文澜:《范文澜全集》(第四卷),河北教育出版社2002年版,第442页。
③ 童庆炳:《自我情感与人类情感的相互征服——论文学艺术中审美情感的深层特征》,《文艺理论研究》1989年第5期。

许钦文由此看到了作家表现生活与生活本身的区别，他说："现代的文学，作者总是有着对于所写事实以外的一种用意的。即使所写的故事原是真的事迹，也只是偶然得用；总之是利用事实，并非为着事实服务。"① 夏丏尊既强调文艺的本质是超越现实功利的美的情感，又强调情感必有所缘，尤其是现实根源。越地现代文学理论把审美看作是再现与表现的统一的观点，是对历史的回应。

我国古代《乐记》说："凡音之起，由人心生也。人心之动，物使之然也。感于物而动，故形于声。""乐者，音之所由生也，其本在人心之感于物也。"② 这就是说，音乐是人的主观情感的表现，而这种情感则是由外界客观现实所激发起来的。这种解释，是比较符合实际的。当然也有直接描写现实景象、模仿生活音响的乐章，如琵琶曲《十面埋伏》中描写军旅之声，二胡曲《空山鸟语》中模仿鸟鸣之声；而更多的乐曲并不直接再现生活景象，而是表现某种情绪和感情。与其说二胡曲《二泉映月》是再现无锡惠泉的月夜景色，倒不如说它是表现一个贫苦艺人在此情此景中所激起的哀怨之情。即使在上述描写性的乐章里，也不是单纯地模仿，而是充满感情地描摹。

不但音乐如此，在其他艺术领域里，也总是再现和表现的统一、描写与抒情的结合。法国浪漫派画家德拉克洛瓦说："即使在画人体习作时，感情的表达也应该放在第一位。"③ 我国近代画家黄宾虹说："山水画乃写自然之性，亦写吾人之心。"④ 有些评论家常以"酷似""乱真"为赞语，其实"酷似""乱真"并非艺术的上乘，如果仅仅做到"酷似""乱真"，只不过是匠人之作，这就是苏东坡所讥评的："作画求形似，见与儿童邻。"真正的艺术作品要在描写中透出灵气，

---

① 许钦文：《文学概论》，上海北新书局1936年版，第5—6页。
② 郭绍虞主编：《中国历代文论选》第一册，上海古籍出版社1979年版，第61页。
③ ［法］德拉克洛瓦：《绘画中的想象、自由和情感》，江流等编《艺术特征论》，文化艺术出版社1984年版，第85页。
④ 黄宾虹：《黄宾虹画语录》，江流等编《艺术特征论》，文化艺术出版社1984年版，第21页。

即黑格尔所谓"灌注生气"。《张大千传》中记载有一蜀中老者来找张大千鉴定他的画。此老数十年如一日,专心作画,耗尽家财,遭到家人反对,而矢志不移。但他的画只求形似,毫无生气。譬如,他画蝴蝶,就收购了许多蝴蝶,刻意临摹,画得相当逼真,但可惜类似标本,并非艺术作品。这是从根本上把路子走错了,张大千只好安慰他几句完事儿。这种错误的画法,并非鲜见,宋代画家文与可就曾批评这种机械模仿的画法道:"竹之始生,一寸之萌耳,而节叶具也。自蜩蝮蛇蚹,以至于剑拔十寻者,生而有之也。今画者乃节节而为之,叶叶而累之,岂复有竹乎?"而他自己的经验则是:"故画竹必先得成竹于胸中,执笔熟视,乃见其所欲画者,急起从之,振笔直逐,以追其所见,如兔起鹘落,少纵则逝矣。"① 所谓"成竹在胸",就是对描写对象有一个完整的审美观照,这胸中之竹就寄寓着画家自己的主观精神,有似活物,稍纵即逝。这里的关键在于要有神,有无成竹,尚在其次。郑板桥就唱过反调:"文与可画竹,胸有成竹,郑板桥画竹,胸无成竹。浓淡疏密,短长肥瘦,随手写去,自尔成局,其神理俱足也。"不过他接着就说:"然有成竹无成竹,其实只是一个道理。"这个道理,就是"神理俱足"。②

艺术创作如果只讲再现,而不讲表现,就会显得机械、呆板,缺乏神理,缺乏灌注生气。反之,如果只讲表现,不讲再现,那也会脱离现实。事实上,自我的感情总是与现实相联系,由现实状况激发起来的,而且也总是通过物象表现出来的,所谓托物寄情是也。即使如倪云林所说:"余之竹聊以写胸中逸气耳,岂复较其似与非,叶之繁与疏,枝之斜与直哉。或涂抹久之,他人视以为麻为芦,仆亦不能强辩为竹。真没奈览者何。"③ 确实随意极了,飘逸极了,但其实仍脱离

---

① 苏轼:《文与可画筼筜谷偃竹记》,江流等编《艺术特征论》,文化艺术出版社1984年版,第15—16页。
② 郑板桥:《板桥题画》,江流等编《艺术特征论》,文化艺术出版社1984年版,第19页。
③ 倪云林:《论画》,沈子丞编《历代论画名著汇编》,文物出版社1982年版,第205页。

不了现实。首先,他这飘逸之气还是现实社会所造成的;其次,这种飘逸之气也还是要借几笔竹枝之类表达出来。

因此,尽管各种艺术类型和艺术流派的侧重点不同,有的重在再现,有的重在表现,但是,完全摆脱某一种因素是不可能的。一般说来,总是再现中有表现,表现中有再现,呈现为你中有我、我中有你的状态。再现与表现是文学艺术中两个必不可少的因素。巴尔扎克说:"作者希望,如果他说:'文学艺术是由两个截然不同的部分——观察和表现所组成的。'希望这句话符合每一个有识之士(包括智力高的或智力低的)的看法。"[①] 十分强调观察的左拉也说:"然而,观察并不等于一切,还得要表现。这就是为什么除了真实感以外还要有作家的个人特色。一个伟大的小说家应该既有真实感也有个性表现。"[②]

总之,艺术创作是再现与表现在某种程度上的结合。而其结合点,就是人对现实的审美观照。正是通过审美的观照,主体与客体才可以统一。所以我们可以通过审美的特点来把握文学艺术的本质。而对这种艺术本质的把握反过来又可以提高我们的生活质量。徐懋庸在《偶然做做或拼命去做》中说:"所谓拼命去做,是把文艺当作自己的性命,把文艺和生活看作二而一。为了发展自己的艺术,便拼命发展自己的生活。使生活发展到最高度,艺术也自然而然地发展到最高度。"[③] 他还认为,文学家除了要有生活经验,要读书籍,还要有对于真善美的爱。"这种爱当然不是个人的自私的爱,是爱大众的真理,爱大众的正义,爱大众的美满光明的爱,是新的人道主义的爱。"[④]

---

① [法]巴尔扎克:《驴皮记初版序言》,中国社会科学院外国文学研究所外国文学研究资料丛刊编辑委员会编《欧美古典作家论现实主义和浪漫主义》(二),中国社会科学出版社1987年版,第106页。
② [法]左拉:《论小说》,中国社会科学院外国文学研究所外国文学研究资料丛刊编辑委员会编《欧美古典作家论现实主义和浪漫主义》(二),中国社会科学出版社1987年版,第220—221页。
③ 徐懋庸:《偶然做做和拼命去做》,《怎样从事文艺修养》,生活书店1936年版,第27页。
④ 徐懋庸:《一种基本的觉悟》,《怎样从事文艺修养》,生活书店1936年版,第22页。

第二章　越地现代文学理论关于文学的形象性与情感性的认识

　　与文学本质相联系的，是文学特征问题。文学特征论是由文学本质论引发出来的。把文学看作是人对现实的审美反映，既肯定了文艺的审美属性也就是文学的特殊性，也说明了文学的特征。审美过程既然是心物统一的过程，是人的本质力量对象化的过程，那么，它必然包含着心灵表现和物像再现两种因素，因而，在艺术特征上就体现为情感性或形象性的有机融合。

　　例如，列夫·托尔斯泰在他的理论专著《什么是艺术?》里说："作者所体验过的感情感染了观众或听众，这就是艺术。"[1] 而且还强调指出，人们用语言互相传达思想，而用艺术互相传达感情。普列汉诺夫不同意这一意见，他在《没有地址的信》里就说："艺术既表现人们的感情，也表现人们的思想，但是并非抽象地表现，而是用生动的形象来表现。"[2] 普列汉诺夫虽然并不否定艺术要表现感情，但他的侧重点在于艺术的形象性。这是继承了别林斯基以来俄国再现派的理论传统。在当代西方美学家和文艺学家中，主张情感论的很多，例如，赫伯特·里德就说："造型艺术也是视觉艺术，它通过眼睛发生作用，它旨在表现和传达一种情感状态。有关这一点，无论怎样强调也不为过。

---

　　[1] ［俄］列夫·托尔斯泰：《什么是艺术?》，伍蠡甫编《西方文论选》下卷，上海译文出版社1988年版，第433页。
　　[2] ［俄］普列汉诺夫：《普列汉诺夫美学论文集》(1)，人民出版社1983年版，第308页。

如果我们要表达思想，语言则是合适的媒介。但有所为的艺术家从来不受思想的禁锢，因为他的任务不在于表现这些思想，而在于传达他对这些思想的情感反应。"① 而苏珊·朗格则在她的《情感与形式》一书中，详尽地阐述了艺术是人类情感符号的创造这一理论。

越地现代文学理论，既注意到了文学的形象性特征，又注意到了文学的情感性特征。

第一节　文学的形象性

夏丏尊在《抽象的与具象的》一文中说："文艺上对于自然人生的处理，须具象的，不该是抽象的。作者原须用了锐利的敏感在自然人生上发现某物，但在作品上所描写的，却不是这某物的本身，而是包含着这某物的自然人生。"② 他又认为，"作者的任务，在乎从复杂的自然人生中选取富于意义的一部分，描写了暗示世人以种种的原因。毫无意义地把任何部分的自然人生来描写固不可，完全裸露地单把所见到的意义来描写也不可。作者所当着眼的是具象的实世间，所当取材的也是具象的实世间。能在具象的邻家夫妇或同船旅客之中发现出某物来，仍用了这邻家夫妇，或同船旅客作了衣服，把所发现的某物暗示世人，才是文艺作家的手腕"③。夏丏尊在这里强调了文艺的形象性。

一　文学用具体的形象表现人类的思想感情

徐懋庸说："文学作品，是借着具体的形象，表现人类的思想、感情、想象的一种东西。"④ 文学作为一种社会意识形态，是现实生活

---

① ［英］赫伯特·里德：《艺术的真谛》，王柯平译，辽宁人民出版社1987年版，第26页。
② 夏丏尊：《文艺论ABC》，世界书局1928年版，第84页。
③ 同上。
④ 徐懋庸：《高尔基和香菱》，《怎样从事文艺修养》，生活书店1936年版，第5页。

的反映。但文学是审美反映，因而和其他意识形态的反映有所不同。文艺是以人为中心塑造形象来反映现实的。

也有些自然科学以人为研究对象，如生理学、病理学之类，但它们是把人作为物来研究的，甚至把研究对象分割成各个系统，因而解剖学家眼中只有骨骼、肌肉、血管、胃肠，而医生的眼中只有各种疾病症状，而没有活生生的人。自然科学，不言而喻，是以自然现象为认识对象的，无论是宇宙山川、动物植物，或者是原子微粒，都是独立于人之外的物质世界，对它们进行研究，在古代汉语中叫作"格物"。西洋物理、化学等学科最初引进时，就被译为"格致"，即"格物致知"之意，也就是穷究事物的原理法则而总结为理性知识。所以，自然科学在多数情形下是以独立于人之外的物质世界为研究对象的。

社会科学研究的对象是人类社会，虽然离不开人，但它们也不是把人作为活生生的完整的人来反映，而只是研究人与人之间某一方面的关系，如经济学研究经济关系、伦理学研究伦理关系、政治学研究政治关系，等等。在这些研究领域里，人是被分割了的，是被抽象化和物化了的。马克思的《资本论》就是从商品这个资本主义社会的物质细胞入手，分析资本主义社会的经济规律。虽然他竭力要在物与物的关系中写出人与人的关系来，但毕竟在商品的二重性背后所显示的是人们的经济关系，即物质关系。

而文学艺术则不然，它们以人作为自己的反映对象。这里的人，不是割裂的人，而是完整的人；不是抽象的人，而是具体的有七情六欲的活生生的人。所以高尔基将文学叫作"人学"。文学当然要反映社会生活，但它不是通过物，而是通过人来反映的。马克思说："人的本质不是单个人所固有的抽象物，在其现实性上，它是一切社会关系的总和。"[①] 文学艺术正是通过人的各种活动，通过人与人的矛盾斗争，总之，是通过人的生活，反映出整个社会关系来。

---

① 马克思：《关于费尔巴哈的提纲》，《马克思恩格斯选集》第1卷，人民出版社1956年版，第56页。

譬如朱自清的《航船中的文明》，写他自己第一次从绍兴府桥到西兴渡口乘夜航船的所见所闻。那时绍兴到西兴本有汽油船，他因急于来杭，又因几年来奔波于火车轮船之中，也想"回到"航船里，领略现代生活的异样的趣味；所以不顾亲戚们的坚留和劝说，不怕航船里是很苦的，毅然决然地于下午6时左右下了船。这也没什么稀奇。然而，促使朱自清拿起笔来写上一篇的原因，是他发现的当时"男女分坐"的陈规陋习下两个女子的窘境。

再如，鲁迅的小说《阿Q正传》，就是通过对阿Q这个人物的思想、情绪、遭遇和命运的描写，反映出我国辛亥革命前后的社会关系。从阿Q没有籍贯、没有姓氏、没有职业、没有固定住处的生活条件，和他有一回宣布自己姓赵，却挨了赵太爷的巴掌的遭遇，我们看到了当时农民的悲惨境遇和地主老爷的蛮横无理；从阿Q那种自高自大而又自轻自贱、自欺欺人的浑浑噩噩的精神状态中，我们看到了当时许多中国人的愚昧和落后；而从阿Q宣布要革命时，赵太爷等人的那种惶恐心情，到假洋鬼子不准他革命，到阿Q被当作犯人而遭枪毙的悲惨命运中，我们看到了辛亥革命的结果，实际上是失败了。因为整个阶级关系根本上没有变动——"知县大老爷还是原官，不过改称了什么，而且举人老爷也做了什么——这些名目，未庄人都说不明白——官，带兵的也还是先前的老把总"。总之，除了秋行夏令，将辫子盘到头顶外，一切都依旧。而这一切对于社会生活的深刻揭示，就是通过对阿Q这个人物的命运和他与周围人物关系的描写而表现出来的。

徐懋庸说人物描写这种手段十分重要，"文学作品，尤其是小说，因为目的是在表现人生的真实的意义，所以必须以人类的活动为题材，所以不能没有人物描写"[①]。当然，文学作品不一定每篇都直接写人，很多作品是状物写景的，但与其他意识形态的以物为对象不同，它是借景抒情或托物喻志，写的还是人。王国维在《人间词话》中所

[①] 徐懋庸：《典型人物的描写》，《徐懋庸选集》第一卷，四川人民出版社1984年版，第340页。

说:"词家多以景寓情""一切景语,皆情语也",指的就是这个意思。他还以苏东坡咏杨花的《水龙吟》为例,认为是咏物词之最工者。东坡词云:

> 似花还似非花,也无人惜从教坠。抛家傍路,思量却是,无情有思。萦损柔肠,困酣娇眼,欲开还闭。梦随风万里,寻郎去处,又还被、莺呼起。
>
> 不恨此花飞尽,恨西园、落红难缀,晓来雨过,遗踪何在?一池萍碎。春色三分,二分尘土,一分流水。细看来、不是杨花,点点是离人泪。

这里咏的是物,抒的是情,作者借咏杨花,写出了人的离愁别绪。因此,还是以人为中心。

二 文学用具象的表现感动读者

用形象反映生活,是文学在反映现实生活的形式上不同于其他社会意识形态的表现。别林斯基说:

> 哲学家用三段论法说话,诗人则用形象和图画说话,然而他们说的都是同一件事。政治经济学家被统计材料武装着,诉诸读者或听众的理智,证明社会中某一阶级的状况,由于某些原因,业已大为改善,或者大为恶化。诗人被生动而鲜明的现实描绘武装着,诉诸读者想象,在真实的图画里面显示社会中某一阶级的状况,由于某些原因,业已大为改善,或者大为恶化。一个是证明,另一个是显示,可是他们都是说服,所不同的只是一个用逻辑结论,另一个用图画而已。[1]

这段话说明文学与哲学的反映方式不同,这个特点在越地现代文

---

[1] [俄]别林斯基:《一八四七年俄国文学一瞥》,伍蠡甫编《西方文论选》下卷,上海译文出版社1988年版,第390页。

学理论中也有反映。

夏丏尊说:"在事象中发现某物,与把事象附会到既成的概念上去,全然是两件事。前者是有生命的作家的自然的产儿,后者是作家用了成见捏出的傀儡,傀儡是不会有生命的。"① 譬如关于农民起义,理论家往往是先提出起义的必要条件,然后举出许多具体事例,以至罗列许多统计材料,来论证某次起义爆发的必然性,接着再分析农民起义的弱点及其失败原因,等等。但反映北宋末年农民起义的长篇小说《水浒传》,却全不用这些论证,而是通过许多具体的活生生的艺术形象,通过书中人物的命运,显示了"官逼民反"的实际情景,既写出了农民起义的壮观场面,也反映了农民起义的弱点,及其可悲的结局。

许钦文说:"抽象的理论,总不免笼统宽泛。有了具象的表现,才容易使读者得到深刻的印象,于无意中感动。"② 有些理论文章写得富有感情,常有形象化的段落出现。如《共产党宣言》一开头就说:"一个幽灵,共产主义的幽灵,在欧洲游荡。为了对这个幽灵进行神圣的围剿,旧欧洲的一切势力,教皇和沙皇、梅特涅和基佐、法国的激进派和德国的警察,都联合起来了。"后面,在写到封建的社会主义时,又说:"为了拉拢人民,贵族们把无产阶级的乞食袋当作旗帜来挥舞。但是,每当人民跟着他们走的时候,都发现他们的臀部带有旧的封建纹章,于是就哈哈大笑,一哄而散。"③ 这是非常形象化的描写。但全书不是靠艺术形象表现的,而是有严密的理论结构,是用议论来展开的,形象性的段落只不过是增加其生动性罢了,并非全书的主要成分。因此,它虽有形象片段,但仍旧是理论著作。

对于同一生活现象或生活哲理,理论家和艺术家的反映方式有着明显的不同。例如,马克思在《1844年经济学哲学手稿》中对于货币的性能的论述:"货币,因为具有购买一切东西、占有一切对象的

---

① 夏丏尊:《文艺论ABC》,世界书局1928年版,第85页。
② 许钦文:《文学概论》,上海北新书局1936年版,第39页。
③ 《马克思恩格斯选集》第1卷,人民出版社1956年版,第271、295—296页。

特性，所以是最突出的对象。货币的这种特性的普遍性是货币的本质的万能；所以它被当成万能之物。货币是需要和对象之间、人的生活和生活资料之间的牵线人。但是在我和我的生活之间充当媒介的那个东西，也在我和他人为我的存在之间充当媒介。对我说来他人就是这个意思。"[①] 同样的意思，到了诗人的笔下，表现方法就完全不同了。唐代诗人李商隐的诗句"谢家轻絮沈郎钱"，比喻此钱肉薄量轻，如柳絮那样，风一吹，满天飞扬。顾城在《弧线》中少年弯腰去捡拾一枚硬币的意象表达的是货币的诱惑。西汉卓文君的《白头吟》"愿得一心人，白头不相离。男女重意气，何用钱刀为？"表达的是爱情不用货币购买。李白《答友人》中的"人生贵相知，何必金与钱？"表达的是对友情的渴望与肯定。歌德在《浮士德》中用诗歌形象表现用钱购买奴役牲畜后的张狂，"我驾御着它们真是威武堂堂，真好像我生就二十四只脚一样"。莎士比亚在《雅典的泰门》中说金子可以使黑的变成白的，丑的变成美的。马克思在论述货币性能时，曾引用了莎士比亚的作品并赞扬他"把货币的本质描绘得十分出色"。如果马克思能多引用一些中国诗歌，也许他的理论文章对普通读者更有魅力。许钦文对文艺的这种形象的力量非常推崇："虽然只是暗示，功效却比明白直说来得大。因为明白直说的，刺激来得激烈，容易引起理智上面的反感。暗暗地进行，倒是能够深入内心的了。"[②]

三　越地现代文学理论主张妥善处理形象与议论的关系

夏丏尊说："就一般的原则说，文艺的文字，彻头彻尾应以描写为正宗，说明或议论的态度须竭力地排除。因为描写是具象的，而说明或议论是抽象的缘故。能具象地处理自然人生，在文字上自不得不是描写的，若抽象地概念地去写，结果究逃不出说明或议论的范围。"[③]

我们说文学作品是以形象来反映生活，而理论文章是以议论来说

[①] 马克思：《1844 年经济学哲学手稿》，人民出版社 1985 年版，第 107 页。
[②] 许钦文：《文学概论》，上海北新书局 1936 年版，第 42 页。
[③] 夏丏尊：《文艺论 ABC》，世界书局 1928 年版，第 87 页。

明生活，这并不是说文学作品里就绝对不能有议论，而理论文章就根本不会出现形象。问题是以哪一种方式为主要手段。

思想虽然是文学的四要素之一，但本间久雄坚持认为"不要为了想把某一种思想具体化或为了想宣传某一种思想而创作，或者以某一种思想为标准而鉴赏当面的作品"①。

有些文学作品，在艺术形象的描述过程中，有时也插入一些议论，但这种议论，往往是由形象引起的，意在起到加深形象深度的作用。而且，文学作品的议论与理论著作的议论不同，它要有情韵，才能与形象协调。范寿康说："观照和创作都以知识及经验为必要。而知识及经验却只能做观照及创作的背景或根据。若于观照之际，知识及经验等等现于表面，那末，我们的美的态度就难免有分裂之虞，而美的经验或成不纯，或为消灭。"②正如沈德潜说："人谓诗主性情，不主议论，似也，而亦不尽然。试思二雅中，何处无议论？杜老古诗中，《奉先咏怀》《北征》《八哀》诸作，近体中《蜀相》《咏怀》《诸葛》诸作，纯乎议论。但议论须带情韵以行，勿近伧父面目耳。戎昱《和蕃》云：'社稷依明主，安危托妇人。'亦议论之佳者。"③

我国古代文论谈到以理入诗有"理趣""理障"之说。所谓理趣，是说将理和趣联系在一起，则以理入诗亦可；所谓理障，则是指文字见理不真，且无情趣，理成了诗歌表达的障碍了。魏晋南北朝时期，玄学之理盛行，玄理入诗者很多。钟嵘在《诗品》中批评道："永嘉时，贵黄老，稍尚虚谈，于时篇什，理过其辞，淡乎寡味。爰及江表，微波尚传，孙绰、许询、桓、庾诸公诗，皆平典似道德论，建安风力尽矣。"④他对做得不好的以理入诗进行了批评。唐宋以后，以禅理、性理入诗者颇多，好坏不一。沈德潜在《说诗晬语》中评道："杜诗'江山如有待，花柳自无私''水深鱼极乐，林茂鸟知归'

---

① ［日］本间久雄：《新文学概论》，章锡琛译，商务印书馆1925年版，第31页。
② 范寿康：《艺术之本质》，商务印书馆1928年版，第16页。
③ （清）叶燮：《原诗 一瓢诗话 说诗晬语》，人民文学出版社1979年版，第249—250页。
④ 钟嵘：《诗品》，《诗品注》，人民文学出版社1958年版，第3页。

'水流心不竞，云在意俱迟'俱入理趣。邵子则云：'一阳初动处，万物未生时。'以理语成诗矣。王右丞诗不用禅语，时得禅理。东坡则云：'两手欲遮瓶里雀，四条深怕井中蛇。'言外有余味耶？"① 可见"理过其辞"和"以理语成诗"都会造成"理障"，而要达到"理趣"，则需将理融化在形象之中。后来王小波写散文，认为有理有趣有性是其标准。这也是其创作取得成功的例子。

　　但是，如果议论发挥不当，往往会破坏形象。伟大的小说家托尔斯泰就做过这样的自我批评："我发觉，我有个爱离题高谈阔论的坏习惯，这不折不扣是个坏习惯，而不是像我过去设想的那样，是文思汹涌的表现。"② 他写完《战争与和平》之后，又说："因为我插进些议论把这部作品弄丑了，我认为需要表明使我这样做的动机。我开始写一部关于过去历史的书。在描写时，我发现，这段历史的真相不仅是没有人知道，而且人们所知道的和所记载的完全与史实相反。我不禁感到必须证明我所说的和说出我写作时所根据的观点。"③

　　恩格斯曾批评拉萨尔的剧作《济金根》道："但是还应该改进的就是，要更多地通过剧情本身的进程使这些动机生动地、积极地，所谓自然而然地表现出来，而相反地，要使那些论证性的辩论……逐渐成为不必要的东西。"④ 后来，在致敏娜·考茨基的信中又提出："我认为，倾向应当从场面和情节中自然而然地流露出来，而无须特别把它指点出来；同时我认为，作家不必要把他所描写的社会冲突的历史的未来的解决办法硬塞给读者。"⑤ 文学作品中的理必须融入感情，渗透到形象中去。

　　许钦文说："文学作品，实际上虽然要批评人生，指导人生，寓着是非善恶美丑的各种意见。但形式上总得保持记序的文体，而且以

---

　　① （清）叶燮：《原诗　一瓢诗话　说诗晬语》，人民文学出版社1979年版，第252页。
　　② ［俄］列夫·托尔斯泰：《列夫·托尔斯泰论创作》，董启译，漓江出版社1982年版，第122页。
　　③ ［俄］列夫·托尔斯泰：《战争与和平·跋》草稿片段，《文艺理论译丛》第1期，人民文学出版社1957年版，第212—213页。
　　④ 《马克思恩格斯选集》第4卷，人民出版社1956年版，第558页。
　　⑤ 同上书，第673页。

描写为原则。所寓是非善恶美丑的各种意见，无非由于'暗示'；就是对于认为美的事物，只把美的地方一条一条的列举出来，并不直接明白写上'美'或者'好'的字样，于无形中尽力使得读者感到美好就是了。"①

许钦文认为"只暗示，不明白直说"是文学同一般论文最大的区别。为什么不明白直说，只是暗示呢？他分析了三个原因：

一、避免武断；是非善恶美丑既然没有绝对的标准，如果明白直说了，读者未必同意，难免发生反感；或者怀疑起来。发生反感是不消说，一经怀疑，就失去信仰，得不到效果了。

不明白直说，虚疑着，可以活看，就容易迎合读者的心意。即使不以为然，也用不着激烈反对，但如果太暗了，过于模棱两可，也是缺少力量的。

二、避免干涉；创造文学的动机，既然由于苦闷，总是因为不满意现状。那末所表现的，有意无意的，总要暴露到一般人的丑态。在指导人生的作品中，还要有所破坏；如果明白直说，为人所忌，就得被人干涉，或者因此伤失生命，所谓文字之祸，也未可知了。

即使文学确是"武器"，总也只是短刀手榴弹之类；非有长枪大炮的掩护，是难以公开作战的。

三、满足读者的创见欲；文学，在作者固然是创造，在读者也是创造的。人总有着好奇心，也总有着好胜心。一般人，常常要在口头上争论，也要在文字上论战，无非要表现自己的见解，维持自己的主张。大家都费尽心计，孜孜不休的表扬自己的意见，就是因为有着所谓"建己之患"。作者只是把美或者丑的情形一条一条的列举着，读者看了，随时的感着，"呀！这是很好的！"或者"唔！这个太坏了！"在这时候，应用了固有的见解，运用了判断力；即使判断错，也总自以为是，以为自己新见了什

---

① 许钦文：《文学概论》，上海北新书局1936年版，第40页。

么，是满足创见欲的了。

要是明白直说了，就同一般的论文一样；无从满足创见欲，也就难以引起读者的兴致。

第一二个原因，是由于不得已。第三个原因，却是积极需要的。①

朱自清在《文学的一个界说》里也认可这样的观点：文学的特色在于它的"艺术的""暗示的""永久的"等性质。他认为"暗示"便是所谓"含蓄"，所谓"曲"。就是所谓"文贵曲不贵直。"② 他通过具体分析中外两首诗歌的实例说明，"说尽"是文学所最忌讳的，无论长文和短诗。

巴金告诉徐懋庸："我的作品是艺术，不是宣传品，我不想把抽象的政论写入我的作品中去。我从人类感到一种普遍的悲哀，我表现这悲哀，要使人类普遍地感到这悲哀。感到这悲哀的人，一定会去努力消灭这悲哀的来源的，这就是出路了。我是有一种信仰的人，我也曾在我的作品中暗示着我的信仰，但是我不愿意写出几句标语来。"③

第二节 文学的情感性

一 创作与情感的关系

朱自清认可文学是"人的灵魂之唯一的历史"。而"灵魂的历史才是真正的历史"④。可见他对情感在文学创造中作用的强调。夏丏尊

---

① 许钦文：《文学概论》，上海北新书局1936年版，第40—42页。
② 朱自清：《文学的一个界说》，《朱自清全集》（第四卷），江苏教育出版社1996年版，第171页。
③ 参见李存光编《中国现代文学史资料汇编（乙种）巴金研究资料 下卷》，海峡文艺出版社1985年版，第18页。
④ 朱自清：《文学的一个界说》，《朱自清全集》（第四卷），江苏教育出版社1996年版，第170页。

认为：“真的创作，都是创作家因了内部的本能的压迫，才去从事的。创作对于自己所观察经验的结果，感到牵引，感到魅惑，郁积于中，不流露不快，这其中才有创作的欢悦。要感动别人，先须感动自己。读者对于作品所受到的情绪，实是创作家所曾经自己早更强烈地感受过了的东西。"① 情感促动创作，说明了其对于创作的重要性。反过来，创作的情感要求也使得其性质与人的其他活动有所区别，甚至表现为对于人类其他活动的排斥。鲁迅是学者兼作家，既从事学术研究和理论教学，也从事文学创作，他就深感两种工作性质之不同，几乎难以兼任。他在离开厦门大学时，在给许广平的信中说："但我对于此后的方针，实在很有些徘徊不决，那就是：做文章呢，还是教书？因为这两件事，是势不两立的：作文要热情，教书要冷静。兼做两样的，倘不认真，便两面都油滑浅薄，倘都认真，则一时使热血沸腾，一时使心平气和，精神便不胜困惫，结果也还是两面不讨好。看外国，兼做教授的文学家，是从来很少有的。"② 鲁迅后期十年，不再教书，专事写作，除政治环境的因素外，上面所说的不能兼做两样事，也是重要原因。

夏丏尊在定义文学的情感性时说："文艺中的情，不是现实的情，是美的情。所谓美的情者，是与个人当前实际利害无关系的情，美的情能使人起一种快感，即其情为苦痛时也可起一种快感。"③

范寿康说："感情是以意识的活动为根据而发现的，所以这意识的活动的性质一经变更，那感情的性质也就不得不变。此地所谓活动是指单由对象所唤起的活动而言，所以对象一经不同，感情的性质也就不得不变。"④

作为有着悠久抒情传统的大国，我国古代文论家历来重视文学的情感作用。越地古代抒情文学发达，对文学的情感性的认识也影

---

① 夏丏尊：《文艺论 ABC》，世界书局 1928 年版，第 82 页。
② 鲁迅：《两地书·六六》，《鲁迅全集》第 11 卷，人民文学出版社 1981 年版，第 184 页。
③ 夏丏尊：《文艺论 ABC》，世界书局 1928 年版，第 10 页。
④ 范寿康：《艺术之本质》，商务印书馆 1928 年版，第 21 页。

响到现代。

《尚书·舜典》记载："诗言志。"后来的《诗大序》解释了志与情的关系："诗者，志之所之也。在心为志，发言为诗，情动于中而形于言。"可见情动为志，这是作者内心的情感，用语言把内心的情感表达出来就形成诗。读者所读之诗也是能够见出作者情感的。特别是到了魏晋南北朝，进入所谓文学的自觉时代，对于文学的情感特色，就更为重视。陆机《文赋》说："诗缘情而绮靡"；刘勰《文心雕龙》云："情者文之经""繁采寡情，味之必厌"；还有《周书·王褒庾信传论》中也说："文章之作，本乎情性"；等等。这类言论，后代还常有，而明清时期，重情者更多。如焦竑说："苟其感不至，则情不深，情不深则无以惊心而动魄，垂世而行远。"① 沈德潜说："以无情之语而欲动人之情，难矣。"② 袁枚说："诗者由情生者也，有必不可解之情，而后有必不可朽之诗。"③ 他们都把情看作文学的根本。

有人认为，越地宋代的王阳明的良知说是中国诗学史上从早期的感物说向后期的性灵说转变的关键环节。在其心学体系中，物对于心来说当然不是可有可无的，没有物，便无法证得此心的功能；然而从价值取向上讲，物的自在是毫无意义的，是人的主观心灵的观照，才使得花一时"明白"起来。从诗学观念上看，心成为核心与主动的一方，只有当心灵与物相遇时，才能取得"明白"的诗意，构成诗歌的境界。从发生学的角度讲，主观心灵在心物关系中占据了绝对的主导地位。尽管王阳明在诗学理论上没有明确提出性灵说，但在实际创作中已显示出重主观、重心灵、重自我的鲜明倾向。④ 从《书李白骑鲸》一文中我们可以看出，王阳明欣赏李白身处谪居之地而依然能够"放情诗酒"的豪放性情，或者说正是由于李白的豪放性情，才使得

---

① 焦竑：《雅娱阁集序》，郭绍虞编《中国历代文论选》第三册，上海古籍出版社1979年版，第135页。
② （清）沈德潜：《说诗晬语》，（清）叶燮《原诗 一瓢诗话 说诗晬语》，人民文学出版社1979年版，第186页。
③ （清）袁枚：《答蕺园论诗书》，郭绍虞编《中国历代文论选》第三册，上海古籍出版社1979年版，第474页。
④ 左东岭：《良知说与王阳明的诗学观念》，《文学遗产》2010年第4期。

他能够不顾环境之险恶而"放情诗酒"。然而，他又是不能完全认可李白的，因为他的放情诗酒仅仅取决于其狂放的气质与过人的才华，却并非真正达到了圣人"无入而不自得"的良知境界。按照他的思路，首先应该具备良知的境界，然后再转化成豪放的性情并加上个体的才气，这才是最为理想的状态。这便是他所理解的良知学说与诗歌创作的关系。"这种观念深深影响了明代中后期的诗坛，由于良知学说的广泛流行，造就了一大批具有圣人情结与狂放精神的文人，诸如徐渭、李贽、汤显祖、公安三袁，等等，并创作出了大量展现其个体超然情怀与主观性灵的诗篇。"[①]王阳明从良知之乐的功能出发，不再将诗歌创作视为专门的苦吟，而是作为一种陶冶性情、快适自我的生命方式。既然是求乐，当然不限于诗歌的书写，举凡谈学论道，登山临水，饮酒歌咏，均成为其不可或缺的人生情趣，诗歌也就成为其抒发人生情趣的有效方式。总体来说，王阳明的诗学观念是建立在其良知说的基础之上的，带有浓厚的心学色彩。"在心与物的关系中，主体性灵占据了压倒性的优势；在诗歌创作过程中，诗人的人格性情、思想境界成为决定诗歌优劣的重要因素；在诗歌功能上，更强调愉悦性情、快适自我的作用。由此，便可以将此种诗学概括为性灵诗学观。"[②]

在古代西方，诗歌中的感情问题虽然早有人论及，如德谟克利特，但没有引起普遍的重视。柏拉图甚至认为情感是"人性低劣的部分"，而诗歌模仿这个低劣部分，因而对理想国是有害的。西方文论家对于情感问题的长期忽视，大概同模仿说的盛行有关系。启蒙运动以后，由于人性的进一步觉醒，随着文学上的表现论抬头，情感说也就流行起来。还在18世纪，狄德罗就说过："根据情感和兴趣去描写，这就是诗人的才华。"[③]康德一方面承认"审美意象是一种想象力所形成的形象显现"，同时又将审美判断力与感情联系起来，认为

[①] 左东岭：《良知说与王阳明的诗学观念》，《文学遗产》2010年第4期。
[②] 同上。
[③] [法]狄德罗：《论戏剧艺术》，伍蠡甫编《西方文论选》上卷，上海译文出版社1988年版，第365页。

"感情在使认识能力生动活泼起来"①。后来，黑格尔也说："艺术应该通过什么来感动人呢？一般地说，感动就是在情感上的共鸣。"② 就连形象论的积极宣扬者别林斯基，也承认："感情是诗情天性的最主要的动力之一；没有感情，就没有诗人，也没有诗歌。"③ 托尔斯泰是在接受前人理论见解的基础上，再加上自己的创作体会，才进一步发挥了感情说的。后来，还有一种移情说，则把所有的审美现象都看作审美主体主观感情向审美对象的投射。历史上的主情论者在理论上不无偏颇之处。如将情感与思想对立起来，或忽视了审美客体对审美情感的激发作用，等等。但无论如何，他们强调文学艺术的情感特征是很有道理的。这可以从创作实际中看得出来。

艺术家和学者不同，艺术家在创作时总是充满感情的，而学者在写作科学论文时，则需要理智，感情用事反而有碍。恩格斯在《反杜林论》中曾比较过写诗和研究政治经济学方法的差别，他说："愤怒出诗人，在描写这些弊病或者抨击那些替统治阶级否认或美化这些弊病的和谐派的时候，愤怒是适得其所的，可是愤怒在每一个这样的场合下能证明的东西是多么少。"④ 所谓"这样的场合"，是指政治经济学的研究。对于这种理论研究来说，单靠愤怒是没有用的。因为道义上的愤怒，无论多么入情入理，经济科学总不能把它看作证据，而只能看作象征。相反地，经济科学的任务在于：用经济学原理、用社会的实例证明当时开始显露出来的社会弊病是当时生产方式的必然结果，同时也是这一生产方式快要瓦解的标志。也就是说，既不能在科学研究中用感情上的愤怒来代替科学的论证，也不能在创作中卖弄理论常识，而缺乏火热的感情和具体形象的描绘。

巴金曾经告诉徐懋庸："艺术的使命是普遍地表现人类的感情和

---

① [德] 康德：《判断力批判》，《西方文论选》上卷，上海译文出版社1988年版，第564、565页。
② [德] 黑格尔：《美学》第1卷，朱光潜译，商务印书馆1979年版，第296页。
③ [俄] 别林斯基：《爱德华·古别尔诗集》，《外国理论家作家论形象思维》，中国社会科学出版社1979年版，第74页。
④ 《马克思恩格斯选集》第3卷，人民出版社1956年版，第492页。

思想。"① 创作总根植于作者强烈的情感冲动之中。没有情感作为基础，勉强写出来的东西，不过是温暾之论，平庸之作，可能感动不了任何人。所以，文人需要强烈的爱憎感情，作家常常是饱含着血和泪来写作的。曹雪芹说他写《红楼梦》是出于"情痴抱恨长"，所以是"字字看来皆是血，十年辛苦不寻常"。汤显祖是重情的戏剧家，他写《牡丹亭》中的杜丽娘能因情生梦，因梦而病，因病而死，死了还能复生。故事离奇，读者愿意相信，主要是作者创作时饱含深情。有一天，汤显祖忽然失踪了，家里人到处寻找，发现他躺在庭院的柴堆上掩袖痛哭，大家都吃了一惊，问他什么缘故？原来他写戏写到春香陪老夫人到后园祭奠死去三年的杜丽娘，春香睹物思人，唱道："赏春香还是你的旧罗裙。"作者也动了感情，不觉伤心起来。俄国作曲家柴可夫斯基写《黑桃皇后》，写到葛尔曼死亡时，他自己也深深地感动了。巴金的许多小说，也都是饱含着泪写出来的，他自己说："我正是因为不善于讲话，有感情表达不出来，才求助于纸笔，用小说的情景发泄自己的爱和恨，从读者变成了作家。"② 曹禺在《日出·跋》中说，他创作剧本时，"在情绪的爆发当中，我曾经摔碎了许多纪念的东西……我绝望地嘶嗄着，那时我愿意一切都毁灭了吧，我如一只负伤的狗扑在地下，啮着咸丝丝的涩口的土壤"。这些例子都说明了艺术家创作时强烈的感情作用。

作家在作品中表达情感的方式是不一样的。有的直率、有的含蓄，有点兼而有之。例如，郭沫若的《炉中煤》，直抒熊熊燃烧的热情，表达热烈的爱情，隐喻眷恋祖国的情绪。有些作品如长江大河，一泻千里，如《将进酒》；有些作品将深沉的情思掩藏在表面的平静之中，如李商隐的许多无题诗。但文学作品总是充满情感的，没有情感，就不是文学作品。

正因为作家艺术家将情感都倾注在作品中，所以文艺作品才能以

---

① 参见李存光编《中国现代文学史资料汇编（乙种）巴金研究资料 下卷》，海峡文艺出版社1985年版，第19页。

② 巴金：《我和文学》，《中国当代文学研究资料·巴金专集》第1卷，江苏人民出版社1981年版，第665页。

情来打动读者或观众。有些作品，能使读者精神振奋，有些作品，引人唏嘘伤感，这些都是情感的作用。据焦循《剧说》记载，杭州有个女伶叫商小玲，擅演《牡丹亭》，因为自己不能跟意中人结合，郁郁成疾，所以特别容易受到剧作情绪的感染，每次演唱，都是缠绵凄婉，泪痕盈目。有一次演《寻梦》一折，唱至"待打并香魂一片，阴雨梅天，守得个梅根相见，盈盈界面"，就随声倒地，演春香的演员上去一看，"已气绝矣"。可见文艺作品感人至深。

读者鉴赏作品也是需要情感投入的。许钦文认为鉴赏文学作品，"固然一定要识得文字。但只识得文字，并不一定能够真正地鉴赏文学，还一定要有情感上的悟性。如果没有情感上的悟性，对于文学作品，只能够鉴赏到最表面的一层"。"情感上的悟性，大半是由修养而来的。虽然修养以后，不一定可有圆满的结果；但不修养，总不能够得到结果。"[①]

二　情感与理智的关系

情感在文学作品中的作用是毋庸置疑的，但不能将这种作用强调得过分，认为情感是超脱理性的。越地现代文学理论能够比较理智地看待创作中的情感因素。

本间久雄认同桑塔亚娜和利普斯等人所认为的文学的情绪是"被客观化的情绪"[②]。又认为凡是感情及情绪合于文学的普遍性及永久性的特质的，其效果较多，更能引起读者共鸣。而文却斯德的五个标准很客观：一，情绪的纯正或适节；二，情绪的活跃或活力；三，情绪的继续或确实；四，情绪的范围或变化；五，情绪的阶级或性质。[③]情绪被客观化的过程，其实是情感与思想联系、受理智控制的过程。

首先，情感绝不是无缘无故产生的。黑格尔在《美学》里说："人还通过实践的活动来达到为自己（认识自己），因为人有一种冲

[①] 许钦文：《文学概论》，上海北新书局1936年版，第116页。
[②] 本间久雄：《新文学概论》，章锡琛译，商务印书馆1925年版，第26页。
[③] 同上书，第28页。

动，要在直接呈现于他面前的外在事物之中实现他自己，而且就在这实践过程中认识他自己。人通过改变外在事物来达到这个目的，在这些外在事物上面刻下他自己内心生活的烙印，而且发现他自己的性格在这些外在事物中复现了。人这样做，目的在于要以自由人的身份，去消除外在世界的那种顽强的疏远性，在事物的形状中他欣赏的只是他自己的外在现实。"[1] 接着他举了一个例子：一个小男孩向河水里抛石头，而以惊奇的神色去看水中所现的圆圈，这是因为他在水圆圈中看出他自己活动的结果。这就是说，人通过实践活动，在外在事物中实现他自己，他所欣赏的事物形状，只是他自己的外在现实。可见，一方面人类情感是由外界事物激发起来的；另一方面情感则与本人平素的思想相联系。所以，在日常生活中，"思想""情感"二词经常联用，是很有道理的。

作家和艺术家的情感特别丰富，这与他们思想的执着有关系。可以说，作家的思想越执着，他的感情越强烈；作家的思想越深刻，感情越真挚。缺乏思想基础的感情，是轻浮的、飘忽的、不稳定的，也难以形成深刻的艺术。华兹华斯说得好："凡有价值的诗，不论题材如何不同，都是由于作者具有非常的感受性，而且又深思了很久。"[2] 汤显祖处于市民意识抬头的时代，深感封建礼教对人性的束缚，他对杜丽娘的同情，建筑在追求个性自由的思想基础之上，否则是不会那样动感情的。《水浒传》中的爱憎感情，与作者反对贪官污吏、支持农民反抗的思想有关。鲁迅对阿Q的"哀其不幸，怒其不争"的感情态度，则是出于他对农民问题的关注和对改造当时国民性问题的重视。

文艺作品能够打动人，固然由于情感的作用，但感情上的共鸣，是要有共同的思想基础的。具有封建正统思想的人不但不会被《西厢记》《牡丹亭》所感动，反而要查禁它们，所以贾宝玉只能偷偷地看

---

[1] ［德］黑格尔：《美学》第1卷，朱光潜译，商务印书馆1979年版，第39页。
[2] ［英］华兹华斯：《〈抒情歌谣集〉1800年版序言》，伍蠡甫编《西方文论选》下卷，上海译文出版社1988年版，第6页。

这些书，而贾政却将一切富有感情的诗词一概斥为浓词艳句，哪里还有感动可言呢？从艺术欣赏上，我们也可以看到情感与思想的联系。

另外，情感在艺术中的表现也不是无节制的，而要用理智去控制，才能适度。鲁迅说："我以为情感正烈的时候，不宜作诗，否则锋芒太露，能将'诗美'杀掉。"① 这就是说，情感需要有一个沉淀的过程，便于理智的控制，这样才能表现"诗美"。啼哭，是悲情的自然流露，但无节制地啼哭，也就不成其为艺术。正如黑格尔所说："啼哭在理想的艺术里也不应是毫无节制的哀号……把痛苦和欢乐尽量叫喊出来也并不是音乐。"② 夏丏尊说他自己每次读《爱的教育》总忍不住流泪，所以想把它翻译出来。但如果他不能控制自己的感情，恐怕读者就不会那么早读到他的译作了。在黑格尔看来，单凭情绪的冲动并非艺术，艺术要"驯服并且涵养冲动"，"艺术有能力也有责任去缓和情欲的粗野性"③。正因为艺术不是漫无节制地表现情感，所以艺术可以使艺术家摆脱情感的控制，转而去控制情感，黑格尔说："艺术家常遇到这样情形：他感到苦痛，但是由于把苦痛表现为形象，他的情绪的强度就缓和了，减弱了。""情欲的力量之所以能缓和，一般是由于当事人解脱了某一种情感的束缚，意识到它是一种外在于他的东西（对象），他对它现在转到一种观念性的关系。艺术通过它的表象，尽管它还是在感性世界的范围里，却可以使人解脱感性的威力。"④ 艺术所表现的情感并非一己私情，它摆脱了原始的偏狭状态，并经过理性的过滤，带有相当的普遍性。情感的普遍性越大，则作品的影响范围也越广。

徐懋庸说："成功的作品，正确的理论，就是它们本身含蓄的思想极丰富，因而能够在别人脑中，唤起所给予的形象以外的形象和所给予的概念以外的概念。在它们本身的逻辑停止了的地方，在别人脑

---

① 鲁迅：《两地书·三二》，《鲁迅全集》第11卷，人民文学出版社1981年版，第97页。
② [德] 黑格尔：《美学》第1卷，朱光潜译，商务印书馆1979年版，第204—205页。
③ 同上书，第60页。
④ 同上书，第60、61页。

中，逻辑还在继续着。""所以，作者的任务之一，是启发人去想。而读者，则要肯想，能够循着作者的逻辑路线去想。"①

三 哲学对文学有重要影响

在《文艺和哲学》中，徐懋庸从苏轼的《赤壁赋》谈起，认为把这篇文章的好归在写景之美和音节之美是远远不够的，最大的好处表现为主客答问论辩的两段，因为里面表现着一种深刻的思想。里面表现了苏轼的人生观和世界观，即哲学观。反过来说，"一篇作品，倘若毫无哲学意味，使读者看出它的作者并没有一贯的人生观和宇宙观，那是无论写景如何美丽，写事如何生动，总不能算是好作品"②。对于哲学学习，徐懋庸主张向现实学习。他批判了特权阶级的哲学、卖国哲学、奴隶哲学等腐朽没落的哲学，认为想做一个前进作家的青年应该从积极的、斗争的现实生活中去体验，应该学习辩证法的唯物论。

哲学是一门概括性很广的学科，它是关于自然知识和社会知识的概括和总结。所以哲学对自然科学和社会科学有指导作用，对于文学艺术也有重大的影响。

徐懋庸的文章鲜明地表明了哲学对于文学在认识事物的原则和方法方面的影响。文学是一种认识——审美认识，既然是一种认识，当然就有认识事物的原则和方法，这样，就和哲学上的认识论和方法论建立了联系。尽管有许多作家并不一定有明确的哲学观点，但他们在观察事物、认识事物时仍离不开一定的原则和方法。你是按照客观事物原来的样子去认识事物呢，还是将自己的想象色彩涂到客观事物上去？你是全面地观察事物的普遍联系呢，还是抓住一点不及其余？你是静止地观察事物呢，还是看到事物的发展趋势？这些，实际上都是认识论和方法论中的问题。鲁迅就善于从哲学家那里汲取精神养料。

作家们的观察力不是天生的，为了探索人生的奥秘，他们必须求

---

① 徐懋庸：《徐懋庸选集》（第二卷），四川人民出版社1984年版，第309页。
② 徐懋庸：《文艺和哲学》，《怎样从事文艺修养》，生活书店1936年版，第61页。

助于哲学。我国古代文人，文史哲不分家，《论语》《孟子》《老子》《庄子》等哲学著作是案头必备之书，还有些文人爱读佛典，也是因为那里面有许多人生哲理。朱自清在上虞白马湖教书时提出的"刹那主义"，与佛典脱不了干系。他的散文结构清晰，也得益于他在北京大学所受的哲学训练。鲁迅本人，既爱读老庄、韩非，又精研佛典；既心仪于赫胥黎的《天演论》，又广泛吸取西方的个性主义思想；此外他对尼采哲学也很感兴趣。这些哲学思想，都在他的作品中留下了痕迹。他时而峻急，时而随便，这是韩非、老庄的影响。"我知道伟大的人物能洞见三世，观照一切，历大苦恼，皆大欢喜，发大慈悲。但我又知道这必须深入山林，坐古树下，静观默想，得天眼通，离人间愈远遥，而知人间也愈深，愈广；于是凡有言说，也愈高，愈大；于是而为天人师。"[1] 这显然夹满佛家语，不过鲁迅持的是批判态度。他认为青年必胜于老年，这是进化论观点；而号召青年起来，"敢说，敢笑，敢哭，敢怒，敢骂，敢打，在这可诅咒的地方击退了可诅咒的时代"[2]，这又是主张个性的张扬。尼采的哲学也在鲁迅著作中留下了痕迹，这可以从《热风》中某些随感录的文风和用语上看出，如《四十一》中记载，"能做事的做事，能发声的发声。有一分热，发一分光，就令萤火一般，也可以在黑暗里发一点光，不必等候炬火。此后如竟没有炬火：我便是唯一的光。倘若有了炬火，出了太阳，我们自然心悦诚服地消失，不但毫无不平，而且还要随喜赞美这炬火或太阳；因为他照了人类，连我都在内"[3]，这就是典型的尼采式语言。而且鲁迅对于传统的批判，对于国民劣根性的批判，也多少从尼采哲学中吸取过力量。当然，上述种种哲学思想在鲁迅作品里并不是拼凑的杂拌，而是统一在彻底反封建的思想格调中。到后期，鲁迅接受了"史底唯物主义"，用唯物史观来观察问题，对社会问题就

---

[1] 鲁迅：《华盖集·题记》，《鲁迅全集》第3卷，人民文学出版社1981年版，第3页。
[2] 鲁迅：《华盖集·忽然想到（五）》，《鲁迅全集》第3卷，人民文学出版社1981年版，第43页。
[3] 鲁迅：《热风（四十一）》，《鲁迅全集》第1卷，人民文学出版社1981年版，第325页。

看得更加透彻了。

除了要重视哲学，徐懋庸也重视其他学科对文学的影响。他在《文艺和社会科学》《文艺和自然科学》《文艺和一般艺术》等文章中主要谈文艺与其他学科的关系，强调加强文艺修养就要打好各门科学知识和一般艺术的基础。徐懋庸认为文艺创作应该接受社会科学的指导。在《文艺和社会科学》中他说："作家非从社会科学中获得对于社会生活的正确的理解不可。"[①] 而自然科学的基础知识，对一个文艺作家而言，也是十分重要的。在徐懋庸看来，自然科学进步，使人类的生活日益丰富，也使美学的内容日益丰富，文艺家要表现丰富的生活、丰富的美，不可不懂自然科学。"连翻译文艺作品的人，也非有科学知识不可。这样说下去，当然要归结到：即使单是想欣赏文艺作品的人，也非具有基本的科学知识不可了。"[②] 徐懋庸注意各门艺术的相互影响。他在《文艺和一般艺术》中认为"生活里面的种种声音和形象，都可以训练我们的耳目。我们的耳目应该时时刻刻在这些上面吟味韵律，观察形象。难免从群众的口号中听出节奏来，能够从一个褴褛的工人的身上看出纯洁来，这样的耳目就可以说具有音乐和绘画的修养了"[③]。

徐懋庸的这些文章实际上都强调了理论修养可以帮助作家在创作中理智地表达情感。这与古今中外文学家、理论家对于作家的学识、判断力的强调是一致的。袁枚就说："作史三长：才、学、识缺一不可，余谓诗亦如之，而识最为先。非识，则才与学俱误用矣。"[④] 刘熙载也说："文以识为主。认题立意，非识之高卓精审，无以中要。才、学、识三长，识为尤重，岂独作史然耶？"[⑤] 有类似看法的人还有很多。譬如，严羽说："夫学诗者以识为主。"[⑥] 沈德潜说："有第一等

[①] 徐懋庸：《文艺和社会科学》，《怎样从事文艺修养》，生活书店1936年版，第44页。
[②] 徐懋庸：《文艺和自然科学》，《怎样从事文艺修养》，生活书店1936年版，第53页。
[③] 徐懋庸：《文艺和一般艺术》，《怎样从事文艺修养》，生活书店1936年版，第69页。
[④] 袁枚：《随园诗话》，人民文学出版社1960年版，第87页。
[⑤] 刘熙载：《艺概》，上海古籍出版社1978年版，第38页。
[⑥] 严羽：《沧浪诗话·诗辨》，郭绍虞《沧浪诗话校释》，人民文学出版社1962年版，第1页。

襟抱，第一等学识，斯有第一等真诗。"① 叶燮说得更具体："惟有识，则能知所从，知所奋，知所决，而后才与胆力，皆确然有以自信；举世非之，举世誉之，而不为其所摇。安有随人之是非以为是非者哉？""惟有识，则是非明；是非明，则取舍定。不但不随世人脚跟，并亦不随古人脚跟。"②

西方作家和文论家们对于认识力和判断力也很重视。贺拉斯说："要写作成功，判断力是开端和源泉。"③ 布瓦罗批评有些有才智的人，说"他们不明晰的思想，总是被浓厚的乌云层层遮上；纵然是理性的光芒，也不能把它穿透"，因此要求作家"写作之前先要构思清楚"④；巴尔扎克说得好："一个见信于人的作家，如果能使读者思考问题，就是做了一件大好事。"⑤

为了使自己具有识见，作家应该掌握哲学思想。这是越地现代文学理论对文学爱好者的共同建议。

---

① 沈德潜：《说诗晬语》，《原诗 一瓢诗话 说诗晬语》，人民文学出版社1979年版，第187页。
② 叶燮：《原诗》，《原诗 一瓢诗话 说诗晬语》，人民文学出版社1979年版，第29、25页。
③ ［古罗马］贺拉斯：《诗艺》，《诗学·诗艺》，人民文学出版社1962年版，第154页。
④ ［法］布瓦罗：《诗的艺术》，伍蠡甫编《西方文论选》上卷，上海译文出版社1988年版，第293—294页。
⑤ ［法］巴尔扎克：《致〈星期报〉编辑意保利特·卡斯狄叶先生书》，《文艺理论译丛》1957年第2期。

第三章　越地现代文学理论关于文学的社会功能的认识

对于文学的社会地位和社会功能，历来有不同的看法。有些人对它估价很高，以为它作用很大，有些人却把它说得一文不值，似乎毫无用处。例如，曹丕和曹植兄弟两人的说法就截然相反。曹丕说："盖文章，经国之大业，不朽之盛事。"① 曹植则说："辞赋小道，固未足以揄扬大义，彰示来世也。"② 这与他们所处的地位不同有关，故自各有着不同的用意。曹植是有政治抱负的人，却很不得志，所以把自己擅长的文章辞赋说成无足轻重的小道；而曹丕在政治上占了优势，洋洋得意，想做风雅雄主，所以把诗文与立功、立德相提并论，因为文章算是立言，本属于三不朽范围之内。而他的所谓不朽，并非全指社会作用，大抵还是指个人扬名而言："年寿有时而尽，荣乐止乎其身，二者必至之常期，未若文章之无穷。是以古之作者，寄身于翰墨，见意于篇籍，不假良史之辞，不托飞驰之势，而声名自传于后。"③ 越地现代文学理论对文学的功能有比较理性的回答。

---

① 曹丕：《典论·论文》，郭绍虞编《中国历代文论选》第一册，上海古籍出版社1979年版，第159页。
② 同上书，第165页。
③ 同上书，第159页。

第一节　文学对社会有一种特殊力量

一　解放与自由实是文艺的特殊的力量

朱自清认为："解放与自由实是文艺的特殊的力量。"① 它能让读者联合起来。但他认为梁启超所说的小说能够"熏"人，就是所谓的实现自我并不是文艺的直接的效用，文艺的直接的效用是解放自我。从自我实现的立场说，文艺的力量的确没有一般人所想象的那样大。这是一种辩证的认识。

正如马克思和恩格斯在强调经济基础的决定作用时，经常提醒人们，不要忽视上层建筑的反作用；在肯定社会存在决定社会意识的前提下，又指出社会意识的能动性，充分显示出他们唯物论的辩证性。我们正是要在这唯物辩证法的基础上探讨文艺的社会功能。忽视上述任何一个方面，都无法正确估量文艺的社会作用，而过分夸大或缩小文艺的作用，都不利于文艺事业的发展。

鲁迅早期将文学的社会功能看得很重，他认为一个国家最要紧的是张扬国民的个性，改造国民的精神，而善于改变精神首推文艺，所以他认为提倡文艺运动最要紧。这是启蒙主义思想，而启蒙主义者往往是过高估计思想的力量的。后来，在实际斗争中，经过事实的教训，他的看法有了很大的改变。那是在段祺瑞政府开枪打杀学生的时候，他感到文学的无用。因为有实力的人杀人并不需要开口。而文学家即使天天呐喊、叫苦、鸣不平，也不能阻止有实力者的压迫、虐待、杀戮，这文学对于人们又有什么益处呢？接着，在北伐战争时期，他更看清了这一点。他说："中国现在的社会情状，只有实地的革命战争，一首诗吓不走孙传芳，一炮就把孙传芳轰走了。"所以，

---

① 朱自清：《文艺之力》，《朱自清全集》（第四卷），江苏教育出版社1996年版，第107页。

他表示"倒愿意听听大炮的声音,仿佛觉得大炮的声音或者比文学的声音更要好听得多似的"①。这说明,鲁迅此时更看重武器的批判,把社会变革看得比思想变革更为重要,而对批判的武器——文学的力量,倒看得轻了。不过,这里面也有愤激的成分,鲁迅后期仍坚持用文学的武器从事社会斗争,可见他对于文学的社会作用还是相当重视的。

马克思说过:"批判的武器当然不能代替武器的批判,物质力量只能用物质力量来摧毁;但是理论一经掌握群众,也会变成物质力量。"② 这就是说,社会变革首先要靠物质力量来推动,精神的力量是其次的;但精神力量也可以变成物质力量,可以起到一定的作用。辩证唯物论者虽然注重精神的因素,看到它对社会的反作用,但认为它毕竟是第二性的,是从属的。如果把意识形态的作用看得太重,便会不自觉地走向唯心主义了。梁启超在《论小说与群治之关系》中把文学的作用夸大到不可思议的地步。他说:"欲新一国之民,不可不先新一国之小说。故欲新道德,必新小说;欲新宗教,必新小说;欲新政治,必新小说;欲新风俗,必新小说;欲新学艺,必新小说;乃至欲新人心,欲新人格,必新小说。何以故?小说有不可思议之力支配人道故。"③ 朱自清清醒地认识到,无论是小说或是其他的文学作品,都不可能有这么大的改造一切的力量。

但是,夸大文学社会作用的观点还是屡见不鲜的。这种夸大观点大概来自两个方面。

一方面是文学家本身,为了抬高自己,过高地估价文学的力量。特别是一些革命文学家,往往以革命先觉自居,以为革命运动是靠他那几篇诗文鼓吹起来的。20世纪20年代末期的"革命文学"运动,就有这种倾向。其实,由于意识的偏差,在他们的笔下,对革命歪曲的描写很多,即使是真正的革命文学,也只不过反映了群众中酝酿着

---

① 鲁迅:《而已集·革命时代的文学》,《鲁迅全集》第3卷,人民文学出版社1981年版,第423页。

② 《黑格尔法哲学批判·导言》,《马克思恩格斯选集》第1卷,人民出版社1956年版,第9页。

③ 梁启超:《民国人文读本 中国人的启蒙》,中国工人出版社2016年版,第173页。

的革命情绪而已。激起群众革命情绪的，主要是物质关系的变化，是现实的矛盾，而不是文学作品。所以在实际生活中，总是政治先行，文艺后变。对文学的作用估计过高，那是"唯心"之谈。

另一方面是卫道的正人君子，他们以为天下的坏人坏事，都是由文艺作品教唆出来的，《水浒传》"诲盗"，《红楼梦》"诲淫"，都要不得。最好是禁止青年人阅读文艺作品，让他们一心只读圣贤书，可以清心寡欲，不致出事。殊不知《水浒传》出现以前就有盗，那是不合理的社会制度造成的；不读《红楼梦》的人也要谈情说爱，那是人在青春期的一种需要，正如歌德在《少年维特之烦恼》的卷首诗中所说："青年男子谁个不善钟情？妙龄女人谁个不善怀春？这是人性中的至洁至纯。"《牡丹亭》中的杜丽娘，所受庭训甚严，家里请了个陈最良老夫子，教她读的是《诗经》，那是经过孔老夫子删削过的，一言以蔽之，曰：思无邪！然而还是要少女怀春，见景生情，闹出游园惊梦等种种风流韵事来，真是无可奈何啊。这种为了防范文学作品的影响而禁止青年人阅读之事，后来又打着革命的旗号进行，刘心武的小说《班主任》写的就是这方面的事。

当然，这并不是说文学作品毫无用处。文学家毕竟是敏感的，他们往往率先发现社会矛盾，大胆地加以描写，倘有力，便又一转而影响社会，使有变革。例如：屠格涅夫的《猎人笔记》，揭露了农奴制度的罪恶，推动了俄国的农奴解放运动，被称为是"一部点燃火种的书"。斯托夫人的《汤姆叔叔的小屋》，揭露了美国南方蓄奴制度的野蛮与残酷，激发了人们酝酿已久的反蓄奴制的情绪，林肯总统称赞作者是"写了一部书，酿成一场大战的小妇人"，这虽然是风趣而夸张之赞语，但不可否认，这本书在解放黑奴的战争中，的确起到了推波助澜的作用。但是，解放农奴和黑奴，本身却是历史的要求，而非文学的煽动。基于这种作用，文学得以永恒。许钦文说："现在是个武装的世界，这是不可讳言的了。不过所谓武力，并不限于兵力，是包括知识，技能和一切文化的了。"① 继秦始皇焚书坑儒之后，文学依然

---

① 许钦文：《文学概论》，上海北新书局1936年版，第9—10页。

不灭。"无论从理论或者事实来说,文学都不会消灭。那么,只要世界存在,文学总是有了的。"①

二 为人生的艺术既是功利的也是美的

徐懋庸注意到文艺的现实功能,肯定大众在文艺创作中的作用。在《怎样理解戏剧》中他认为戏剧只有一个观众可不成。戏剧的观众绝不是个人,而是一个群众集团。"自从日本帝国主义的侵略加紧,民族危机深刻化之后,中国的话剧运动,配合了救亡运动,而成了'国防戏剧'运动。以戏剧所特有的感人之力,来号召救亡运动,效果当然是很好的。"②

在《怎样理解小品文》中,徐懋庸首先进行小品文的"自我中心""个人笔调"与"性灵""闲适"的区别,接着提出小品文的创作原则——"我们的学习小品文,应该从大处入手"③。

许钦文谈到幽默时说为什么要有讽刺:"有些事情,明明白白,大家都知道是不对的,偏偏还有人要做,而且是很有关系的,理论是无须再说,忠告是无从入手;不说实在看不过去,这于带便讽刺一番以外,还有什么办法呢?""讽刺原由不得已,愤世嫉俗者,何尝都是好为自苦的呢?""讽刺只是带便的訾詈;虽然不是绝对的责骂,可是无从明白的辩驳,不痛不痒,也是够难受的。"④

夏丏尊说:"露骨的劝善惩恶的见解,在文艺上,全世界现在似乎已绝迹了,但以功利为目的的文艺思想,仍取了种种的形式流行在世上,或是鼓吹社会思想,或是鼓吹妇女解放,或是鼓吹宗教信仰。名为文艺作品,其实只是一种宣传品而已。这类作品,愈露骨时,愈失其文艺的地位。""人生派的所谓'人生'者往往只是'功利',因此其所谓'为人生的艺术者',结果只是'为功利的艺术'而已。人

---

① 同上书,第 10 页。
② 徐懋庸:《怎样理解戏剧》,《怎样从事文艺修养》,生活书店 1936 年版,第 122 页。
③ 徐懋庸:《怎样理解小品文》,《怎样从事文艺修养》,生活书店 1936 年版,第 135 页。
④ 许钦文:《文学概论》,上海北新书局 1936 年版,第 98 页。

生原有许多方面，把人生只从功利方面解释，不许越出一步，这不消说是一种偏狭之见。"①"至于艺术派的主张如王尔德的所谓'艺术在其自身以外不存如何目的，艺术自有独立的生命，其发展只在自己的路上'。亦当然是一种过于高蹈的议论。我们不能离了人来想象文艺，如果没有人，文艺也绝不能存在。艺术之中也许会有使人以外的东西悦乐的，如音乐之于动物。但文艺究是人所能单独享受的艺术，玩赏艺术的不是艺术自身，究竟是人。如果文艺须以人为对象，究不能不与人发生关系，艺术派主张文艺的目的在美，那末，供给人以美，这事本身已是有益于人，也是'为人生的艺术'，与人生派相差，只是意义的广狭的罢了。这两派的纠纷，问题似只在'人生'二字的解释上。"②

有些人抱非功利主义的艺术观，认为自己的写作，有如夜莺的歌唱一样，只是有一种情绪要发泄、发讫即罢，别人感到好听不好听，是无所谓的；或如草木开花，乃自然之本性，至于所开之花有毒无毒，则与草木无关。非功利主义者不顾及作品的社会效益，"为艺术而艺术"的口号就是他们提倡的。

有些人抱着纯市场主义的艺术观，写什么和怎么写，全看市场的需要而定，他们追求的是票房价值和书籍印数，即所谓市场效益，而非社会效益和艺术水准。这类作品娱乐性很强，而艺术性较弱，也缺乏社会效益。

而艺术上的功利主义者，则讲究文学的社会效益。他们有强烈的社会责任感，抱着改造社会、改造人生的目的而写作。"为人生的艺术"是他们的口号。普列汉诺夫说："所谓功利主义的艺术观，即是使艺术作品具有评判生活现象的意义的倾向，以及往往随之而来的乐于参加社会斗争的决心，是在社会上大部分人和多少对艺术创作真正感到兴趣的人们之间有着相互同情的时候产生和加强的。"③

---

① 夏丏尊：《文艺论 ABC》，世界书局 1928 年版，第 24 页。
② 同上书，第 24—25 页。
③ [俄] 普列汉诺夫：《普列汉诺夫美学论文集》（Ⅱ），曹葆华译，人民出版社 1983 年版，第 829 页。

在我国，由于儒家的文化传统占统治地位，入世的文人较多，功利主义的文艺观居主导，所谓"诗歌合为时而作，文章合为事而作"，等等，都是积极有为的。文人们喜欢讲究文章的教化作用，似乎没有教化作用就不是好文章，以至于像《金瓶梅》《肉蒲团》这样以大量篇幅直接描写性生活的作品，在序言中也一定要特意声明，他们写这些情节的目的，是为了教育读者，使他们知道过度宣淫是要遭到报应的。

至于革命的文学家们，则以文学为社会斗争的武器，为革命宣传的工具，其社会目的性就更明显了。文学家总有自己的社会主张，他笔下的文学作品也总会流露出一定的思想倾向，所以革命的功利主义本也无可厚非。但不能过头，如果变成只顾宣传而不顾艺术，文艺作品变成政治宣传品，那就脱离文艺领域了。

文学的确有自我表现的成分，但不讲社会效益只重自我表现的非功利主义艺术观显然是错误的。艺术作品毕竟不同于夜莺的歌唱和草木之开花，后者是一种自然现象，人们可以听之任之，"花开花落两由之"；而艺术是一种社会意识形态，必然有倾向性，也一定会产生社会作用。因此，文学家一定要有社会责任感，要讲究社会效果，以自己的艺术促使社会进步。

文学首先要能干预生活。所谓干预生活，是指文学直接介入当前的社会斗争和政治斗争，对社会事件或政治事件发言，其效果是快速的，反应是强烈的。如左拉对德莱弗斯事件发言的《我控诉》，鲁迅抨击时弊之杂文，以及当代的许多报告文学、纪实小说，等等。

文学也应起改造人们灵魂的作用。所谓改造灵魂，是说文学不必对当前的社会事件做出反应，而着重揭露人们思想上的弊病，对人们的灵魂进行鞭挞、改造。这种作品，不求一时快速的社会效果，却能产生长远的影响。如陀思妥耶夫斯基的小说，以显示灵魂的深为特色；鲁迅的小说，以改造国民的劣根性为己任。所以，朱自清说："文学的目的，除给我们以喜悦之外，更使我们知道人——不要知道他的行动，而要知道他的灵魂。""从它里面，可以清清楚楚地看见自己的灵魂的样子。"①

这两种作用是文学的一体两面。鲁迅是因为文艺能改造灵魂,他才从事文艺工作的,他的小说和一部分杂文,不直接反映当前的政治事件和社会斗争,而着重剖析当时国民性的弊病,以引起疗救的注意;但一当投身社会运动之后,便有点身不由己,直接介入了当前的斗争,如前期的声援女师大学生运动和谴责"三一八"惨案的制造者及其帮凶,后期的反对国民党专制主义的斗争,鲁迅都写了许多匕首投枪式的杂文,起了很大的社会作用。他说当时是多么迫切的时候,作者的任务,是在对于有害的事物,立刻给以反响或抗争,他的杂文就起着"感应的神经""攻守的手足"的作用。朱自清认可这种观念:"在文学里,保存着种族的理想,便是为我们文明基础的种种理想;所以它是人心中最重要最有趣的题目之一。""所谓国民性,所谓时代精神,在文学里,均甚显著。"②

一般说来,在法制不健全、新闻不自由的时候,干预生活的文学就比较发达些,如德莱弗斯枉判,引起左拉的抗议;国民党统治时期,没有新闻自由,就需要用曲笔的杂文来揭露。如果法制健全了,新闻自由了,那么有许多直接进行社会斗争的任务,可以由法律工作者和新闻工作者去担负,社会也不会那样迫切地要求文学去直接干预生活了,就可以让文学家们从容地开掘人们灵魂的深处,从事改造和净化人们心灵的工作。而只要人的灵魂改造好了,真正达到心灵美的境界,那么社会弊病也必然会大为减少;倘若人的灵魂丑陋,那么不管做什么事情都会出毛病。这样看来,改造灵魂仍然是文学的根本使命。而文学的这种社会使命,正是与它特殊的审美功能相联系的。

---

① 朱自清:《文学的一个界说》,《朱自清全集》(第四卷),江苏教育出版社1996年版,第176页。
② 同上。

第二节　文学的无用之用

　　文学有改造灵魂的作用，但它对接受者并非耳提面命，而是潜移默化，不是诉诸人的理智，而是打动人的感情。总之，文学是通过审美教育功能而产生社会作用。越地现代思想家、教育家，都很重视审美教育。蔡元培提出了"以美育代宗教"之说，目的是用审美教育来净化人们的心灵，来代替宗教。

　　美总是与真和善联系在一起的。黑格尔说："美与真是一回事。这就是说，美本身必须是真的。"① 同时，美的东西也总是引人向善的，何况艺术美本来就包含着创作主体的思想因素在内。因此，审美教育同时就包含着认识作用、教育作用和审美作用。

一　文学的认识作用：使人领会自然人生的奥秘

　　夏丏尊说："文艺实是人生的养料，是教示人的生活的良师。因了文艺作品，我们可以扩张乐悦和同情理解的范围，可以使自我觉醒，可以领会自然人生的奥秘。再以此利益作了活力，可以从种种方向发挥人的价值。"② 他谈的是文学的认识作用。

　　所谓文学的认识作用，是指作品能提供真实、丰富的生活材料。文学作品不是知识读物，本不以提供知识为目的，但只要能真实地反映生活，就能为读者提供认识材料。车尔尼雪夫斯基说："艺术，或者不如说，诗歌（只有诗歌，因为别种艺术在这方面的贡献甚少）向读者群众普及大量知识，而且，更重要的是使读者认识了科学所求得的概念——诗歌对于生活的伟大意义，就在于此。"③

---

① ［德］黑格尔：《美学》第 1 卷，朱光潜译，商务印书馆 1979 年版，第 142 页。
② 夏丏尊：《文艺论 ABC》，世界书局 1928 年版，第 33—34 页。
③ ［俄］车尔尼雪夫斯基：《论亚里士多德的〈诗学〉》，《美学论文选》，人民文学出版社 1957 年版，第 137 页。

夏丏尊看到了文学的认识作用有多种层次。

第一，是对于生活情状的认识文学，文学是"生活的良师"。如老舍的作品可提供读者对北京市民生活习惯的认识；从沈从文的作品里，我们可以看到湘西那种既淳朴又剽悍的民风。有些写得细致精确的作品，甚至可以提供给我们各种生活细节的认识材料。譬如，巴尔扎克的作品。恩格斯在论及巴尔扎克的《人间喜剧》时说："我从这里，甚至在经济细节方面（诸如革命以后动产和不动产的重新分配）所学到的东西，也要比从当时所有职业的历史学家、经济学家和统计学家那里学到的全部东西还要多。"[1]

第二，是对人们灵魂的认识，文学可以扩张"同情理解的范围"。如巴尔扎克对于拉斯蒂涅、吕西安灵魂的揭露，托尔斯泰对于安德烈和聂赫留多夫内心世界的描写，鲁迅对于阿Q精神胜利法的批判，等等。通过文学作品，读者可以认识各种人物的灵魂，从而进一步认识这个世界。鲁迅很称赞陀思妥耶夫斯基的作品对于灵魂的开掘，他说："显示灵魂的深者，每要被人看作心理学家；尤其是陀思妥耶夫斯基那样的作者。他写人物，几乎无须描写外貌，只要以语气，声音，就不独将他们的思想和感情，便是面目和身体也表示着。又因为显示着灵魂的深，所以一读那些作品，便令人发生精神的变化。"鲁迅认为，但将这灵魂显示于人的"是在高的意义上的写实主义者"[2]。

第三，对于社会关系的认识，文学可以"使自我觉醒"，"发挥人的价值"。恩格斯肯定巴尔扎克"在《人间喜剧》里给我们提供了一部法国'社会'，特别是巴黎'上流社会'的卓越的现实主义历史"[3]。列宁说："如果我们看到的是一位真正伟大的艺术家，那么他就一定会在自己的作品中至少反映出革命的某些本质的方面。"[4] 他称

---

[1] 《1888年4月初致玛·哈克奈斯信》，《马克思恩格斯选集》第4卷，人民出版社1956年版，第684页。

[2] 《集外集·〈穷人〉小引》，《鲁迅全集》第7卷，人民文学出版社1981年版。

[3] 1888年4月初致玛·哈克奈斯信，《马克思恩格斯选集》第4卷，人民出版社1956年版，第683页。

[4] ［俄］列宁：《列夫·托尔斯泰是俄国革命的镜子》，《列宁论文学与艺术》（一），人民文学出版社1960年版，第281页。

托尔斯泰是俄国革命的一面镜子,因为托尔斯泰以他天才艺术家特有的功力,表现了 1861—1904 年这一时期的俄国最广大人民群众的观点和思想转变,他"在自己的作品里惊人地、突出地体现了整个第一次俄国革命的历史特点,它的力量和它的弱点"①。就这个意义上说,每一个伟大的作家,每一部成功的作品,都是一面时代生活的镜子。无论他以何种形式去反映生活,即使是以夸大或变形的手法来描写,缺乏细节的准确性,但只要他反映出了时代的风貌、群众的情绪,那么,他的作品仍然具有认识意义。甚至,从象征派的诗歌《恶之花》里,我们也可以看出时代的忧郁情绪,从荒诞派的戏剧《等待戈多》里,也可以见到战后的资本主义国家下层人民的无望的期待。这些作品都在某种意义上给我们提供了认识材料。

二 文学的教育作用:从人生各方面引起新的酝酿

章锡琛所翻译的本间久雄的《新文学概论》认为文学与道德的关系问题是"艺术论上及美学论上极旧的然而在各时代却永远是极新的问题"②。"第一应该注意的,便是艺术与道德的相异,换一句话,艺术活动与道德活动,即美感与道德意识的相异,用艰深一点的话来说,即美底价值与道德底价值的相异。"③

夏丏尊说:"好的文艺作品,自己虽然不宣传什么,而间接却从人生各方面引起新的酝酿,暗示进步的途径。因为所谓作家的人们,大概有着常人所不及的敏感,对于自然人生有着炯眼,同时又是时代潮流的预觉者。一切进步思想的第一声,往往由文艺作者喊出,然后哲学家加以研究,政治家设法改革,终于现出实际的改造。"④ 夏丏尊在这里强调了文学的教育作用。认识也是一种教育。文学作品提供了关于社会关系的认识材料,也就帮助读者形成一定的社会观。

---

① [俄] 列宁:《列·尼·托尔斯泰》,《列宁论文学与艺术》(一),人民文学出版社 1960 年版,第 289 页。
② [日] 本间久雄:《新文学概论》,章锡琛译,商务印书馆 1925 年版,第 73 页。
③ 同上书,第 74 页。
④ 夏丏尊:《文艺论 ABC》,世界书局 1928 年版,第 32 页。

但文学作品的教育作用还不止于此，它对读者、观众还有直接的思想和道德教育作用。这是因为文学作品不是对现实生活的纯客观的反映，而是包含着作家的主观认识，所以必然要在思想上对读者产生影响。

文学作品对于读者的教育作用，首先表现在英雄人物的思想影响上。夏丏尊所说的"进步思想的第一声"往往是由作者借英雄人物说出的。这些英雄人物，在生活中起了榜样的作用，他们的英雄行为和崇高思想可以供人效仿。国际工人运动领袖、在莱比锡法庭上曾机智地与德国纳粹党徒进行不屈斗争的季米特洛夫说自己还记得，在他少年时代是文学中的什么东西给了他特别强烈的印象，是什么榜样影响了他的性格——就是车尔尼雪夫斯基的《怎么办？》。他说自己在参加保加利亚工人运动的日子里培养起来的那种坚持力和在莱比锡法庭上所采取的那种一贯的坚持力、信心和坚定精神——这一切都无疑地同他在少年时期读过的车尔尼雪夫斯基的艺术作品有关。[1] 的确，《怎么办？》里的拉赫美托夫等英雄形象，曾经给人以很大的鼓舞。奥斯特洛夫斯基在他的小说《钢铁是怎样炼成的》里写到保尔·柯察金深受《牛虻》主人公的英雄行为的影响，而《钢铁是怎样炼成的》又对20世纪四五十年代的青年产生过很大的影响，他们往往以保尔·柯察金为自己的榜样，并且把他的名言作为座右铭："人的一生应当这样度过：当他回首往事的时候，他不会因为虚度年华而悔恨，也不会因为碌碌无为而羞愧；这样，在临死的时候，他就能够说：'我的整个生命和全部精力，都已经献给了世界上最壮丽的事业——为人类的解放而斗争。'"

但是，并不是所有作品都塑造英雄形象的，而且新的思想也不一定都通过英雄人物而体现出来。因此，我们不能将文学作品的教育作用局限在英雄人物的塑造上，更不能把塑造英雄人物作为文学创作的根本任务。应该说，凡是体现新思想、有进步倾向的作品，都是时代

---

[1] ［保］季米特洛夫：《季米特洛夫论文学、艺术与科学》，人民文学出版社1959年版，第9页。

潮流的预觉者，都有教育作用。譬如，《红楼梦》中的贾宝玉、林黛玉以及其他少男少女们，大概都算不上英雄人物，但是，贾宝玉对于仕途经济的厌恶，他和林黛玉对于婚姻自由的追求，在封建社会里，却算是新思想，能给人们以鼓舞。《红楼梦》为广大读者所钟爱，又为封建卫道士所反对，不是没有道理的。

即使是暴露性的作品，也能给人以教育。当然并不是叫人去学习书中的批判对象，而是因为作者在批判旧事物中表现出他的审美理想，这种审美理想，能给读者以教育作用。例如，果戈理的喜剧《钦差大臣》，描写外省一个城市的官吏及其太太们把一个过路的旅客当作钦差大臣来吹拍，无论是这个乘机冒充钦差大臣的骗子，还是围着他转的当地名流，都是可笑的讽刺性形象，但是这种讽刺所激起的笑声，却是对沙俄官僚制度下丑恶事物的批判，这种批判，可以帮助观众分清善恶美丑，净化人们的灵魂。但是，并不是所有暴露性的作品都有理想力量。那些没有崇高审美理想，只是展览丑恶的作品，是没有教育作用的。

夏丏尊强调：文学的教育作用是间接、暗示着进行的。正如作品的思想倾向不能特别地说出，而要在场面和情节中自然地流露出来一样，文学对读者、观众的思想教育，也不能直接灌输，而只能以细雨浸润式地进行，诚如杜甫《春雨》诗中所说："随风潜入夜，润物细无声。"这就是"潜移默化"的作用，那些板起面孔来，存心教训人的作品，效果总是适得其反，这在历史上是有深刻的教训的。比如，宋代理学盛极一时，诗歌不讲形象思维，小说也多理学化了，以为非含有教训便不足道，结果把诗文小说当作修身教科书，也就不成为文艺作品了；20世纪的革命文学，则以政治宣传为目的，常常在作品中图解政策，书写标语口号，同样失去了感人的力量。

我国由于长期的儒学统治，教化思想渗透到各个方面，说教文学比比皆是，这实际上是文艺的歧途。要想发挥文学的教育作用，必须要重视文学的审美作用。

三 文学的审美作用：用了人生的语言达到圆满的刹那

朱自清认为文艺能移情，使人进入忘我境界："文艺的内容与形式都能移人情；两者相依为用，可以引人入胜，引人到'世界外之世界'。在这些境界里，没有种种计较利害的复杂的动机，也没有那个能分别的我。只有浑然的沉思，只有物我如一的情感。"①

朱自清1925年赴清华大学之前写过一篇《文学的美》。他在文首提出，"美的目的只是创造一种'圆满的刹那'；在这刹那中，'我'自己圆满了，'我'与人，与自然，与宇宙，融合为一了，'我'在鼓舞，奋兴之中安息了。"后来他又提出"文学里的美也是一种力，用了'人生的语言'，使人从心眼里受迷惑，以达到那'圆满的刹那'。"②

许钦文谈到文学可以"教养民众"的"养"时，说："养，是指精神上面说的。活着的人，并非只是有了物质的享受就可以满足欲望的；一定还要有精神的营养物，才可以完成功美满的生活。"③"虽然文学的效用，主体并不在于营养精神；但在精神的滋养料这一点上，实在也有着很大的效用。"④

对于文学艺术教育的特殊方式，古人早就看到了。在我国，荀子在《乐论》中说："声乐之入人也深，其化人也速。"《乐记》中则说：乐也者，"其可以善民心，其感人深，其移风易俗"。在西方，古罗马的贺拉斯在《诗艺》中明确提出了"寓教于乐"的看法；近代德国诗人席勒又专门写有一本著作——《审美教育书简》，阐述审美教育原理。其他作家，也有许多类似的言论。如瑞士小说家凯勒曾说："诗可以教诲，然教诲必融化于诗中，有若糖或盐之消失于水内。"法国诗人瓦勒里亦说过：诗歌含义理，当如果实含养料；养身之物也，只见为可口之物而已。食之者赏滋味之美，浑不省得滋补之

---

① 朱自清：《文艺之力》，《朱自清全集》（第四卷），江苏教育出版社1996年版，第105页。
② 同上书，第159，162页。
③ 许钦文：《文学概论》，上海北新书局1936年版，第8页。
④ 同上书，第9页。

力焉。① 总之，我们不能忽视文学的审美作用。实际上，文学的认识作用和教育作用都是通过审美作用而实现的。

何谓审美作用？我们欣赏艺术形象时，在感情上受到打动，得到美的享受，从而净化了灵魂，这就是文学的审美作用。许钦文认为文学能够"救济神经病"。一，文学是苦闷的象征，创造了一篇文学，就是发泄了一种苦闷，等于一般妇女的放声痛哭一场。苦闷的难堪了，放声痛哭一场，或者写作一篇文学作品以后，会变得舒畅起来。二，明白了文学是苦闷的象征，可见别人的文学作品上，也都象征着别人的苦闷；——或者是苦闷的反表，或者是喜欢的追慕；——看了别人的文学作品，知道苦闷的人并非只有自己一个；而且别人所有的苦闷，有更来得大，更来得深的。一经比较，就会觉得自己算不得什么，也就心平气和起来了。②

许钦文的说法与茅盾相似。茅盾曾做过这样的解释："我们都有过这样的经验：看到某些自然物或人造的艺术品，我们往往要发生一种情绪上的激动，也许是愉快兴奋，也许是悲哀激昂，不管是前者，还是后者，总之我们是被感动了，这样的情感上的激动（对艺术品或自然物），叫作欣赏，也就是，我们对所看到的事物起了美感。"③ 茅盾这里所说，除欣赏艺术美外，还包括欣赏自然美所产生的美感，范围更加广泛，但道理是一样的。文学的审美作用是多方面的：

首先是给人以美的享受，使人得到娱悦和休息。不要小看这种娱悦和休息，它是必要的精神调剂。试想，如果一天到晚，一年到头都把精神的弦绷得紧紧的，能不断裂吗？所以文学就要在娱乐和休息上给人以满足，这也从侧面推动了工作。如果只考虑到文学的战斗性而不顾及娱乐性，只想用文学来教训人，而不能给人以美的享受，那效果往往是适得其反的。我们不应该忽视文学的娱乐性。夏丏尊引用庄子的"无用之用是为大用"的话，分析认为文艺的"用"是"无用

---

① 参见钱钟书《谈艺录》上卷，生活·读书·新知三联书店2001年版，第63—64页。
② 许钦文：《文学概论》，上海北新书局1936年版，第33页。
③ 茅盾：《欣赏与创作》，《茅盾评论文集》（上），人民文学出版社1978年版，第5页。

之用"。"我们不愿把文艺当作劝惩的工具者,并非说文艺无劝惩的功用,乃是不愿把其功用但局限于劝惩上的缘故。不愿把文艺当作茶余饭后的消遣者,并非说文艺无消遣的功用,乃是不愿把其功用但局限于消遣的缘故。"①

其次,培养人的爱美之心,使人的性格得到全面发展。夏丏尊认为"文艺的功用,是全的功用,综合的功用,把它局限在一方面,是足以减损文艺的本来价值的"②。俗语说,爱美之心,人皆有之。但这种爱美之心,有时却遭到压抑和扭曲。这与物质生活有关,也与精神生活有关。物质生活过于贫困,终日为谋生奔忙、为衣食烦恼的人,当然易于忽略对美的追求;而精神生活过于紧张,或精神过于空虚的人,也不会去追求美,不但不去追求美,反而会摧残美、毁灭美,这就造成对社会的破坏。要改变这种情况,当然不是光靠文学的力量所能达到的。人的性格要得到全面发展,只有当物质产品大量涌流的时候才能达到,但文学作品对培养人的爱美之心,促使性格的全面发展,还是能起积极作用的。只有当人的性格得到全面发展了,思想境界才能得到提高。所以,夏丏尊说:"文艺的用,是无用之用。它关涉于全人生,所以不应局限了说何处有用。功利实利的所谓用,是足以亵渎文艺的大用的。"③

再次,能对人的心灵起净化作用。夏丏尊说:"文艺作品的生成与其功用,恰如科学的发明与其功用一样。电气发明者并不是为了想造电报电车才去发明电气,而结果可以造电报电车,易卜生自己说只是做诗不管什么妇女解放不妇女解放,而结果引起了妇女解放。屠格涅夫也并不想宣传农奴解放才写他的《猎人日记》,而《猎人日记》,却作了引起农奴解放的导线。"④他在这里谈的实际上是文艺的"净化"作用。这种"净化"作用,是亚里士多德先在《政治学》中提出来的。他说:"有些人受宗教狂热支配时,一听到宗教的乐调就卷

---

① 夏丏尊:《文艺论 ABC》,世界书局 1928 年版,第 28—29 页。
② 同上书,第 32 页。
③ 同上书,第 29 页。
④ 同上书,第 33 页。

入迷狂状态，随后就安静下来，仿佛受到了一种治疗和净化。这种情形当然也适用于受哀怜、恐惧以及其他类似情绪影响的人。某些人特别容易受某种情绪的影响，他们也可以在不同程度上受到音乐的启发，受到净化，因而心里感到一种轻松舒畅的快感。"① 文学作品所激起的人们的感情是不一样的，但无论是悲剧所激起的崇高感或喜剧所激起的滑稽感，还是英雄史诗所激起的壮美感或风景花卉画所激起的优美感，都能起到陶冶心情、净化心灵的作用。心灵得到净化之后，卑劣之念就能够去除，思想水准、道德水准就能够提高。夏丏尊平常在教育中也注重爱的教育，正是通过净化来实行的。许钦文对这一点说得更直接，他认为欣赏文学作品能够"把平时于无形中郁结着的苦闷，排泄出去。虽然觉得可怜和害怕，结果却是身上轻松了一点的样子，可以得到个快感：这就叫作'净化作用'。"② "屡次的收到净化作用以后，多少总要改变点性情，就是趋善一点。所以净化作用，也叫作'美化作用'。"③

---

① ［希腊］亚里士多德：《政治学》，伍蠡甫编《西方文论选》上卷，上海译文出版社1988年版，第96页。
② 许钦文：《文学概论》，上海北新书局1936年版，第52页。
③ 同上书，第53页。

第二编　创作论

第一章　越地现代文学理论关于文学与现实生活关系的论述

南宋绍兴诗人陆游早年学诗的时候，虽然很注意技巧，但由于生活阅历不多——"早岁哪知世事艰"，总写不出令人满意的好诗。中年入蜀从戎，取得丰富的生活经验后，于是"诗家三昧忽见前，屈贾在眼元历历。天机云锦用在我，剪裁妙处非刀尺"①。从此诗风大变，在艺术上也取得很大的成就。他自己充分意识到这一点，所以在晚年教幼子学诗时就说："汝果欲学诗，工夫在诗外。"② 这句诗后来经常为人所引用，几乎成为学习文学创作的普遍经验。越地现代文学理论也强调现实生活对于创作的重要性。

第一节　现实与生活的关系论

一　凡是作家，都是经验很丰富的人

夏丏尊在《经验与想象》中认为，"由现实经验净化而生的美的情感，是一切艺术的本质。美的情感由现实经验净化而来，故经验实

---

① 陆游：《九月一日夜读诗稿有感走笔作歌》，《陆游选集》，中华书局1962年版，第113页。
② 陆游：《示子遹》，《陆游选集》，中华书局1962年版，第177页。

为根本要素。凡是作家，都是经验很丰富的人"①。

　　文学创作也是如此，它是现实生活的反映，而不是它去创造现实生活。正如罗丹所说："我服从'自然'，从来不想命令'自然'。"②作为社会意识形态的文学艺术，始终是第二性的东西，社会生活是它的反映对象，是第一性的。又如毛泽东所说："一切种类的文学艺术的源泉究竟是从何而来的呢？作为观念形态的文艺作品，都是一定的社会生活在人类头脑中的反映的产物。革命的文艺，则是人民生活在革命作家头脑中的反映的产物。人民生活中本来存在着文学艺术原料的矿藏，这是自然形态的东西，是粗糙的东西，但也是最生动、最丰富、最基本的东西；在这点上说，它们使一切文学艺术相形见绌，它们是一切文学艺术的取之不尽、用之不竭的唯一的源泉。"③ 最明显的例证是，世界上总是先有某种社会生活，才有反映这种生活的文艺作品。绝不可能颠倒过来，先有艺术形象，后有根据这个形象而产生的实际生活。鲁迅的《阿Q正传》之所以引起那么多人的对号入座，首先在于阿Q的形象来自辛亥革命后绍兴社会的现实。

　　有时，似乎是作家先创造出了某种典型，然后社会上才产生出这种人。比如，有人举俄国作家阿尔志跋绥夫的小说《沙宁》为例，说《沙宁》写于1905年之前，而沙宁式的性欲主义的堕落青年则大量地出现在1905年革命失败之后，可见是文学人物创造了现实人物。但实际情况并非如此。实际上，沙宁式的性欲主义者，在俄国早就存在。正如鲁迅所说："便在社会运动时期，自然也参互在里面，只是失意之后社会运动熄了迹，这便格外显露罢了。"不是文学创造了现实，而是诗人较为敏锐，能够比常人早看出问题。"阿尔志跋绥夫是诗人，所以在一九零五年之前，已经写出一个以性欲为第一义的典型

---

① 夏丏尊：《文艺论ABC》，世界书局1928年版，第18页。
② ［法］罗丹：《罗丹艺术论》，罗丹口述，葛塞尔记，沈琪译，人民美术出版社1978年版，第15页。
③ 毛泽东：《在延安文艺座谈会上的讲话》，《毛泽东选集》第3卷，人民出版社1991年版，第862页。

人物来。"①

不但叙事作品是现实生活的反映,而且抒情作品也总是以现实生活为基础。抒情作品要求情景交融,即景生情。景,就是现实生活。当然,景有社会之景和自然之景的区分,社会之景是人类社会生活之一部分,自然之景,也是人化了的自然。夏丏尊说:"想象可补经验的不足,与经验同为文艺中的重要成分。但这里有一事不可不知,就是所谓想象者,不是凭空漫想,仍要以经验为基础的。"②

神话和神魔小说,看来并不描写现实人生,但实际上也是现实生活的反映。"夸父逐日"和"羿射九日"的神话故事,反映了太古时代人与自然的艰苦斗争,表现了人想征服自然的心态。《西游记》与《聊斋志异》里虽然多是鬼狐神怪,但实际上写的却是人情世态。孙悟空机灵尽责、屡建奇功却不受信任;猪八戒好吃懒做、喜进谗言却颇获好感;人妖不分、贤愚不辨的唐僧则处于长者地位……这不是活生生的现实人生吗?《聊斋志异》里的许多鬼狐都很有人情味,如小谢、菊精……写的都是人,特别是菊精,除最后酒醉,委地变菊较为突兀,知原非人外,其余情节,与人的生活无异。所以《聊斋志异》表面上写鬼怪,其实是写人和人的生活。不但性情,就是外形,虽然有时写得稀奇古怪,其实也还是从人体上衍化出来的。正如鲁迅所说:"天才们无论怎样说大话,归根结蒂,还是不能凭空创造。描神画鬼,毫无对证,本可以专靠了神思,所谓'天马行空'似的挥写了,然而他们写出来的,也不过是三只眼,长颈子,就是在常见的人体上,增加了眼睛一只,增长了颈子二三尺而已。这算什么本领,这算什么创造?"③ 而且,艺术家们在描画或雕塑神像时,也总是以世间的人物为模特的。巴尔扎克在《论艺术家》一文中对鲁本斯、伦勃朗和米尼亚尔笔下各种圣母像做了分析,认为圣母表现了人间生活的各

---

① 鲁迅:《译了〈工人绥惠略夫〉之后》,《鲁迅全集》第10卷,人民文学出版社1981年版,第167页。
② 夏丏尊:《文艺论ABC》,世界书局1928年版,第20页。
③ 鲁迅:《且介亭杂文二集·叶紫作〈丰收〉序》,《鲁迅全集》第6卷,人民文学出版社1981年版,第219页。

种形态。据说,洛阳龙门奉先寺的那尊巨大的卢舍那佛是以武则天的面容为原型的,因为奉先寺,乃是武则天捐献她的脂粉钱所建造。

古人有云,"夫文章者,原出五经,诏命策檄,生于《书》者也;叙述论议,生于《易》者也;歌咏赋颂,生于《诗》者也;祭祀哀诔,生于《礼》者也;书奏箴铭,生于《春秋》者也。"① 这是颠倒了源与流的关系。徐懋庸也认为,要成为文学家,必须又富于生活经验,又多读书籍。前人开创性的著作,对后来者无论在思想上、文体上或写法上都会有重大影响,但前人的著作毕竟是流而不是源,前人的论著是当时生活经验的总结,前人的文学作品是当时社会生活的反映。后来者可以从前人的作品里得到启迪,甚至可以因袭前人用过的题材,但在重写的作品中,也不能不反映此时此地的生活,赋予新的命意。否则,也只是史料的翻版,作品并无自身的价值。莎士比亚的《哈姆雷特》、歌德的《浮士德》,都是别人写过的题材,它们之所以成为戏剧史、文学史上的名著,并非因为改编的成功,而是由于作者借用古人的题材,写出了新时代的思想风貌。《哈姆雷特》反映了文艺复兴时期人文主义者的特点,《浮士德》写出了德国资产阶级的矛盾性和它的进取精神。总之,文学艺术的唯一源泉是生活,而不是书本、主观精神或其他。正如夏丏尊在《经验与想象》中所说:"由现实经验净化而生的美的情感,是一切艺术的本质。美的情感由现实经验净化而来,故经验实为根本要素。凡是作家,都是经验很丰富的人。"②

厨川白村著的《文艺思潮论》从欧洲古代文艺思潮开始论述,直到现代文学的新潮,认为其中贯穿着"灵"与"肉"的两大思潮的起迭交替的历史发展过程,并以"灵肉合一观"为艺术的理想境界。所谓"肉",既是希腊的思潮,亦是兽性,肉体生活,外的自己,自然本能的个人生活;所谓"灵"既是希伯来的基督教思潮,亦是神性,精神生活,内的自己,道德的社会生活。徐懋庸不同意他们的观

---

① 《颜氏家训·文章篇》,《诸子集成》第 8 卷,上海书店 1986 年版,第 19 页。
② 夏丏尊:《文艺论 ABC》,世界书局 1928 年版,第 18 页。

点。徐懋庸在《决定文艺思潮的力量》中说："厨川白村说，人文发达的动力，是两种力的斗争所产生，这话是不错的，但这相斗争的两种力，并不是灵和肉，神性和兽性之类，主要的是统治阶级和革命的阶级的力量。""各阶级的斗争生活，形成了各阶级的世界观，这世界观表现在文艺作品上，就是文艺思想。所以，形成文艺思潮者，原是社会的、阶级的基础上的斗争生活。"① 徐懋庸在这里也强调了现实的生活对文艺创作的重要性。如同许钦文强调："没有真实性的作品，根本算不得是正式的新文学。"② "题材存在于现实世界之中。我们要得到丰富的题材，必须到现实世界中去找寻。要把一题材表现得真切，生动，必须有正确深刻的观察。'观察'也只在接近现实世界，深入现实世界的时候方才可能。"③

二 生活、读书及"觉悟"

徐懋庸说："世间富于生活经验的人很多，但并非个个都能成为文学家。世间饱读诗书的人也很多，也并非个个都能成为文学家。要成为文学家，必须又富于生活经验，又多读书籍。但是单单具有了这两个条件还是不能就成为文学家，另外还有一个紧要的条件，就是对于人生社会的一种正确的'觉悟'。"④ 这种觉悟，就是对于人生社会的基本的信念，对于真、善、美的相信和爱好。既然社会生活是文学艺术的唯一源泉，那么，文艺创作就必须面向生活，从生活实际出发。

有些人虽然口头上承认生活是文学艺术的唯一源泉，但实际上却没有从生活出发，而是从观念出发，从原则出发。在这方面，"主题先行论"是突出的例子。"主题先行论"是"文化大革命"时期提出来的，但"主题先行""从观念出发"的做法，却早已存在，而且至

---

① 徐懋庸：《文艺思潮小史》第一章《决定文艺思潮的力量》，《徐懋庸选集》第一卷，四川人民出版社1984年版，第434页。
② 许钦文：《文学概论》，上海北新书局1936年版，第49页。
③ 徐懋庸：《高尔基与香菱》，《怎样从事文艺修养》，生活书店1936年版，第6页。
④ 同上书，第15页。

今也尚未绝迹。"文化大革命"时期的理论家们不过是将这种做法理论化、普遍化罢了。

什么叫主题先行呢？这就是说，作家预先有了某种思想，作为作品的主题——这种思想并非从生活中得出，而是从政策条文、领导指示，或理论原则、流行观念中获得的，然后根据这种预先设想好的主题思想的要求，再去收集材料，甚至随意编造故事。这是颠倒了的做法。

在生活中积累经验，才能形成正确的觉悟。人的思想认识不可能先验地存在，只能从社会实践中来。所以，从事实际工作的工作者，先要做调查研究，才能发现问题，并着手加以解决；从事学术工作的工作者，必先搜集大量资料，加以梳理，才能形成观点，撰写成文；文艺创作离不开感性的材料，作家艺术家更需要深入生活，在生活中有了深切的感受，才能形成主题思想，进入创作。朱自清在春晖中学教书时读到署名是"沙刹"的《水上》诗文集非常激动。尤其是里面的诗，使他觉得很有意思。这些诗有两个特色：题材全是恋爱，背景全是西湖。看起来应该是单调的，使人厌倦而不能卒读。实际上每首诗有每首诗的意境，他费了半天时间，一口气读完了，觉得很有"味"。这个"味"，"在题材的深处，须细意寻探"，"是真的生活，纯化的生活！便是个性，便是自我！"打动朱自清的是"作者的纯一的心"。而不像其他那些作家，"只将他们小范围的特殊的生活反复的写个不休，干燥而平板"。最后，朱自清建议他们要"培养深厚的同情，丰富的生活"。①

凡是思想观点提出在深入实际生活之前者，必然是先验的，而先验的观点总是不切实际的。用来指导工作，就要犯主观主义的错误，用来从事创作，必然违背生活真实，失却文学的生命线——真实性。我们很多工作上的错误，如"大跃进"、公社化等，就是无视于现实生活的实际情况，只从领导意图出发来做事，而领导者则是从某种原

---

① 朱自清：《〈水上〉》，《朱自清全集》（第四卷），江苏教育出版社1996年版，第35—136页。

则出发的缘故。我们许多文艺作品之所以缺乏生命力，有些即使红极一时，也很快烟消火灭。经不起历史的考验，就是因为缺乏生活真实性的缘故。

真实是文学的生命，而主题先行却违背了真实性，导致文学的毁灭。觉悟不仅仅是理解长官意志。在"文化大革命"之前，就流行着一种说法：领导出思想，群众出生活，作家出技巧。这就是说，某些领导根据政治需要，提出某种思想意图，群众根据领导的思想意图去拼凑生活材料，然后由作家运用他的生花之笔，编造成一个娓娓动听的故事。这样"三结合"出来的作品，必然是缺乏生活实感，没有真知灼见的拼凑之作，当然也谈不上艺术的完整性。

读书不仅仅是图解政策。有些作家有很强的紧跟意识，总是自觉地根据政策条文去构思作品。政策，是政党或政府处理问题的政治策略，它必然包含着某种政治利益的考虑，图解政策的作品也就成为从政治利益出发的宣传品，而不是从生活出发的艺术品。而且，政策也只能做一般性的规定，而文学创作却需从具体、个别出发，以一般来代替个别，当然也就不成其为文学作品了。

觉悟要从个人生活经验中得出。有些作家对生活没有深切的感受，缺乏真知灼见，提不出自己的看法，只能从流行观念中汲取思想，从报纸新闻中寻找材料，从道听途说中拼凑情节。于是就出现了许多赶时髦的作品。在"以阶级斗争为纲"的年代，大写资产阶级如何残酷地剥削工人，简直是无恶不作，丧心病狂，而到了鼓励资本发展的时期，就大加赞扬资本家的金枝玉叶和风花雪月。甚至有些以写工人阶级苦境和千万不要忘记阶级斗争成名的作家，也赞扬有钱人家的善行了。作品的主题随着流行观念在旋转，而不是从生活的底层中掘取，于是难免就要取其一端不及其余，把复杂的问题简单化，远离生活的真实情况。

如果不是从生活实际出发，不是结合生活的阅读而有所感悟，从而形成一定的思想观念，那就是从思想观念出发来进行创作。这种根据某种观念所创作出来的作品，则必然是脱离生活实际的虚假之作，当然不可能有生命力。

只有忠于生活，从生活实际出发，才能形成独特感悟，从而创作出好作品。罗丹说得好："但愿'自然'成为你们唯一的女神。对于自然，你们要绝对信仰。你们要确信，'自然'是永远不会丑恶的；要一心一意地忠于自然。"①

第二节　取得题材的方法

一　经验正确，想象力丰富，是文艺作家应有的两种资格

夏丏尊认为摆脱现实才是领略现实的方法。他说："真要领略糖的甘味与黄连的苦味，须于吃糖吃黄连时把自己站在一旁，咂咂地鼓着舌头，去玩味自己喉舌间的感觉。这时吃糖和黄连的是自己，而玩味甘与苦的别是一自己。摆脱现实，才是领略现实的方法。现实也要经过这摆脱作用，才能被收入到艺术里去。"②"经验正确，想象力丰富，是文艺作家应有的两种资格。"③

许钦文强调："没有真实性的作品，固然不容易使得读者表同情；即使勉强发生了点同情，共鸣作用也是不大的。"

"不过所谓真实性，并非一定要所写的故事，原是真的事迹；只要形成这故事的各项情形是实在的就是了。"④

"文学作品无论如何是不能离开题材的。"⑤

"题材"与"大众"是徐懋庸一起强调的话语。《通俗化问题》中他说："从民众生活中找题材，把文章通俗化，有的人以为这是将

---

①　[法] 罗丹：《罗丹艺术论》，罗丹口述，葛塞尔记，沈琪译，人民美术出版社1978年版，第1页。
②　夏丏尊：《文艺论 ABC》，世界书局1928年版，第16—17页。
③　同上书，第21页。
④　许钦文：《文学概论》，上海北新书局1936年版，第49页。
⑤　徐懋庸：《高尔基与香菱》，《怎样从事文艺修养》，生活书店1936年版，第6页。

文学价值降低了，不知其实是将文学价值提高。"① 徐懋庸针对的是当时在我国发生的语文怎样通俗化的问题的讨论。他认为，只要写文章的人肯和大众在一起，学习他们的言语，表现他们的生活和思想就好。所以，在另一篇《通俗文的写法》中，徐懋庸认为"我们应该先了解大众的生活情形，知识程度。单是知道了一般的情形还不够，还要知道特殊的各方面"②。《论大众语》《文学作品中的语言问题》等篇目中徐懋庸都强调作家要向大众学习。

以上言论表明：越地现代文学理论很强调深入生活、熟悉生活的重要性。我国古代诗人说："为嫌诗少幽燕气，故向冰天跃马行"，就是有感于深入生活、熟悉生活的重要性而言。因为缺少北地的生活经验，诗歌里写不出苍凉慷慨的幽燕气概来，所以要跃马到冰天雪地里去取得相应的生活经验。许钦文强调要把一切题材表现得真切、生动，必须对现实世界有正确深刻的观察。俄国作家契诃夫劝人"要尽量坐三等车"，也是提倡深入生活、熟悉生活的意思。三等车当然不及头等车舒服，但那里面坐着各色人等，"在那儿可以听见有趣极了的谈话"。契诃夫觉得奇怪，有些作家怎么能一连好几年什么也不看，只从彼得堡自己书房的窗子里看隔壁人家的防火墙。他常常语气里带点焦急地说："我不懂，您这么年轻、健康、自由，却为什么不出门，比方说，到澳洲去……或者到西伯利亚去。"契诃夫自己就以有病之躯，长途跋涉，到流放犯人的库页岛去进行调查。契诃夫认为：生活是作家的学校。他说："谁要描写人和生活，谁就得经常亲自熟悉生活，而不是从书本上去研究它。"③

不但现实主义作家强调生活经验的重要性，就是浪漫主义作家，也是很重视观察和感受生活的。英国的"湖畔派"诗人华兹华斯是有名的浪漫主义的代表人物，他在《抒情歌谣集》1815年版序言中提

---

① 徐懋庸：《通俗化问题》，《徐懋庸选集》第一卷，四川人民出版社1984年版，第356页。
② 徐懋庸：《通俗文的写法》，《徐懋庸选集》第一卷，四川人民出版社1984年版，第360页。
③ ［俄］达冈罗格的席勒：《回忆契诃夫》，人民文学出版社1968年版，第399页。

出写诗需要有五种能力，把"观察和描绘的能力"以及"感受性"放在第一位和第二位，而把"沉思""想象和幻想""虚构"这三种能力摆在较次要的位置上。因为在他看来，"按照事物本来的面目准确地观察"毕竟是最重要的。他之所以强调"感受性"，也是由于"这种能力愈敏锐，诗人的知觉范围就愈广阔，他也就愈被激励去观察对象"①的缘故。还有一些现代派作家，也很重视生活印象在创作过程中的作用。亨利·詹姆斯在《小说艺术》中说："小说按最广义的界说而言，是个人的、直接的生活印象，首先是这种生活印象构成小说的价值，而小说价值的大小，就看生活印象的强烈性如何而定。"

总而言之，如同徐懋庸所强调的，文学作品离不开题材，题材又必须到现实中寻找。创作是离不开生活的，倘使脱离生活，那就会变成无源之水，无本之木，很快就枯萎了，即使是很有才华的作家也写不出有价值的作品来。清人王夫之说得好："身之所历，目之所见，是铁门限。"② 他认为，即使极写大景，如王维《终南山》中"阴晴众壑殊"和杜甫《登岳阳楼》中"乾坤日夜浮"这样的诗句，也必不能逾越此限。而杜甫《登兖州城楼》中描写的"平野入青徐"的景象，更不是看着地图就可写出来的，而是诗人登楼所见，实际感受的结果。否则，有如隔墙听演杂剧，可闻其歌，不见其舞，如果再远一些，那么只听到鼓声，哪里能见到演出的真相呢？我国当代小说家王汶石也说过一句很有见地的话：作家跳不出自己的生活经验，就如一个人跳不出他自己的影子一样。

所以，作家只能写他自己所熟悉的生活，而对他所不熟悉的东西就无法写得确切。当然，我们不能把一切作品都看作作者的自叙传，而且也不能把生活经验局限于作家自身的经历。正如鲁迅所说："作者写出创作来，对于其中的事情，虽然不必亲历过，最好是经历过。诘难者问：那么，写杀人最好是自己杀过人，写妓女还得去卖淫么？

---

① ［英］华兹华斯：《抒情歌谣集序》，伍蠡甫编《西方文论选》下卷，上海译文出版社1988年版，第19页。

② 王夫之：《薑斋诗话》，《薑斋诗话笺注》，人民文学出版社1981年版，第55页。

答曰：不然。我所谓经历，是所遇，所见，所闻，并不一定是所作，但所作自然也可以包含在里面。"① 对"生活经历"做这样的理解，就宽泛多了。鲁迅写出了《狂人日记》《阿Q正传》《祝福》《伤逝》等不朽的名篇，但鲁迅并非狂人、阿Q、祥林嫂、涓生，他自己也没有相同或相似的经历。有一次，鲁迅听到一种声音，说《伤逝》是写他自己的事，"因为没有经验，是写不出这样的小说的"。② 其实，只是因为作者对农民和知识分子的生活所遇所见所闻很多，知之甚稔，所以写得很真切。而对他所不熟悉的事，也就难以下笔了。鲁迅不会赌博，《阿Q正传》中赌博的场面，什么"天门啦～～角回啦～～"这种叫法，是向别人做了调查之后才写的；鲁迅没有坐过牢监，他写《阿Q正传》到阿Q被捉时，写不下去了，曾想装作酒醉去打巡警，得一点牢监里的经验。……当然，对于个别的细节，次要的场面如果不甚了解，可以回避一下，或者写得简略一点，而对于主要事物如果不熟悉，那就无法描写了。鲁迅是一个慎重的现实主义者，对于他所不熟悉的生活，是决不肯轻易下笔的。20世纪30年代有些共产党人希望鲁迅能写红军的战斗生活，给他看了一些书面材料，鲁迅也答应试一试，还请到上海治伤的红军指挥员陈赓向他详细地介绍过战斗情况，但终因没有直接的生活经验而无法动笔。作家对于不熟悉的生活贸然写去，没有不失败的。不是概念化的描写，就是胡编乱造。可见生活经验对作家来说的确是头等重要的东西。

有的人可能会提出疑问：那么，写历史题材和神怪题材的作品，又如何去取得生活经验呢？不管描写什么题材的作品，总是以现实的生活经验为基础的。写历史题材当然需要研究史料，研究事件的发生发展过程，研究当时的典章文物，研究所写的历史人物，否则就写不真切，也容易出现错误。那种把唐代的官制套到汉代去，让晋人穿着明人服饰的描写，就是不熟悉历史资料的缘故。但历史小说或历史剧

---

① 鲁迅：《且介亭杂文二集·叶紫作〈丰收〉序》，《鲁迅全集》第6卷，人民文学出版社1981年版，第219页。

② 1926年12月29日致韦素园信，《鲁迅全集》第11卷，人民文学出版社1981年版，第520页。

毕竟不同于历史论文，单靠死材料是不能写得生动活泼的。要使人物栩栩如生，作者还要有自身相应的生活经验。夏丏尊用《创世记》中上帝耶和华创造女人的神话来说明艺术与现实的关系。"如果把男性比作现实，那末女性就可比作艺术。女性是由男性的部分造成，但有一个条件，就是先要使男性沉睡，男性醒着的时候，就是上帝，也无法从他身上造出女性来的。现实只是现实，要使现实变成艺术，非暂时使现实沉睡一下不可。使现实暂时沉睡了，才能取了现实的部分作成艺术。因为艺术是由现实作成的，所以我们见了艺术，犹如看见了现实，觉得这现实的化身，亲切有味，如同'那人说这是我骨中的骨肉中的肉'一样。"①

二 要善于观察，才可以把所经验的事情变作经验

许钦文说："一篇文学作品的真实性的程度，要看作者的经验丰富不丰富。缺少经验的作者，所创造出来的作品，不容易使得人感动，就是因为缺少真实性。"艺术形象既要以生活现象做基础，同时又要求作家善于捕捉生活现象中具有特征性的东西，以便把它转化成艺术形象。因此，观察力对于作家具有重要的意义。许钦文又说："所谓经验，并非经历到的事情就都是。要善于观察，才可以把所经验的事情变作经验。"②

夏丏尊用"惊异之念"来描述观察者的独特性，他说："读过科学史的人，想知道科学起于惊异之念的吧。文艺亦起于惊异之念。所谓大作家者，就是有惊人的敏感，能对自然人生起惊异的人。他们能从平凡之中找出非凡，换言之，就是能摆脱了一切的旧习惯、旧制度、旧权威、用了小儿似地新清的眼与心，对于外物。他们的作品，就是这惊异的表出而已。"③ "人生所最难堪的，恐怕要算对于生活感到厌倦了吧。这厌倦之感，由于对于外物不感到新趣味新意义。小儿

---

① 夏丏尊：《文艺论 ABC》，世界书局 1928 年版，第 18 页。
② 许钦文：《文学概论》，上海北新书局 1936 年版，第 50 页。
③ 夏丏尊：《文艺论 ABC》，世界书局 1928 年版，第 30 页。

的所以无厌倦之感者，就是因为小儿眼中看去什么都新鲜的缘故。"①
在《创作家的资格》中他说作家最重要的两项是"锐利的敏感"和
"旺盛的情热"。②

徐懋庸非常注重对现实生活的观察与思考。他曾经在《人间世》
上发文介绍了金圣叹关于极微论的一篇文章，"那立意本极明白，也
极平常，不过说，学为作文，当注意观察，对于极小的事物，倘加深
刻的观察，必有丰富的意义，可以作我之文料。""注重实际的观察，
本不限于作文，研究科学又何尝不然。天文学上用望远镜，化学上也
用显微镜的。作文宜注重观察。"③

在《看的能力》中他认为看得正确的能力，不但为文艺作家所应
具有，无论何人都应该有，不过作家是要把他所见的再告诉别人的，
所以尤其需要力求正确。④他也强调在观察生活时要注意真情实感。
他在《感的能力》中说："好的作品须有强大的感情。强大的感情与
感伤相反，它是由社会的见地出发的，它是现实生活所形成的，它是
积极的，促进生活的发展的。"⑤ 在《现实的观察》中他提出了"观
察现实的最正确的方法"。⑥

每个人每天都面对许多生活现象，有些人毫无感触地让它过去
了，而另一些人则善于把握住生活现象的特点，这就是观察力问题。
创作的成功与否，不在于是否抢到新奇的题材，不在于有无垄断独家
材料，而在于作者能否从常见的生活现象中观察到独到的东西。罗丹
说："所谓大师，就是这样的人：他们用自己的眼睛去看别人见过的

---

① 夏丏尊：《文艺论 ABC》，世界书局 1928 年版，第 31 页。
② 同上书，第 79 页。
③ 徐懋庸：《极微论》，《徐懋庸选集》第一卷，四川人民出版社 1984 年版，第 186 页。
④ 徐懋庸：《看的能力》，《徐懋庸选集》第一卷，四川人民出版社 1984 年版，第 309 页。
⑤ 徐懋庸：《感的能力》，《徐懋庸选集》第一卷，四川人民出版社 1984 年版，第 314 页。
⑥ 徐懋庸：《现实的观察》，《徐懋庸选集》第一卷，四川人民出版社 1984 年版，第 327 页。

东西，在别人司空见惯的东西上能够发现出美来。"① 别林斯基说："现实诗歌的任务，就是从生活的散文中抽出生活的诗，用这生活的忠实描绘来震撼灵魂。"② 要达到这个境界，就要培养观察力。

至于如何观察，许钦文说："观察一种事物，要知道这种事物的因果关系。有果必有因，有因才有果；世界上的事物，不会产生在'因果律'的范围以外的。"③

"明白了因果的关系，还得考察所有的连带关系。世界上的事物，绝不会是单独存在的，一定有着复杂的连带关系，所谓'连系性'。"④

"用比较的眼光去观察事物，容易看得清楚，也就容易记忆住。"⑤

许钦文甚至提出一种特别的观察方法："要从观察得到美好的印象的时候，当从异性的身上着想。否则要找丑恶的印象，可在同性的身上着想。人之常情，对于异性，总是只见其优点，忽略其缺点；对于同性，就只见其缺点，忽略其优点。"⑥

许钦文的说法类似于福楼拜对他的学生莫泊桑的要求。福楼拜说："当你走过一位坐在自家门前的杂货商的面前，走过一位吸着烟斗的守门人的面前，走过一个马车站的面前的时候，请你给我画出这杂货商和这守门人的姿态，用形象化的手法描绘出他们的包藏着道德本性的形象外貌，要使得我不会把他们和其他杂货商其他守门人混同起来，还请你只用一句话就让我知道马车站有一匹马和它前前后后五十来匹马有什么不同。"这当然也是为了培养观察力，因为在福楼拜看来，"才能就是持久的耐性。对你所要表现的东西，要长时间很注意去观察它，以便能发现别人没有发现过和没有写过的特点。……为了要描写一堆篝火和平原上的一株树木，我们要面对着这堆火和这株

---

① [法] 罗丹：《罗丹艺术论》，罗丹口述，葛塞尔记，沈琪译，人民美术出版社1978年版，第4页。
② [俄] 别林斯基：《别林斯基选集》第1卷，上海文艺出版社1963年版，第185页。
③ 许钦文：《文学概论》，上海北新书局1936年版，第101页。
④ 同上书，第102页。
⑤ 同上书，第103页。
⑥ 同上书，第109页。

树,一直到我们发现了它们和其他的树其他的火有所不同的时候。"①许钦文和福楼拜同样认为:只有具备这样的观察力的作家,才能以最简洁的文字表现出对象的鲜明的特征。

作家的观察,当然不限于外貌,而且要深入内层,他们往往通过外貌特征来把握内在的实质。特别是对于人物的性格特点和心理活动,作家们观察得相当深入。契诃夫在他的创作手记里,有这样的记载:"有一个人,从外貌上判断,他除去加卷心菜的腊肠之外,什么都不喜爱。""某军官惯于和他的太太一块儿到澡堂去。他们两人都是由一个跟班来替他们搓澡。这很明白:他们并没有把他当人看待。"②这就是从外貌和行为来判断人物的思想和爱好的记载。也正如许钦文所说:"所谓社会问题,就在这种矛盾点上。作家观察事物,最需注意于这种现象;取材于矛盾现象的作品,才容易动人而有价值。"③艺术作品中的性格刻画和心理描写,就是在这种观察和判断的基础上进行的。

艺术创作者虽然像普通人一样生活着,但他在无形中用敏锐的观察力积累着生活经验。海明威说:"如果一个作家停止观察,那他就要完蛋了。但是他不必有意识地去观察,也不必去想怎样它才会有用。开始的时候也许会那样。但是后来他所看到的每一件事情都进入了他知道或者曾经看到的事物的庞大储藏室了。"④而当作家有了丰富的生活经验之后,他一旦受到某种思潮的启发,或者文化视野突然开阔,再对原来的生活进行反视,他就会在原有生活经验的基础上,进一步观察到许多新的东西。鲁迅虽然小时候就与农民接近,知道他们受着压迫,有很多苦痛,但是直到后来看到一些为劳苦大众而呼号的外国小说之后,才对农民问题看得更清。他说,到那时"历来所见的

---

① 莫泊桑:《小说》,中国社会科学院外国文学研究所外国文学研究资料丛刊编辑委员会编《欧美古典作家论现实主义和浪漫主义》(二),中国社会科学出版社1987年版,第237—238页。
② 贾植芳译:《契诃夫手记》,浙江人民出版社1982年版,第9—10页。
③ 许钦文:《文学概论》,上海北新书局1936年版,第103页。
④ [美]乔治·普林浦敦:《海明威访问记》,董衡巽编著《海明威研究》,中国社会科学出版社1980年版,第72—73页。

农村之类的景况，也更加分明地再现于我的眼前。偶然得到一个可写文章的机会，我便将所谓上流社会的堕落和下层社会的不幸，陆续用短篇小说的形式发表出来了"①。这也许可以称之为观察生活上的反刍现象，即在生活积累比较丰富，生活认识相应地提高之后，对原来的生活经历会有新的感受和认识。这种新的感受和认识，就会把他的创作提高到一个新的境界。

---

① 鲁迅：《集外集拾遗·英译本〈短篇小说选集〉自序》，《鲁迅全集》第7卷，人民文学出版社1981年版，第389页。

第二章　越地现代文学理论关于文学创作的主体意识的论述

创作主体的论述有许多不同角度。越地现代文学理论主要论述了作家面对生活应采取的态度以及必须具备的创作能力、作家的创作修养等。

第一节　创作主体论

夏丏尊在《艺术与现实》中提出一个矛盾现象：看见一幅画得很好的花卉画，我们常赞叹说，这画中的花和真的花一样。看见一丛开得很好的花卉，我们又常赞叹说，这花和画出的一样。看小说时，于事情写得逼真的地方，我们常赞叹说，这确实是社会上实有的情形。在处世上，遇到复杂变幻的事情的时候，我们说，这很像是一篇小说。究竟画中的花像真的花呢，还是真的花像画中的花；小说像社会上的实事呢，还是社会上的实事像小说？这平常习用习闻的言说中，明明含着一个很大的矛盾。① 他认为问题的关键在于说的人是否有"艺术的态度"。他以一个木匠、一个博物学家、一个画家看待一株梧桐树为例说明："我们对于事物，脱了利害是非等类的拘缚，如实去观照玩味，这叫作艺术的态度。艺术生活和实际生活的分界，就

---

① 夏丏尊：《文艺论 ABC》，世界书局1928年版，第12页。

在这态度的有无，艺术和现实的区别，也就在这上面。从现实得来的感觉是实感，从艺术得来的感觉是美感。实感和美感是不相容的东西。实感之中，决无艺术生活，同样，艺术生活上一加入实感，也就成了现实生活了。"①"置身于现实生活而能不全沉没在现实生活之中，从实感中脱出了取得美感，这是艺术家重要的资格。艺术中所表现出的现实，比普通人所经历的现实，往往更明白更完善，因为艺术家能不沉没在现实里，所以能把整个的现实，如实领略了写出。艺术一面教人不执着现实，一面却教人以现实的真相，我们从前者可得艺术的解脱，从后者可得世相的真谛。这就是艺术有益于人生的地方。"②

一 我们把自然当作材料在我们的空想中构成一个艺术的时候，自然之美的意义才能发生

许钦文分析，无论"表现的文学"，还是"再现的文学"，都是"心的探险"。③ 许钦文在这里强调了创作主体对客体的渗透。生活虽然是文学艺术的唯一源泉，但生活毕竟不等于艺术。从生活到艺术，需要经过一番创造制作的功夫。在这个过程中，创作者的主体意识起了决定性的作用。

范寿康说："一切的自然，也必待成为我们想象中的一个艺术品的时候，也必待我们把自然当作材料在我们的空想中构成一个艺术的时候，自然之美的意义才能发生。当我们对于对象能够抑制种种现实的欲求的时候，当我们能够把对象移到观念的世界，并且能够把来完全放在理智的考察的范围以外的时候，那自然对于我们才能发生美的意义。"④ 范寿康的话说明，不熟悉生活、缺乏生活经验的人，当然无从创作艺术，但单是熟悉生活、富有生活经验，而缺乏审美力、判断

---

① 夏丏尊：《文艺论 ABC》，世界书局 1928 年版，第 13—14 页。
② 同上书，第 16 页。
③ 许钦文：《文学概论》，上海北新书局 1936 年版，第 22—23 页。
④ 范寿康：《美学概论》，商务印书馆 1927 年版，第 211 页。

力和创造力，却也当不成作家艺术家。艺术创作决不能忽视创作的主体意识。试想，世界上有千千万万的流浪汉，而只出了一个大文豪高尔基，有无数人经商失败，债台高筑，历尽世态炎凉，却只有巴尔扎克写出了伟大的作品——《人间喜剧》。这都说明主体的主体意识在创作中的不可缺少的作用。

　　创作主体要受客体的限制，作家无法去写他所不熟悉的生活；但是，客体同样受着主体的制约，并不是作家所熟悉的生活都能写入艺术作品。作家大抵写他既熟悉而又深有感受的生活。也就是说，生活中的某一点触发了作家的情思，使他产生了审美感知，进而开启创作之路。否则，即使很熟悉的生活，也会熟视无睹，无动于衷，不能产生创作冲动。如果硬要作家去创作，那只能写出干巴巴的作品，既感动不了自己，也感动不了别人，这就不成其为创作了。过去一些奉命而作的诗文，配合政治任务而硬写出来的作品，之所以缺乏生命力，主要原因就在于创作者缺乏真情实感。而创作的起点是主客体的契合。所以，范寿康说："我们如不在自然中自行找出一个艺术品来，自然是不成其为美的。"①

　　既然创作的起点是主客体的契合，那么这种契合就需具备两方面的条件：首先，作为客体的生活材料需要具有审美价值；其次，这种客体的审美价值必须符合创作主体的审美情趣。并不是所有现实生活中的东西都可以进入作品，有些缺乏审美价值的东西根本无法表现，硬要描绘出来也不成其为艺术作品。正如鲁迅所说："世间实在还有写不进小说里去的人。倘写进去，而又逼真，这小说便被毁坏。譬如画家，他画蛇，画鳄鱼，画龟，画果子壳，画字纸篓，画垃圾堆，但没有谁画毛毛虫，画癞头疮，画鼻涕，画大便，就是一样的道理。"②也并不是所有具有审美价值的材料都可随便由哪一个作家去表现的。创作客体如果与创作主体的审美情趣不相契合，那也难以进入创作。

---

　　① 范寿康：《美学概论》，商务印书馆1927年版，第212页。
　　② 鲁迅：《且介亭杂文末编·半夏小集》，《鲁迅全集》第6卷，人民文学出版社1981年版，第598页。

创作者总是喜欢写他自己所感兴趣的东西。他们的创作，不但受生活经验的限制，而且与自己的审美情趣有关。如此造成种种现象。一是题材并非完全受制于艺术家的生活经历。比如，徐悲鸿喜欢画马，但并非养马世家；齐白石画虾，也不是养虾渔夫，他们大抵是从审美情趣出发，再对审美对象细加观察的。二是生活经验相似，但作家的艺术格调截然不同。如周氏兄弟，相同的童年少年经历，回国后早期也长期生活在一起，但写起文章来，一个沉郁、辛辣，一个平和、冲淡；一个关心民间疾苦，一个崇尚闲适趣味。作为他们晚辈的朱自清的文风，沉郁、辛辣的少，平和、冲淡的多；直接为民间疾苦号呼的少，抒写个人苦闷、生活情趣的多，显然与周作人的文风更近一些。三是即使有些作家写同一题材，但意味却并不相同。如朱自清与俞平伯曾同游秦淮河，各写一篇《桨声灯影里的秦淮河》，两篇散文都写出了时代的苦闷情绪，但朱文清新，俞文朦胧，朱自清从秦淮河现实的纷扰中感到了"历史的重载"，甚至以为碧阴阴的、厚而不腻的秦淮河水"是六朝金粉所凝"；俞平伯则在"怪异样的朦胧"中悟出空幻的哲理。更有甚者，不同的诗人对同一审美对象可以进行截然相悖的审美观照：例如，朱自清的《荷塘月色》里写到秋夜月下蝉鸣，有读者特意写信指出不符合生活真实，这是不存在的，而朱自清坚持自己听到过的事实。同是咏蝉，而各人寄寓不同：虞世南的"居高身自远，端不借秋风"是清高；骆宾王的"露重飞难进，风多响易沉"是患难；李商隐的"本以高难饱，徒劳恨费声"是牢骚。又如，朱自清将李商隐的"夕阳无限好，只是近黄昏"略加改变："但得夕阳无限好，何须惆怅近黄昏"，压在书桌上激励自己。同是面对夕阳，意趣完全相反。前者是感喟，后者则是奋发。

  为什么同一组生活，同一种景象，进入创作之后却成为不同的艺术意境呢？这是因为在客体中渗入了主体意识，艺术形象已不复原来的生活现象了。艺术形象历来就带着作家的主观色彩。"晓来谁染霜林醉？总是离人泪。"（王实甫《西厢记》）树林中的红叶，在诗人的眼里化作醉脸，而醉人的酒浆，却是情人分别的眼泪；"大江东去浪千叠，引着这数十人驾着这小舟一叶。……这也不是江水，二十年流不尽的英雄血！"（关汉卿《关大王独赴单刀会》）——在剧作家的笔下，这长江水变成了英雄血。谁又能指责这种描写是违背客观真实呢？艺术表现与科学描述的不同之处，就在于艺术不是纯客观地表现对象，而是糅合了创作主体的主观情感。正因为如此，所以在《静静的顿河》里，葛里高利所看到的太阳是黑的，因为当时他刚埋葬了他的情人阿克西尼娅，世界上的一切在他看来都是灰黑色的；而《彷徨》的封面画上，太阳是橘黄色的，而且圆周是不规则的，这正是观看者面对夕阳的视觉形象。所有这些都说明了创作主体的能动性。

二 艺术的真实非即历史上的真实

鲁迅曾经告诉徐懋庸："艺术的真实非即历史上的真实……因为后者须有其事，而创作则可以缀合，抒写，只要逼真，不必实有其事也。然而他所据以缀合，抒写者，何一非社会上的存在，从这些目前的人，的事，加以推断，使之发展下去，这便好像预言，因为后来此人，此事，确也正如所写。"① 鲁迅这里区分了艺术真实与生活真实。

生活真实是现实生活中的真实情况，是纯客观的，是艺术描写的对象；艺术真实是经过作家艺术家主体意识渗透的真实形象，是主客观的统一。

艺术真实以生活真实为基础，但经过作家艺术家的加工、改造，就不复生活原来的样子了。有时需要扬弃一些偶然因素，使本质更加突出；有时需要做一些综合、概括，使特点更加集中；有时为了审美的需要而删繁就简、移花接木。这种加工改造，并非对生活真实的歪曲，而是使它更加鲜明、生动。齐白石画虾，并不完全照现实中的虾来画，至少虾腿就删掉许多，但却把虾的活泼的神态画出来了，这就是艺术的真实。小说家们塑造人物形象，也并非完全依据真人真事，只要符合生活规律，就具有真实性。所以，艺术描写不必拘泥于生活实事，而读者、观众也不能以生活实事去要求艺术作品之真实性。世

---

① 1933年12月20日致徐懋庸信，《鲁迅全集》第12卷，人民文学出版社1981年版，第302页。

间常有对号入座者，见某作品所写之事略有与自己所作所为相似，就认为是写自己，又因为作品所写与自己的事不完全一样，就指责其失实。其实，作家艺术家完全有权缀合乃至虚构，只要符合情理，就具有真实性，不能苛求其事事都有出处。艺术创作与新闻报道不同，新闻报道应该完全符合事实，这叫实事求是，虚构与缀合是不允许的，那是报道失实。而艺术创作则不必完全等同于原型。郭沫若甚至提出要"失事求似"，这就是说，不要求在事实上完全符合实际，只求其合理相似而已。俄国作家冈察洛夫说："艺术的真实和现实的真实并不是同一个东西。从生活中整个儿搬到艺术作品中的现象，会丧失现实的真实性，不会变成艺术的真实。把生活中的两三件事实照原来的样子摆在一起，结果会是不真实的，甚至是不逼真的。"① 就是历史剧和历史画，事实上也不可能完全按照历史本来的面貌写。狄德罗说："如果我们叫我们著名悲剧里的英雄从坟墓里跑出来，他们倒很难在我们舞台上认出自己的形容；假使布鲁图、卡底里奈、恺撒、奥古斯都、加图站在我们的历史画前，他们必然会诧异，画里画的是些什么人物。"② 狄德罗还认为艺术真实与哲学的真实性也不同，他说："诗里的真实是一回事，哲学里的真实又是一回事。为了存真，哲学家说的话应该符合于事物的本质，诗人只求和他所塑造的性格相符合。"③

艺术不但需要缀合、抒写，而且还允许夸张和变形。夸张是将对象的特点加以夸大，如将高鼻子画得更高，将大眼睛画得更大，使人一目了然。阿Q的形象也是夸张了的。但只要被夸张的特点是实在的，这就具有真实性。鲁迅曾说，讲燕山雪大如席，是夸张，因为燕山确实有雪；说广州雪大如席，则是撒谎，因为广州根本没有雪。变形也是一种夸张，不过夸张到怪诞的地步罢了。

---

① ［俄］冈察洛夫：《迟做总比不做好》，《古典文艺理论译丛》（1），人民文学出版社1961年版，第182页。
② ［法］狄德罗：《论绘画》，伍蠡甫编《西方文论选》下卷，上海译文出版社1988年版，第392页。
③ ［法］狄德罗：《论戏剧艺术》，伍蠡甫编《西方文论选》上卷，上海译文出版社1988年版，第365页。

三 文艺创作的方法，根本上还应从人的修养着手才行

允许作家创作不同于生活真实的艺术真实，给作家创造了一种自由的氛围，似乎作家掌握创作方法就能进行自由创作了。事实并非如此。作家要获得创作自由，需要有主客观两方面的条件。

客观上，要有民主、自由的空气。不能把文学看作政治的附属物去要求文学围绕着政治任务旋转，应该承认文学的独立地位，让文学在审美领域里发挥它的作用；不要在文学艺术领域内树立样板、固定模式，而要真正实行"百花齐放"的方针，让各种艺术形式和风格自由发展；更不可在文化思想领域内设置独木桥，只准一种思想通过，不给其他思想放行，而要真正允许"百家争鸣"，以期相互促进。只有在充分自由的空气里，作家的主体意识才能抬头，艺术个性才能得到张扬。否则，终日左顾右盼，诚惶诚恐，或者变成了机器上的齿轮、螺丝钉，成为领导人物手中的驯服工具，作家们的自我早已失落，哪里还谈得上主体意识的发挥呢？

但是，单有客观上的条件还不够。作家在主观上还必须努力找回失落的自我。夏丏尊说："文艺创作的方法，单从形式的文字技巧上立论，究竟免不了浅薄，根本上还应从人的修养着手才行。"[①] 夏丏尊意识到作家的主体意识在创作过程中的重要作用，强调要发挥创作者的主体性，必须加强主体的艺术修养，才能获得创作自由。正如发展生产需要解放生产力一样，繁荣创作也需要有创作自由。鲁迅曾经赞美过一种天马行空的艺术精神，其实就是一种创作自由。要获得这种精神，这种自由，就要求作家能摆脱一切依附。

由于社会上各种错综复杂的关系，文人们要努力摆脱其依附地位。首先是对于权力的依附。有些文人从事创作时，既不是根据客观的实际情况，也没有自己主观的见解，而是先看权力者的意见如何，以迎合上峰为旨归，以阐明领导意图为己任，这当然没有自我。其次

---

① 夏丏尊：《文艺论 ABC》，世界书局 1928 年版，第 78 页。

是对于权威的依附。有许多文人，拜倒在思想权威面前，以权威的思想为自己的思想，不敢越雷池一步。譬如，中国文人长期以来以孔子为偶像，以孔子之是非观为是非观，以孔子之美丑观为美丑观，并无主体意识可言。再则，是对于金钱的依附。文人也是人，在商品社会里当然需要金钱来养活自己，而且创作者往往是靠出卖作品来换取金钱，这是很自然的。但是对金钱的追求，对别人钱袋的依赖，同样会叫人丧失主体意识，使创作变成迎合买主的东西。美国作家海明威认为作家去挣钱是危险的事情，因为作家为了维持家业、养活老婆等去写作，虽然挣了几个钱，提高了他们的生活水平，但是，因为写得太快，"一旦出卖自己，又想维护自己，这就越写越坏"[①]。

不管是哪一样依附，都会使作家艺术家丧失主体性。只有摆脱一切依附，作家才能有独立的人格，才能真正以自己的审美观点、审美情趣对生活进行审美观照，也才能真正创作出属于自我、充分展现创作个性的作品。海明威在获得诺贝尔文学奖时还特别指出："写作，在最成功的时候，是一种孤寂的生涯。"[②] 这种孤寂，正是排除人云亦云的平庸见解的必要条件，也是作家自我修养的一种境界。

第二节　创作能力论

一　创作者就是能在世间体感当前的时代而同时又能预感新时代的人

夏丏尊说："创作家对于自然或人生，观察经验，如果比之常人，体感不出别的深而远的某物来，所作的东西，毕竟只是人云亦云，毫

[①] ［美］海明威：《谈创作》，董衡巽编著《海明威研究》，中国社会科学出版社1980年版，第81页。

[②] ［美］海明威：《在诺贝尔文学奖金授奖仪式上的书面发言》，董衡巽编著《海明威研究》，中国社会科学出版社1980年版，第94页。

无新鲜泼辣之趣了。凡是好的创作家，都能于平凡之中发现不平凡，于部分之中，见到全体，他们有常人所未曾感到的忧愤，也有常人所未曾感到的悦乐，他们能不为因袭成见所拘束，不执着于实用功利，对于世间一切，行清新的观照，作重新的估价。文艺一方是时代的反映，一方又是时代的晓钟，所谓创作者，就是能在世间一切体感当前的时代而同时又能预感新时代的人。"①

　　夏丏尊这里强调的"新的观照""预感"，其实是一种审美力。创作过程中的审美力，是指创作主体对于现实生活的审美感受能力。现实生活并不缺少美。有些人感觉迟钝，即使面对良辰美景，也无所感受，他们当然成不了艺术家；有些人过于理智，对于社会现象能做理性的分析，却缺乏热情的感应，他们也写不出好的艺术作品；艺术家大抵具有敏感的神经，一接触到热点，便产生强烈的感应，主客体相搏，这才能进行创作。弗洛伊德说，作家都是精神病患者，这当然是偏激之词，但作家神经敏感，易于激动，却也是事实。这种艺术型的气质，在崇尚温柔敦厚的社会里，虽然显得乖张、奇特、不合群，但对艺术创作来说，却是必需的，因为它对现实中的美丑具有高度的敏感性。

　　审美力不仅需要有高度的敏感性，还要有强烈的主观性。对于美的感受与审美主体的主观情感有密切的关系。鲁迅在《社戏》里写到"我"在两种场合看中国戏的情景，由于主观心境的不同，审美感受也完全两样。先是写近十年在北京戏园子里看戏，出演的都是名角，但由于拥挤、混乱、心境不佳，只感到受罪，省悟到自己不适于在戏台下生存；后写幼年在故乡看社戏，出演的是草台班，由于心向往之，所以连沿途的景色都感到是美的：

　　　　两岸的豆麦和河底的水草所发散出来的清香，夹杂在水气中扑面吹来；月色便朦胧在这水汽里。淡黑的起伏的连山，仿佛是踊跃的铁的兽脊似的，都远远地向船尾跑去了，但我却还以为船

---

① 夏丏尊：《文艺论 ABC》，世界书局 1928 年版，第 79—80 页。

慢。他们换了四回手,渐望见依稀的赵庄,而且似乎听到歌吹了,还有几点火,料想便是戏台,但或者也许是渔火。

那声音大概是横笛,宛转,悠扬,使我的心也沉静,然而又自失起来,觉得要和他弥散在含着豆麦蕴藻之香的夜气里。

这景色,在江南水乡,本也是常见的,但由于"我"当时期待的事情正在实现,心情特别愉快,所以感到它特别美。在这里,客观景色与主观审美感受是紧密地结合在一起的。这种结合是普遍现象。

二　想象之重要,实过于经验

早在1923年,朱自清发表他注重表现的创作的言论:"感觉与感情是创作的材料,而想象却是创作的骨髓。"① 他还说:"宽一些说,创作的历程里,实只有想象一件事;其余感觉,感情等,已都融冶于其中了。想象在创作中第一重要,和在再现中居末位的大不相同。这样,创作中虽含有现在生活的一部,即记忆中过去生活的影像,而它的价值却不在此;它的价值在于向未来的生活开展的力量,即想象的力量。"②

夏丏尊在《文艺论ABC》中专辟一章《经验与想象》来谈想象的重要性。"艺术不是自然的复制,是一种(想象)的创造。在这意义上,想象之重要,实过于经验。虽非直接经验,却能如直接经验一般描写着,虽是向壁虚造,却令人不觉其为向壁虚造,这才是文艺作家的本领。"③

本间久雄援引文却斯德的说法,将想象分为创作(造)的想象、联想的想象、解释的想象。④

西方很多理论家都注意到想象的重要作用。黑格尔在谈到艺术创

---

① 朱自清:《文艺的真实性》,《朱自清全集》(第四卷),江苏教育出版社1996年版,第94页。
② 同上书,第96页。
③ 夏丏尊:《文艺论ABC》,世界书局1928年版,第20页。
④ 本间久雄:《新文学概论》,章锡琛译,商务印书馆1925年版,第30页。

作的本领时说:"如果谈到本领,最杰出的本领就是想象。""想象是创造的。"① 马克思说:"想象力,这个十分强烈地促进人类发展的伟大天赋,这时候已经开始创造出了还不是用文字来记载的神话、传奇和传说的文学,并且给予人类以强大的影响。"② "任何神话都是用想象和借助想象以征服自然力,支配自然力,把自然力加以形象化。"③ 别林斯基说:"在艺术中,起着最积极和主导的作用的是想象,而在科学中则是理智和思考力。"④ 冈察洛夫则说:"想象将永远是艺术家的手段","我主要是在想象的影响下生活和写作,而且没有想象,我的笔杆就很少有力量,就不能发生效力。"⑤

为什么想象在艺术创作活动中具有这样巨大的作用呢?这与艺术的特殊性有关。因为艺术作品是以形象来反映生活的,而艺术形象则需要虚构,所以想象就在艺术思维中起了决定性的作用。正如乔治·桑所说:"在艺术的虚构里,即使是最简单的虚构,也是凭借了想象,来把孤立的事实加以联系,加以补充,加以美化。"⑥

艺术想象以现实生活做基础,通过唤起作家记忆中的生活印象,并且进行缀合、改造,最后形成一个完整的形象。伏尔泰说:"我们看到人、动物、花园,这些知觉便通过感官而进入头脑;记忆将它们保存起来;想象又将它们加以组合。""正是凭借这种想象,诗人才创造出他的人物,赋予他们个性和激情;才构造出他的故事情节,将它铺展开来,把纠葛加紧,然后酝酿冲突的解决。"⑦ 高尔基说:"想象

---

① [德] 黑格尔:《美学》第1卷,朱光潜译,商务印书馆1979年版,第357页。
② 马克思:《摩尔根〈古代社会〉一书摘要》,《马克思恩格斯论艺术》第2卷,人民文学出版社1963年版,第5页。
③ 《政治经济学批判·导言》,《马克思恩格斯选集》第2卷,人民出版社1956年版,第29页。
④ [俄] 别林斯基:《一八四七年俄国文学一瞥》,《外国理论家作家论形象思维》,中国社会科学出版社1979年版,第75页。
⑤ [俄] 冈察洛夫:《迟做总比不做好》,《古典文艺理论译丛》第1辑,人民文学出版社1961年版,第182、189页。
⑥ [英] 乔治·桑:《安吉堡的磨工·原序》,《外国名作家谈写作》,北京出版社1980年版,第83页。
⑦ [法] 伏尔泰:《哲学词典》,《外国理论家作家论形象思维》,中国社会科学出版社1979年版,第29—30、31页。

和推测可以补充事实的链条中不足的和还没有发现的环节。"①

作家模拟描写对象的神态，体验描写对象的心情，就是靠艺术想象进入特定情境，以弥补自己生活经验之不足。传说赵子昂画马，自己先趴在地下装作马的样子；李伯时为了画好马，自己先学滚尘；罗大经画草虫，先把自己想象成草虫，以至于说："方其落笔之际，不知我之为草虫耶？草虫之为我耶？"

作家通过艺术想象来体验笔下人物心情。福楼拜说，他写爱玛·包法利夫人服毒自杀时，感到嘴里有砒霜的味道；列宾说他画伏尔加河的船夫时，感到自己同纤夫一块拉得筋疲力尽，磨伤的皮肤在刺痒地痛；有一次，巴尔扎克的朋友去看他，发现巴尔扎克躺在地上，大吃一惊，以为他发了大病，巴尔扎克起来说，刚才是高老头死了；又有一次，巴尔扎克的朋友敲了门，听见巴尔扎克正同谁激烈地争吵，这个朋友推门进去，却只见巴尔扎克一个人，原来巴尔扎克在痛骂他作品中一个坏人的卑劣行径。阿·托尔斯泰对此评论道："巴尔扎克产生了幻觉。每个作家对自己要写的东西都应当达到产生幻觉的地步。应该在自己身上发展这一素质。"②

想象在艺术创作活动中占有重要的地位，但想象并非艺术思维所特有。艺术需要想象，科学也需要想象。列宁说："有人认为，只有诗人才需要幻想，这是没有理由的，这是愚蠢的偏见！甚至在数学上也是需要幻想的，甚至没有它就不可能发明微积分。"③ 英国物理学家廷德尔说："有了精确的实验和观察作为研究的依据，想象力便成为自然科学理论的设计师。"④ 如果没有想象，不但设计不出飞机、潜艇，甚至 $1+1=2$ 的简单的数式也无法推导，日常生活也无法进行。所以，狄德罗说："想象，这是一种特质。没有了它，一个人既不能

---

① [俄] 高尔基：《谈谈我怎样学习写作》，《论文学》，人民文学出版社1978年版，第158—159页。

② [俄] 阿·托尔斯泰：《同〈接班人〉杂志编辑部全体谈话的速记记录》，《外国理论家作家论形象思维》，中国社会科学出版社1979年版，第162页。

③ [俄] 列宁：《俄共（布）第十一次代表大会》，《列宁全集》第33卷，人民出版社1988年版，第282页。

④ 参见弗里奇《科学研究的艺术》，科学出版社1979年版，第56页。

成为诗人,也不能成为哲学家、有机智的人、有理性的生物,也就不成其为人。"①

但是,艺术想象与科学想象是有区别的。这种区别首先表现在:科学想象虽然有时也有形象性,但主要通过推理来完成,艺术想象则始终与形象相联系。狄德罗说:"想象是人们追忆形象的机能。"艾迪生说:"我们想象里没有一个形象不是先从视觉进来的。可是我们有本领在接受了这些形象之后,把它们保留、修改并且组合成想象里最喜爱的各式各种图样和幻象。"② 基于形象思维的特点,在整个艺术想象的过程中,总是离不开具体感性的形象材料,而是根据印象中的形象材料,而想象成一个新的完整的艺术形象。

其次,艺术想象充满作家的主观感情色彩。所谓"登山则情满于山,观海则意溢于海""满纸荒唐言,一把辛酸泪",说的是艺术想象时的感情作用。意大利理论家慕拉多利说:"想象力受了感情的影响,对有些形象也直接认为真实或逼似真实。诗人的宝库里满满地储藏着这类形象。……想象力把无生命的东西看成有生命的东西。情人为他的爱情对象所激动,心目中充满了这种形象。"③ 由于艺术想象充满感情色彩,所以艺术家在想象、虚构的过程中,常常嬉笑怒骂或痛哭流涕。这样想象出来的艺术形象,也就充满生气,富有生命力。

三 文艺是用文字组成的艺术

夏丏尊说:"敏感的重要,不但在文艺的内容上,在文艺的形式上亦大大地需要敏感。文艺是用文字组成的艺术,文章的美丑,结构的巧劣,都是文艺的重大关键。大概的文艺作家,也就是文章家。所

---

① [法] 狄德罗:《论戏剧诗》,《外国理论家作家论形象思维》,中国社会科学出版社 1979 年版,第 27 页。
② [美] 艾迪生:《旁观者》,《外国理论家作家论形象思维》,中国社会科学出版社 1979 年版,第 22 页。
③ [意] 慕拉多利:《论意大利最完美的诗歌》,《外国理论家作家论形象思维》,中国社会科学出版社 1979 年版,第 21 页。

谓文章家者，就是对于文字的使用有着非常敏感的人。"①

夏丏尊这里强调了表现力对于一个作家的重要性。作家经过苦心经营，往往仍不能将心目中的意象完美地表现出来。陆机《文赋》中所说："文不逮意，意不称物"，刘勰《文心雕龙》中所说："方其搦翰，气倍辞前，暨乎篇成，半折心始"，等等，这种情形是让作家十分苦恼的。范文澜注解刘勰这一段时说："言语为表彰思想之要具，学者之恒言也。然其所以表彰思想者，果能毫发无遗憾乎？则虽知言善思者，必又苦其不能也。思想上精密足以区别，而言语有不足相应者；思想上有精密之区别，言语且有不存者。无论何种言语，其代表思想，虽有程度之差，而缺憾则一也。据此，知言语不能完全表彰思想，而为言语符号之文字，因形体声音之有限，与文法惯习之拘牵，亦不能与言语相合而无间。"② 刘勰说："意翻空而易奇，言征实而难巧。"③ 要把空蒙的意象用实在的语言表现出来，确实不易。

表现需要独辟蹊径。鲁迅曾举过这样的例子：漫画家们要讽刺一位白净苗条的美人，很不容易设法，"有些漫画家画作一个髑髅或狐狸之类，却不过是在报告自己的低能。有些漫画家却不用这呆法子，他用廓大镜照了她露出的搽粉的臂膊，看出她皮肤的褶皱，看见了这些褶皱中间的粉和泥的黑白画。这么一来，漫画稿子就成功了"④。古人尝以诗句为题，让画家们同题作画，只有独辟蹊径才能胜出。例如"深山藏古寺"的画题，得头名者只画溪边汲水的和尚，而不画山上的庙宇；"野渡无人舟自横"画题的优胜者，只画悠闲的舟子横卧在舟上吹笛，而不画赶路的行人，都很好地表现出了诗意。

---

① 夏丏尊：《文艺论ABC》，世界书局1928年版，第80页。
② 范文澜：《文心雕龙注》卷六，北平文化学社1929年版，第6页。
③ 刘勰：《文心雕龙·神思》，范文澜《文心雕龙讲疏》卷六，新懋印书局1925年版，第10页。
④ 鲁迅：《且介亭杂文二集·漫谈"漫画"》，《鲁迅全集》第6卷，人民文学出版社1981年版，第234页。

就具体手法来说，许钦文认为描写需要作者的"认定"①。例如描写天上白云，"究竟是青是蓝，如走如爬，似雪似棉花，灰还是白，并没有自然的规定，无非凭作者主观的感觉。""形容人物，对于本体是否确切，还是其次的问题。最要紧的，在于读者看了以后，所发生的感想，能否符合作者的预期。在这一点上，不能像科学者只是照实记载了现象就完事；作者应该费点心思，用点手段，左右读者的意见。"他还认为科学的记载，可以用尺寸分量或者度数来表明，文学上不能这样。汉代民歌《陌上桑》中用间接表现法来表现人物："行者见罗敷，下担捋髭须。少年见罗敷，脱帽着帩头。耕者忘其犁，锄者忘其锄。来归相怨怒，但坐观罗敷。"这里虽没有直接描写罗敷的美，但从观者的神态，读者可以想见其美。正如荷马史诗描写海伦的美，只写海伦走过城楼，几个老成持重的人看了，都说为了这个美人，打了十年的特洛伊战争，死了那么多人是值得的，这就可见其美了。鲁迅在《故乡》中寥寥几笔就把豆腐西施杨二嫂描写得神态毕肖："我吃了一吓，赶忙抬起头，却见一个凸颧骨，薄嘴唇，五十岁上下的女人站在我面前，两手搭在髀间，没有系裙，张着两脚，正像一个画图仪器里细脚伶仃的圆规。"可见越地现代文学，无论从理论还是创作，都十分重视作家的表现力。

表现力是一种形式美的表现能力。诗歌要讲究音节韵律之美，要注意诗句排列的整齐美或参差美；小说和叙事散文也要讲究节奏，要舒紧有度。正如舞蹈追求自身的和谐、优美，中国传统绘画讲究色彩协调、疏密相间、计白为黑，等等，这些都属于形式美的追求。追求形式美的表现，是艺术构成的基础。难怪贝尔把艺术的性质界定为"有意味的形式"："在各个不同的作品中，线条、色彩以某种特殊方式组成某种形式或形式间的关系，激起我们的审美感情。这种线、色的关系和组合，这些审美的感人的形式，我称之为有意味的形式。

---

① 许钦文：《文学概论》，上海北新书局1936年版，第110页。

'有意味的形式',就是一切视觉艺术的共同性质。"① 越地现代文学理论在这一点上与贝尔的认识是殊途同归的。所以,许钦文说文学:"在空间上可以传播得无限的广,在时间上可以延长得无限的久。"② 文学是"在文化中占着最高的地位的了"③。

---

① [英]贝尔:《艺术》,周金怀、马钟元译,中国文艺联合出版公司1984年版,第4页。
② 许钦文:《文学概论》,上海北新书局1936年版,第3页。
③ 同上书,第4页。

第三编　作品论

第一章　越地现代文学理论的作品构成观

文艺作品的形成是创作过程结束的标志。文艺作品一旦形成，便有了自己独立的生命。作为一种客观存在，无论是书本、舞台演出，或者是雕塑、绘画，都是观念的物化。作家作为作品的母体，其思想感情熔铸在作品里。因此，作品与作家的联系是不能割断的。但作品既然是一种物化了的实在，它也就会成为独立的研究对象。人们面对脱离了作家的作品往往形成不同的认识。就文学作品构成的要素来说，本间久雄在《文学的要素》一章中认同文却斯德在《文学批评的原理》中的观点，文学由情绪、想象、思想、形式四要素构成。情绪就是指感情，是文学的第一要素。[①] 其观点的含糊性是明显的。后来人们习惯一分为二，认为作品由内容和形式两方面的因素组成。内容方面有题材和主题等要素，形式方面有结构、情节、语言和表现技巧等要素。当然内容与形式是紧密地结合在一起的。世界上没有无内容的形式，也没有无形式的内容。许钦文的作品观近似于这种看法，他说："组织文学的成分，形式方面有'文字''故事'和'技巧'；实质方面是'主义'和'情感'。"[②]

[①] 本间久雄：《新文学概论》，章锡琛译，商务印书馆1925年版，第23—24页。
[②] 许钦文：《文学概论》，上海北新书局1936年版，第6页。

第一节　文学作品构成要素论

一　题材：选材要严，开掘要深

在题材选择方面，鲁迅主张："选材要严，开掘要深，不可将一点琐屑的没有意思的事故，便填成一篇，以创作丰富自乐。"[①]

作为艺术作品内容要素的题材，是建筑作品的具体材料，而不是指选材的范围，是建造房屋的木材，而不是指哪一片原始森林。报刊上通常所谈的农业题材、工业题材、军事题材等，只是题材这个概念的广义的运用，并非严格意义上的题材。因为这里所指，其实只是作品所写的生活范围，而不是直接构成作品内容的具体生活材料。而且，题材也不同于素材。素材是未经加工的原始材料，题材则是在素材的基础上加工而成的作品的内容。作家总是先积累素材，而当进入艺术构思的过程之后，才把它加工成作品的题材。

题材在作品中具有重要意义，它是一切命意、造型、情趣、技巧的依托物，没有题材，其他一切当然无从谈起了，题材选择得不恰当，则无论是思想和技巧都不可能获得充分的表现。所以艺术作品要反映现实生活，必须对题材有所选择和取舍。巴尔扎克想从各个角度去反映整个时代，但他不可能将王政复辟时期的一切都写尽。他的《人间喜剧》只是选择了一些场景，如"巴黎生活场景""外省生活场景""军事生活场景"来进行透视；托尔斯泰的《战争与和平》所反映的1812年俄法战争前后的俄国社会，气势磅礴，他也无法巨细悉收，而只能选取几个世家大族为核心，以个别反映一般。这些经过作家选择，直接成为作品写作材料的生活现象，就是题材。

各种题材之间的意义和容量是不同的。所谓"选材要严"，就是

[①] 鲁迅：《二心集·关于小说题材的通信》，《鲁迅全集》，人民文学出版社1981年版，第368页。

选取具有一定社会意义,能够体现一定社会思想或表现一定生活情趣的题材。

徐懋庸主张写重大题材,写有现实意义的题材。当时有所谓"身边文学"和"世界文学"的争论。专写身边琐事的作品,叫作身边文学。而所谓的"世界文学",并不是"世界的文学"的意思,这是对于以国际社会上所发生的人类的大问题做主题的文艺作品而言的。徐懋庸认为这样的"世界文学",是由社会学的见地把握现实,在社会的根据上强调人类主义(Humainism)的,所以不但跟专写身边琐事的身边文学相反,同时也跟神经质的法国心理主义文学和没有行动性的英国主知主义文学相反。"在目前,救国运动——民族解放运动,是最伟大的运动。要有把这运动的事变当作'身边琐事'的作者,这才能够产生出真正的国防文学。"[①] 徐懋庸的观点与当时社会现实对作家的迫切要求是联系在一起的,尤其体现了左翼革命青年对于革命文学的呼应。他也主张文艺家在现实中加强人格修养。在《文艺家的人格修养》中他认为,我们对于旧日社会里的伟大的文艺家们所常有的那种狭隘、傲诞、无礼、负气的倾向,是不但应该原谅,并且相当加以敬重的。但是,"文艺家在今日已不应该再是一个独清独醒的高士,而应该是参加集体的社会斗争的一个斗士"[②]。

本来就整个文学领域来说,题材应该多样化,不能划这样那样的框框。因为生活领域是宽广的,文学作品应该从各个方面加以反映。既可写重大的社会斗争,也可写日常的生活琐事;既可写外部的客观世界,也可写内部的心灵世界。但从作家个人而言,则只能写自己熟悉的题材。因为只有经过深入研究和体察的材料,才能驾驭驯化,运用自如。有些题材尽管很重要,但如果不熟悉,硬要去写,必然写不好。过去,革命的理论家们总是号召作家要写重大题材,而作家们在革命热情的支配下,也热衷于写重大题材,但往往写得干巴巴没有血

[①] 徐懋庸:《"身边文学"和"世界文学"》,《怎样从事文艺修养》,生活书店1936年版,第95页。

[②] 徐懋庸:《文艺家的人格修养》,《怎样从事文艺修养》,生活书店1936年版,第101页。

肉，原因即在于不熟悉题材。当然，也不是自己熟悉的生活都值得写，还要看有没有意义。没有意义的题材，是写不出好作品的。这方面的辩证关系，鲁迅在《关于小说题材的通信》里说得很清楚。鲁迅这封信，是回答当时的青年作家艾芜与沙汀的询问的。沙汀喜欢描写小资产阶级青年的弱点，加以讽刺，艾芜则熟悉时代大潮流冲击圈外的下层人物，善于描写他们在生活重压下强烈的求生欲望和朦胧的反抗冲击，但在当时的"革命文学"热潮中，他们对自己所写的小说有无社会价值产生了怀疑。鲁迅回答道："我的意思是：现在能写什么，就写什么，不必趋时，自然更不必硬造一个突变式的革命英雄，自称'革命文学'；但也不可苟安于这一点，没有改革，以致沉没了自己——也就是消灭了对于时代的助力和贡献。"[①]

因此，选材要严，也并非专指选重大的社会事件来做作品的题材。题材的大小，并不与事件和场面的大小等同，而是指题材所包含的社会容量的大小。有些作品，写的是重大社会事件，看起来是大题材，但实际上是空架子，除了记述这一事件本身之外，并没有反映出更多的社会内容；有些作品，写的是日常生活事件，看似小题材，但却反映了较大的社会问题；还有些作品，触及大事件，但并不正面去写，而是从某一侧面去反映，或专写它在日常生活中的某种反响，意义却很深远。如鲁迅的作品，就从不正面去写大事件，《阿Q正传》写到辛亥革命，但没有正面去写起义和战斗，而只写这个革命在县城和乡村（未庄）引起的反响；《药》也没有正面写革命者在狱中的英勇斗争，而写茶馆里的群众对革命者牺牲的反应；《风波》写的则是张勋复辟事件给江南水乡的农民带来的影响，而没有去描写更为惊心动魄的复辟事件本身。鲁迅的取材角度，与他的写作意图有关——他的目的不在于表现某些历史大事件本身，而在于通过这些事件，写出农民的麻木状态，他们思想上的不觉悟；也与作品的风格有关——他的作品，从不追求大场面和表面上的轰轰烈烈，而是于平淡中见深刻。

---

① 鲁迅：《二心集·关于小说题材的通信》，《鲁迅全集》，人民文学出版社1981年版，第369页。

题材是具有历史性的。在一个时期内很有意义的题材，在另一个时期内却会失去原有的魅力。后来的人即使继续写这类题材，也需要变换角度，另具眼光。例如，对于神话传说中的人物，过去是以虔诚的态度去描写的，现在则每每用人类学的观点加以剖析。又如，所谓军事题材，虽然具有长远意义，但在各个历史时期，写法也不一样。如果说在战争年代和战后一段时期，人们曾经热衷于战斗故事，那么，现在的读者就不能满足于此了。有些作品试图通过军事题材来写新的社会矛盾，写人性美、人情美，并从美的毁灭来揭露侵略战争的罪恶性，这就使军事题材有所突破。对于其他题材的选取和处理也是这样，要时时更新，赋予这些题材新的时代意义。

二 主题：处处暗示着是非、善恶和美丑的意见

题材固然是作品内容的重要因素，但题材并不能决定一切。因为题材只是经过选择的写作材料，至于通过这些材料要说明什么问题，表达什么思想，关键还在于立意。古人所说的"文以立意为主""意在笔先""工于命意""立主脑"等，强调的就是这一点。

围绕主题来表现，可谓越地现代文学理论的一个重要观点。

许钦文认为文学的目的"就是言外之意"，是"处处暗示着是非，善恶和美丑的意见的。"[1]

许钦文这里包含两重意思：一是主题必须是明确的；二是主题并不是在作品中直接说出来的。

主题是作者通过题材所表达出来的主要思想。一部作品所表达的思想可以是多方面的，但有一个贯穿的中心思想，这就是主题。作品总有命意，也必有主题。只是主题的表现形式并不一样，有些比较明确，一眼就可以看出；有些则比较隐晦，需费一番工夫来捉摸；有些作品似乎没有主题，也说不清表达的是什么思想，可谓"无主题变奏曲"，留给读者一团迷雾——但是，它总还表现出一种情绪、意味，

---

[1] 许钦文：《文学概论》，上海北新书局1936年版，第7页。

所以实际上并非没有主题思想，只不过表现得比较朦胧，有时这种思想、意绪连作者自己也比较模糊罢了。王夫之说："意犹帅也。""意"是统率全篇的主旨，一切情节结构、辞采章句，都由它调遣。"无帅之兵，谓之乌合"，纵使有好的题材、好的辞章，也如一盘散沙，合不拢来。所以立意是作文最要紧的事。王夫之又说："李、杜所以称大家者，无意之诗十不得一二也。"[①] 无意之诗，就是那些没有明确主题的诗歌，在王夫之看来，在大家李白、杜甫的作品中，大多是主题明确的作品。许钦文的观点与王夫之的观点是一致的。

主题的不明确性，大抵出于作家思想的模糊性——他有一种朦胧的意绪要表现，但对这种意绪却又缺乏明确的、深入的认识。而在艺术作品中，明确的主题却又不能明确地说出，否则，便犯了直露的毛病。形象、比兴、隐喻等，成为表达主题的必要手段。然而这样一来，又将主题隐蔽起来，有时很难捉摸。这就产生了"诗无达诂"的说法。中国诗人，自屈原以来多用香草美人来比喻圣君贤臣，以表达自己的政治情怀，但诗人多情，难免还要直接去歌颂香草美人，于是有些诗篇到底主旨何在，就需要人们仔细捉摸了。如李商隐的两首《无题》诗，表面的意思并不难懂，是写与所爱女子的离别与思念，在无可奈何的绝望中寄托着希望，现实中不能达到的企求在梦境中实现。问题是，这到底是爱情诗还是政治诗？表达的是对爱情的追求还是对政治的追求？这就难以确定了。

许钦文要求主题"处处暗示着是非、善恶和美丑的意见"，并非限定文学只是表现重复主题，而是鼓励创新。易卜生的《玩偶之家》，写娜拉与她的丈夫爱情破裂，离家出走，歌颂了个性的觉醒，而鲁迅的《伤逝》，写子君为追求自由婚姻，离家出走，与涓生结合而又破裂，终于又回到父亲家中，在父亲烈日般的严威和路人赛过冰霜的冷眼中死亡，从而指出了单纯追求个性解放的不足。正因为这些作品有着新颖的主题，反映了对问题的新认识，所以才具有划时代的意义，

---

① 王夫之：《薑斋诗话》，《薑斋诗话笺注》，戴鸿森笺注，人民文学出版社1981年版，第44页。

不是那些重复旧主题的作品可比拟的。刘勰说:"文律运周,日新其业。变则其久,通则不乏。"① 这种通变的要求,首先就要在作品的主题中表现出来。

高尔基说:"有一些所谓'永恒的'主题,如死亡、爱情,以及其他建筑在个人主义基础上的社会所产生的主题,如嫉妒、复仇和吝啬等等。然而在古代,就有人说过'万物是在变化着的','月光下没有永恒的东西',如同在阳光下一样……在无阶级的社会主义所产生的条件下,文学的'永恒的'主题,一部分正在衰亡、消逝,另一部分正在改变它们原来的意义。"② 韩愈云:"惟陈言之务去。"③ 就是要求作家不要去重复别人的意思,作品不落前人之窠臼。所谓"去陈言",当然不只是字句,首先要去熟意、熟境,所以作家艺术家应将主题命意的创新放在第一位。其实,无论在哪一种社会形态下,"永恒"的东西总是不永恒的。尽管历代文学中,不乏死亡与恋爱等内容,但命意却并不相同。中世纪的骑士小说写骑士们为自己的情人战斗和牺牲,具有悲壮的意义,而《堂·吉诃德》中写这位愁容骑士的类似行径,就显得滑稽可笑。

主题不但要新,而且要深;只有深刻,才能震撼读者的心灵。而作品主题的深度,则取决于作家的思想深度;作家对生活要有深刻的认识,才能开掘深刻的主题。过去常有抢题材和主题撞车的事发生,这都是因为作家对生活缺乏独特的感受和独到的见解,囿于流行观念之故。如果有自己的真知灼见,就不必去抢题材,也不会发生主题撞车的现象。即使写同样的题材,具有不同见解的作家也会开掘出不同的主题。文学史上有多少描写农民疾苦的作品,可是有哪一篇能像《阿Q正传》这样对农民的精神创伤揭露得那么深刻呢?主题是作者

---

① 刘勰:《文心雕龙·通变》,范文澜《文心雕龙讲疏》卷六,新懋印书局1925年版,第30页。
② [俄]高尔基:《和青年作家谈话》,《论文学》,人民文学出版社1978年版,第334—335页。
③ 韩愈:《答李翊书》,郭绍虞编《中国历代文论选》第二册,上海古籍出版社1979年版,第115页。

感受最深的东西，是他直接从生活经验中获得的、别人所无法代替的。正如高尔基所说："主题是从作者的经验中产生，由生活暗示给他的一种思想，可是它蓄积在他的印象里还未形成，当它要求用形象来体现时，它会在作者心中唤起一种欲望——赋予它一种形式。"① 有些作品的主题，是作者经过长期探索获得的。如《阿Q正传》的主题，就并非一朝一夕所能形成。《阿Q正传》写于1921—1922年之间，但在1903年，鲁迅就有感于现实生活中的种种现象，提出改造当时国民劣根性的问题了，后来他不断地研究这个问题，又在许多杂文和小说里对这个主题进行开掘。正是在这样的基础上，《阿Q正传》对当时国民性问题才能揭露得那么深刻。当然，我们不能要求作家对每篇作品都酝酿那么久，但对主题的深入开掘，却是必不可少的。

三　结构：布局的第一个问题，是决定焦点的地位

许钦文说："一个故事，总有着最重要的一节，就是'焦点'。布局的第一个问题，是在决定焦点的地位，放到前端，放到末端，或者放在中间。"② 许钦文在这里明确了结构的主要任务及重要意义。

结构是整个作品的组织构架，具有布置全局的作用，因而显得相当重要。越中古代文学理论家李渔在《闲情偶寄》中说："至于'结构'二字，则在引商刻羽之先，拈韵抽毫之始，如造物之赋形，当其精血初凝，胞胎未就，先为制定全形，使点血而具五官百骸之势。"他还以建筑做比喻，说："工师之建宅亦然，基址初平，间架未立，先筹何处建厅，何处开户，栋需何木，梁用何材，必俟成局了然，始可挥斤运斧。"③ 所以作家在落笔之前，必须将全体的结构先安排好，决不能写一段想一段，那样全篇就不能成为一个有机整体，即使某些

---

① ［俄］高尔基：《和青年作家谈话》，《论文学》，人民文学出版社1978年版，第334页。
② 许钦文：《文学概论》，上海北新书局1936年版，第79页。
③ 李渔：《闲情偶寄》，浙江古籍出版社2011年版，第2页。

片段写得很好，也不成气候。

正因为结构艺术是驾驭全局的，所以要安排好很不容易。法国的狄德罗说："一般说来，对话安排得好的剧本比布局好的剧本多些。仿佛是能安排情节的天才比能找出真切的台词的天才要少些。"① 李渔也说："尝读时髦所撰，惜其惨淡经营，用心良苦，而不得被管弦、副优孟者，非审音协律之难，而结构全部规模之未善也。"② 可见结构之难。许钦文提出：

> 于线索和焦点的问题之外，在结构上，还有三点值得注意：
> 一、对照强烈；用"陪衬""反激"等等手段，使得故事中的情形，互相比较，对照得强烈，也可以增进色彩的浓厚。
> 二、调和；故事中的情形，虽然要强烈的对照起来，但仍然要是相称的，不互相抵触，调和得拢才好。
> 三、统一；一篇小说，无论是思想、描写方式和文字，总要前后一致；最忌一部分是"自传体"，另一部分是"正传体"。③

许钦文在这里提出了结构的"对照强烈""调和""统一"的原则，也表明结构可以有多种方法，但结构要随着所表现的内容不同而变化。有些作品以一个人物为中心，情节随着此人的活动而开展，结构就取单线条形式，如《堂·吉诃德》《鲁滨逊漂流记》等；有些作品是许多人物同时展开活动，情节交叉，内容复杂，就用网式结构，如《红楼梦》《战争与和平》等；《水浒传》写各路英雄被逼上梁山，这些人物各有各的遭遇，开始时大抵关联甚少，最后才聚义一堂，为适应这种内容的需要，作品采取了百川归海式的结构；《儒林外史》以讽刺科举制度下的士子为己任，作者只想写出各种儒者的心态，不需要把他们会集在一起表现壮举，所以采取的是集锦帖子式结构，正

---

① ［法］狄德罗：《狄德罗美学论文选》，张冠尧等译，人民文学出版社1984年版，第146页。
② 李渔：《闲情偶寄》，浙江古籍出版社2011年版，第3页。
③ 许钦文：《文学概论》，上海北新书局1936年版，第81页。

如鲁迅所说："全书无主干,仅驱使各种人物,行列而来,事与其来俱起,亦与其去俱讫,虽云长篇,颇同短制;但如集诸碎锦,合为帖子,虽非巨幅,而时见珍异,因以娱心,使人刮目矣。"① 正因为结构取决于内容,所以随着内容的变化,结构方式也就变化无穷。

艺术构思的任务是通过对形象材料进行结构,最有效地表达作品的主题思想,所以结构是为主题服务的。离开了表现主题的需要,就谈不上妙思佳构。鲁迅的《药》是短篇小说的杰作,它之所以能以极短的篇幅表现出极深的主题,就是借助于结构艺术。作品以两条情节线索和四个场面组成。两条线索是:一条明线——华老栓,一条暗线——夏瑜,它们以"人血馒头"为纽结,交叉联结在一起。四个场面是:一、华老拴为了给儿子小栓治病,在一个秋天的后半夜带着多年积蓄的洋钱,到古轩亭口去买人血馒头;二、华老栓带了人血馒头回家,督促小栓吃下;三、在华老栓的茶馆里,茶客们议论纷纷,因人血馒头的来由,才从刽子手康大叔的嘴中带出了革命者夏瑜的表现;四、在西关外的坟地里,华大妈和夏大妈相会了,她们都是去为儿子扫墓的,在夏瑜的坟上,她们发现了花圈。这种结构方式是从外国小说中借鉴来的,一时引起议论纷纷。有些人欣赏它的新颖、别致,有些人则指责它是失败之作,说关于华老栓这座峰峦的描写"累积得太高了","阻碍了读者的视线",妨碍读者去了解"关于革命党人的叙述的重要性"。对于结构艺术的错误评价,正是由于对主题的错误理解而来。其实,《药》的主旨本不在于表现革命党人的英勇精神,而要写出革命者为群众而牺牲却得不到群众所理解的悲哀。正因为如此,作品才以华老栓为明线,而将夏瑜作为暗线,目的就是要将读者的视线吸引到华老栓这条线上,使读者看到群众的麻木落后状态,这种落后又并非一般意义上的落后,而是对革命的严重的冷漠状态。这如同许钦文所说,通过"对照得强烈",增加"色彩的浓度"。

结构除服从表现主题的需要之外,还有它自己审美上的要求。书

---

① 鲁迅:《中国小说史略》,《鲁迅全集》第9卷,人民文学出版社1981年版,第221页。

法艺术讲究结体美,绘画艺术在布局上要求疏密相间,所谓"密处不透风,疏处可走马"等,都在形式上给人以美感。文学作品的结构,也要给人以完整、和谐的感觉,既要剪裁得当,布局相宜,又要前后照应,连缀得天衣无缝,方称上乘之作。古人作文,讲究明暗互衬、虚实相间、断处若续、脉络贯通,都是说的结构技巧。清人方东树说:"譬名手作画,无不交代蹊径道路明白者。然既要清楚交代,又不许挨顺平铺直叙,骏蹇冗絮缓弱。汉魏人大抵皆草蛇灰线,神化不测,不令人见。苟寻绎而通之,无不血脉贯注生气,天成如铸,不容分毫移动。"① 这是要求结构既跌宕多姿,变化莫测,又前后照应,完整统一。这正如许钦文所强调的,要"调和""统一"。即使有些表面上看来是信笔所至的松散结构,也是血脉贯注,生气天成,没有多余的部分。如同许钦文所说:"小说要有结构,目的在于'经济';使得'紧张',给读者以深刻的印象。"②

四 内容与形式的关系

《文心雕龙·总术》篇有云:"若夫善弈之文,则术有恒数,按部整伍,以待情会,因时顺机,动不失正。数逢其极,机入其巧,则义味腾跃而生,辞气丛杂而至。"范文澜在注中进行了深入分析:"此节极言造文必先明术之故,本篇以《总术》为名,盖总括《神思》以下诸篇之义,总谓之术,使思有定契,理有恒存者也。或者疑彦和论文纯主自然,何以此篇亟称执术,讥切任心,岂非矛盾乎?谨答之曰:彦和所谓术者,乃用心造文之正轨,必循此始为有规则之自然;否则狂奔骇突而已。弃术任心者,有时亦或可观,然博塞之文,借巧傥来,前驱有功,后援未必能继,不足与言恒数也。若拘滞于间架格律,则又彦和之所诃矣。"③ 本间久雄的《新文学概论》列《文学与形式》一章专门讨论形式。他是从形式的哲学意义入手,认同文却斯

---

① 方东树:《昭昧詹言》,人民文学出版社1961年版,第27页。
② 许钦文:《文学概论》,上海北新书局1936年版,第71页。
③ 范文澜:《文心雕龙注》,北平文化学社1929印行,第153页。

德的说法,作家把自己所有的思想及情绪移于读者时的一切方法、手段。但其讨论的内容今天看来仅限于体裁。例如,文却斯德将文学分为散文和韵文。专一把思想移于读者为根本的目的,而附带着的情绪,只是为了使读者心中善于理解或了解思想而用的附属的东西,是散文;以情绪为主眼,而思想次之,则称为韵文。韵文因语言文字的排列有一定的规律,这一定的规律称为律格。英文的律格分为音性律、音位律、音数律。在我国便是平仄法、押韵法、造句法。从题材上韵文又可分为叙事诗、剧诗、抒情诗。散文在近代的文学中比韵文占优势。亨德将散文分为故事底、记述底、讨论底、批评底及哲学底五类。狭义的形式指文体。文体依据内容与文体的均衡分为简洁体、漫衍体;依据文体的强弱分为刚健体、优柔体;依据文章修饰的多寡分为干燥体、平明体、清楚体、高雅体、华丽体等。①

　　文学作品既有内容的因素,又有形式的因素,那么两者的关系如何呢?对于这个问题,我们的古人早就进行过探讨。越中古代思想家王充说:"有根株于下,有荣叶于上;有实核于内,有皮壳于外。文墨辞说,士之荣叶、皮壳也。实诚在胸臆,文墨著竹帛,外内表里,自相副称,意奋而笔纵,故文见而实露也。"②刘勰说:"夫铅黛所以饰容,而盼倩生于淑姿;文采所以饰言,而辩丽本于情性。故情者,文之经,辞者,理之纬;经正而后纬成,理定而后辞畅,此立文之本源也。"③范文澜评论说:"此数语最精要,是本篇宗旨,亦是全书宗旨,学者文质之争,纷然无所折衷,得此可以解纷。"④"一篇大义尽于此也。"⑤他们都看到,内容是根本,形式是外表,文辞是由情理派生的,却表现和装饰着内容。鲁迅在1935年2月4日回复李桦的信中说:"来信说技巧修养是最大的问题,这是不错的,现在的许多青年

---

① 本间久雄:《新文学概论》,章锡琛译,商务印书馆1925年版,第33—39页。
② 王充:《论衡》,上海人民出版社1974年版,第213页。
③ 刘勰:《文心雕龙·情采》,范文澜《文心雕龙讲疏》卷七,新懋印书局1925年版,第3页。
④ 范文澜:《文心雕龙讲疏》第七卷,新懋印书局1925年版,第4页。
⑤ 同上书,第1页。

艺术家，往往忽略了这一点。所以他的作品，表现不出所要表现的内容来。正如作文的人，因为不能修辞，于是也就不能达意。但是，如果内容的充实，不与技巧并进，是很容易陷入徒然玩弄技巧的深坑里去的。"① 优秀的作品，应该是充实的内容和上乘的技巧的完美结合。

既然内容是根本，它当然起着决定形式的作用。人们常说的结构要为主题服务，情节安排要根据表现性格的需要决定，都是这个意思。一定的内容总是要求有相应的形式来表现它，新的形式是随着新内容的出现而出现的。当文学还着重反映人物的外部活动的时候，当然还用不着心理描写，后来，作家、艺术家逐渐注意刻画人物的心灵世界，于是心理描写手法也就相应地发展起来。至于意识流手法，是当潜意识的内容进入文学领域之后才正式出现的，因为一般的心理描写已无法适应跳跃无序、自由流动的潜意识的表现需要了，必须要有新的形式来表现它。

但艺术形式绝不是消极的因素，它在作品中还是起着相当大的作用。首先，形式的完美与否，直接影响着内容的表达，离开了适当的形式，内容也不复是原来的内容了。刘勰说："夫水性虚而沦漪结，木体实而花萼振，文附质也。虎豹无文，则鞟同犬羊，犀兕有皮，而色资丹漆，质待文也。"② 可见文虽然依附于质，而质也有待于文来修饰，两者缺一不可，如孔子所说："文质彬彬，然后君子。"③ 其次，艺术表现不仅是"辞达而已矣"，而且还有形式美的要求。房屋，所以避风雨者，但同时还要讲究造型；衣服，所以御寒冷者，但却多有装饰性的东西；绘画讲线条和构图；音乐讲对位与和声；等等，都属于形式美。文学作品同样讲形式美，如语言上的对偶、协韵，结构上的虚实、松紧，等等，都是为了在艺术上产生更强烈的美感。形式本身并不一定与内容直接相联系，但由于造成美感，遂能有利于内容的

---

① 1935年2月4日致李桦信，《鲁迅全集》第13卷，人民文学出版社1981年版，第45页。

② 刘勰：《文心雕龙·情采》，范文澜《文心雕龙讲疏》卷七，新懋印书局1925年版，第1页。

③ 孔子：《论语·雍也》，《四书章句集注》，中华书局1982年版，第89页。

发扬。再则，艺术形式的发展，反过来又能促进整个文学的发展。譬如，我国南北朝时期，是形式主义大泛滥的时代，曾经引起许多重视文学内容的人的不满，刘勰就批评说："俪采百字之偶，争价一句之奇，情必极貌以写物，辞必穷力而追新，此近世之所竞也。"① 那时，文学的社会内容削弱了，对玄理的兴趣也逐渐消退，一面寄情于山水，一面竞相争比艺术形式上的新奇、瑰丽。的确，从一段时期看，过分讲究艺术形式是会伤害文学内容的，但从历史发展上看，形式的追求又会促进整个文学艺术事业的发展。南北朝文学的形式主义虽然造成一段时期文学内容的衰落，但却为唐代文学的繁荣奠定了艺术形式上的基础。

第二节　文学语言论

　　文学是语言的艺术，要用语言来塑造形象、表达感情，所以作家都特别重视语言。高尔基把语言称为"文学的第一要素"。本间久雄在《新文学概论》中设专章讨论《文学与语言》。他认为文学的存在有三要素：作家、公众和媒介，媒介即语言。语言是文学的手段而非目的，没有语言这个媒介，文学达不到自己的目的。许多作家例如屠格涅夫和理论家例如克鲁泡特金等都重视文学的语言。他认为福楼拜的"一语说"和戈梯埃的"暧昧说"都强调了语言的重要性。②

　　在西方现代哲学中，语言成为一个核心问题。某些哲学流派将它提升到本体论的地位，并通过日常语言的分析，来阐述其哲学理论。与此相应，美学界也出现了语言论美学，试图以此来否定认识论美学。这种理论趋向影响了文艺学领域，如俄国形式主义和英美"新批评"派，就把语言看作是文学的本体，把文学看作是一种语言结构，

---

① 刘勰：《文心雕龙·明诗》，范文澜《文心雕龙讲疏》卷二，新懋印书局1925年版，第11页。
② 本间久雄：《新文学概论》，章锡琛译，商务印书馆1925年版，第40—45页。

语言的作用被推到了极致。

文学语言是在全民语言的基础上提炼加工而成的，它有两种解释：广义的文学语言是指一切书面语言，它是全民语言加以规范化的结果，对于它的研究是语言学的任务；狭义的文学语言是指文学作品中所使用的语言，又称文艺语言，它是在一般书面语的基础上，为文学表现的特殊需要而形成的具有特色的语言，研究它是文艺学的任务。

一　文学革命上，文字改革是第一步，思想改革是第二步

作为语言艺术的文学，对于文学语言有着特殊的要求。这可以从两方面来考察：从宏观方面看，文学思想的变革总要求文学语言作相应地变革；从微观方面看，为了更好地表情达意，作家都专心于语言的锤炼。

"五四"文学革命属于新文化运动的一个组成部分，当然是一种文学思想上的革命，但是，这场革命却是从文学语言的变革开始的，因而，反对文言文，提倡白话文，就成为这场革命的两大旗帜之一。这是因为，语言虽然是表情达意的工具，但它并非文学的简单载体。文学语言一旦形成一种特殊的形态，便与文学思想紧密地联系在一起，成为某种文学不可分割的组成部分。因此，要变革文学思想，就必须同时变革文学语言。有时，文学思想的变革还能以文学语言的变革为先导。我国"五四"文学革命运动就是这样的例证。在相当长的一段时期内，这场文学革命径直被称为"白话文运动"，可见文学语言的变革在这场文学革命中的重要作用了。胡适在《文学改良刍议》中提出："文学改良，须从八事入手。八事者何？一曰，须言之有物。二曰，不模仿古人。三曰，须讲求文法。四曰，不作无病之呻吟。五曰，务去烂调套语。六曰，不用典。七曰，不讲对仗。八曰，不避俗字俗语。"[①] 这八件事，大部分还是语言文字上的问题，如三、五、六、七、八等都是。

[①] 胡适：《文学改良刍议》，《中国新文学大系·建设理论集》，上海良友图书印刷公司1935年版，第34页。

越地现代文学理论中许多人都是白话文运动的参与者、积极拥护者。鲁迅也竭力提倡白话文，他不但以自己的创作实践了白话文学的主张，而且还在杂文里不断地抨击那些反对白话文者，后来在回忆散文里还说："我总要上下四方寻求，得到一种最黑、最黑、最黑的咒文，先来诅咒一切反对白话，妨害白话者。即使人死了真有灵魂，因这最恶的心，应该堕入地狱，也将决不改悔，总要先来诅咒一切反对白话，妨害白话者。"①

周作人在《思想革命》一文中说："文学这事务本合文字与思想两者而成。表现思想的文字不良，固然足以阻碍文学的发达。若思想本质不良，徒有文字，也有什么用处呢？我们反对古文，大半原为他晦涩难解，养成国民笼统的心思，使得表现力与理解力都不发达。但别一方面，实又因为他内中的思想荒谬，于人有害的缘故。这宗儒道合成的不自然的思想，寄寓在古文中间，几千年来，根深蒂固，没有经过廓清，所以这荒谬的思想与晦涩的古文，几乎已融合为一，不能分离。"但"如白话通行，而荒谬思想不去，仍然未可乐观，因为他们用从前做过《圣谕广训直解》的办法，也可以用了支离的白话来讲古怪的纲常名教。""所以我说，文学革命上，文字改革是第一步，思想改革是第二步，却比第一步更为重要。"② 事实上，"五四"健将们在提倡语言文字的改革之后，大多数人接着就提倡思想革命，这是合乎逻辑发展的。

20世纪30年代，我国左翼文坛提倡文学大众化，与此相适应，就出现了大众语运动。

据曹聚仁回忆，20世纪30年代"大众语"运动兴起于一次文人聚会：1934年夏天的一个下午，他和陈望道、叶圣陶、陈子展、徐懋庸、乐嗣炳、夏丏尊共七人在上海福州路一家印度咖喱饭店聚会，针对有人提倡"读经运动"和"提倡文言"而讨论反击。经大家商量，

---

① 鲁迅：《朝花夕拾·二十四孝图》，《鲁迅全集》第2卷，人民文学出版社1981年版，第251页。

② 周作人：《思想革命》，《中国新文学大系·建设理论集》，上海良友图书印刷公司1935年版，第200—201页。

决定以抽签方式按顺序写文章，陈子展抽得头签，要第一个发表文章。七人文章后来在《申报自由谈》接连发表。一次小范围内的文人聚会就这样产生了"蝴蝶效应"，引发了一场声势颇大的"大众语"运动。①

徐懋庸在《通俗化问题》中说："最近在我国又发生了语文怎样通俗化的问题，其实很简单，只要写文章的人，肯和大众在一起，学习他们的言语，表现他们的生活和思想就好。"②

再如在《通俗文的写法》中，徐懋庸说："我们若要懂得对各种人的各种特殊的说法，先应该知道各种人所知道的各种特殊事实。若要懂得对一般人的一般说法，先应知道一般人所知道的普通的事实。"③

作家的语言也要向大众学习。在《文学作品中的语言问题》中徐懋庸认为：

> 语言是我们的意识的发现的形式之一。意识的提高，要求着语言的明确性和单纯性的提高。伟大的深刻思想，只有明快单纯的语言能够把它具体化。在现代文学中，高尔基的语言的明确和单纯，是一个最好的模范。高尔基的语言之所以达到那样的明确性和单纯性是和大众接近的结果。中国的作者，也有向大众去学习语言的必要。倘若有人不愿奉高尔基为模范，那么就听听托尔斯泰的意见罢，托翁说，语言的天才是存在于民众身上的呢。④

可见，大众语运动是其鲜明的主张。在《论大众语》中他还说，"现在的大众语运动，并不是语言文字的改良运动，和所谓国语运动两样。和五四时代的白话文运动，在性质上是相同的，然而比起白话

---

① 曹聚仁：《文坛五十年》，东方出版中心1997年版，第277页。
② 徐懋庸：《通俗化问题》，《徐懋庸选集》（第一卷），四川人民出版社1983年版，第358页。
③ 徐懋庸：《通俗文的写法》，《徐懋庸选集》（第一卷），四川人民出版社1983年版，第360页。
④ 徐懋庸：《文学作品中的语言问题》，《徐懋庸选集》（第一卷），四川人民出版社1983年版，第319页。

文运动来，在历史的发展中，大众语运动是达到了更高的阶段的。"
"语言文字问题的发生和解决，并不单是语言文字本身上的事。语言文字的问题，是社会问题之一，而与他项社会问题相联系，不是被他项基本的社会问题所决定的，因为语言文字乃是文化的上层建筑。"①徐懋庸对如何进行大众语运动提出了两个办法。

大众语并不意味着文学语言不要锤炼。沈括在《梦溪笔谈》里记载着这样一个故事：穆修、张景两人一同上朝，在东华门外等待天亮，正在那里谈论文章，"适见有奔马，践死一犬"，于是两人各记其事以较工拙。穆修说："马逸，有黄犬，遇蹄而毙。"张景说："有犬，死奔马之下。"沈括则批评"二人之语皆拙涩"。鲁迅在《做文章》一文中曾引用过这段记事，并评论道："两人的大作，不但拙涩，主旨先就不一，穆说的是马踏死了犬，张说的是犬给马踏死了，究竟是着重在马，还是在犬呢？较明白稳当的还是沈括的毫不经意的文章：'有奔马，践死一犬。'"②可见鲁迅在用词造句上还是主张仔细斟酌的。法国小说家莫泊桑说：

> 不论人们所要描写的东西是什么，只有一个词最能够表示它，只有一个动词能使它最生动，只有一个形容词使它性质最鲜明。因此就得去寻找，直到找到了这个词、这个动词和这个形容词，而决不要满足于"差不多"，决不要利用蒙混的手法，即使是高明的蒙混手法，决不要借助于语言的戏法来回避困难。③

为了找到这个最恰当的词，古今中外的作家费尽了心血。杜甫说："为人性僻耽佳句，语不惊人死不休。"皮日休说："百炼成字，

---

① 徐懋庸：《论大众语》，《徐懋庸选集》（第一卷），四川人民出版社1983年版，第321页。
② 鲁迅：《花边文学·做文章》，《鲁迅全集》第5卷，人民文学出版社1981年版，第528页。
③ ［法］莫泊桑：《小说》，中国社会科学院外国文学研究所外国文学研究资料丛刊编辑委员会编《欧美古典作家论现实主义和浪漫主义》（二），中国社会科学出版社1987年版，第238页。

千炼成句。"鲁迅正是继承了传统精神,指导自己创作的,所以他说自己写完后至少看两遍,竭力将可有可无的字、句、段删去,毫不可惜。

这正如高尔基所言:"语言是一切事实和思想的外衣。可是事实后面隐藏着它的社会意义,每种思想都包含着原因:为什么某种思想正是这样的,而不是那样的。艺术作品的目的是充分而鲜明地描写事实里面所隐藏的社会生活的重大意义,所以必须有明确的语言和精选的字眼。"①

二 将活人的唇舌作为源泉

鲁迅明确指出:"我们不必再去费尽心机,学说古代的死人的话,要说现代的活人的话:不要将文章看作古董,要做容易懂得的白话的文章。""我们要说现代的,自己的话:用活着的白话,将自己的思想,感情直白地说出来。"②

为了表现自己对生活的深刻见解,抒发自己的思想感情,鲁迅反对文学语言以古书为依据,而要求以人民群众的语言作为源泉,要"博采口语","从活人的嘴上,采取有生命的词汇,搬到纸上来"③。

文学语言的重要意义决定了作家们都要花工夫进行语言的学习,也就是要提炼语言。因为无论是人民群众的口语或者是外国语言,都不能照搬,而要经过一番提炼、改造、筛选。鲁迅说:"以文字论,就不必更在旧书里讨生活,却将活人的唇舌作为源泉的,使文章更加接近语言,更加有生气。"④

正像文学以生活为源泉一样,文学语言是以人民群众的口语为源

---

① [俄]高尔基:《和青年作家谈话》,《论文学》,人民文学出版社1978年版,第332页。
② 鲁迅:《三闲集·无声的中国》,《鲁迅全集》第4卷,人民文学出版社1981年版,第13页。
③ 鲁迅:《且介亭杂文二集·人生识字胡涂始》,《鲁迅全集》第6卷,人民文学出版社1981年版,第296页。
④ 鲁迅:《坟·写在〈坟〉后面》,《鲁迅全集》第1卷,人民文学出版社1981年版,第108页。

泉的。要使文学语言保持活力，而且丰富多彩，作家必须向人民群众学习语言。鲁迅还从自己的创作经验出发，竭力推崇人民群众的语言，一贯倡导作家要认真学习民众的语言。他一再强调提出：

"许多名言，倒出自田夫野老之口。"①

"方言土语里，很有些意味深长的话，我们那里叫'炼话'，用起来很有意思的，恰如文言的用古典，听者也觉得趣味津津。"②

小说家艾芜曾列举群众口语的特点说："第一、是词头丰富"，如书面语一个状词"很"字，对香呀，臭呀，黄呀，黑呀，都一例使用上去，而在群众口语中，则各有各的状语，很少以"很"来兼职的，如香得很叫"烹香"，臭得很叫"滂臭"，黄得很叫"焦黄"，黑得很叫"区黑"，红得很叫"绯红"，白得很叫"雪白"，很硬叫"梆硬"，很远叫"老远"，很酸叫"溜酸"，很甜叫"蜜甜"，很嫩叫"水嫩"，很快叫"风快"等；"第二、谚语极多"，谚语是前人经验的结晶，保存在民众的语言里，老百姓一般受到的教育少，又喜欢有力的句子，所以交谈中多引用谚语。如"见蛇不打三分罪""给蛇咬了，看见草索都在害怕""早黄雨，夜黄晴""乌云接日半夜雨"等；"第三、是富于具体形象性，亦可说会打比譬"，如形容一个小钱都不放松的人说："他么，算盘打得紧呀！"对小孩子过周岁说"长尾巴"，在"自身难保"前面加上"泥菩萨过江"，在"大家喊打"前面加上"耗子过街"，都显得更加形象。他还分析了群众语言富于含蓄的特点。③ 高尔基也说："一般来说，谚语和俚语把劳动人民的全部生活经验与社会历史经验出色地固定下来了；因此一个作家必须知道这种材料"。"在谚语中，换句话说——在用格言进行的思维中，我学会了很多的东西。"④ 正因为如此，所以历来许多作家都努力向人民学习语

---

① 鲁迅：《且介亭杂文二集·名人和名言》，《鲁迅全集》第6卷，人民文学出版社1981年版，第364页。
② 鲁迅：《且介亭杂文·门外文谈》，《鲁迅全集》第6卷，人民文学出版社1981年版，第97页。
③ 艾芜：《文学手册·民众口头语言的特点》，文化供应社1950年版，第16—18页。
④ ［俄］高尔基：《我怎样学习写作》，《论文学》，人民文学出版社1978年版，第191页。

言。白居易写好诗后先读给老妪听；普希金对"莫斯科做圣饼的妇女"的语言评价很高，他还曾向自己的奶妈阿里娜·罗吉奥诺芙娜学习语言；虽然文学语言来源于人们的口语，但人们的口语却不能原封不动地进入文学作品。高尔基将语言分作"未经加工"的语言和"由大师们加工的语言"，认为后者才是真正的文学语言。"虽然它是从劳动大众的口语中汲取来的，但它和它的本源已大不相同，因为用它来描述的时候，已抛弃了口语中那一切偶然的、暂时的、变化不定的、发音不正的、由于种种原因与基本'精神'——全民族语言结构——不合的东西。"[1]

鲁迅既主张向群众学习口头语言，又主张对群众语言要进行提炼。

鲁迅说："讲话的时候，可以夹许多'这个这个''那个那个'之类，其实并无意义，到写作时，为了时间，纸张的经济，意思的分明，就要分别删去的，所以文章一定应该比口语简洁，然而明了，有些不同，并非文章的坏处。"[2] 鲁迅在这里意图说明，口语表达注重语境，比较散漫，常夹杂一些口头词汇，在表述上也不很严密，有时还会有语法上的错误；文学语言则要加以规范化，并且要求简洁、凝练。

日常口语表达并不完全，有些人出口成"脏"，我国革命文学初兴之时，有些作品描写工人农民的对话，总要写进许多骂话去，其实毫无必要，而且丑化了工农。可见，文学语言不能完全照录日常口语，应该加以删削取舍。鲁迅认为，如果将大众的不良语言习惯带入文章，以博得有些人的欢心，那就要成为"大众的新帮闲"，于大众并无好处。

1939年至1941年为适应文艺为抗战服务的形势，文艺界曾引起关于民族形式的争论，大众化、民族化成为文艺界关心和要解决的问

---

[1] ［俄］高尔基：《和青年作家谈话》，《论文学》，人民文学出版社1978年版，第332—333页。
[2] 鲁迅：《且介亭杂文·答曹聚仁先生信》，《鲁迅全集》第6卷，人民文学出版社1981年版，第77页。

题，通俗化、旧形式的利用就成为抗战初期的中心问题。许钦文在许多文章中主张抗战文艺大众化、通俗化，对语言、结构、内容都提出了具体意见。他还主张利用旧形式，主张文学形式的多样化。认为除剧本、小说、诗歌、童话和小品文等以外，还得注意说书、报告、通讯、墙头小说和墙头诗等。他特别强调作品要写得短巧，甚至于是只有几百字的墙头小说和几十个字的墙头诗。因为这样的作品贴在街头上，经过的行人可以很快地阅读完毕。①

当然，口语并不统一，我国多方言区，不但语音不同，而且用词造句也颇有差别，文学语言要择优录用，有所取舍。方言里面有很多生动的词语，可以丰富文学语言，方言里还有些特殊的语调，运用到文学语言里，会增加作品的地方色彩。但方言里也有许多偏僻的词语和难懂的语调，如果滥用到作品中，虽然本地人备感亲切，但是广大外地读者却读不懂，那也是不足取的。

鲁迅在一篇叫《做文章》的文章里说得好："太做不行，但不做，却又不行。用一段大树和四枝小树做一只凳，在现在，未免太毛糙，总得刨光它一下才好。但如全体雕花，中间挖空，却又坐不来，也不成其为凳子了。高尔基说：大众语是毛坯，加了工的是文学。我想，这该是很中肯的指示了。"② 当然，这"做"与"不做"的关系，在分寸上是较难掌握的。所以，文学语言要以人民大众的口语为源泉，也要加工提炼，当然，又不能加工到脱离口语的地步。正如《蕙风词话》里说："词太做，嫌琢。太不做，嫌率。欲求恰如分际，此中消息，正复难言。"

从生活中向民众学习语言，提炼语言，越地现代文学理论不仅在理论上坚持，创作中也实践。有人评论朱自清、夏丏尊等人的白马湖派作品体现的是"清新隽永"，是来自不矫饰的自然美和谨严质朴的口语美。"当时的作家，有的从旧垒中来，往往有陈腐气；

---

① 钱英才：《许钦文评传》，浙江大学出版社1990年版，第187—188页。
② 鲁迅：《花边文学·做文章》，《鲁迅全集》第5卷，人民文学出版社1981年版，第528—529页。

有的从海外归来,往往有太多的洋气,尤其是带来了西欧中世纪末的颓废气息。而白马湖派作家的作品一开始就建立了一种纯正朴实的新鲜作风。夏丏尊的文章就是这样,既摆脱了古文的痕迹,也不染洋腔洋调,他用经过提炼的口语,创造出一种清隽流畅的文学语言。"①

三 吸收外国语中有用的成分

夏丏尊鼓励学生重视外语学习,他说学好一门外语,犹如开启一扇窗户,倚窗观望可以看到外边的很多美好景色。当年宁波四中学生戴子钦就是在夏丏尊的鼓励下,学了四门外语,先后为两个出版社校改译稿17年,自己还翻译出版了三本名著。夏丏尊和朱自清等人筹划成立了文学研究会宁波分会,鼓励创作类似《语丝》的杂文。② 离开春晖后,夏丏尊在上海创立了立达学园。立达学园主要开设初中部、高中部、艺术专修科和中国文学进修班,高中部设文科和理科。当时上海各中学的外语课,一般都按教育部统一规定只教英语,而立达学园增设了世界语、法语、意大利语课程,学生除学英语外,还得加选一门外语课。

语言既然是人们用来互相交际、交流思想的工具,那么,各国间展开文化交流之后,语言上也必然相互产生影响。随着外来器物、外来思想的进入,也必然会有外来语的渗入。汉魏以后,随着佛教的传入,汉语里就出现了许多佛教语汇:菩萨、正果、缘分、戒律、涅槃、皈依、四大皆空、不二法门、阿鼻地狱、极乐净土等。"五四"以后,西方文化大量涌入,各种新名词就更多了,从器物名称到学术名词,日见其多。作家应该大胆地吸取外国语中有用的成分,来丰富自己的文学语言。不但新的词汇无法避免,必须吸收,就是在语法上,也要吸收外语语法的精密之处,来弥补我们的不足。"五四"以来,我们文学语言的表达方式有较大的变化,就是外来语法影响的结

---

① 王利民:《平屋主人——夏丏尊传》,浙江人民出版社2005年版,第143页。
② 同上书,第101页。

果。鲁迅说:"欧化文法侵入中国白话中的大原因,并非因为好奇,乃是为了必要。"① 所以在翻译上他主张直译,目的在于"不但在输入新的内容,也在输入新的表现法"。② 当时有人主张"宁顺而勿信"的译法,受到鲁迅的批评,因为"勿信"就是误译或曲译,当然要不得,而过分强调顺也不好,那样会使外国语法归化汉语语法,失却本来面目,达不到输入新表现法的目的。

当然,吸取与全盘照搬不同,吸取是有选择地取我们所需要的成分,照搬则离开汉语原有的基础而全盘洋腔洋调,这是难以为中国读者所接受的。"五四"以后,产生过一些洋腔洋调的作品,终于被淘汰了。在词汇上也不能滥用外来语。列宁早就批评过:"我们在破坏俄罗斯语言。我们在滥用外国字,用得又不对。可以说缺陷、缺点或者漏洞的时候,为什么偏要说'代费克特'呢?"③ 这种滥用外来语的情况不但俄国有,我国"五四"以后也屡有发生。比如,革命文学运动兴起以后,什么布尔乔亚(资产阶级)、普罗列塔利亚(无产阶级)、奥伏赫变(扬弃)、普罗文学(无产文学)等音译名词,充斥作品间,而且还要生造一些除了自己之外,谁也不懂的形容词之类,弄得佶屈聱牙,不能卒读,严重地脱离群众,进而缩小了革命文学的影响。语言虽然是不断发展的,但有较大的稳定性,不可能在短时期之内变动太大,如果新名词狂轰滥炸,就会造成语言上的脱节现象,无法起到交流作用。

四 没有相宜的白话,宁可引古语

范文澜在注解《文心雕龙·隐秀》篇时认同刘勰、尚自然的主张:"秀句自然得之,不可强而至,隐句亦自然得之,不可摇曳而成。

---

① 鲁迅:《花边文学·玩笑只当它玩笑(上)》,《鲁迅全集》第5卷,人民文学出版社1981年版,第520页。
② 鲁迅:《二心集·关于翻译的通信》,《鲁迅全集》第4卷,人民文学出版社1981年版,第382页。
③ 列宁:《论纯洁俄罗斯语言》,《列宁论文学与艺术》(二),人民文学出版社1960年版,第580页。

此本文章之妙境，学问至，自能偶遇，非可假力于做作，前人谓谢灵运诗如初日芙渠，自然可爱，可知秀由自然也。"古代文学语言是根据古代口语提炼而成的，既然现代口语是从古代口语发展而来，而现代文学语言又是以现代口语为源泉，那么，古代文学语言与现代文学语言就有了渊源关系，古代文学语言中必然有些有生命的东西可供现代文学语言驱使。鲁迅是反对文言复兴最用力的语文改革派，但也说："没有相宜的白话，宁可引古语，希望总有人会懂，只有自己懂得或连自己也不懂的生造出来的字句，是不大用的。"① 鲁迅自己的作品，引用古语还是比较多的，不但用其语汇，有时还用其文气，如《阿Q正传》的第一段云：

> 我要给阿Q做正传，已经不止一两年了。但一面要做，一面又往回想，这足见我不是一个"立言"的人，因为从来不朽之笔，须传不朽之人，于是人以文传，文以人传——究竟谁靠谁传，渐渐的不甚了然起来，而终于归结到传阿Q，仿佛思想里有鬼似的。

这里，整个文气都由古语活化而来，但用得自然，很有意味。不但鲁迅，其他作家也常用古语，如周作人的散文《故乡的野菜》云：

> 故乡对于我并没有什么特别的情分，只因钓于斯游于斯的关系，朝夕会面，遂成相识，正如乡村里的邻舍一样，虽然不是亲属，别后有时也要想念到他。……

这里，"钓于斯游于斯""朝夕会面，遂成相识"，都是古语，运用于此，也很得当，文句既简，又有情意。

范文澜在注释《文心雕龙·定势》篇"密会者以意新得巧，苟

---

① 鲁迅：《南腔北调集·我怎么做起小说来》，《鲁迅全集》第4卷，人民文学出版社1981年版，第512—513页。

异者以失体成怪"句时说：刘勰并不是说"文不当新奇，但须不失正理耳。上文云'章表奏议则准的乎典雅，赋颂歌诗羽仪乎清丽'，言文章措辞，势有一定，若颠倒文句，穿凿失正，此齐梁辞人好巧取新之病也。……世之作者，或捃摭古籍艰晦之字，以自饰其浅陋，或弃当世通用之语，而多杂诡怪不适之文，此盖采讹势而成怪体耳"。范文澜认为，每种文体的体势有一定的审美规范，即"势有一定"，如"章表奏议则准的乎典雅"，"典雅"就是"章表奏议"类文体规范的"体势"，是故写文章措辞造句，应受该类文体体势支配、为表现体势服务，此即刘勰所言"宫商朱紫，随势各配"。而齐梁时代的作者，或"颠倒文句"，或"弃当世通用之语"而"捃摭古籍艰晦之字"，或"多杂诡怪不适之文"，选词造句一味"好巧取新"，违反了文体体势规范，造成了"讹势"，进而导致"怪体"。①

对于刘勰提出"势实须泽"的观点。范文澜注曰："悦泽为润色。势实须泽，犹言文之体式虽合，而辞句之润色，所以助成文体，安可忽乎。"② 指出写作者应以妥帖、生动的言辞鲜明地表达出文章的基本格调，这样才能使文章更合体，使表意更鲜明。

我国古代作律诗、骈文，讲究对偶，要求严格，散文虽不讲究此道，但亦常有对句，小说语言即使不对，但在章回的标题上也要对一下，如《红楼梦》第十九回回目："情切切良宵花解语，意绵绵静日玉生香"；第二十三回回目："西厢记妙词通戏语，牡丹亭艳曲惊芳心"；第九十七回回目："林黛玉焚稿断痴情，薛宝钗出阁成大礼。"对偶是由于汉语乃单音字，又多双音词的特点造成的，现代文学作品中也有继承此道的。鲁迅的散文里就常用对偶句，如《记念刘和珍君》云："惨象，已使我目不忍视了；流言，尤使我耳不忍闻。我还有什么话可说呢？""时间永是流驶，街市依旧太平，

---

① 刘勰：《文心雕龙·定势》，范文澜《文心雕龙讲疏》卷六，新懋印书局1925年版，第33页。
② 范文澜：《文心雕龙注》卷六，北平文化学社1929年版，第39页。

有限的几个生命,在中国是不算什么的,至多,不过供无恶意的闲人以饭后的谈资,或者给有恶意的闲人作'流言'的种子。"又如《准风月谈·后记》云:"文坛上的事件还多得很:献检查之秘计,施离析之奇策,起谣诼兮中权,藏真实兮心曲,立降幡于往年,温故交于今日。"这种对偶句子的运用,有利于感情的抒发,增强了讽刺的力量。

此外,古代汉语中的修辞手法,也有许多独到之处,值得我们学习吸取。

第二章　越地现代文学理论的文体观

　　文学作品总是通过一定的体裁表现出来的。文体的多样是由于表现不同内容的需要而创设衍生的，而不同的文体一旦出现，又会影响作品的风格笔调，因此它一向多为文论家所重视。作家虽有自己的风格，但在写作不同体裁的文章时，却还要适应这种体裁的要求，这叫作"随体成势"。

　　古代文论家们对此多有论述。如曹丕在《典论·论文》中说："奏议宜雅，书论宜理，铭诔尚实，诗赋欲丽。"论述虽然较简单，但已将不同文体的不同要求提出来了。陆机的《文赋》则进一步从每种文体的不同性质来说明每种文体所应具有的风格特点，而且对文体的分类也比较细致些："诗缘情而绮靡，赋体物而浏亮，碑披文以相质，诔缠绵而凄怆，铭博约而温润，箴顿挫而清壮，颂优游以彬蔚，论精微而朗畅，奏平彻以闲雅，说炜晔而谲诳。"刘勰在《文心雕龙·定势》篇里，除了继续发挥上面的道理以外，还将文章的局势和体裁联系起来，说："夫情致异区，文变殊术，莫不因情立体，即体成势也。"他认为，文章局势的形成，关键在于体裁，"如机发矢直，涧曲湍回，自然之趣也。圆者规体，其势也自转；方者矩形，其势也自安，文章体势，如斯而已"①。他是把体裁比作溪涧，规矩之形，认为作家的情趣是通过它们表现出来的。范文澜在《文心雕龙注》中认

---

①　刘勰：《文心雕龙·定势》，范文澜《文心雕龙讲疏》卷六，新懋印书局1925年版，第30—31页。

为，这种体制标准是文体相对稳定的一种美学性能，是文体在产生和发展过程中自然而然形成的。

因体裁的不同，文章的局势也不一样。但体裁是一定的，而文章的变化却是无穷的。"夫设文之体有常，变文之数无方"①，所以作家也不能完全受体裁的限制，而要在体裁所要求的规矩之内，发挥自己艺术才能的个性特点，创制新声，变化无穷。

古希腊亚里士多德的《诗学》就论述到文学的几种类型，我国《毛诗序》论诗有六义，其中风、雅、颂就是指文体，后代的许多重要文论，如曹丕的《典论·论文》、陆机的《文赋》、挚虞的《文章流别论》，都论及文体，而我国第一部系统的文艺学专著《文心雕龙》，则有将近半本是文体论。

文体取决于内容，则必然随着表现生活的需要而增加，也随着时代的变迁而有所淘汰。有些过去没有的文体出现了，有些过去用得较多的文体消失了，有些古老的文体因为现实的需要而绽开新蕾，当然也有些文体经久不衰，但实际上内中仍有不少变化。对于文体的分类，各家颇不相同。亚里士多德是三分法，他根据文学模仿现实的不同方式，将文体分为三类："既可以像荷马那样，时而用叙述手法，时而叫人物出场，或化身为人物，也可以始终不变，用自己的口吻来叙述，还可以使模仿者用动作来模仿。"② 这就是叙事类、抒情类和戏剧类的区分。亚里士多德的分类法在欧洲影响极大，贺拉斯、布瓦罗，直至别林斯基，都用的是三分法。我国古代文论家对文体的分类较细，《文心雕龙》以 20 篇论述了 35 种文体：骚、诗、乐府、赋、颂、赞、祝、盟、铭、箴、诔、碑、哀、吊、杂文、谐、隐、史、传、诸子、论、说、诏、策、檄、移、封禅、章、表、奏、启、议、对、书、记；还有些人将文体分得更细。不过近世大都采取四分法，即将文体分为诗歌、散文、小说和戏剧文学四类。四分法比较符合于

---

① 刘勰：《文心雕龙·通变》，范文澜《文心雕龙讲疏》卷六，新懋印书局 1925 年版，第 26 页。

② ［古希腊］亚里士多德：《诗学》，《诗学·诗艺》，人民文学出版社 1962 年版，第 9 页。

我国传统分类法，它的重点不在形象塑造的不同方式，而在体式、格局上的不同。

　　许钦文认为狭义的文学，只包含小说、剧本、诗、歌、童话、散文诗和随笔（小品文）。广义的文学，把书信、日记、传记和报告等实用文字也包括进去；只要具备了文学的条件就是。[①]

　　徐懋庸对诗歌、戏剧、小说、散文等各种文学体裁的历史地位和现实意义进行了界定。《怎样理解诗》中说："诗这东西，在前史时代，本是和生活密切相关，直接地反映着社会群的事绩的。到了人类生活发达，阶级分化，一切文化成了拥有财富的阶级的享乐的工具之后，诗就部分地与生活相分离，而成为更微妙，更非物质的，专门歌咏自然，恋爱和死的了。但真正的诗人，却总不能不感觉到社会的声音，而表现集团的情绪和群众的情热于他的诗。尤其是在十九世纪，由于社会的大大的动摇，'社会诗'盛极一时。至于现在，则社会主义的诗——革命诗，正在风起云涌着。"[②] 在《怎样理解戏剧》中他认为"在一切文学的样式里面，对于人类，最有直接的影响，最能激动灵魂的深处的，要算戏剧"[③]。在《怎样理解小说》中认为"十九世纪无疑是小说的世纪。""二十世纪呢？无疑也是小说的世纪。"[④] 针对20世纪30年代中国文坛上的现象："根本上恐怕也是由于生活空虚之故，现在中国的小说作家，大抵力求奇警，取材，结构，造句，选词，莫不如是。"

　　徐懋庸分析了小说和随笔的区别："小说家观察人生，单观察某种特殊的形象是不够的，他的眼睛应当看到更全体，更根本，更普遍的地方才对，其表现当然也该这样。""随笔作家则否，他往往漫兴地只看到极微的一点，即用警句写了出来。但在写作之际，随笔作家是明明知道自己的空虚的，也是明明将这告白于读者之前的。否则，他也要不自量地写小说了。所以，对于不能写小说而只能写随笔的作

[①] 许钦文：《文学概论》，上海北新书局1936年版，第5页。
[②] 徐懋庸：《怎样理解诗》，《怎样从事文艺修养》，生活书店1936年版，第116页。
[③] 同上书，第119页。
[④] 同上书，第137页。

家，批评家们于嗤笑他们的空虚浅薄之际，还当原谅他们的忠实之处。"

对那些故意拉长的小说，徐懋庸希望作家们"竭力充实他们的生活之外"，也希望随笔不要尽是"容易的文学"。①

对于小品文的特点，徐懋庸认为："中国的小品文，是与廊庙文学相对立的，廊庙文学系载道之作，皆从大处落墨，不曰'嗟乎天下之人'，便曰'人生在世'。小品文既与之对立，则力避此种俗套，而特从小处着眼。故不谈大而谈微，实为中国小品文的特色之一。"②

第一节　诗歌论

一　鲁迅的偏颇

鲁迅说："我以为一切好诗，到唐已被做完，此后倘非能翻出如来掌心之'齐天大圣'，大可不必动手。"③鲁迅的论断是基于中国历代诗歌的发展史实，他推崇唐诗，但这不等于唐以后无好诗。鲁迅忽略了诗体的变化。

首先，唐以前的诗体是变化的，无论字数、音韵，都有变化。我国最早的诗歌是四言诗，无论是相传产生于帝尧之世的《击壤歌》或周代的诗歌总集《诗经》，基本上都是四言一句，当然，《诗经》里的体式要比《击壤歌》之类复杂得多。《击壤歌》很简单："日出而作，日入而息。凿井而饮，耕田而食。帝力何有于我哉！"相传是老人一边击壤一边歌唱，近乎后世所谓顺口溜。《诗经》就复杂得多了，

---

① 徐懋庸：《小说与随笔》，《徐懋庸选集》（第一卷），四川人民出版社1983年版，第113页。

② 徐懋庸：《金圣叹的极微论》，《徐懋庸选集》（第一卷），四川人民出版社1983年版，第182页。

③ 鲁迅：1934年12月20日致杨霁云信，《鲁迅全集》第12卷，人民文学出版社1981年版，第612页。

在文体上，又可分风、雅、颂，就手法而言，则有赋、比、兴，而且还分章表现，使感情和情节层层递进。作为从四言诗向五、七言诗过渡时期的诗体代表，是楚辞和汉初的杂言乐府。楚辞最早也是四言诗，如屈原的《橘颂》："后皇嘉树，橘徕服兮。受命不迁，生南国兮。深固难徙，更壹志兮。绿叶素荣，纷其可喜兮……"但如果将两句合并，去掉语气词兮字，则又有点像七言诗了，所以实际上诗体已经在变。到《离骚》，句式就完全不同了："帝高阳之苗裔兮，朕皇考曰伯庸。摄提贞于孟陬兮，惟庚寅吾以降……"词句错落，多有变化。楚辞是一种独特的文体，它色彩瑰丽，形式自由，长于抒情，且对后世影响很大。汉代的辞赋，就直接继承了它的特点。汉赋有两种：小赋以抒情为主，大赋则善于铺叙，所以《文心雕龙》说："赋者，铺也，铺采摛文，体物写志也。"① 汉赋有专写京城和宫殿的，如班固的《两都赋》、张衡的《二京赋》、王延寿的《鲁灵光殿赋》；有专写苑囿和狩猎的，如司马相如的《上林赋》、扬雄的《羽猎赋》；有写远征的，如班彪的《北征赋》、班昭的《东征赋》；还有写抱负和家世的，如班固的《幽通赋》、张衡的《思玄赋》。这种文体，枝叶繁多，文辞华丽，非博学多才者不易驾驭，而且正如刘勰所说，如无雅义的内容与之相配，"遂使繁华损枝，膏腴害骨；无贵风轨，莫益劝戒"。② 所以赋体在汉代以后，逐渐衰落了。

  五言诗的正式形成是在汉代，这从古诗十九首中可以看出。第一首完整的七言诗，大多认为是三国时期曹丕的《燕歌行》，但也有人认为是东汉张衡的《思玄赋》末尾的系诗。总之，在汉魏以后，诗歌就逐渐以五言七言为主，当然也还有四言诗，如曹操的《短歌行》、嵇康的《赠秀才入军》、陶潜的《劝农诗》等，但已不再占主导地位。诗歌当然有一定的韵律，不过这时尚未十分讲究，用韵还比较自由，真正讲究起来是在南北朝，因为那时的作家们追求形式美，而且

---

① 刘勰：《文心雕龙·诠赋》，范文澜《文心雕龙讲疏》卷六，新懋印书局1925年版，第55页。
② 同上书，第66页。

音韵学有很大发展,为新诗体的出现提供了客观条件。新诗体是指在唐代完成的律诗和绝句,也叫近体诗,在格律上要求很严。律诗分五言、七言两体,八句四韵,中间两联对仗,一、二、四、六、八句押韵,绝句为四句,平仄和押韵也都有规定。

其次,唐以后出现了词这种新文体形式的繁荣。文体虽然只是一种形式,没有什么使用的限制,但是一种文体使用得久了,也就难以翻新。正如王国维所说:"盖文体通行既久,染指遂多,自成习套,豪杰之士,亦难于其中自出新意,故遁而作他体,以自解脱。一切文体所以始盛终衰者,皆由于此。"① 虽然此后做近体诗和古体诗者仍绵延不绝,但对新诗体的呼唤已提上日程。这就是词体兴起的原因。词始于李白,《菩萨蛮》被称为后代倚声填词之祖。但词真正发展起来,是在宋代,世称宋词。词又叫长短句,句式不像律诗那样整齐,但对字数却是有规定的,而且"被诸管弦",所以格律上的要求更加严格。它有一定的调子,根据这调子来填词,而且每首词都标出调名。如"调寄满庭芳"之类。词又叫诗余,开始往往用来写闲情,后来才慢慢开拓了词境,而且在音律方面也打破了过严的束缚,有所革新。

诗、词这两种体裁,后世虽一直沿用,但到了元代,又有曲的兴旺。作为诗体的曲,并非指舞台上演出的戏曲,而是一种散曲。曲比词自由些,它虽有一定的套数、宫调,但对字数的要求没有那么严格,可以衬字,也可以增句。

再次,"五四"以后出现了自由诗,彻底打破了诗歌格律。那是从西方国家学来的一种诗体,字数、句式都没有规定,只押大致相似的韵,甚至不押韵。但是西方国家也有格律诗,有些人就搬来他们的商籁体,写十四行诗。而闻一多又提倡建立新的格律诗,并自己写诗来实验,如《死水》。抗战时期,民歌体走上诗坛,如《王贵与李香香》,就是用陕北信天游的调子写的。这时有一种现象值得注意,即叙事诗和政治诗的兴起,抒情诗渐渐削弱了。本来我国古代抒情诗较

---

① 王国维:《人间词话》,刘锋杰、章池《人间词话百年解评》,黄山书社2002年版,第235页。

发达，而叙事诗却不兴旺，不像欧洲那样，在古希腊就有《伊利亚特》和《奥德赛》这样的伟大史诗，何以到20世纪40年代以后情况恰恰相反呢？这与文艺思想有关。欧洲古代文学强调"再现"，而不强调"表现"，我国古代文学强调"表现"，而不强调"再现"，强调表现则多抒情诗，强调再现则多叙事诗，20世纪40年代以后"表现"论屡遭批判，而对"再现"论加以肯定，所以也就多叙事而少抒情了。

艺术的成就不但取决于内容，也取决于形式。我国古代诗歌艺术的伟大成就，与诗体的优越是分不开的。"五四"以后的新诗，因为一直没有找到较好的诗体格式，所以迄今成就不大，远不及其他艺术门类，这是需要引起重视的。

二 徐懋庸论诗歌的特点

徐懋庸在《怎样理解诗》中首先谈及了自己和一些文学刊物编辑的共同经验，即收到的投稿有一半是诗歌。由此猜测当时初学写作的青年大多是从写诗歌入手的。徐懋庸分析人们认为诗歌容易写作的原因在三个方面：一是因为构成诗的字数少，使人觉得容易；二是诗的做法似乎很简单，只要把字面排得齐整，音韵配得调和就可以；三是因为诗似乎只是个人的本能的情感的表现，不像别的作品，其完成有赖丰富的学识和系统的思想的帮助。① 但"结果是许多奇奇怪怪的诗和诗人产生出来了"②。

在诗的形式方面，徐懋庸以俄国梭罗古勃的小说《小鬼》中的底西珂夫为例说明，有一种诗人是专门讲究押韵的，此外就不管制的。他总归要抓住人家一句话，和着韵凑上一句去。这种把戏他做得极熟练，他的动机一般的正确。③

另有一种，则只管字面的排列。徐懋庸认为，旧诗里面五言七

---

① 徐懋庸：《怎样理解诗》，《怎样从事文艺修养》，生活书店1936年版，第111页。
② 同上书，第111—112页。
③ 同上书，第113页。

言的排列已经呆板了，现在有些新诗人，却发明了一种更蠢笨的排列。就是排列成整整齐齐的阵图。除此以外，懂也懂不得，念也念不来，简直和符咒一样。诗到如此，真是入了邪路了。他劝诫初学的文艺青年，不但在习作上应该回避这条邪路，并且在阅读上，也应该舍弃这样的诗，他应该先拿看起来有意思、吟咏起来很自然的诗来欣赏。①

在诗歌与生活的关系方面，许多人以为，诗是一切文学样式中最高的东西，诗之于生活是最相隔离的东西，也是最崇高的东西。诗人只是歌咏他的欢喜和悲哀，苦痛和快乐，爱和憎。他只把他的灵魂直接显示给我们，把他的心坎完全开放给我们。在小说中有社会的反映，在演剧中，阶级心理占重要的地位，至于诗，则最重要的是创作者内心自我的激发，看起来这像诗绝对不受社会的影响而完全是个人的产物。——根据这种见解，于是有人主张诗人的修养必须"孤独"。②

他引用小泉八云的话说："诗是一种特别需要孤独的艺术。诗需要最多的时间，最多的静思，最多的沉默工作以及唯人性中所有的真挚。一个诗人与社会生活接触的愈少，对他的艺术也愈好；这种事实在是任何国家里的人们都知道的。"③

照这样说，诗人只应躲在自己的家庭里，得和社会隔绝。因此，诗人所歌咏的主题，就很少了，只有风花雪月（自然）、才子佳人（恋爱）以及死的哀悼而已。徐懋庸认为，这种见解，对于过去的个人主义的诗人，是一种真理，但到了现在，已不值一提。"原来，诗这东西，在前史时代，本是和生活密切相关，直接地反映着社会群的集团的事绩的。到了人类生活发达，阶级分化，一切文化成了拥有财富的阶级的享乐的工具之后，诗就部分地与生活相分离，而成为更微妙，更非物质的，专门歌咏自然，恋爱，和死的了。"④ "要创作社会

---

① 徐懋庸：《怎样理解诗》，《怎样从事文艺修养》，生活书店1936年版，第114页。
② 同上书，第114—115页。
③ 同上书，第115页。
④ 同上书，第115—116页。

诗，革命诗，那么诗人是决不能关闭在家庭生活里面的。他应该知道社会生活的真实了，他应该积极地参加社会斗争了。现在是'诗人和革命家的意义已经不可分'了。"① 因此，他认为，诗人不能一味地钻在前人的旧诗堆里去修养。他不但应该有一般的文艺的教养，还得有社会政治的教养。新的诗人，必须通晓革命的理论，否则，他作诗的实践是无从捉摸的，他将失去明确和透视。诗人，在从前，如波特莱尔所说，是"云端里的君主"。诗人，在今日，如苏尔珂夫所说，是"伟大的革新者和勇敢的探寻者"。他认可苏联的苏尔科夫指出苏联的诗和过去的诗相区别的主要的特征，第一特征是大众性，第二特征是和人类前卫阶级的公然直接的关系。第三特征是在马雅可夫斯基的诗里可以见到的惊人的跃进性——战斗的调子，第四特征是和过去的悲观主义神秘主义完全不同的战斗的朝气的乐天主义。②

在诗歌语言的节调方面，许钦文认为："其实诗的有韵律，原由于'天籁'。当初无非成于自然，后人模仿天然的声调而做作，才弄出许多花样来。只要成于自然，感觉着的时候就有了韵，或者兼有了律，仍然可以应用。"③ 格律诗的语言要入律，词曲也有一定的声调，即使是自由诗，语言也要有节调，才能流传。当然，这种节调不像格律诗那样严。鲁迅说："剧本虽有放在书桌上的和演在舞台上的两种，但究以后一种为好；诗歌虽有眼看的和嘴唱的两种，也究以后一种为好；可惜中国的新诗大概是前一种。没有节调，没有韵，它唱不来；唱不来，就记不住，记不住，就不能在人们的脑子里将旧诗挤出，占了它的地位。"④ 这段话讲出了节调、韵脚在诗歌语言中的重要性。事实上，后来的新诗也逐渐地注意到了这个问题，于是诗味也就足些了。

---

① 徐懋庸：《怎样理解诗》，《怎样从事文艺修养》，生活书店1936年版，第116页。
② 同上书，第116—117页。
③ 许钦文：《文学概论》，上海北新书局1936年版，第84页。
④ 鲁迅：1934年11月1日致窦隐夫信，《鲁迅全集》第12卷，人民文学出版社1981年版，第556页。

第二节　随笔与杂文论

一　随笔与杂文的来历

我国古代散文，开始时可分为记言和记事两种，《尚书》可谓记言之代表，《春秋》可谓记事之范例，记言逐渐衍变为论说文，诸子百家属于这一类，记事则发展成为史传文，有《史记》《汉书》等。抒情散文则出现得晚一些，有时是夹杂在叙事之中。我国古代是文史哲不分家，散文则包含论说、叙事和抒情三种。

六朝时代，由于文学意识的觉醒，由于作家们对艺术形式的追求，散文创作变换了方向，朝着韵文的方向发展。文章用偶句，讲对仗，有韵律，所谓"五声相宜，八音协畅"。因为有汉赋做基础，又有律诗为羽翼，骈文的出现并不是偶然的。这种文体一直到唐代还很盛行。例如，王勃的《滕王阁序》就体现出这种文体的特点。这种文章，对偶工整，韵律讲究，读起来很有声调。但过分追求形式美，就会影响内容的充实。唐代的古文运动，就是反对骈文，而要回到《左传》《史记》的单笔散文文体中去。当然，古文运动不仅仅是文体改革，而是有思想目的的，即要恢复儒学道统。在这个古文运动的推动下，唐宋两代的确出现了许多好的散文，如唐宋八大家的名文，一直为后世所传诵。他们的散文，并非都是《原道》《封建论》《六国论》《留侯论》等论说性文字，也有充满感情的祭文，如韩愈的《祭十二郎文》，有优美的游记，如柳宗元的永州八记、欧阳修的《醉翁亭记》等，还有传记文学，如苏轼的《方山子传》等。

明清时期，又兴起了一种八股文。这与科举制度有关。我国古代选拔人才，采用推举制，如举"贤良方正"之类，到唐代，行科举制，以诗赋取士，但诗赋并不实用，北宋王安石为相时改为以经义取士，元以后则以《四书》取士，逐渐衍出一种八股文。就内容说，是代圣贤立言，发挥《四书》的要义；就文体而论，则形成固定的格局，每篇文章都要由破题、承题、起讲、入手、起股、中股、后股、束股八个部分组成，后四部分为正论，每一部分由两股比偶文字组成，一共八股，所以叫八股文。这种文体，很束缚思想，正如瞿秋白在《透底》一文中所说："八股原是蠢笨的产物。一来是考官嫌麻烦——他们的头脑大半是阴沉木做的，——甚么代圣贤立言，甚么起承转合，文章气韵，都没有一定的标准，难以捉摸，因此，一股一股地定出来，算是合于功令的格式。二来，连应试的人也觉得又省力，又不费事了。"随着科举制度的取消，八股文当然也被淘汰了。但是，不肯动脑子，缺乏创见，好作陈词滥调的习气却历久不衰，"五四"以后，又出现了洋八股、党八股。鲁迅说："八股无论新旧，都在扫荡之列。"①

而在明代，又出现了抒发性灵之小品文。小品本是相对大品而言，这种小品在先秦子书和汉代史传里都可以找到，唐末小品也曾绽放过光辉。不过明代抒发性灵的小品则与众不同，它在文章上可以说是对科举制下的八股文和前后七子的拟古文的一种反驳，在思想上则是个性主义思想萌芽的反映。这时期的文人们有朦胧的个性解放的要求，当然不耐烦文体上那些清规戒律的束缚，而要求自由挥写。这种小品文以公安派和竟陵派为代表。清代虽然有些文人也受其影响，如金圣叹、李笠翁、袁子才等，但由于整个政治空气和学术空气的变化，又出现了古文复兴运动，到了清代，桐城派古文占统治地位。这派古文家提出义理、考据、辞章三个原则，将三者统一在古文中，并使他们的古文承接《六经》《论语》《孟子》《史记》和唐宋八大家的文统。清代还有骈文流行，这些文人宗的是《昭明文选》。所以"五四"新文学运动兴起时，钱玄同等人就提出了打倒"桐城谬种，选学妖孽"的口号。

"五四"以后的白话散文，文路非常开阔。开始时因为要论战，所以还是议论文居多，后来为了证明白话同样能写"美文"，所以新

---

① 鲁迅：《伪自由书·透底·附录：给祝秀侠的回信》，《鲁迅全集》第 5 卷，人民文学出版社 1981 年版，第 105 页。

文学作家们又致力抒情散文和叙事散文的写作，做出了很好的成绩。新文坛上相继出现了许多散文家：鲁迅、周作人、郁达夫、徐志摩、朱自清、俞平伯、何其芳……这些文学家们还从异域文苑里移植进来新的品种：散文诗。这种文章富于哲理、具有诗意，然而不分行，不押韵，不协律，以散文的形式表现出来。鲁迅的《野草》，是我国散文诗的代表作，给后来者的影响很大。

　　由于文学观念的现代化，人们对于散文的范围也有了新的认识。一向作为我国散文正宗的议论文，被赶出了散文园地，因为它不是以情感人，而是以理取胜，还缺乏形象性，并不具备文学的艺术特征。而另一种带议论性的散文却发展起来了，这就是杂文，杂文是"古已有之"的东西，《文心雕龙》就有专篇论述杂文，而文人们也编有杂文集，如俞樾的《春在堂杂文》。古之杂文集，是不分文体的，它将各种文章都编在一起，所以很"杂"。"五四"以后的新杂文，就文体而论，也很杂，有随感、有絮语、有日记、有书信、有长论、有短札，形形色色，五花八门，名称上有随笔、杂文、小品文等多种叫法。但它们有一个共同特色，就是既有议论，又有形象，且富感情，所以它与一般的议论文之单靠说理取胜者不同，应属于文艺散文范围之内。当时有些人否认杂文的文学价值，鲁迅就说："杂文这东西，我却恐怕要侵入高尚的文学楼台去的。"因为这些杂文"和现在切帖，而且生动，泼辣，有益，而且也能移人情。能移人情，对不起得很，就不免要搅乱你们的文苑"。① 杂文之所以在"五四"以后发展起来，这同政治形势有关。那时新旧势力的斗争很激烈，民族危机空前严重，迫使社会责任感强的作家拿起这匕首投枪般的武器。

二　许钦文、徐懋庸论随笔与杂文

　　许钦文认为："随笔是纯粹的散；固然不要像诗的讲韵和律，不要像剧本的分幕，不要顾到演员，观众和什么三一律，也不必像小说

---

① 鲁迅：《且介亭杂文二集·徐懋庸作〈打杂集〉序》，《鲁迅全集》第6卷，人民文学出版社1981年版，第291—292页。

的要有结构和焦点。不妨照着自己的喜欢，随意写去。"①

"自由固然是自由，可是随笔的难处，也就在于这一点。写可以随随便便的写，有没有人要看，是成了问题的。不要结构，也用不着顾到什么；这在一方面是不受拘束，同时，在另一方面是不能够利用技巧，得不到帮助了。所以随笔，可比是'清水货'，要娓娓动听，处处出色，才能够招致读者。"②

许钦文认为随笔不需要太多技巧。"随笔往往以'朴素'的条件占优胜。正因为不做作，不装饰，读者看了，容易发生'意味深长'的感觉。""使用技巧，难免弄巧成拙；可比一般乡下姑娘，粉红淡绿，搽脂搽粉，反而形成丑态，倒不如布衣素装的来得耐看。石膏模型一无色彩，却很美感，一半也由于洁白的朴素。"③ 正如鲁迅所说："散文的体裁，其实是大可以随便的，有破绽也不妨。"④ 周作人说写散文好比冬日坐在临江的屋子里，一边烤着火炉，一边与朋友闲谈。朱自清的《背影》，通过一件小事，生发开去，写出了人生普遍的父子之情。有些散文，结构严密，秩序井然；有些散文则随意而谈，行乎所当行，止乎所当止。总之，散文无一定的格局，也无一定的笔法。鲁迅的散文，就是自由驰骋的产物。比如，《朝花夕拾》里的第一篇文章《狗·猫·鼠》，前半段是对近事的议论，后半段是对童年的回忆，用仇猫的动机作为线索，贯穿一气。又如收在杂文集《坟》里的《说胡须》一文，从游长安回来讲不出观感写到自己的胡须，从而又回忆起在长安看到古人画像上的胡子式样，于是悟到上翘的胡须其实是国粹，而拖下的胡子倒是蒙古式，是蒙古人带来的，然而我们的聪明的名士却当作国粹了。接着又回忆起自己刚从日本回国时，因为留着上翘的胡子而被认作日本人的事。然后又回到现实中来，记他在会馆里把胡须的两边尖端剪平，使得国粹家失却立论依据，从此天

---

① 许钦文：《文学概论》，上海北新书局1936年版，第93页。
② 同上书，第93—94页。
③ 同上书，第94页。
④ 鲁迅：《三闲集·怎么写》，《鲁迅全集》第4卷，人民文学出版社1981年版，第24—25页。

下太平。作者笔端毫无拘束，而全篇反国粹主义的命意却了然分明。

徐懋庸在《怎样理解小品文》中认为，从起源上说，小品文这种文体，的确如林语堂一派所坚持的那样，是以"自我中心""个人笔调"为主的。① 通过对蒙田的随笔的研究，他认为小品文虽然是自我中心的，个人笔调的，却不以"性灵""闲适"为主。以自我为中心，固然可以看得世界是闲适之境，但也可以看得社会是斗争之场；用了个人的笔调，固然可以发抒个人的性灵，但也可以表现时代的思想；这样的小品文，可用以自我麻痹，但也可用以社会战斗，这是因作者的世界观而不同的。林语堂同周作人虽然都主张"自我中心""个人笔调"，但前者一味附庸风雅，后者却实在是关心道德，所以同而不同；周作人囿于个人主义的德谟克拉的思想，鲁迅却已进步到社会主义，但作文都以"自我中心""个人笔调"为主，所以不同而同。② 徐懋庸观察到，鲁迅批评社会现象的杂感，不但在思想上感人极深，就是在小品文的作风上，也影响很大。近几年的"杂文"作家，笔调上多少带点鲁迅式。但鲁迅式的杂文，要做得好却很难。这是因为，鲁迅的杂文笔调，含有很多的古文的影响，遣词造句，借助文言成语极多，他的文章之所以言简而意深，音调强而迫力足，原因多半在这上面。因此，凡受鲁迅影响的杂文作者，大抵也是读过古书，作过文言文的。毫无文言文修养的青年，却难以学习，所以写这类杂文的新的作者并不多。后来，鲁迅式的杂文，在刊物上渐渐地减少了。徐懋庸分析其减少的原因，不单在于作者的稀少——本来做惯这种杂文的作者，近来也少做了——却在于社会现实的激变。原来，那种"自我中心""个人笔调"的杂文，作为战斗的武器，只适于思想的启蒙期，用以游击似的破坏旧物的。但一到新思想已经确立，与旧势力的战斗到了集体化的决斗的时候，这种只是对准了细微的一点而讽刺的小品文，就欠有力。这时为读者所需要的，是作正面的指导

---

① 徐懋庸：《怎样理解小品文》，《怎样从事文艺修养》，生活书店1936年版，第128页。

② 同上书，第129—130页。

的，以集体为中心的，成为体系的论文了。但小品文并不因此而衰落，反之，另一种小品文，却在大战斗的时期兴盛起来了。那另一种小品文是什么呢？——就是增强集体的生活知识的"速写"，也就是"报告文学"。① 因为篇幅短小，取材自由，徐懋庸鼓励文艺青年在学习的时候最好自然是先行创作小品文。一般来说，这比从作诗入手要好。但是特殊的小品文的做法，却是没有的，因此我们学习小品文，应该从大处入手。

第三节 小说论

一 对小说文体之流变的看法

小说起源于神话，后来渐及人事，流传演变，甚为复杂。但就文体而论，我国古典小说大致可分为两个系统：一是笔记传奇系统；二是说书话本系统。

现在所能见到的汉魏六朝小说，无论志怪志人，大都是笔记体。无论其内容有何不同，就文体看，格局极其简单，并无一个完整的故事。作者并非有意写小说，而是把这些都当作社会逸闻加以记述而已。

人们在唐代开始有意作小说。那时所作，已成一个完整的故事，有人物、有情节，如沈既济的《枕中记》。因为当时正宗文人们看不起小说，所以贬之为"传奇体"。这种小说一般用单笔，但个别的也用骈体，如张文成所作的《游仙窟》，和清代陈球所作的《燕山外史》，不过后者已是长篇了。

笔记体和传奇体小说，流衍后世，一直不衰。到了清代，出现了两部名作，使古老的文体重新绽放光辉。这就是蒲松龄的《聊斋志

---

① 徐懋庸：《怎样理解小品文》，《怎样从事文艺修养》，生活书店 1936 年版，第 130—131 页。

异》和纪晓岚的《阅微草堂笔记》。《聊斋志异》是传奇体，描写曲折有致，叙次井然，而《阅微草堂笔记》则是笔记体，尚质黜华，只是简要叙事。从小说的观点看，当然《聊斋》的艺术价值更高，但我国近世，则是笔记体的作品更多。不过各种笔记内容庞杂，不完全是小说类，大多记载社会情事，每每与野史并列。

　　话本兴起于宋代，是说书人的底本，所以与说书艺术有关。这是由于城市经济繁荣，市民娱乐需要所决定的。但从文体的流变看，则是由变文发展而来。变文是从印度传来的文体，边唱边讲，唱用韵文，讲用散文。开始是僧人用来宣讲佛教故事，后来流入民间，成为瓦子里的说书艺术，说书内容虽可分为讲经、讲史、小说等多种，但形式则都是说唱混合。话本有短篇，有长篇，这就是明清短篇小说和长篇小说的雏形。说书为了吸引听众，所以很注意情节性，长篇因要分若干次讲，所以每回结束时都要卖关子，造成悬念，使得听众下次会再来。这些特点，后来在章回小说中，都保留了下来。每回还插一些"有诗为证"，也是唱的部分的遗迹。鲁迅说："总之，宋人之'说话'的影响是非常之大，后来的小说，十分之九是本于话本的。如一、后之小说如《今古奇观》等片段的叙述，即仿宋之'小说'。二、后之章回小说如《三国志演义》等长篇的叙述，皆本于'讲史'。"[①]

　　许钦文将小说的体裁细分为：自传体、正传体、日记体、书信体、历史体、童话体、剧本体。"五四"以后的小说，也可以分为两类：一类属于旧文学，包括许多新编的武侠小说和言情小说，用的仍是章回体；另一类是新文学，则大抵移植外国的小说形式。新的短篇小说可以鲁迅的作品为例，它不再像古代小说那样从头至尾讲述一个人的故事，而是截取生活的横断面，展开描写，《药》《风波》《孔乙己》《离婚》等篇都是如此。也有选取几个片段串联而成，如《祝福》。《阿Q正传》则已属中篇，作品描写了阿Q的一生，已不是横断面了，而是纵剖面，并且还吸取了说书艺术的特点，用叙述的线索

[①] 鲁迅：《中国小说的历史的变迁》，《鲁迅全集》第9卷，人民文学出版社1981年版，第322页。

将许多形象画面贯穿起来。在我国新文学中，短篇小说发展较早，鲁迅曾探究其原因认为："在现在的环境中，人们忙于生活，无暇来看长篇，自然也是短篇小说的繁生的很大原因之一。只顷刻间，而仍可借一斑略知全豹，以一目尽传精神，用数顷刻，遂知种种作风，种种作者，种种所写的人和物和事状，所得也颇不少的。而便捷，易成，取巧……这些原因还在外。"①

但 20 世纪 30 年代以后，我国新型的长篇小说也发展起来了。长篇写的不是一斑或一目，而是通过众多人物的错综复杂的关系，来反映一个时代的风貌。新型的长篇小说不再有话本的痕迹，也不用章回体，不讲究情节的紧张曲折，而更着意于人物性格的刻画，追求反映社会生活的深度和广度。中篇小说在我国新文学中起步并不晚，但繁荣起来则是 20 世纪 70 年代末以来之事。这是一种介乎长篇小说和短篇小说之间的体裁，人物比短篇多，情节比短篇复杂，反映的生活面也比短篇开阔，但都不及长篇。不过它比长篇反映得快，比长篇易于驾驭。这也许是新时期改革开放之初，中篇小说特别发达的原因。还有些人写系列中篇小说，三部曲、四部曲等，来代替长篇。

徐懋庸看到小说产生早，但被文艺的家庭所贱视、所遗弃，流落在外，成了野孩子。中国人当它是"闲书"，西洋人当它是"无智贱民的玩物"。当贵族阶级的文艺家，筑了象牙之塔，凭着诗歌和戏剧，处理着架空的理想的时候，小说就独自在平民中间组织现实生活的经验，教育着大众。"我们在文艺的发展史上，看出各时代有各时代的特殊的文艺样式。所以，由荷马的史诗《伊利亚特》和《奥德赛》所代表的希腊时代，可以说是叙事诗时代；被《圣经》所代表的希伯来时代，可以说是预言的世纪；而由但丁所代表的文艺复兴黎明期，可以说是诗的世纪；由莎士比亚所代表的文艺复兴期后期及高乃依、拉辛纳的时代，可以说是戏剧或古典剧的世纪。代表 18 世纪末至 19

---

① 鲁迅：《三闲集·〈近代世界短篇小说集〉小引》，《鲁迅全集》第 4 卷，人民文学出版社 1981 年版，第 131 页。

世纪初的文艺作品,是歌德的《浮士德》,所以这可以说是剧诗的世纪。到了 19 世纪,伟大的文艺家们自雨果、弗伦贝尔、莫泊桑、左拉、屠格涅夫、托尔斯泰、陀思妥耶夫斯基以至高尔基,都是小说的作者,所以 19 世纪无疑是小说的世纪了。[①] 20 世纪也是小说的世纪。这个原因,在于"小说是最能表现社会现实的一种文艺样式,而且对于社会的影响也最大"[②]。

徐懋庸认为当时有许多小说的名称,如心理小说、社会小说、宗教小说、历史小说、哲学小说、武侠小说、冒险小说、空想小说等等。这些因题材而分的种类,是没有意思的,因为一切题材,都是整个的社会生活的一面——连空想也是实际的社会生活的一种反映——小说的职能,原是在于从各方面表现社会生活的真实,但作者则各自选了自己所最熟悉的一方面。[③]

二 关于小说写法的论述

小说创作是从讲故事开始的,讲故事必然要涉及人物,虽然早期小说大抵还缺乏完整的人物形象,但随着小说艺术的渐趋成熟,人物形象的塑造也就成为小说创作中的中心问题。当然,塑造人物形象并非小说艺术所独有,许多叙事作品,如史诗、传记、人物特写,以及戏剧作品,也都塑造人物形象,但是,在描写方法上,都不如小说多样化。史诗由于高度的概括性,不可能对人物进行细致的描写,传记和特写要求如实反映而排斥虚构,戏剧则只能通过动作和台词来刻画,只有小说,可以动用各种手法。作者可以直接对人物进行介绍,也可以从行动上描写人物,可以通过心理描写来表现人物,还可以通过对话来描写人物。鲁迅说:"高尔基很惊服巴尔扎克小说里写对话的巧妙,以为并不描写人物的模样,却能使读者看了对话,便好像目睹了说话的那些人。"又说:"中国还没有那

[①] 徐懋庸:《怎样理解小说》,《怎样从事文艺修养》,生活书店 1936 年版,第 137 页。
[②] 同上。
[③] 同上书,第 138 页。

样好手段的小说家,但《水浒》和《红楼梦》的有些地方,是能使读者由说话看出人来的。"①

总之,小说艺术描写人物的手法是多种多样的,交叉使用,即显得丰富多彩。小说创作虽然都是以人物为核心,但塑造人物的方法有一个历史发展过程。一般来说,大抵从简单的介绍到详细的描述,从着重外部动作的描写到着重内部心理刻画。但是,方法毕竟是方法,只要对塑造人物形象有用,各种方法都具有生命力。事实上,现代小说并不因为注重心理描写而抛弃其他的描写手法。

小说描写现实的视角具有多变性。戏剧是现身说法,它是拆掉第四堵墙让观众从这一视角观察生活的;散文着重抒发内心感受,我之所见所感是特定视角;而小说则不受视点限制,它好比中国画,是散点透视,又好比是孙悟空,既可以站在云端俯视下界,又可以钻到铁扇公主肚皮里细察内脏,还可以一个筋斗翻到十万八千里之外,去看那里的情况。视角的多变性,给艺术描写带来了极大的灵活性。这连可以随意组接镜头的影视也做不到,因为影视艺术毕竟不能将镜头探入人物的心里去拍摄。

由于不了解小说艺术的这一特点,人们每每提出疑问。清人纪晓岚攻击蒲松龄的《聊斋志异》,就指责道,两人密语,决不肯泄,又不为第三人所闻,作者何从知之?他自己的小说《阅微草堂笔记》,竭力大写事状,而避去心思和密语,但实际上又不能完全办到,有点自相矛盾。1927年,郁达夫写过一篇文章,叫《日记文学》,他说:"文学家的作品,多少总带有自传的色彩的,而这一种自叙传,若以第三人称来写出,则时常有不自觉的误成第一人称的地方。""并且缕缕直叙这第三人称的主人公的心理状态的时候,读者若仔细一想,何以这一个人的心理状态,会被作者晓得得这样精细?那么一种幻灭之感,使文学的真实性消失的感觉,就要暴露出来,却是文学上的一个

---

① 鲁迅:《花边文学·看书琐记》,《鲁迅全集》第5卷,人民文学出版社1981年版,第530页。

绝大的危险。"① 郁达夫认为足以救这一种危险的是日记体裁。鲁迅不同意他的看法，他认为体裁不关重要，"只要知道作品大抵是作者借别人以叙自己，或以自己推测别人的东西，便不至于感到幻灭，即使有时不合事实，然而还是真实"。他还说："一般的幻灭的悲哀，我以为不在假，而在以假为真。"②

郁达夫当时提出这个问题，并不是纪晓岚观点的重复，大概是受了西方文艺思想的影响。近代欧美有些小说家就反对作家的全知全能观点，他们说小说家不是上帝，他不可能对世间之事全知道，所以作家不要站在故事之外，以作者的身份露面，而要让故事和人物如实地展现在读者面前。其实，如果承认作家可以想象，小说本是虚构，那么，单视角也好，多视角也好，全知全能也好，不全知全能也好，都只是假定性的前提，要紧的是开掘得是否深入。还是鲁迅说得好，与其防破绽，不如忘破绽。

许钦文谈到写小说如何做到表面上守住一个地方和短时间的形式，实际仍然可以提到于长时间在许多地方经过的事情的四种方法。一、谈话；从言语，可以提到以前在别处发生的事情。二、报告来由；借着报告人物的衣服，用品或者什么标记的来由可以补叙出以前在别处所经过的事情。三、回忆或者设想。四、插上一段日记或者几封信。③

徐懋庸认为长篇和中篇的区别，只在量的方面，而不在质的方面。这就是说，中篇和长篇，用的是同样的手法，同样的结构，同样的观察法，但中篇的人物数量较少，事件较为单纯，分量较少。④

徐懋庸认为，作为时代的纪念碑，作为时代精神所居的大宫阙的小说，总归是长篇。因此，我们读了莫泊桑、契诃夫等的短篇小说，

---

① 郁达夫：《郁达夫文集》第 5 卷，花城出版社 1982 年版，第 261 页。
② 鲁迅：《三闲集·怎么写》，《鲁迅全集》第 4 卷，人民文学出版社 1981 年版，第 23 页。
③ 许钦文：《文学概论》，上海北新书局 1936 年版，第 70 页。
④ 徐懋庸：《怎样理解小说》，《怎样从事文艺修养》，生活书店 1936 年版，第 138 页。

决不可不读塞万提斯的《堂·吉诃德》等许多巨大的新著。①

不过,他又建议,一个初学写作的青年,可以从写作短篇入手。因为,短篇小说,教我们洗练言语,逻辑地配列材料,明确地构思和使主题明确。② 一般说来,短篇小说因为手法比较严格,所以的确较长篇难写,但若是站在人的基础上来考察作家的资格,那么长篇小说需要有心的健全性和始终一贯的坚韧性,以及解说观念的忍耐性,并且需要广泛的生活经验。

大体说来,短篇小说的作家,是"锐角地"观察了人生社会的部分的深处而加以表现的人,长篇小说的作家,则是"整个地"观察了人生社会的全景而复杂地将它表现的人。一个作家擅长哪一种观察,这不但关系到年龄,也关系到种种修养。③

第四节 戏剧文学论

一 戏剧文学的归类及其发展原因的分析

许钦文:"严格的说,戏曲应该归到小说的范围里面去,原是借用了剧本方式的小说。戏曲,与其说是剧本,实在不如说作小说来得妥当,因为不能够演出,实际上同戏剧并没有关系。"④ 这个观点明显是错误的。

左拉曾经比较小说和戏剧的不同点时说:"小说可以坐在火炉旁,断断续续分几次阅读,大段大段的描写也只好硬着头皮看下去。对于自然主义戏剧家,他首先应该意识到,在他面前的,不是单个的读者,而是成群的观众,表现手法要求简洁,明快。""小说分析人情世

---

① 徐懋庸:《怎样理解小说》,《怎样从事文艺修养》,生活书店1936年版,第140页。
② 同上书,第141页。
③ 同上书,第142页。
④ 许钦文:《文学概论》,上海北新书局1936年版,第90页。

态时不厌其长,细节描写唯恐不周,可以做到巨细无遗;戏剧固然也可以作分析,但得通过动作和语言,并且以简约为贵。""小说家把人物进行活动、事件所由发生的环境,逐时逐刻记载下来,务求全面,是为了放眼社会的整体,把握现实的全貌。但环境描写是无须乎搬上舞台的,因为已呈现于舞台之上了。布景难道不是贯穿始终的描写吗?而且比小说里的描写,要确切得多,逼真得多。"[1] 这就是说,由于舞台演出的特点,戏剧创作不能也无须进行描写。戏剧是靠动作和语言来反映生活的,而动作只靠演员来表演,剧本只需写下对话,所以语言对于戏剧文学就显得特别重要,因为所有的内容都靠人物的对话展开。中国的戏曲毕竟是舞台演出,虽然有很多描写和人物语言来营造意境,但那也更切合戏剧的特点,只不过多了一些中国特色。

徐懋庸十分推崇戏剧对观众的感染力,在《怎样理解戏剧》中他问:"为什么他竟不能矜持呢?——问题是,为什么全场观众的情绪会统一在一个情绪之内呢?这也无非是戏剧所给的感动力所致。"[2]

戏剧作为一门综合艺术,最终需靠舞台演出而成立。我们这里所讨论的戏剧文学,是舞台演出的剧本。戏剧的起源很早,大约在远古时代,就有载歌载舞的表演。但剧本的出现却要迟得多,它不但需要文字的形式,而且需要有相当高的写作技巧。不过,欧洲在古希腊时期就有很成熟的剧本,如埃斯库罗斯的悲剧《俄瑞斯忒斯》、索福克勒斯的悲剧《俄狄浦斯王》、欧里庇得斯的悲剧《美狄亚》和阿里斯托芬的喜剧《蛙》等。而在我国,由于戏剧一直未与歌舞分家,所以戏剧文学的出现要晚得多。从现有资料看,比较成熟的剧本到宋代才有,元、明、清三代,戏剧文学有了辉煌的发展。元杂剧和明清传奇不但在唱腔上两样,就是剧本也有些不同:元杂剧通常的结构是四折戏加楔子,每折的唱词必须一韵到底;而明清传奇则结构自由,篇幅较长,一般在二三十出,也有长至五六十出的,而且不限韵。但中国

---

[1] [法]左拉:《自然主义与戏剧舞台》,《外国现代剧作家论剧作》,中国社会科学出版社1982年版,第12—13页。

[2] 徐懋庸:《怎样理解戏剧》,《怎样从事文艺修养》,生活书店1936年版,第121页。

的戏剧虽然品种繁多，基本形式却是相同的，即由唱、念、做、打组成，因而剧本也总是由唱词和宾白两部分组成，唱词用韵文，宾白用散文。中国的戏剧因为注重唱，所以叫作戏曲。

从格罗塞的《艺术的起源》里，徐懋庸看出，演剧在原始时代是直接反映诸民族的经济生活的。到后来文明进步，阶级产生，戏剧首先是成了贵族阶级的娱乐品，接着又被各时代的支配阶级所利用，成为一种娱乐的以及教育的（或麻醉民众的）工具。直到近代，才有了大众戏剧的产生。

徐懋庸进一步分析了大众戏剧产生的时代原因。他认为中国过去的所有的一切旧戏剧，都是封建意识的传播器，形式也十分落后。近年来的话剧运动，则是提倡大众戏剧的。自从日本帝国主义的侵略加紧，民族危机深刻化之后，中国的话剧运动，配合救亡运动，成了"国防戏剧"运动。以戏剧所特有的感人之力，来号召救亡运动，效果当然是很好的。①

话剧这种形式是晚清时从外国传入的。开始一个阶段，叫文明戏，又叫幕表戏，即列一张提纲式的幕表，写明剧情大意，然后由演员即兴发挥，所以并不重视剧本的创作。"五四"以后，新文学家们反对旧戏，同时进行新的话剧剧本的创作，从独幕剧到多幕剧，都出现了新的气象。话剧剧本除了一般不用唱词之外，在结构上与戏曲剧本还有一个很大不同的地方：戏曲表演善用虚拟动作，一挥马鞭便算行走百里，转几圈就算换了个地方，所以剧本的结构可以不受时空的限制；而话剧表演较实，基本上是一幕一个场景，而场景又不能太多，所以时空的限制较大，有些往事只能通过对话表现出来，这样，结构就要很紧凑。譬如曹禺的话剧《雷雨》，写了周朴园家30年间发生的事，但这30年间错综复杂的事情，在剧本中却是安排在从上午到半夜后这不到一天的时间之内，场景基本上放在周公馆的客厅里，只有一场是在鲁贵家，许多事情的前因后果，都靠对话来揭示。当然，这并不是话剧唯一的结构形式，有的剧本时间跨度较长，如老舍

---

① 徐懋庸：《怎样理解戏剧》，《怎样从事文艺修养》，生活书店1936年版，第122页。

的《茶馆》，写了从晚清到民国50年间发生的事，全剧分三幕，虽然三幕的场景都放在王利发开的裕泰茶馆里（只是布景有很大变化），但时间却相去甚远：第一幕是1898年戊戌变法失败后的初秋；第二幕是十余年后北洋军阀割据时期；第三幕放在抗战胜利后国民党统治时期。尽管如此，但仍受舞台条件的限制，幕与幕之间相隔十几年或几十年间所发生的事，还得用对话来交代。

20世纪二三十年代，我国电影事业逐渐发展起来，随之出现了电影剧本。电影剧本是戏剧文学的发展，但又不同于戏剧文学，由于蒙太奇结构的特点，它自然打破了戏剧的分幕规定，打破了严格的时空限制，它是由许多镜头画面组接而成。剧本除了对话以外，还要写景，即把画面的景象写出，而且一般的电影节奏较戏剧为快，动作性强，所以对话就不能像戏剧那么多。这些特点徐懋庸等人还没有关注到。

二 戏剧文学的特点

许钦文认为写剧本，有着三点是必须顾及的：

一，演员；戏剧是把许多的事情，在短时间实在表现起来的。演员的精力有限，不能够接连的用劲于言语动作；更其是"主角"，应该使得有休息一下的机会。

二，舞台；舞台的范围有限，所布置的景物，不能够很多，也不能够时刻变动。所以在剧本上，不可以像小说的随便写上许多的背景。

三，观众；在剧场中，观众是很复杂的……都要使得感动，不能够顾此失彼。[①]

戏剧文学不是一种专供阅读的作品，剧本水平的高低取决于舞台效果，所以，舞台演出的特殊要求，制约着戏剧文学的特点，要求演

---

① 许钦文：《文学概论》，上海北新书局1936年版，第86—87页。

员的语言富有高度的表现力。

　　戏剧语言首先需要富于个性，即要能表现出角色的性格特征。老舍的《茶馆》通过对话交代清楚人物之间的关系，也显现人物的性格。对世事很为不平、抱有爱国心的常四爷，恬不知耻地自己承认怕洋人，却在国人面前抖威风的二德子，以及并不是主持正义，只不过要显示威风这才教训二德子的马五爷，这些人物一开口说话，性格就使人一目了然。谈到自己创作小说受到中国传统戏剧的影响，鲁迅说："我力避行文的唠叨，只要觉得够将意思传给别人了，就宁可什么陪衬拖带也没有。中国旧戏上，没有背景，新年卖给孩子看的花纸上，只有主要的几个人……我深信对于我的目的，这方法是适宜的，所以我不去描写风月，对话也决不说到一大篇。"① 鲁迅对传统戏剧的评价并不否定而是强调了戏剧语言的个性要求。

　　演员的语言要具有动作性。亚里士多德在《诗学》中说，戏剧的模仿对象是"在动作中的人"，这些动作中的人必然通过矛盾冲突来展示自己的性格，因此他们富有个性的语言同时也具有动作性。例如，曹禺的《日出》中潘月亭和李石清的对话就很富有动作性。正如黑格尔所说："能把个人的性格、思想和目的最清楚地表现出来的是动作，人的最深刻方面只有通过动作才见诸现实，而动作，由于起源于心灵，也只有在心灵性的表现即语言中，才获得最大限度的清晰和明确。"②

　　许钦文说："戏剧的打动观众的心，总是利用理智同情绪的'交战'的，所以也有着'戏剧是交战'的话。交战的最高度，就是'焦点'，大半都放在中间：三幕剧放在第二幕，五幕剧放在第三幕。在情节上，剧本总是慢慢的把事情叙述起来，使得观众渐渐的绞紧'心弦'，到了中间的最高度，形成一个焦点，再慢慢的把事情的因果关系解释清楚，大家得到个圆满的感觉。"③ 许钦文在这里强调戏剧应

---

　　① 鲁迅：《南腔北调集·我怎么做起小说来》，《鲁迅全集》第4卷，人民文学出版社1981年版，第512页。
　　② ［德］黑格尔：《美学》第1卷，朱光潜译，商务印书馆1979年版，第278页。
　　③ 许钦文：《文学概论》，上海北新书局1936年版，第88页。

该有尖锐的冲突。

叙事作品一般都有矛盾冲突,但戏剧冲突则更加集中、更加尖锐。冲突是戏剧的基础。黑格尔说:"因为冲突一般都需要解决,作为两对立面斗争的结果,所以充满冲突的情境特别适宜于用作剧艺的对象,剧艺本是可以把美的最完满、最深刻的发展表现出来的。"①

戏剧冲突的出现是由生活矛盾决定的。生活中充满各种各样的矛盾、冲突,这是社会发展的动力,反映现实的作品,就是要把这些矛盾冲突反映出来,揭示生活的本质。苏联在第二次世界大战后一段时期,流行过一种"无冲突论"戏剧,就是掩盖社会主义社会的矛盾,美化社会生活的作品。这种作品不但不能反映生活真实,而且破坏了戏剧艺术的基础,理所当然地要受到批判。但这种"无冲突论",是特定的社会体制造成的,由于缺乏民主意识,所以剧作家不敢正视社会矛盾,只能编造出一些虚假的冲突来歌功颂德。20世纪五六十年代,我国出现过一些歌颂性喜剧,其实也是无冲突论的变种。凡是不敢正视社会矛盾的作品,都是虚假的艺术。

为什么戏剧冲突又要比其他样式作品中的冲突更为集中和尖锐呢?这仍与其舞台演出的特点相联系。小说可以让读者慢慢看情节的进展,只要描写得有趣,读者也不会厌烦,而戏剧演出面对大量观众,而且又有时间限制,冲突就不能不集中。幕启之后,必须很快进入剧情;也就是展示冲突,然后逐步推向高潮,走向结局。

戏剧冲突既然是生活矛盾的反映,就必须建筑在生活的基础上。冲突不集中,无法演戏,但过分集中,太像戏了,也有做作之感。所以有些剧作家又将戏剧冲突冲淡一些,使之生活化。这不是不要戏剧冲突,而是在冲突的组织方法上进行的变化。在这类戏剧中,冲突仍然是基础。

---

① [德]黑格尔:《美学》第1卷,朱光潜译,商务印书馆1979年版,第260页。

第三章　越地现代文学理论的艺术风格论

艺术作品要有独特的风格，这是作家创作个性的体现。

风格论是文艺学中的重要课题，早已引起古代作家和理论家们的重视，各种佳论，层出不穷。倒是"革命文学"运动开展以来，这方面的研究有些疏忽，这是因为大家比较注重作家世界观的改造，要求思想的统一，而对于创作个性的发扬，则缺乏应有的重视。既然不重视创作个性，自然就忽视风格论的研究了。

其实，革命领袖们在强调文学的革命性的同时，还是注重作家的创作个性的。马克思曾经批评普鲁士的专制主义对于文风的强制干涉，说在这种强制作者依照法律规定写作的横暴要求下，"哪一个正直的人不为这种要求脸红而不想尽力把自己的脑袋藏到罗马式长袍里去呢？"马克思谴责道："你们赞美大自然悦人心目的千变万化和无穷无尽的丰富宝藏，你们并不要求玫瑰花和紫罗兰散发出同样的芳香，但你们为什么却要求世界上最丰富的东西——精神只能有一种存在形式呢？我是一个幽默家，可是法律却命令我用严肃的笔调。我是一个激情的人，可是法律却指定我用谦逊的风格。没有色彩就是这种自由唯一许可的色彩。每一滴露水在太阳的照耀下都闪耀着无穷无尽的色彩。但是精神的太阳，无论它照耀着多少个体，无论它照耀着什么事物，却只准产生一种色彩，就是官方的色彩！"[①] 列宁也曾说过："无

[①] 《评普鲁士最近的书报检查令》，《马克思恩格斯全集》第 1 卷，人民出版社 1956 年版，第 7 页。

可争论，文学事业最不能作机械划一，强求一律，少数服从多数。无可争论，在这个事业中，绝对必须保证有个人创造性和个人爱好的广阔天地，有思想和幻想、形式和内容的广阔天地。"[1] 毛泽东则提出了"百花齐放，百家争鸣"的文化方针，并且说："艺术上不同的形式和风格可以自由发展，科学上不同的学派可以自由争论。利用行政力量，强制推行一种风格，一种学派，禁止另一种风格，另一种学派，我们认为会有害于艺术和科学的发展。"

但是，要发展艺术风格，实现"双百"方针，必须有创作自由和学术民主才行，离开了这个前提，则无法实现。我们之所以在"双百"方针提出之后，却难以贯彻，反而在相当长的一段时期内，形成了一花独放的局面，就是因为强调"舆论一律"的缘故。"舆论一律"与"双百"方针是互相对立的范畴，无法调和。

不重视创作个性的发扬，忽视艺术风格的多样化，是不可能形成文艺繁荣的局面的。而文学创作中缺乏个性，也影响到文学理论中风格论的研究。有人批评我国现代有关风格论的论文，大都使人有浅尝辄止之感，就是由于这种现实原因造成的。为了发展我国的文艺事业，我们应该注意艺术个性的发挥，应该加强风格学的研究。

第一节　风格的含义

一　无论怎样的文体，结局都是作者其人的人格的表明

关于法国作家布封的名言"风格即人"，马克思的理解是："真理是普遍的，它不属于我一个人，而为大家所有；真理占有我，而不是我占有真理。我只有构成我的精神个体性的形式。"[2] 这就是说，精神

---

[1] 《党的组织和党的出版物》，《列宁选集》第1卷，人民出版社1995年版，第648页。
[2] 《评普鲁士最近的书报检查令》，《马克思恩格斯全集》第1卷，人民出版社1956年版，第7页。

个体的形式是独特的，风格就是表现这种独特个性的东西。

在章锡琛翻译的《新文学概论》中，本间久雄对布封这句话的理解是："无论怎样的文体，结局都是作者其人的人格的表明。"①"所谓个性，所谓人格，一言以蔽之，便是所谓'人间'。"所以文学与个性及人格的关系的问题"乃是文学与其文学的制作者的'人间'或'人'的关系"②。本间九雄在这里是说，因为有了人，所以有了人间。同理，因为有了不同个性作家的创作，所以有了文学这个集体概念。一方面，他看到了文学风格的多样性；另一方面，他强调了正是由于风格各异的作家创作才体现了文学的千姿百态、丰富多彩的魅力。

风格的内涵如何？作家精神个体的独特性通过哪些方面表现出来？理论家们有不同的看法。大致可以分为两种。

一种是从修辞学的角度研究风格论，如句法的构造、用词的偏向、隐喻和借喻的修饰技巧等，各个作家的文学语言不同，从而体现不同风格。

另一种是将作品的思想内容和艺术形式综合起来看。如别林斯基把风格看作是在思想和形式的密切融汇中按下自己个性和精神独特性的印记；威克纳格从构成风格的外在的技法、形式与内在的意义和内容的统一中来分析。他认为风格并不仅仅是机械的技法，与风格艺术有关的语言形式大多必须被内容和意义所决定。风格并非安装在思想实质上面的没有生命的面具，它是面貌的生动表现，活的姿态的表现，它是由含蓄着无穷意蕴的内在灵魂产生出来的。他又以穿衣为喻，风格就像一个人，只有灵魂才赋予肢体以这样的或那样的动作或姿势，然后再影响他的穿着打扮。

综合来看，风格不仅仅表现在语言上，而且还表现在题材的选择和处理、主题的开掘、人物的塑造、情节结构的安排等各个方面。如：

---

① 本间久雄：《新文学概论》，章锡琛译，商务印书馆1925年版，第47页。
② 同上书，第46页。

题材的一贯性。作家只写他所经历过和感受过的生活，把他独特的生活经验带进文学领域，所以选材有自己的特点，如鲁迅善于写农民的疾苦和知识分子的生活道路；周作人则喜欢描写自己的生活和历史的题材。

主题的独特性。这与作家所关注的问题有关。作家总是从独特的角度去观察生活、评价生活，如鲁迅善于暴露当时国民性的弱点；周作人特别关注人道精神的觉醒。

独特的人物画廊。这与题材相关，例如鲁迅笔下的小人物群体——小官吏、车夫、家庭教师、下层知识分子、小学徒等；周作人笔下多为历史人物。

当然，在语言上各人的特色更明显。如鲁迅沉郁；周作人冲淡。

总之，艺术风格是通过各个方面表现出来的。但是，它又不是各方面特点的简单的相加，而是一个统一的表现。风格是诚于中而形于外的东西，它植根于作家的创作个性，是艺术作品内容与形式统一的表现。所以，我国古代文论常用两个字去总括某种风格。且不论这种概括是否全面，但他们把风格看作一种统一的格调，则无疑是正确的。

二　见事理之浅深，系乎学力之程度

在创作的开始阶段，作家往往有依傍、有模仿，这并不奇怪。但一味模仿，总不能写出成熟的作品。世界上文艺作品千千万万，一个作家一定要有自己的独创性，亦即有别于其他作家作品的独特的风格，这才有存在的价值。所以说，独特的风格，是作品成熟的标志，是作家对于艺术事业的特殊贡献。这就需要作家反复锤炼终至形成自己的风格。范文澜在注解《文心雕龙·体性》的题义时说："体者，文章之形状也；性者，各人之精神作用也。才由天定，理待人为，才与理人各不同，故言文形于外，亦各殊异。"[①] 在注解"事义浅深，

[①]　范文澜：《文心雕龙讲疏》卷六，新懋印书局1925年版，第16页。

未闻乖其学"时说:"见事理之浅深,系乎学力之程度,若学浅而欲出深义,弊精劳神,不可得已。"在注解"体式雅郑,鲜有反其习"时,除引用《札记》外,又补充说:"俗学不能发雅议,故当慎所习也。"① 范文澜和刘勰一样,十分强调后天修养对风格形成的重要意义。

范文澜的理解并不是孤立的。雨果强调风格的重要性时曾说:"未来仅仅属于拥有风格的人。"这里面包含着这样的意思:如果作家不能在作品里表达未来读者认可的发现,不能揭示未来社会的发展趋势,能被未来的读者认可吗?高尔基说:"天才的作家差不多都是拙劣的风格学家,并不出色的建筑师,但却是这样一种人,他们笔下的人物都像是雕塑出来的一样,令人肉体上都可以感觉得出。作家中间只有少数人能够以雕塑品的惊人的说服力创造出语言艺术杰作,例如福楼拜。"但福楼拜本人却说:"一部写得好的作品从来不会使人感到厌倦,风格就是生命。这是思想本身的血液。"② 可见,高尔基强调的是艺术家的独特性、创造性,不要形成呆板的千篇一律的风格。"思想本身的血液",直接说明是一种思想,一种事理发现。"以雕塑品的惊人的说服力",比喻的是作家表现事理发现的深度。高尔基对福楼拜的肯定,是基于个性的风格的肯定。

当然,风格不是保证创作成功的全部要素。作家要写出好作品,需要在内容和形式上做多方面的努力,但要表现独特性,则必须讲究风格。风格不是可有可无的附加物,而是创作个性的表现,而创作个性,就是作家的存在价值,正如石涛所说:"我之为我,自有我在。"③ 屠格涅夫也说过:"在文学天才身上……不过,我以为,也在一切天才身上,重要的是我敢称之为自己的声音的一种东西。是的,重要的是自己的声音。重要的是生动的、特殊的自己个人所有的音

---

① 范文澜:《文心雕龙注》卷六,北平文化学社1929年版,第12页。
② 参见[俄]赫拉普钦科《作家的创作个性和文学发展》,上海译文出版社1982年版,第181页。
③ 石涛:《苦瓜和尚画语录》,沈子丞编《历代论画名著汇编》,文物出版社1982年版,第366页。

调，这些音调在其他每一个人的喉咙里是发不出来的……为了这样说话并取得恰恰正是这样的音调，必须恰恰具有这种特殊构造的喉咙。……一个有生命力的、富有独创精神的才能卓越之士，他所具有的主要的、显著的特征也就在这里。"① "自己的声音"，强调只有自己努力修为，达到一种深度才可发现事理。

三 个性是多方面的，风格也该是多方面的

1922年，朱自清给俞平伯的新诗集《冬夜》作序，肯定了风格的多样化。他说："风格是诗文里作者个性底透映。个性是多方面的，风格也该是多方面的。但因作者的环境，情思和表现力底偏畸的发展，风格受了限制；所以一个作家很少有多样的风格在他的作品里。"② 朱自清的序言认可了风格的多样性。在文学艺术领域内，不能强调整齐划一，而要提倡风格多样化。这是由各方面的因素决定的。

首先，声色之来，发于情性。作家有不同的创作个性，必然要产生不同的艺术风格。正如屠隆所说："士之寥廓者语远，端亮者语庄，宽舒者语和，褊急者语峭，浮华者语绮，清枯者语幽，疏朗者语畅，沉着者语深，谲荡者语荒，阴鸷者语险。"③《文心雕龙·体性》篇把风格归纳为八体，"若总其归涂，则数穷八体：一曰典雅，二曰远奥，三曰精约，四曰显附，五曰繁缛，六曰壮丽，七曰新奇，八曰轻靡。"④ 司空图的《二十四诗品》把风格归为二十四种：雄浑、冲淡、纤秾、沉着、高古、典雅、洗练、劲健、绮丽、自然、含蓄、豪放、精神、缜密、疏野、清奇、委曲、实境、悲慨、形容、超诣、飘逸、旷达、流动。各人的风格特点是由创作个性之不同而自然形成的，不

---

① 参见［俄］赫拉普钦科《作家的创作个性和文学发展》，上海译文出版社1982年版，第70页。
② 朱自清：《冬夜序》，《朱自清全集》第四卷，江苏教育出版社1996年版，第52页。
③ 《白榆集》，明万历龚尧惠刻本。
④ 刘勰：《文心雕龙·体性》，范文澜《文心雕龙讲疏》卷六，新懋印书局1925年版，第15—16页。

能强求一律。

其次，艺术风格的多样化，也是社会生活多样化的反映。社会生活错综复杂、丰富多彩，要求反映生活的文学艺术也具有丰富的色彩，这才能与被反映的客观生活相适应。生活中有轰轰烈烈的场面，艺术上则有雄浑豪放的笔触；生活中有莺歌燕舞的情景，艺术上则需明快欢畅的色彩；生活中有叱咤风云的人物，艺术上宜激昂高扬的格调；生活中有可鄙可笑的角色，艺术上则有讽刺幽默手法。总之，对于不同之反映对象，决不能用一种笔墨。

再次，读者、观众审美趣味的多样化，也要求艺术风格丰富多样。有的喜欢高山大河，有的喜欢小桥流水，有的喜欢慷慨激昂，有的喜欢行云流水，要广大读者欣赏一种风格是办不到的。而且，就是同一个人，也应有不同风格的作品来调剂口味。最好的景致，如果天天看，也会觉得乏味，正如鲁迅所说："四时皆春，一年到头请你看桃花，你想够多么乏味？即使那桃花有车轮般大，也只能在初上去的时候，暂时吃惊，决不会每天做一首'桃之夭夭'的。"[①]

正因为如此，所以政治上的专制主义和艺术上的大一统局面，都是妨碍艺术发展的。而在艺术上树立样板，就是借助于政治力量，强制推行一种风格的愚蠢做法，这只能将文艺的百花扼杀。20世纪六七十年代"文革"期间，极其推崇所谓样板戏，并从中总结出一套"三突出"的理论原则，用以指导创作，致使所有作品都陷入一个模子里，这实在是一个沉痛的教训。

政治上的专制主义使艺术风格不能得到发展，文坛上的霸权主义也使艺术风格不能得到发展。"春风又绿江南岸，明月何时照我还？"王安石曾经为"吟安"一个"绿"字，可能拈断数根须，但他的"好使人同己"曾遭到苏轼的批评。苏轼说："文字之衰，未有如今日者也！其源实出于王氏。王氏之文，未必不善也，而患在于好使人同己。""地之美者，同于生物，不同于所生；惟荒瘠斥卤之地，弥望皆

[①] 鲁迅：《华盖集续编·厦门通信（二）》，《鲁迅全集》第3卷，人民文学出版社1981年版，第374页。

黄茅白苇，此则王氏之同也。"苏东坡与王安石是政敌，批评起来可能不无偏激之处，但他认为"好使人同己"是文坛大患，这在当时无疑是先进的。王夫之在《薑斋诗话》中也说："诗文立门庭使人学己，人一学即似者，自诩为'大家'为'才子'，亦艺苑教师而已。高廷礼、李献吉、何大复、李于麟、王元美、钟伯敬、谭友夏，所尚异科，其归一也。才立一门庭，则但有其局格，更无性情，更无兴会，更无思致；自缚缚人，谁为之解者？昭代风雅，自不属此数公。"

所以，历史上通达之士，则不愿建立门户。龚自珍在《己亥杂诗》中说："河汾房杜有人疑，名位千秋处士卑。一事平生无齮龁，但开风气不为师。"并自注云："予生平不蓄门弟子。"萨特在《七十自画像》里回答别人所问"你从来不愿意有弟子，为什么"时，说道："因为照我的看法，弟子是这样一种人，他捡起另一个人的思想却不给这个思想增添任何新的、重要的东西，不以他个人的工作去丰富、发展这个思想，使它得到延续并且向前进。"

文学流派是创作倾向相同或相似的人们自然形成的，学术流派则是学术观点相同或相似的人们自然形成的，如果是人为地组合，生硬地继承，反而会妨碍创作个性和学术个性的发展，而且，流派一旦形成，必然也是瓦解的开始，不应该，也不可能长期凝固在一个硬壳里。现在有些文艺团体和学术机构，为了显示本单位的突出成绩，常常利用行政手段，强制确立一个艺术或学术带头人，把许多才俊之士都纳入他的门下，人为地制造出某个流派，甚至拉帮结派，排斥异己，这其实是压制独创性的做法，极其有害。有能力的作家、艺术家和理论家们，不应该陷落在某些大师的门墙里，局限在某些流派的樊篱中，而要"转益多师是汝师"，逐渐形成自己的风格，做出自己的贡献。我国当代戏剧家黄佐临，年少在英国留学时，曾把自己富有"萧"味的剧作寄给戏剧大师萧伯纳，萧伯纳给他回信道："一个'易卜生派'，仅是个门徒，不是大师；一个'萧伯纳派'，仅是个门徒，不是大师；易卜生不是'易卜生派'，他是易卜生；我不是'萧派'，我是萧伯纳；如果'黄'想有所成就，他千万不要去当门徒；他必须依赖自我生命，独创

'黄派'。"① 这是至理名言，它不仅促使黄佐临走上独创性的道路，而且对所有作家、艺术家和理论家都是一种有益的启示。

朱自清在序言里还强调了：作家不但要形成独特的风格，使自己的作品有统一的格调，而且还要富于变化，千姿百态、绚丽多彩，避免单调清一色的缺点。胡应麟说："杜诗正而能变，变而能化，化而不失本调，不失本调而兼得众调，故绝不可及。"② 茅盾说："统一的独特的风格只是鲁迅作品的一面。在另一方面，鲁迅作品的艺术意境却又是多种多样的。举例而言：金刚怒目的《狂人日记》不同于谈言微中的《端午节》，含泪微笑的《在酒楼上》亦有别于沉痛控诉的《祝福》。《风波》借大时代中农村日常生活的片段，指出了教育农民问题之极端重要，在幽默的笔墨后面跳跃着作者的深思忧虑和热烈期待。《涓生的手记》则如万丈深渊，表面澄静、寂寞，百无聊赖，但透过此表面，则龙蛇变幻，跃然可见……"③ 杜甫、鲁迅两位大师的艺术天地都无限广阔，这正是作家所应该追求的境界。

当然，朱自清的说法并不否定作家对风格多样化的追求。作家有了独特的风格，虽说是创作成熟的标志，但如果作茧自缚，将自己封闭在里面，则又是创作衰落的开始。既要形成自己的风格，又要突破自己的风格，这样才能不断地前进。当代作家高晓声说得好："作家大抵都追求自己的作品有独特风格；然而，若真有了风格就算到了顶，则寿未尽而才尽矣。苏南有句谚语，说东坝的坝脚比虎丘山的宝塔还高。这话教得人聪明，晓得要往高处筑，宝塔结顶不算难，难在要把塔顶当作基础，再往高处建'东坝'哟！"④

---

① 黄蜀芹：《我的爸爸——黄佐临》，《佐临研究》，中国戏剧出版社1990年版，第426—427页。
② 胡应麟：《诗薮》，上海古籍出版社1979年版，第73页。
③ 茅盾：《联系实际，学习鲁迅》，《茅盾评论文集》（上），人民文学出版社1978年版，第414页。
④ 高晓声：《序》，《高晓声小说选》，人民文学出版社1983年版。

第二节 风格形成的客观因素

艺术风格的形成，有主观和客观两方面的因素。就客观因素而言，主要表现在以下几个方面。

一 时代：一切艺术都各在其时代之内

刘勰说："时运交移，质文代变，古今情理，如可言乎！"[1] 讲的就是文风受着时代影响这样一条普遍规律。文学植根于时代的社会生活，生活环境、社会风尚的变化，都会影响文风的变化。这就叫作"文变染乎世情，兴废系乎时序"[2]，文学并不是以作家个人意志为转移的。

章锡琛翻译的本间久雄的《新文学概论》里说："作家的捉住时代思潮有若干程度，乃是评陟那作家上的一个大的标准。"考察作家作为艺术家的价值，"以接触时代思潮的多寡为一个最大的标准"[3]。

时代对于文风的影响，首先取决于社会生活环境基本方面。《文心雕龙》在论及建安文学时说："观其时文，雅好慷慨，良由世积乱离，风衰俗怨，并志深而笔长，故梗概而多气也。"[4] 这就是说，建安文风的慷慨悲凉、梗概多气，是由于"世积乱离，风衰俗怨"的社会生活环境造成的。的确，汉末天下大乱，战事频仍，死者甚多。"出门无所见，白骨蔽平原。路有饥妇人，抱子弃草间""白骨露于野，千里无鸡鸣。生民百遗一，念之断人肠"……这样的社会景象，怎么能不悲凉呢？就连曹操这个南征北战，要想统一天下的英雄，也有人

---

[1] 刘勰：《文心雕龙·时序》，范文澜《文心雕龙讲疏》卷九，新懋印书局1925年版，第29页。
[2] 同上书，第39页。
[3] 本间久雄：《新文学概论》，章锡琛译，商务印书馆1925年版，第70页。
[4] 刘勰：《文心雕龙·时序》，范文澜《文心雕龙讲疏》卷九，新懋印书局1925年版，第37页。

生无常的感觉，笔下常带悲凉之调："对酒当歌，人生几何？譬如朝露，去日苦多。慨当以慷，忧思难忘。何以解忧？惟有杜康。"这并非英雄气短，而是环境使然。

其次，一个时代的文化思想也能对文风产生巨大的影响。《文心雕龙》在论及晋代及南朝文学时说："自中朝贵玄，江左称盛，因谈余气，流成文体。是以世极迍邅，而辞意夷泰，诗必柱下之旨归，赋乃漆园之义疏。"① 为什么这段时期世道极其艰难，而文章反而平和起来了呢？因为文化思想变化的缘故。乱世已久，文人们也看惯了，而又无力左右局面，只能在精神上求得解脱，于是玄学思想泛滥，老庄著作行时，流衍成文体，也就"辞意夷泰"了。

当然，作家并不是完全消极地接受时代的影响，有些作家力图去改造时代，但这种改造行动既然是针对时代的，当然仍具有时代的特色。只不过这种特色不是时代的流行病，而是对症下药，反了一调。鲁迅在《魏晋风度及文章与药及酒之关系》中分析曹操的清峻、通脱风格之成因时说："董卓之后，曹操专权，在他的统治之下，第一个特色便是尚刑名。他的立法是很严的，因为当大乱之后，大家都想做皇帝，大家都想叛乱，故曹操不能不如此。……因此之故，影响到文章方面，成了冷峻的风格——就是文章要简约严明的意思。""此外还有一个特点，就是尚通脱。他为什么要尚通脱呢？自然也与当时的风气有莫大的关系。因为在党锢之祸以前，凡党中人都自命清流，不过讲'清'讲得太过，便成固执，所以在汉末，清流的举动有时便非常可笑了。……所以深知此弊的曹操要起来反对这种习气，力倡通脱。通脱即随便之意。此种提倡影响到文坛，便产生大量想说什么便说什么的文章。更因思想通脱之后，废除固执，遂能充分容纳异端和外来的思想，故孔教以外的思想源源引入。"可见曹操所提倡的清峻、通脱，是针对时代的弊病而发的，有着纠正和改造时代文风的作用。但是，能改革文风的人毕竟不多，因为这需要眼力、魄力和影响力，一

---

① 刘勰：《文心雕龙·时序》，范文澜《文心雕龙讲疏》卷九，新懋印书局1925年版，第39页。

般人只能受着时代的影响,跟着时代的潮流走。正如徐懋庸所说:"一切艺术都各在其时代之内,适应各的时代,各有各的好处。"① 在《怎样研究文艺思潮》中,他认为,决定一切文艺作品思想内容的是作家的世界观。各个作家虽然各有各的世界观,各人的世界观,并不是先天发生、孤独形成,而是有一定的社会基础,派生于时代思潮所奔流的大河床的。《浮士德》不仅是歌德的杰作,《复活》不仅是托尔斯泰的巨著,实际上,都是他们的时代思潮的产物。各时代作家的作品的形象和观念,内容和形式,风格和样式,都是被当代的文艺思潮所决定的。②

二 地方:鲁迅论"京派"与"海派"的差异

在同一民族内部的不同地区,也会形成不同特色,这就是地方特色。造成艺术风格的地方特色的原因是什么呢?首先是由于水土不同,民俗差异,以致人们的性情也不同。具有某地地方色彩的作家,倒不一定是本籍人士,只是在该地居住久了,就感染了当地的色彩。正如鲁迅所说:"籍贯之都鄙,固不能定本人之功罪,居处的文陋,却也影响于作家的神情,孟子曰:'居移气,养移体',此之谓也。"③刘师培在《南北文学不同论》中说:"大抵北方之地,土厚水深,民生其间,多尚实际。南方之地,水势浩洋,民生其际,多尚虚无。民崇实际,故所著之文,不外记事、析理二端。民尚虚无,故所作之文,或为言志、抒情之体。"这其实也还是环境对于精神的影响,并非先天生成。

其次,除自然条件之外,地方特色的形成还与政治经济条件有关。这种条件,对于作家精神的影响就更大了。鲁迅剖析"京派"与"海派"时说:"北京是明清的帝都,上海乃各国之租界,帝都多官,

---

① 徐懋庸:《怎样理解文学批评》,《怎样从事文艺修养》,生活书店1936年版,第150页。

② 同上书,第159页。

③ 鲁迅:《花边文学·"京派"与"海派"》,《鲁迅全集》第5卷,人民文学出版社1981年版,第432页。

租界多商，所以文人之在京者近官，没海者近商，近官者在使官得名，近商者在使商获利，而自己也赖以糊口。要而言之，不过'京派'是官的帮闲，'海派'则是商的帮忙而已。"①

作家艺术家受地方环境的影响而具有地方特色，是自然的，但任何特点都包含着优点和缺点两方面，因此，有能力的作家艺术家不应该局限于此，更不宜以某一地方流派相标榜，而要进行突破，这才能有更大的发展。鲁迅在《北人与南人》中说："据我所见，北人的优点是厚重，南人的优点是机灵。但厚重之弊也愚，机灵之弊也狡。"所以大家都应该改正缺点，相师优点。他提倡北人南相，南人北相，说："北人南相者，是厚重而又机灵，南人北相者，不消说是机灵而又能厚重。"② 这才是一条发展的道路。

我国自古以来，南北两大地区的文学艺术，在风格上就有明显的差异。同是写人情歌，西汉时的《北方有佳人》与先秦的《越人歌》南北迥异。根据《汉书·外戚传上》记载：在一次宫廷宴会上，李延年献舞时唱了这首诗。汉武帝听后不禁感叹道：世间哪有这样的佳人呢？汉武帝的姐姐平阳公主就推荐了李延年的妹妹。汉武帝召来一见，果然妙丽善舞。从此，李延年之妹成了汉武帝的宠姬李夫人。《北方有佳人》写得简约朴素，大气传神，出语夸张，情真意切，以简胜繁，以虚生实，体现出一种自然、率真的美。而《越人歌》最早收录于西汉刘向的《说苑》卷十一《善说》第十三则"襄成君始封之日"篇。歌词缠绵深情，动心摇神，细腻地表达了那种爱慕而不被对方知道的悱恻缠绵。

南北朝以后，两地文风之差别越发明显。《北史·文苑传》中说："江左宫商发越，贵于清绮，河朔词义贞刚，重乎气质。气质则理胜其词，清绮则文过其意。理深者便于时用，文华者宜于咏歌。此其南北词人得失之大较也。"

---

① 鲁迅：《花边文学·"京派"与"海派"》，《鲁迅全集》第5卷，人民文学出版社1981年版，第432页。
② 鲁迅：《花边文学·北人与南人》，《鲁迅全集》第5卷，人民文学出版社1981年版，第435—436、436页。

《蕙风词话》说："自六朝已还，文章有南北派之分，乃至书法亦然。姑以词论……宋词深致能入骨，如清真、梦窗是。金词清劲能树骨，如萧闲、遁庵是。南人得江山之秀，北人以冰霜为清。南或失之绮靡，近于雕文刻镂之技。北或失之荒率，无解深裘大马之讥。"这种南北地区的风格差异，还涉及其他艺术领域，如绘画，也有南派北派之分。

三　阶级：徐懋庸论"民间"与"朝廷""学院"的区别

鲁迅曾论及梅兰芳的表演艺术说："梅兰芳不是生，是旦，不是皇家的供奉，是俗人的宠儿，这就使士大夫敢于下手了。士大夫是常要夺取民间的东西的，将竹枝词改成文言，将'小家碧玉'作为姨太太，但一沾着他们的手，这东西也就跟着他们灭亡。他们将他从俗众中提出，罩上玻璃罩，做起紫檀架子来。教他用多数人听不懂的话，缓缓的《天女散花》，扭扭的《黛玉葬花》……雅是雅了，但多数人看不懂……他未经士大夫帮忙时候所做的戏，自然是俗的，甚至于猥下，肮脏，但是泼剌，有生气。待到化为'天女'，高贵了，然而从此死板板，矜持得可怜。"[①] 当然，并不是说民间的东西都是好的，它有粗俗的一面，也不是说士大夫的东西都不好，它也有细致的一面，但两者在风格上毕竟是有显著差别的。鲁迅在这里指出，风格的形成受阶级因素的影响。

在人类社会里，由于人们处于不同的社会地位，有着不同的文化教养，因而也就产生不同的审美趣味，形成不同的艺术风格。一般说来，民间生产者的艺术具有刚健、清新的风格，但比较粗糙，不及文人的细致；而民间的歌、诗、词、曲，一到作为消费者的士大夫文人的手里，便变得"古奥"起来，弄得越来越难懂，越来越没有生气了。

徐懋庸除了从时代的发展看待文学的发展，也强调从阶级意识角

---

① 鲁迅：《花边文学·略论梅兰芳及其他（上）》，《鲁迅全集》第5卷，人民文学出版社1981年版，第579—580页。

度理解文学史。在《怎样理解文学史》中，他认为当时所出的好几部文学史，如胡适、郑振铎、刘大白等的著作，或以新资料的丰富，或以见解的独到，已经进步得多，但是究竟未经唯物史观的光的照明，终不能臻于正确。胡适写了《白话文学史》上卷一书，但是他的诗观根本就是浮泛而没有基础的。① 胡适认为白话文学的衍化，完全是它本身的一种趋势，不受何种因素的决定。至于它的忽然盛行，则是"少数人"偶然"人工"地"加上了一鞭"的结果。徐懋庸由此反问：白话文学——或任何事物——的发展与否，那命运岂不是完全操纵在偶然出现的"少数人"的手中的么？徐懋庸认为胡适的文学史观是陷在观念论的最深的泥塘里的。②

由于胡适完全抹杀了文学的时代作用，所以即使是"古文"文学作为支配文学的时代，他并不研究"古文"文学所以能够支配的原因，却一口咬定它是"死文学"，没有研究的价值，另外去找一些他心目中所爱的"白话"文学来夸张。徐懋庸认为胡适这样的态度，根本不是历史的态度。

徐懋庸进一步分析胡适的《白话文学史》对阶级意识的作用的忽视。胡适说："一切新文学的来源都在民间。民间的小儿女，村夫农妇，痴男怨女，弹唱的，说书的，都是文学上的新形式与新风格的创造者，这是文学史的通例，古今中外都逃不出这条通例。"徐懋庸认为，他所用的"民间"二字，倘若意思上是和"朝廷""学院"对立的，那是的确说得通的。但可惜"民间"所包括的社会群实在太复杂了，这里面有许多阶级存在，我们不能够把产生《国风》和《九歌》的民间，跟产生宋词元曲的民间看作一个东西，我们也不能够把《红楼梦》和说书讲史，看作是同一"民间"所产生的东西。这里面大有分别，我们倘若从社会的根源上去检讨，就没法了解某时的"民间"为什么会产生《国风》，另一时间却产生了词、曲，我们也没法知道

---

① 徐懋庸：《怎样理解文学史》，《怎样从事文艺修养》，生活书店1936年版，第155页。

② 同上书，第156页。

"民间"的讲史、说书,为什么会变成了小说。所以,徐懋庸感叹:"唯物论的中国文学史,正是目前所急切需要,却还没有的著作呢!"① 徐懋庸在这里把唯物论等同于阶级论,有他的含糊之处,但其出发点是从阶级存在的现实分析不同文学风格形成的原因,部分是有道理的。

第三节　风格形成的主观因素

除上述客观因素外,风格的形成还有主观因素,而且,客观因素也是通过主观因素起作用的。范寿康认为美丑的形成与人格关系密切:"美是人格的肯定,丑是人格的否定。""不深澈人格的根底,单止于表面的事物,与人格不能发生任何的关系,因此,亦无所谓美,亦无所谓丑。"②

作家有自己的创作个性,这是使得他能够区别于同时代、同民族、同地区、同社群的其他作家,而表现出自己独特风格的原因。库柏指出:"个人风格(即风格的主观因素)是当我们从作家身上剥去所有那些不属于他本人的东西,所有那些为他和别人所共有的东西之后所获得的剩余或内核。"③

一　风格是诗文里作者个性的透映

如前所述,1922 年,朱自清给俞平伯的新诗集《冬夜》作序,肯定了其风格的变化。他说:"风格是诗文里作者个性底透映。个性是多方面的,风格也该是多方面的。但因作者的环境,情思和表现力底偏畸的发展,风格受了限制;所以一个作家很少有多样的风格在他

---

① 徐懋庸:《怎样理解文学史》,《怎样从事文艺修养》,生活书店 1936 年版,第 158 页。
② 范寿康:《艺术之本质》,商务印书馆 1928 年版,第 20 页。
③ 参见[德]歌德等《文学风格论·跋》,《文学风格论》,王元化译,上海译文出版社 1982 年版,第 82 页。

的作品里。"①

　　对于风格形成的主观因素，我国古代文论家们谈得很多。他们一般是从作家个人的气质上着眼，而且认为气质是先天形成的。越地古代文艺理论家王充在《论衡》里说："人禀气于天，气成而形立。""禀气有厚泊，故性有善恶。"这就是说，人的形体和性情，都是由气生成的，而这个性，则禀之于天，也就是说，一切皆由天生。王充的理论对后代有很大的影响，但这种关于气的说法，却不是始于王充，而是由来已久。就哲学上说，孟子早就说过："吾善养吾浩然之气。"医学上，《内经·生气通天论》说："黄帝曰：夫自古通天者，生之本，本于阴阳。天地之间，六合之内，其气九州九窍五藏十二节，皆通乎天气。"可见这是中国古代人的共同见解。但正式把气的概念引入文学领域的是曹丕。他在《典论·论文》中说："文以气为主，气之清浊有体，不可力强而致。"但这里把创作个性完全看作先天的，认为文是因气而成，勉强不来的。他还没有把问题引向深入。

　　刘勰则论述得比较全面。他在《文心雕龙·体性》篇中说："夫情动而言形，理发而文见，盖沿隐以至显，因内而符外者也。然才有庸俊，气有刚柔，学有浅深，习有雅郑，并情性所铄，陶染所凝，是以笔区云谲，文苑波诡者矣。故辞理庸俊，莫能翻其才；风趣刚柔，宁或改其气；事义浅深，未闻乖其学；体式雅郑，鲜有反其习；各师成心，其异如面。"②这里，把创作个性的成因从才、气、学、习四个方面来考察。才是才能，气是气质，这是先天的禀赋；学是学养，习是习染，属于后天的教养。先天的禀赋和后天的教养结合起来，就形成一个人的才性，即创作个性，这创作个性体现在作品中，就成为艺术风格。所以艺术风格是翻不出创作个性的特点的，"贾生俊发，故文洁而体清；长卿傲诞，故理侈而辞溢；子云沈寂，故志隐而味深；子政简易，故趣昭而事博；孟坚雅懿，故裁密而思靡；平子淹通，故

---

①　朱自清：《冬夜序》，《朱自清全集》第四卷，江苏教育出版社1996年版，第52页。
②　刘勰：《文心雕龙·体性》，范文澜《文心雕龙讲疏》卷六，新懋印书局1925年版，第15页。

虑周而藻密；仲宣躁锐，故颖出而才果；公干气褊，故言壮而情骇；嗣宗俶傥，故响逸而调远；叔夜俊侠，故兴高而采烈；安仁轻敏，故锋发而韵流；士衡矜重，故情繁而辞隐。触类以推，表里必符，岂非自然之恒资，才气之大略哉！"①。因此，我们要分析风格形成的主观因素，就要去研究创作个性的特点。

作家、艺术家的创作个性既然不全由先天决定，而同时有后天的学养与习染的关系，那么，随着后天环境的转换、思想的变迁，创作个性必然有所发展，随之，艺术风格也必然有所变化。

鲁迅青年时代的作品与后来的作品风格迥异。如写于1903年的《斯巴达之魂》，不但题材富于异国情趣，而且情调高昂，色彩瑰丽，很富有浪漫气息。这一方面是受了当时风气的感染："当时的风气，要激昂慷慨，顿挫抑扬，才能被称为好文章"②；另一方面也与他的思想认识有关：他想大声疾呼，来唤起国人的觉醒。后来，他经历得多了，知道"中国太难改变了，即使搬动一张桌子，改装一个火炉，几乎也要血；而且即使有了血，也未必一定能搬动，能改装"③。并且认为："群众，——尤其是中国的，——永远是戏剧的看客。牺牲上场，如果显得慷慨，他们就看了悲壮剧；如果显得觳觫，他们就看了滑稽剧。"④ 所以他认为："对于这样的群众没有法，只好使他们无戏可看倒是疗救，正无须乎震骇一时的牺牲，不如深沉的韧性的战斗。"⑤ 随着思想、性情的改变，鲁迅作品的艺术风格也产生了很大的变化，由浪漫主义的慷慨悲歌，变为现实主义的深沉的解剖。鲁迅后期虽然仍有火一般的爱国热情，但已热得发冷，成为不见火焰的白热。

艺术风格的变化，不仅同作家、艺术家的思想、情性的变化有关，也是他们不断进行艺术探索的结果。西班牙画家毕加索是一个风

---

① 刘勰：《文心雕龙·体性》，范文澜《文心雕龙讲疏》卷六，新懋印书局1925年版，第19页。
② 鲁迅：《集外集·序言》，《鲁迅全集》第7卷，人民文学出版社1981年版，第4页。
③ 鲁迅：《坟·娜拉走后怎样》，《鲁迅全集》第1卷，人民文学出版社1981年版，第164页。
④ 同上书，第163页。
⑤ 同上书，第164页。

格多变的画家，他一生经历了许多时期：蓝色时期、玫瑰红时期、立体主义时期、古典主义时期等，这虽然与他生活环境的变化有关，但也是他在艺术上不断地追求和创新的结果。伟大的艺术家都是伟大的求索者。

二 风格与人格：意在表现自己

朱自清1928年编写自己的散文集时，总结自己的创作经验是"意在表现自己"。所以，他强调个性。"人性虽有大齐，细端末节，却是千差万殊的，这叫作个性。人生的丰富的趣味，正在这细端末节的千差万殊里。能显明这千差万殊的个性的文艺，才是活泼的，真实的文艺。"[1] 夏丏尊说："文艺是作家的自己表现，'自己'如无价值，所表现出来的作品，也就难能有价值。'文如其人'，古人已早见到了。"[2] 在《文学的一个界说》中，朱自清认为文学的要素有二：普遍的兴味与个人的风格。认为文学要表现人生，即表现自己。"风格是表现的态度，是作品里所表现的作者的个性。""文学之所以感人，便在它所显示的种种不同的个性。"[3]

许钦文说："什么人格，发生什么苦闷；从什么人格，可以探出什么险来，都是一定的。从伟大的人格，可以产生伟大的文学；从卑鄙的人格，会得产生卑鄙的文学。平庸的人格，却不容易产生文学。"[4]

章锡琛翻译的本间久雄的《新文学概论》里说作家"人生观照的态度，材料捃摭的态度，最能表现作者其人的'个性'，及作者其人的'人间'，虽用同样的材料，也会因作者的异而成为完全异味的作

---

[1] 朱自清：《文艺的真实性》，《朱自清全集》第四卷，江苏教育出版社1996年版，第93页。
[2] 夏丏尊：《文艺论ABC》，世界书局1928年版，第78页。
[3] 朱自清：《文学的一个界说》，《朱自清全集》第四卷，江苏教育出版社1996年版，第174页。
[4] 许钦文：《文学概论》，上海北新书局1936年版，第26页。

物,全是为此"①。既然艺术风格取决于创作个性,那么,要使自己的作品有好的风格,就必须陶冶性情,锻炼人格。艺术家们历来都很注意伟大人格的培养。郎加纳斯说:"崇高就是'伟大心灵的回声'。"②罗丹说:"在做艺术家之前,先要做一个人!"③鲁迅有句名言:"从喷泉里出来的都是水,从血管里出来的都是血。"④当时有些人缺乏革命的思想意识,但却自称革命文学家,写的是"革命文学",鲁迅就告诫道:"我以为根本问题是在作者可是一个'革命人'"⑤,"革命人做出东西来,才是革命文学。"⑥傅雷则认为,要做一个好的表演艺术家,必须心灵纯洁,"不是纯洁到明镜一般,怎能体会到前人的心灵?怎能打动听众的心灵?"所以他要求身为钢琴演奏家的儿子,做"一个德艺俱备,人格卓越的艺术家"⑦。

当然也有相反的例子,那就是文人无行,弄虚作假。例如,西晋的诗人潘岳,写过一篇《闲居赋》,格调高雅,把自己描绘成一个淡于利禄,忘怀功名的人,而实际上他却趋炎附势,对当权的贾谧,望尘而拜,人格十分卑下。但矫情总是不能持久的,伪装也迟早要拆穿,这样的作品最后不但不能感动人,反而成为千古笑柄。后人元好问就有诗讥道:"心画心声总失真,文章宁复见为人。高情千古《闲居赋》,争信安仁拜路尘。"⑧

如何进行人格修养?我国古代儒家主张内省式的道德修养,所谓"吾日三省吾心",宋元理学家进一步讲心性之学,但却培养出一批表

---

① 本间久雄:《新文学概论》,章锡琛译,商务印书馆1925年版,第48页。
② [罗马]基努斯:《论崇高》,伍蠡甫编《西方文论选》上卷,上海译文出版社1988年版,第125页。
③ [法]罗丹:《罗丹艺术论》,罗丹口述,葛塞尔记,沈琪译,人民美术出版社1978年版,第4页。
④ 鲁迅:《而已集·革命文学》,《鲁迅全集》第3卷,人民文学出版社1981年版,第544页。
⑤ 同上。
⑥ 鲁迅:《而已集·革命时代的文学》,《鲁迅全集》第3卷,人民文学出版社1981年版,第418页。
⑦ 傅雷:《傅雷家书》,生活·读书·新知三联书店1981年版,第19页。
⑧ 元好问:《论诗三十首》之六,郭绍虞编《中国历代文论选》第二册,上海古籍出版社1979年版,第449页。

里不一的虚伪人物,李贽所批评的,吴敬梓所讽刺的,就是这种人。也有些人主张作家、艺术家和其他知识分子都要去接受社会上另一部分人的思想教育,说只有如此才能提高思想道德修养。但是这种理论却忽略了重要的一点,即教育者本人是怎样受教育的?马克思的哲学是实践的哲学,马克思认为,人只能在改造世界的实践中来改造自己。他说:"有一种唯物主义学说,认为人是环境和教育的产物,因而认为改变了的人是另一种环境和改变了的教育的产物,——这种学说忘记了:环境正是由人来改变的,而教育者本人一定是受教育的。因此,这种学说必然会把社会分成两部分,其中一部分凌驾于社会之上……环境的改变和人的活动的一致,只能被看作是并合理地理解为变革的实践。"[①]

实践的哲学观点是正确的。只有通过实践,才能提高人格修养;只有在改造客观世界的同时,才能改造自己的主观世界。

[①] 《关于费尔巴哈的提纲》,《马克思恩格斯选集》第 1 卷,人民出版社 1956 年版,第 59 页。

第四编　赏评论

第一章 越地现代文学理论关于文学鉴赏的讨论

在我国古代文论中有很多鉴赏心得，论者不仅总结鉴赏文章的经验，指导阅读，而且从鉴赏的角度出发，对创作提出许多真知灼见。越地现代文学理论中，鉴赏论不为薄弱，甚至对于美感以及对美的本体的研究都有所涉及。虽然此时对文学的性质作用和对审美的主客体关系理解得不一定准确、到位，毕竟是一个过于重视文学的社会属性，略微忽视其审美属性，过于强调客体对主体的作用，而对主体的积极能动作用则研究得不够的时代。但是，由于在整个文学活动中，鉴赏是相当重要的一环，读者并非简单的接受者，而是艺术创作的积极参与者，不研究鉴赏活动，就无法全面地理解文学创作，所以越地现代文学理论对文学鉴赏的意义、特点及鉴赏主体的养成的研究是颇费心力的。

第一节 文学鉴赏的意义

一 鉴赏本身自有其价值

在西方文论中，由于长期以来模仿论占据统治地位，因此一向看重的是文学本体。但对于读者主体也并非毫不顾及。亚里士多德在

《诗学》中论述悲剧定义时，已把读者反映（"恐惧与怜悯"）考虑在内，后来的作家、理论家有些也注意到了读者的作用，如法国作家法朗士就很重视这个问题，他在《乐图之花》里把书比喻成一连串小的印成的记号，认为它是要读者自己添补形成色彩和情感，才好使那些记号相应地活跃起来。一本书是呆板乏味，或是生机盎然，它激起的情感是热如火还是冷如冰，都要靠读者自己去体验。他又把书中的每一个字比喻成魔灵的手指，认为它只拨动我们脑纤维的琴弦和灵魂的音板，而激发出来的声音却与我们的心灵相关。但这些见解还没有形成完整的阅读理论或鉴赏理论。直到现代阐释学、现象学、结构主义等理论的出现，才激发了阅读论或鉴赏论的发展，并产生了一种新的理论体系——接受美学。越地现代文学理论更多的是顺承中国古代文论加以阐释和弘扬。

夏丏尊说："创作与鉴赏，本来是同一的心的作用，所差的只是创作是由内部表现于外部，鉴赏是由外部窥到内部而已。"①

文学作品是作家心灵的倾诉。作家在生活中有所感触，想诉之于众，于是发为诗词，写成文章。作品获得出版之后，就进入了阅读和鉴赏的过程。文学作品必须通过阅读和鉴赏来实现自己的价值，来完成自己的使命。创作是有社会性的，但是，文学作品的诞生并不能马上产生社会作用，文学的社会作用，只有通过鉴赏才能发挥出来。没有阅读和鉴赏的创作就没有任何社会价值，也就不成其为创作。

夏丏尊的话继承了刘勰的观点。刘勰说："夫缀文者情动而辞发，观文者披文以入情，沿波讨源，虽幽必显。"② 前者说的是创作过程，后者说的是鉴赏过程。整个文学活动，就是由创作和鉴赏两部分组成的，而文学作品则是两者的联结点。作者在作品里提供一种启示，发出一种召唤，而读者则通过作品，受到作者思想情绪的感染，产生相应的情感，并转化为一种精神力量。

---

① 夏丏尊：《文艺论 ABC》，世界书局1928年版，第77页。
② 刘勰：《文心雕龙·知音》，范文澜《文心雕龙讲疏》卷十，新懋印书局1925年版，第16页。

由此可见，鉴赏和创作在文学活动中的地位是一样的，没有高低之分。夏丏尊说："鉴赏文艺，并不以创作为目的，鉴赏本身自有其价值，普通接触文艺的人，不必以读者自惭，不必漫起创作的野心。"①

徐懋庸在《怎样理解文艺批评》中区分了"浏览""鉴赏"与"批评"。他认为，茫茫然地看懂了里面写的是怎样的一个故事，这样读作品，只是叫作"浏览"。倘若看的时候觉得有几段文章很好，反复读它两三遍，这可以叫作"鉴赏"。倘若从一篇作品里面，找出它的主题所表现着的社会的意义，然后考察作者的表现，对于现实是正确的呢，还是歪曲的？于是更进一步，考察作者的世界观是怎样的，然后再看作者的创作方法是不是充分地完成了它所表现的，这样的一一观察分析了，最后对这篇作品的价值构成一种判断。这样的态度就是"批评"了。②

他又说：只有鉴赏能力的人，不一定有批评能力，有批评能力的人，则一定有鉴赏能力，经过一度批评之后，可鉴赏的地方一定更多，而且它的鉴赏价值，也一定更正确。至于只会"浏览"的人，则其实一无所得。③ 他从鉴赏主体方面的能动性回答了鉴赏的价值问题。

二 鉴赏对于创作的影响

夏丏尊说鉴赏不失为一种创作。许钦文说："一篇作品，如果引不起读者的共鸣作用，就不能够发生效果。要使得读者发生共鸣作用，总得所探讨着的问题，是同读者有着切身关系的。'一拳打在心窝里'的样子，一定可以大起共鸣作用。"④

许钦文在这里指出读者的鉴赏共鸣对于创作的意义非同小可。创作和鉴赏的关系，就像马克思所说的生产和消费的关系一样。马克思

---

① 夏丏尊：《文艺论 ABC》，世界书局 1928 年版，第 77 页。
② 徐懋庸：《怎样理解文艺批评》，《怎样从事文艺修养》，生活书店 1936 年版，第 143—144 页。
③ 同上书，第 144 页。
④ 许钦文：《文学概论》，上海北新书局 1936 年版，第 45 页。

说:"生产直接是消费,消费直接是生产。每一方直接是它的对方。可是同时在两者之间存在着一种中介运动。生产中介着消费,它创造出消费的材料,没有生产,消费就没有对象。但是消费也中介着生产,因为正是消费替产品创造了主体,产品对这个主体才是产品。产品在消费中才得到最后完成。"① 的确,生产和消费相互中介着,缺掉一方,另一方就失去作用,无法存在下去。没有生产,不创造出产品,消费没有对象,还有何消费可言?但如果生产脱离了消费,产品堆积在仓库里、滞留在商店中,这个生产还能继续下去吗?所以生产者必然要考虑消费者的需求,要研究消费市场。堆积在仓库里的产品是并未发挥自己产品性能的材料,只有进入消费领域,产品才能成为产品。"因为产品只是在消费中才成为现实的产品,例如,一件衣服由于穿的行为才现实地成为衣服;一间房屋无人居住,事实上就不成其为现实的房屋;因此,产品不同于单纯的自然对象,它在消费中才证实自己是产品,才成为产品。"② 文学创作属于精神生产,它与物质生产并不完全一样,但就生产与消费的关系而言,却有相同之处。艺术鉴赏,就是精神产品的消费。作家不创作出作品,读者没有鉴赏对象,当然无从鉴赏;但是,一首诗歌、一部小说如果不经过阅读,一幅图画如果不经过观赏,一部交响乐如果无人聆听,它们就不成其为审美对象。

  这样看来,不但鉴赏是创作发挥社会功能、实现社会价值的必要环节,而且鉴赏还是创作的必要补充。这就是说,不经过鉴赏阶段,已写成的作品,还不能算是最后完成其艺术创造的过程。因为作品只是提供了一种材料,唯有通过读者、观众的鉴赏,它的内在意义才能发挥出来。难怪萨特说:"创造只能在阅读中得到完成","艺术家必须委托另一个人来完成他开始做的事情","因此任何文学作品都是一项召唤。写作,这是为了召唤读者以便把我借助语言着手进行的揭示

---

  ① 《政治经济学批判·导言》,《马克思恩格斯选集》第2卷,人民出版社1956年版,第9页。
  ② 同上。

转化为客观存在"。他甚至认为，如果没有读者的这种配合，"那么剩下的只是白纸上一堆软弱无力的符号"。① 杜夫海纳也谈过：当博物馆的最后一位观众走出之后，大门一关，里面的画虽然仍然存在，但由于没有被感知，"我们只能说：那时它再也不作为审美对象而存在，只作为东西而存在"②。西方有些文论家把印成书的作品称作"第一文本"，认为它只是艺术制品，但不是审美对象；而把经过阅读后、与读者直接发生关系的作品称作"第二文本"，认为这才是审美对象。或者把与读者发生关系之前的自在状态的作品称为"文本"，而将经过阅读，与读者构成对象关系，融入了读者审美经验，突破了孤立状态的文本，称之为"作品"。这种理论强调了接受者在文学活动过程中的积极作用。接受者是审美的主体，有了审美主体，审美对象才能存在并且发挥作用。所以，我们说作品只有在鉴赏（接受）过程中才能得到最后完成。正如接受美学创始人姚斯所说："在这个作者、作品和大众的三角形之中，大众并不是被动的部分，并不仅仅作为一种反应，相反，它自身就是历史的一个能动的构成。一部文学作品的历史生命如果没有接受者的积极参与是不可思议的。因为只有通过读者的传递过程，作品才进入一种连续性变化的经验视野。"③ 鲁迅说："文艺是国民精神所发的火光，同时也是引导国民精神的前途的灯火。这是互为因果的，正如麻油从芝麻榨出，但以浸芝麻，就使它更油。"④

鲁迅认为中国之所以多有"瞒和骗"的文艺，就与中国人不敢正视现实的"瞒和骗"的思想有关，而那些粉饰现实的"瞒和骗"的文艺，则更使国民陷入"瞒和骗"的沼泽之中。

接受者对于创作者的影响，有时是有形的，有时是无形的。有

---

① ［法］萨特：《为什么写作?》，《萨特文集》第3卷，中国检察出版社1995年版，第291—292页。
② ［德］杜夫海纳：《美学与哲学》，孙非译，中国社会科学出版社1985年版，第67页。
③ ［德］姚斯：《走向接受美学》，［德］姚斯、［美］霍拉勃《接受美学与接受理论》，周宁、金元浦译，辽宁人民出版社1987年版，第24页。
④ 鲁迅：《坟·论睁了眼看》，《鲁迅全集》第1卷，人民文学出版社1981年版，第240页。

些作家很关心自己作品的社会影响,非常注意读者的欣赏趣味,他们虽有不同的出发点,或者出于审美教育的需要,因而竭力写得为群众所喜闻乐见,或者为了作品的畅销卖座,尽量适应读者观众的口味,但都是自觉地接受接受者的影响。有些作家则不在乎自己的作品能否畅销,并不关心接受者能否接受,他们以抒发自己的感情,表达自己的美学情趣为快。表面上看来,这一类作家是不受接受者欣赏趣味的影响的,其实不然,他们往往仍旧跳不出时代的审美意识范围。群众的审美情趣是复杂多样的,他们可以摆脱这一部分人的影响,但难免要接受另一部分人的影响。即使是开创新路的探索者、试图超越时代的先锋派,他们超越的起点仍旧是现实的,他们的超越意识本身也仍是时代所赋予的。否则,超越就失去了弹跳点,也就无从超越了。

许钦文认为,如果不是能够发生共鸣作用而使大众喜欢看,古代的文学作品不会流传到现在。流传到了现在的古代文学作品,一定是许多年间以来的人,都能够发生共鸣作用而喜欢看的了。[①]

由于读者对于创作有着无可避免的影响,所以创作家对于接受者的欣赏情趣应该正视,而不是回避。所谓正视,并非简单的迎合,而是既要适应它,又要提高它。

适应,就是要顾及接受者的审美趣味。文学创作是一种社会活动,无论创作者的目的如何,文学作品总是要面对读者、观众的。想借文学来宣传某种思想的人,当然要考虑宣传对象的接受能力、兴趣爱好,否则,无的放矢,对牛弹琴,乱弹一通,起不到应有的作用;就是抒发内心感情的作者,也要寻求知音,希望别人能理解自己,获得感情上的交流。这样,就都有一个适应接受者审美趣味的问题。如果新文学创作者根本不顾及接受者的审美趣味,那么接受者也根本不接受你的作品,还是旧文学占领市场。我国新文学发展过程中,是有过这样的教训的。

当然,单是适应读者的审美趣味也不行,还必须对它加以提高。

[①] 许钦文:《文学概论》,上海北新书局1936年版,第46—47页。

首先，读者的审美趣味并非都是健康的，也还有低级、庸俗的一面，如果一味适应、迎合，作家就会成为读者的帮闲，更助长其不健康的情绪，于文学的发展没有好处。

其次，读者的欣赏习惯一旦形成，便会产生一个封闭的圆圈，如果不加突破，就永远循环不止，没有长进。作家需要引进新的机制，用新的创作思想和表现手法来打破这种循环，将读者的欣赏水平提高一步，同时也将文学水平提高一步。

适应和提高是辩证的统一。没有适应，脱离原有的鉴赏水平，提高就没有基础，读者对新的东西无法接受，也就无从提高。没有提高，一味适应，文学不能发展，读者也不能满足，终究连适应都谈不上。所以文学创作既要适应读者的艺术趣味，又要提高读者的艺术趣味，文学也就在既适应又提高的过程中得到发展。

第二节　文学鉴赏的特点

一　鉴赏是共鸣的基础

地方相隔得很远，时间相差得很久的，怎么也会发生共鸣作用的呢？这是因为含有"普遍性"的缘故。

有些事情，虽然于同一时代，在同一地方，也会男女的意见各别，老少的主张不同的。可是，关于母子之爱、夫妇之情和朋友之谊这一类事情，是古今中外的人所同有，大家都能够认识，都能够深深的了解，深深的表同情的。因为，父母子女是大家都有的，夫妇和朋友，也是大家都有的。而且都是很迫切的问题。所以有了这种普遍性的文学作品，可以传播得广，也可以流传得久远。①

---

① 许钦文：《文学概论》，上海北新书局1936年版，第47页。

许钦文在这里看到了美感在各种差异性中存在共同性的一面。正如孟子所说:"口之于味也,有同嗜焉;耳之于声也,有同听焉;目之于色也,有同美焉。至于心,独无所同然乎?心之所同然者何也?谓理也,义也。"①

鲁迅在《热风·随感录五十九"圣武"》中感叹道:"新主义宣传者是放火人么,也须别人有精神的燃料,才会着火;是弹琴人么,别人的心上也须有弦索,才会出声;是发声器么,别人也必须是发声器,才会共鸣。中国人都有些不很像,所以不会相干。"②

鲁迅在这里指出了鉴赏中发生共鸣的原因。共鸣本是物理学上的名词,原指两个频率相同的物体,只要其中一个振动了,另一个便自然会振动起来。实验室里常用两个音叉的感应来证明共鸣原理,古书上说"铜山西崩,洛钟东应",也是一种共鸣感应。鉴赏则是审美心理上的共鸣。作家通过艺术作品来拨动接受者的心弦,使之产生情感上的感应。如果艺术作品不能打动接受者,它就不能引起共鸣,而接受者如不产生共鸣,就无从接受艺术作品。正如物理上的共鸣也要有一定的条件,这就是心灵上的相同频率。并不是所有艺术品都能够打动所有的读者,也不是所有读者都能够欣赏所有的艺术品。他们之间存在一种对应性。郭沫若在《女神》的序诗里写道:"你去,去寻那与我的振动数相同的人;你去,去寻那与我的燃烧点相等的人。"诗人是深知共鸣者的感应条件的。

那么,心灵上的相同频率是指什么呢?

这是指作者和读者之间要有相同的思想感情,这样才能引起共鸣。《红楼梦》第二十三回写林黛玉在梨香院墙角外听到里面女孩子演习《牡丹亭》戏文,听其唱道:"原来是姹紫嫣红开遍,似这般,都付与断井颓垣……"黛玉觉得十分感慨缠绵,又听到"良辰美景奈何天,赏心乐事谁家院……"这两句,不觉点头自叹,再听到"只为

---

① 孟子:《孟子·告子上》,《四书章句集注》,中华书局1982年版,第330页。
② 鲁迅:《热风·随感录五十九"圣武"》,《鲁迅全集》第1卷,人民文学出版社1981年版,第354页。

你如花美眷，似水流年……"两句，不觉心动神摇，又听到"你在幽闺自怜……"等句，越发如醉如痴，站立不住，便一蹲身坐在一块山子石上，细嚼"如花美眷，似水流年"八个字的滋味。忽又想起前日见古人诗中，有"水流花谢两无情"之句，再词中又有"流水落花春去也，天上人间"之句；又兼方才所见《西厢记》中"花落水流红，闲愁万种"之句，都一时想起来，凑聚在一处。仔细忖度，不觉心痛神驰，眼中落泪。这是艺术上的共鸣现象。为什么《牡丹亭》《西厢记》上的戏文和崔涂、李煜的诗词能深深地打动林黛玉的心，却不能引起薛宝钗的共鸣？——虽然薛宝钗也读过不少这类书籍。这是因为她们的身世有别，思想感情不同之故。林黛玉一向多愁善感，她追求爱情、追求生活中的美，但却处处不如意，美好的青春如落花流水般逝去，她听到这种词曲，怎能不心痛神驰，产生共鸣呢？而薛宝钗安分随时，机遇甚好，这就缺乏共鸣的基础，再加上封建正统思想较重，所以虽读过这类书，却持批判态度，反而认为女孩子是不该读这些书的。

大凡能够打动读者的作品，总是说出了读者想说而未说的话语，抒发了他们胸中郁积的情愫。落后于接受者的思想，或太超越了接受者的思想，都不能引起共鸣。正如鲁迅所说："北极的遏斯吉摩人和非洲腹地的黑人，我以为是不会懂得'林黛玉型'的；健全而合理的好社会中人，也将不能懂得，他们大约要比我们的听讲始皇焚书，黄巢杀人更其隔膜。"[1] 为什么清官戏和侠客小说在我国那么受欢迎？这是因为人民群众深感世事之不平、豪强之跋扈，而自己又缺乏自主的精神和斗争的力量，因而希望有清官来为民做主，有侠客来为民除霸。所以高唱"做官不为民做主，不如回家卖红薯"的清官舞台形象和七侠五义之类的英雄豪杰，深深为观众所喜爱。在这种观众和读者面前，宣扬邪恶的作品当然不得人心，而宣传人民自己当家做主的思想，鼓吹人的自我解放的作品，也未必能引起共鸣，因为他们的思想

---

[1] 鲁迅：《花边文学·看书琐记》，《鲁迅全集》第5卷，人民文学出版社1981年版，第531页。

觉悟还没有到达这一地步。有些体现新思想的作品在群众中不能引起反响，就是这个道理。正如有什么样的群众必然有什么样的政府一样，同样，有什么样的读者、观众，也就流行什么样的作品，这是为艺术接受的规律所制约的。所以，在庸俗习气弥漫之处，具有高雅情操的作者，包含新进意识的作品，难以遇到知音，是不足为奇的。刘勰早就慨叹道："知音其难哉！音实难知，知实难逢；逢其知音，千载其一乎！"① 当然，这里所说的知音难，还包括"贱同而思古""知多偏好"等审美心理因素，并非完全是感情上的共鸣问题了。

文学的共鸣作用使得读者深深地感动。许钦文将共鸣作用的进程分为三步："第一步是认识，对于作品所写的各段事情认识清楚；第二步是了解，对于整个故事中的情节了解明白；第三步是同情。"②

二　鉴赏不失为一种创作

夏丏尊说："鉴赏不失为一种创作，只是创作是作家的自己表现，而鉴赏是由作家所表现的逆溯作家，顺序上有不同而已。"③

从夏丏尊的话来理解，在鉴赏过程中，读者并非消极的接受者，而是积极地参与艺术形象的再创造，是艺术创作的合作者。

艺术形象是现实生活的反映，但艺术形象不可能、也没有必要详细、全面地描述生活现象，作家艺术家只不过抓住对象的本质性的特征，加以勾勒，提供某些信息，给接受者以再创造的基础。文学形象是借语言来表达的间接形象，当然需要读者根据语言信息予以再创造，就是绘画、戏剧、电影等视觉形象，观众所能直接看到的也只是外形特点，至于内在的东西，如性格、意境等，也仍然需要观众根据画面上所提供的信息进行再创造。所以，形象的完整性与丰富性，不在于描写的细致周密与否，而在于能否诱发读者、观众去进行再创

---

① 刘勰：《文心雕龙·知音》，范文澜《文心雕龙讲疏》卷六，新懋印书局1925年版，第13页。
② 许钦文：《文学概论》，上海北新书局1936年版，第44页。
③ 夏丏尊：《文艺论ABC》，世界书局1928年版，第69页。

造。文学作品里的人物形象，有时完全不写外形，只用几句对话，就能表现出人物特征。要用对话表现人物，不在于将人物的对话记录得详细，倒是要删除不必要之点，只摘出各人的有特色的谈话，才能显示性格。如果将人物的对话全盘记录下来，反而掩盖了特色。正如写意画虽只寥寥几笔，但由于抓住了事物的特征，其表现效果往往在工笔画之上。所以作家艺术家的创造，妙在诱发，读者观众则在接受诱发的基础上进行再创造。正如圣伯夫所说，最伟大的诗人并不是创作得最多的诗人，而是启发得最多的诗人。

既然鉴赏是一个再创造的过程，那么鉴赏者应该有相应的生活基础和思想基础，这样，在接受诱发之后，才能调动生活记忆和情绪记忆去丰富和发展艺术形象。譬如读《欧也妮·葛朗台》，我们就会根据有关吝啬鬼的生活记忆去理解老葛朗台的形象，读《水浒传》，我们就会调动有关莽撞汉的见识去丰富李逵的形象。没有相应的生活经验，是无法鉴赏艺术的。《儒林外史》的艺术水平是很高的，应该说是在《三国演义》《水浒传》之上，但为什么反而不及《三国演义》和《水浒传》流行呢？其中一个很重要的原因就是生活基础的问题。《儒林外史》写的是科举制度下的士子形象，虽然讽刺得很深刻，但自从废科举、兴学校，洋学生漫天遍地以来，知识分子的生活产生很大变化，他们的心态也有所不同，与周进、范进、匡超人、牛布衣们有了隔膜，所以对于《儒林外史》的伟大之处就不大能理解。中国社会虽然几经变迁，但"三国"气和"水浒"气却并未根除，所以《三国演义》和《水浒传》反而能流行。

当然，由于时代的变迁、民族的区别等，读者与作者的生活经验和思想意识必然有距离，因此，读者再创造出来的艺术形象与作者原有的艺术形象也必然会有差异。现代读者心目中的林黛玉形象，不可能与作者曹雪芹意念中的林黛玉形象完全一致，因为现代读者没有经历过封建贵族的生活，没有见识过大家闺秀，他们只能根据自己生活中所接触过的娇弱多愁的姑娘去加以推想，这就必然与作者所想的有距离。而且每个读者心目中的林黛玉也不会一样，这只要观看各种《红楼梦》图咏中林黛玉的图像就可以了然，这是各个画家心目中的林黛玉。西方文论家所谓"有一千个读者,就有一千个哈姆雷特",指的就是这种情况。

有时,由于人们所处的立场不同,思路各异,他们在同一著作或同一诗句中,也会读出不同的意思来。例如,鲁迅的诗句"横眉冷对千夫指,俯首甘为孺子牛",上句的"千夫指",是说千夫所指,即受到众人指责之意,鲁迅是横眉冷对,决不妥协,坚决走自己的路。他后来在《死》中说:"我的怨敌可谓多矣,倘有新式的人问起我来,怎么回答呢?我想了一想,决定的是:让他们怨恨去,我也一个都不宽恕。"即是此意。下句的"孺子牛",即为孺子做牛马之意,典出《左传·哀公六年》,其中记载齐景公对幼子荼非常溺爱,尝口衔绳子装作牛,让荼牵着骑在背上,荼跌下来,绳子把景公的牙齿也扯掉了。鲁迅在1931年4月15日致李秉中信中说:"长吉诗云:已生须已养,荷担出门去。只得加倍服劳,为孺子牛耳,尚何言哉。"可做本诗句的注解。但在流传过程中,由于理解不同,其内涵亦渐有扩大。许寿裳在回忆文章中认为,"俯首甘为孺子牛"这句诗,应参阅"救救孩子"和"自己背着因袭的重担,掮住了黑暗的闸门,放他们到宽阔光明的地方去"等话来理解,也就是说,"孺子"不仅是指海婴,而且包括所有的孩子;而鲁迅自己的行为,就像这句诗一样,体现出为民族、为后代的自我牺牲精神。这已将原意扩大了。而毛泽东《在延安文艺座谈会上的讲话》中则有另外的解释,他说:"鲁迅的两句诗,'横眉冷对千夫指,俯首甘为孺子牛',应该成为我们的座右铭。'千夫'在这里就是说敌人,对于无论什么凶恶的敌人我们决不屈服。'孺子'在这里就是无产阶级和人民大众。一切共产党员,一切革命家,一切革命的文艺工作者,都应该学习鲁迅的榜样,做无产阶级和人民大众的'牛',鞠躬尽瘁,死而后已。"这是从政治的角度来理解。

总之,读者在阅读时,要融进自己的生活阅历、审美经验和思想意识,但读者的再创造不是凭空而来,而是有所依据,这个依据便是作品形象提供的信息。读者根据作品形象再创造出来的艺术形象,当然不会与作品形象相差得太远,因为其基本特点已经被确定了。正如鲁迅所说:"作者用对话表现人物的时候,恐怕在他自己的心目中,是存在着这人物的模样的,于是传给读者,使读者的心目中也形成了这人物的模样。但读者所推荐的人物,却并不一定和作者所设想的相同,巴尔扎克的小胡须的清瘦老人,到了高尔基的头里,也许变成了粗蛮壮大的络腮胡子。不过那性格,言动,一定有些类似,大致不差,恰如将法文翻译成了俄文一样。要不然,文学这东西便没有普遍性了。"①

许钦文将鉴赏过程分为四步:第一步是识字明白了意思,第二步在于各项感觉上的领受,第三步是发生感情,第四步是到达忘我的境地。"会晤了作者的用意,深深的感动,不顾虑一切,就发生'净化作用'了。""第一步是属于理智的,以后的三步都关于情感。"② 这后面的三步,尤其是当鉴赏者进入忘我境地之后,谁能否定他不是在创作呢?

第三节　鉴赏主体的养成

一　浅薄的人不能作出好文艺来,同时浅薄的人亦不能了解好文艺

刘勰在《文心雕龙·原道》篇中说:"夫子继圣,独秀前哲,熔钧六经,必金声而玉振;雕琢情性,组织辞令,木铎启而千里应,席珍流而万世响,写天地之辉光,晓生民之耳目矣。"③ 他说孔子承继以前的圣人,独有他超过了从前的圣哲。他编订"六经",像打钟开始击磬结束一般集经典之大成;他陶冶性情,组织辞令;这些经典就同

---

① 鲁迅:《花边文学·看书琐记》,《鲁迅全集》第5卷,人民文学出版社1981年版,第530—531页。
② 许钦文:《文学概论》,上海北新书局1936年版,第116页。
③ 刘勰:《文心雕龙·原道》,范文澜《文心雕龙讲疏》卷一,新懋印书局1925年版,第4页。

施政教时所用的木舌铜铃一样,只要一开启振动,千里响应,又像儒者讲席上的珍宝一般流传下来,真可以说是发扬了天地的光辉,启发了人们的聪明才智啊!刘勰在这里肯定了孔子作为一个读者对经典作品发扬光大的作用。从孔子的成功来说,我们首先要注意的是,他面对的是经典,这是一个必不可少的起点。

许钦文建议读者要读名家的杰作。他认为:"粗浅通俗的作品,根本没有什么意义,只有事实上的关系,当然不适用鉴赏的练习。好的作品,往往是自然使人深深感受的。为着情感上悟性的修养,应该多看名家的杰作。所要注意的,无非是好好的'体味';就是一段一段看下去,照着所提示的情境,细细的设想起来。"[①]

夏丏尊虽然认为读书从什么读起不成问题,"最初但从有兴味的着手就可以"。但在文艺研究,他强调"却有几种谁也须先读的东西"[②]。特别是对于外国文艺。例如基督教的《圣经》和希腊神话,他认为是研究外国文艺的基础,所以必须要先读。他也希望读者读高级的文艺作品。"高级艺术与低级艺术的差别,在乎能保持永久的趣味与否。好的文艺作品,能应了读者的经验,提示新的意义,它绝不会旧,是永久常新的。"[③] 他还说:"浅薄的人不能作出好文艺来,同时浅薄的人亦不能了解好文艺。"[④] 上面,我们说明了鉴赏主体的能动作用,鉴赏活动对于艺术创作的积极意义,但这只是问题的一个方面,问题的另一个方面是,鉴赏主体本身却又是鉴赏对象所创造的。马克思说:"艺术对象创造出懂得艺术和具有审美能力的大众,——任何其他产品也都是这样。因此,生产不仅为主体生产对象,而且也为对象生产主体。"[⑤]

为什么说艺术对象创造出懂得艺术的鉴赏主体呢?

---

① 许钦文:《文学概论》,上海北新书局1936年版,第117页。
② 夏丏尊:《文艺论ABC》,世界书局1928年版,第48页。
③ 同上书,第49页。
④ 同上书,第68页。
⑤ 《政治经济学批判·导言》,《马克思恩格斯选集》第2卷,人民出版社1956年版,第10页。

首先，对象与主体本来就是相对而言的，没有主体，对象失去了意义，没有对象，主体也就不成其为主体。就艺术活动的过程看，总是先生产出艺术对象，然后再进入鉴赏过程，所以说鉴赏主体是由艺术对象创造出来的。当然，接受者可能先于艺术对象而存在，但在进入鉴赏过程之前，其还不是鉴赏主体，鉴赏主体是在艺术鉴赏的过程中形成的。

其次，主体的接受力不是先天生成的，而是后天培养的，养成主体接受力的重要因素，便在于艺术鉴赏自身。只有在艺术鉴赏的过程中，才能培养出主体的接受力。歌德说："鉴赏力不是靠观赏中等作品而是要靠观赏最好作品才能培养成的。"① 鲁迅说："用秕谷来养青年，是决不会壮大的，将来的成就，且要更渺小，那模样，可看尼采所描写的'末人'。"② 他们说的都是艺术对象对于培养主体接受力的重要性，而接受力又反过来影响艺术对象的创造。

二　鉴赏主体养成的主观条件

夏丏尊说："高级文艺不是一读即厌的，但同时也不是一读就会感到兴味的。愈是伟大的作品，愈会使初读的感到兴味索然。高级文艺与低级文艺的区别，宛如贞娴的淑女与魅惑的娼妇。它没有表面上的炫惑性，也没有浅薄的迎合性，其美点深藏在底部，非忍耐地自去发掘不可。"③ 夏丏尊在《文艺鉴赏的程度》中将文艺鉴赏分为三个层次：第一个层次是对事件的了解。这类人大概不能了解诗，只能了解小说戏剧。那些只求了解作品的梗概、同情作品中的人物的鉴赏，都是处在这个层次。第二个层次是耽玩作品的文字，或注意于其音调，或玩味其结构，或赞赏其表现法。"一味以文字为趣味中心，仅注重乎文艺的外形，结果不是上当，就容易把好的文艺作品交臂失

---

① 参见爱克曼辑录《歌德谈话录》，人民文学出版社1978年版，第32页。
② 鲁迅：《准风月谈·由聋而哑》，《鲁迅全集》第5卷，人民文学出版社1981年版，第278页。
③ 夏丏尊：《文艺论ABC》，世界书局1928年版，第51—52页。

之，这是不可不戒的"①。第三个层次是对作者在作品里所蕴含的感情的感知。在回答第三个层次之前，他先对好的作品的内涵进行了强调："文艺是作家的自己表现，在作品背后潜藏着作家的。所谓读某作家的书，其实就是在读某作家。好的文艺作品，就是作家高雅的情热，慧敏的美感，真挚的态度等的表现，我们应以作品为媒介，逆溯上去，触着那根本的作家。"②他又引用托尔斯泰关于艺术的定义的名言，认为：

> 感情的传染，是一切艺术鉴赏的条件，不但文艺如此。大作家在其作品中绞了精髓，提供着勇气、信仰、美、爱、情热、憧憬等一切高贵的东西，我们受了这刺激，可以把昏暗的心眼觉醒，滞钝的感觉加敏，结果因了解作家的心境，能立在和作家相近的程度上，去观察自然人生。在日常生活中，能用了曾在作品中经历过的感情与想念，来解释或享乐。因了耽读文艺作品，明识了世相，知道平日自认为自己特有的短处与长处，方是人生共通的东西，悲观因以缓和，傲慢亦因以减除。③
>
> 好的文艺作品，真是读者的生命的轮转机，文艺作品的鉴赏，也要到此境地，才是理想。④

范寿康把鉴赏看成是美的观照。鉴赏是美的观照之自然的连续或完成。美的观照，一要面对美的对象，二要观照的主体的情感投入。美的观照需要客体同主体协同。他说：

> 所谓美的观照，一言以蔽之，就可以说是否定与凝集。换言之，所谓美的观照，就是指我们把其他一切的诱惑加以断绝而专一地陶醉于对象生命里面而言。⑤

---

① 夏丏尊：《文艺论ABC》，世界书局1928年版，第64页。
② 同上书，第65页。
③ 同上书，第66页。
④ 同上书，第66—67页。
⑤ 范寿康：《美学概论》，商务印书馆1927年版，第199页。

所谓观照对象，不是把静止的自我与生动的对象世界使之对立的意思，乃是使自我与对象协同生动，使自我应着对象的要求自由自在地协同活动的意思。①

美的感情乃是一种事实上被我们所体验的实际感情，乃是一种行在特殊的境界里面的具有特殊的性格的实际感情。不过我们对于这种感情——具有美的实在性的感情——的特性，到底是难以表示出来罢了。这种感情乃是一种与世界上一切体验都不能直接比较的，只有在委身于艺术品的观照，适应艺术品的要求，对于对象的内容行深切的体验时才能为我们所感到的特殊感情。②

在欣赏艺术的时候，那观照美的对象的自我——低徊在美的对象之中而生动着的自我——与生动在现实世界中的自我会生一种分离的。所以美的观照是从自我之中解放自我，同时又是从其他的一切观念中解放自我；约言之，乃是一种自我的解脱。③

所谓观照乃是我们对于美的对象的一种态度。而所谓欣赏乃是由美的观照在我们内心所行的一种关于价值的体验；而我们如既已观照了对象，那我们对于那种价值就不得不去体验。所以鉴赏可以说是美的观照之自然的连续或完成。所以鉴赏可以说是美的观照的一面，自然被包含在美的观照里面的。④

就艺术接受的范围来说，主体的审美感觉力是很重要的，超出主体感觉力的艺术对象，对主体来说就毫无意义了。当然，主体感觉力可以在鉴赏过程中提高，但如果一开始就没有这种感觉力，那么艺术对象也就不成其为对象，正如马克思所说："忧心忡忡的穷人甚至对最美丽的景色都没有什么感觉；贩卖矿物的商人只看到矿物的商业价

---

① 范寿康：《美学概论》，商务印书馆1927年版，第200页。
② 同上书，第207页。
③ 同上书，第209页。
④ 同上书，第210页。

值,而看不到矿物的美和特性。"① 这样,主体根本就不能进入艺术鉴赏的过程,当然更谈不上审美感觉力的提高了。

为什么忧心忡忡的穷人对于美丽的景色没有感觉,贩卖矿物的商人看不到矿物的美呢?这是因为穷人为生活所迫,商人为实利所囿,他们都失去了审美的感觉力。而中世纪教会统治下的人们,由于一心一意地膜拜神灵,自我的精神受到压抑,他们的审美感觉力也渐渐萎缩了,直至文艺复兴时期,人的精神获得解放,审美的感觉力才得到发扬。鲁迅说贾府里的焦大不会爱上林黛玉,道理是一样的。可见,要获得审美的感觉力,必须超脱实利的观点,必须摆脱精神上的压抑。当然,我们不能说艺术鉴赏毫无功利可言,因为美和善是相联系的,善的判断也就是功利的判断。人们在欣赏社会性强的作品时,很容易与功利主义联系在一起,就是在欣赏草木鱼虫画时,也总是受其积极情绪的鼓舞。但是,美和善毕竟是两种判断,处处从功利主义出发,就很难欣赏到美。有些人抱着实用主义的观点,那么对善也是一种歪曲。"大跃进"时,有人反对画牡丹,主张画南瓜花;反对画风景,提倡画积肥;老鼠因为是四害之一,也不能入画。以此种观点来鉴赏艺术,哪里还有什么审美感觉力呢?艺术是人对现实的审美观照,美是人的本质力量的对象化,要欣赏美,必须让人的精神从种种束缚下解放出来,恢复人的本质力量。范寿康所认为的"从自我之中解放自我,同时又是从其他的一切观念中解放自我",与马克思的观点有异曲同工之妙。

此外,审美感觉力的培养,与文化修养和审美经验的积累有关。人的精神的解放不是复归到原始状态去,无知的人不可能具有高度的审美感觉力。老子因为主张返璞归真,所以提出"绝圣弃知""绝学无忧"的观点,但如果我们真以为"为学日益,为道日损",而回到恍兮惚兮的状态去,那也是无法进行审美鉴赏的。审美的感觉力其实也需要相当的学识做基础。至少,不识字的人就无法欣赏以语言文字来塑造形象、表现感情的文学作品;而对于音乐和绘画的感受力,也

---

① 马克思:《1844年经济学哲学手稿》,人民出版社1985年版,第83页。

与文化修养有关。在一般文化修养的基础上,审美经验的积累,又直接关系到审美力的提高。"凡操千曲而后晓声,观千剑而后识器;故圆照之象,务先博观。"① 说的就是审美经验积累的重要性。审美经验的积累,分两方面进行:一方面是个体的积累,鉴赏者在鉴赏过许多艺术作品之后,他的审美能力在无形中会得到提高;另一方面是集体的积累,那是人类在发展的过程中,积累了审美经验,形成了历史的积淀,有些成为集体无意识地遗留下来,有些则记录在诗话、词话、乐论、画论等文字中,给后人提供审美指导。这两方面的经验积累,对审美力的提高,起着决定性的作用。这也就是"学"的意义。

---

① 刘勰:《文心雕龙·知音》,范文澜《文心雕龙讲疏》卷十,新懋印书局1925年版,第15页。

第二章 越地现代文学理论关于文学批评的认识

阅读、鉴赏与批评是紧密相连的文艺活动。阅读和鉴赏必然引申为批评，批评则是深层的阅读和鉴赏。乔治·布雷在他的专著《批评意识》中，将"阅读行为"界定为"一切真正的批评思维的归宿"，可见阅读与批评关系的密切。

人们在进行阅读和鉴赏时，必然有所褒贬，难免要说长道短，这就产生了批评。文学批评就是对作家作品进行评价，对文学现象发表意见，它并不是什么高深莫测的东西，几乎每一个读者在阅读文学作品，接触文学现象的同时，就进行着批评。当然，这只是初级形态的批评。而当文学批评一旦形成一门独立的学问时，它就有种种讲究，而且相互之间还要进行一番批评，这就是批评界的论争，或者说是批评的批评。越地现代文学理论对文学批评的性质和作用进行了探讨，坚信文学批评有一定的标准。

第一节 文学批评的性质和作用：批评是鉴赏的发表

一 文学批评乃指讨论文学趣味和艺术性质而言

从鉴赏来定义文学批评，是越地现代文学理论一般的做法。夏丏尊认为"鉴赏本身，已是属于批评范围以内的事"①。"批评的含义，普通分为批难、称赞、判断、解释、比较、分类等。毕竟只是以鉴赏为出发点的东西，无论何种的批评，都可作为鉴赏的发表。因了鉴赏者的性格，于是批评乃生出许多的种类来。"② 正像考察鉴赏一样，考察批评也与创作进行关联。夏丏尊说："创作的材料是实生活，批评的材料是创作。创作者玩味了实生活而生出创作，批评家玩味了创作而生出批评。故创作者就是生活的鉴赏者，而批评家就是创作的鉴赏者。"③ 他实际上建立了从生活到创作，再从鉴赏到批评的一个完整生态链。

"批评是鉴赏的发表，我们可以沉默地去享乐文艺，也可以把自己所享乐到的传给别人，前者是普通但以鉴赏为目的的所谓读者，后者是批评家。"④ 夏丏尊在这里讨论批评时，以鉴赏为起点，从鉴赏出发，但不止于鉴赏，它要传给别人。传给别人就必然受到其他因素的制约，这样就生出了不同形态的批评。

章锡琛翻译的本间久雄的《新文学概论》引用了盖雷及斯各脱在《文学批评的方法及材料》里关于批评的五种含义：一是"吹毛求疵"的意味；二是称赞的意味；三是判断的意味；四是比较及分类的意味；五是鉴赏的意味。他们把文学批评看作是以文学的作品及问题为对象的批评。文学批评从方法上分为裁断的批评和归纳的批评。⑤ 其中第三、第四种含义显然需要依据一定的标准来进行判断，或者分类及比较。本间久雄又将归纳批评分为两种：一是与一切他所要批评的对象的作品相始终的，其目的只在仔细检讨他的作品，依着顺序记述其内容，绝不想决定那作品的价值的；二是更广泛地用了使作品与他的周围关联着而研究考察的方法，其目的在于把作品和同时代的别种作品相比较，研究其地位。这就更注重批评的客观依据了。

---

① 夏丏尊：《文艺论 ABC》，世界书局 1928 年版，第 73 页。
② 同上。
③ 同上。
④ 夏丏尊：《文艺论 ABC》，世界书局 1928 年版，第 74 页。
⑤ 本间久雄：《新文学概论》，章锡琛译，商务印书馆 1925 年版，第 83 页。

胡愈之在《文学批评——其意义及方法》中说："'文学批评'这是一个名词，在西洋已经有过几千年的历史了；可是在我们中国还是第一次说及。中国人本来缺少批评的精神，所以那种批评文学在我国竟完全没有了。我国文学思想很少进步，多半许是这缘故。近年来新文学运动一日盛似一日，文艺创作，也一日多似一日，但同时要是没有批评文学来做向导，那更像船没有了舵，恐怕进行很困难。"[1] 他参考莫尔顿的《文学的近代研究》、黑德生的《文学研究导言》、亨特的《文学的原则和问题》以及其他几部书对文学批评的概念和常见的文学批评方法进行了介绍。他首先对把批评当作"批驳""纠正""怀疑"的观念进行了否定。对于文学批评著作和文学作家的批评，也许是哲学的，也许是科学的，也许是神学的，也许是政治的，这些都不好算作是文学批评。因为文学批评乃指讨论文学趣味和艺术性质而言。他认可亨特的关于文学批评的观点，认为文学批评既是科学又是艺术。文学是直接批评人生的，文学批评是间接批评人生的。"真的文学批评，在一方面亦是文学创作。"[2] 根据莫尔顿的分法，西洋的批评学说分为两个时期：从希腊亚里士多德到文艺复兴是因袭（传统）的批评，到了近代，便是近代的批评。传统的是亚里士多德在其《诗学》里所定下来的形式批评。在莫尔顿看来传统的批评有三个缺陷：忘却文学的统一，忘却文学的自然进化，排斥文学的归纳观察。传统的批评是客观的，近代的批评是主观的；传统的批评是形式的，近代的批评是个位的。近代的文学批评是适应近代文学的。莫尔顿又将近代的批评分为四种：归纳的批评、推理的批评、判断的批评、自由的或主观的批评。

---

[1] 胡愈之：《文学批评——其意义及方法》，见东方杂志社编印《文学批评与批评家》，商务印书馆1924年版，第1页。
[2] 同上书，第6页。

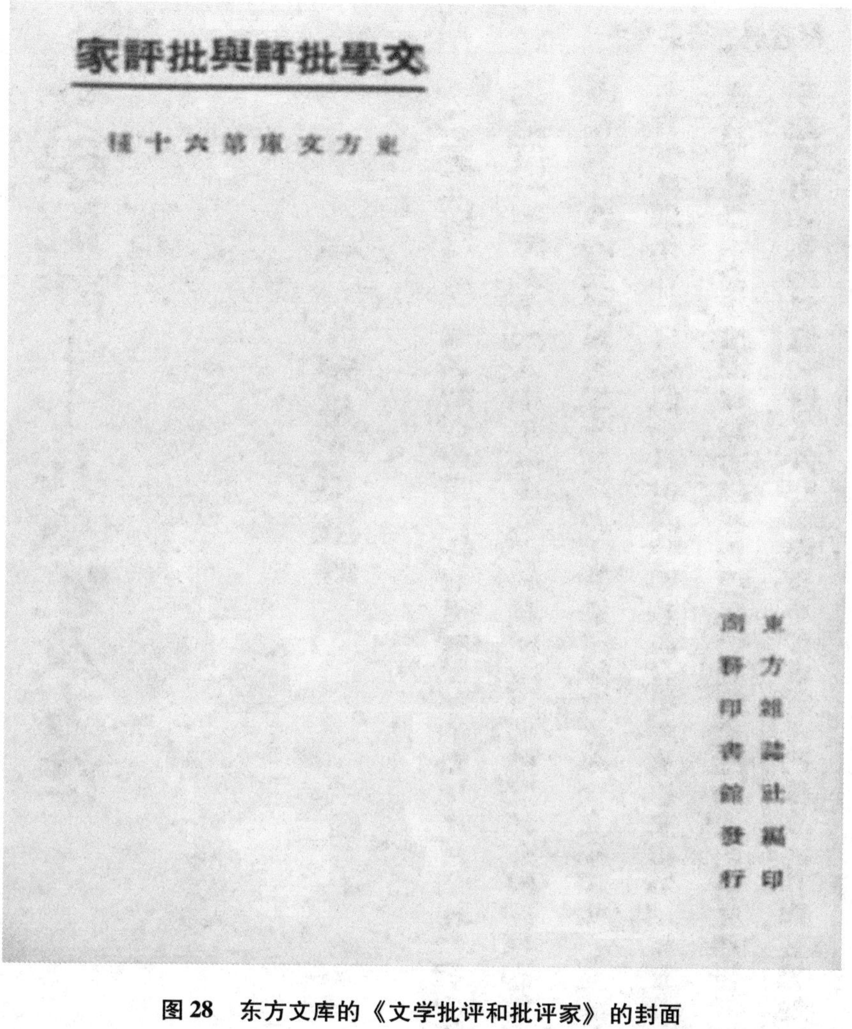

图 28　东方文库的《文学批评和批评家》的封面

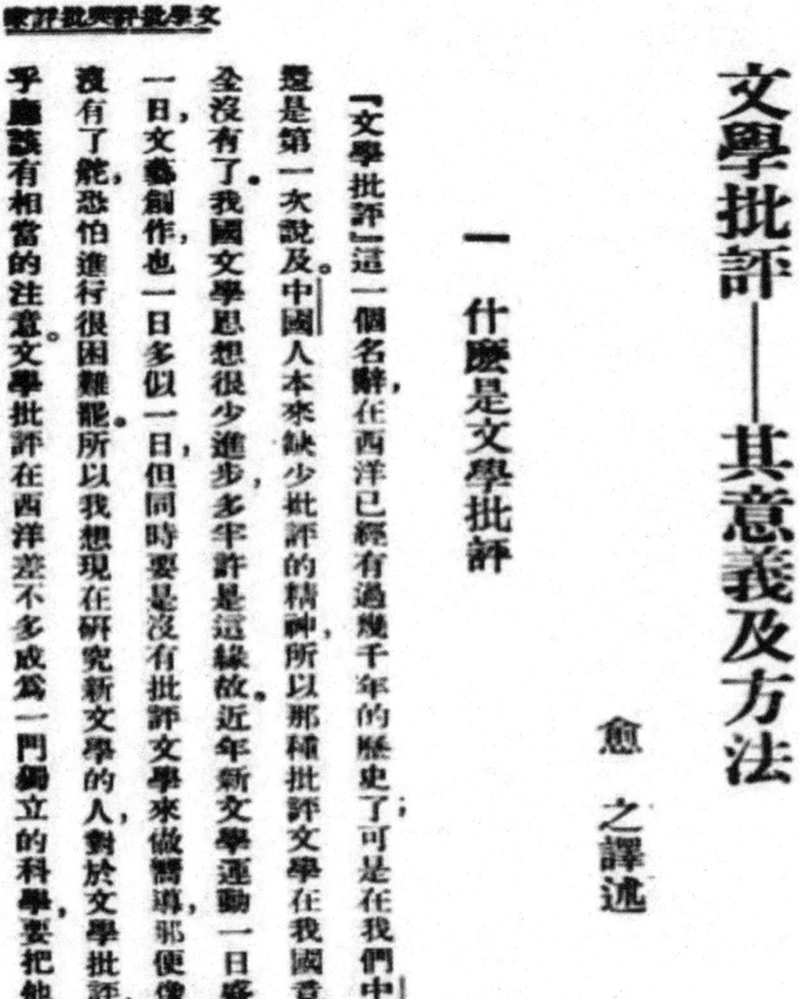

文學批評——其意義及方法

愈之譯述

一 什麼是文學批評

「文學批評」這一個名辭，在西洋已經有過幾千年的歷史了；可是在我們中國還是第一次說及。中國人本來缺少批評的精神，所以那種批評文學在我國竟完全沒有了。我國文學思想很少進步，多半許是這緣故。近年新文學運動一日盛似一日，文藝創作也一日多似一日，但同時要是沒有批評文學來做嚮導，那便像船沒有了舵，恐怕進行很困難罷。所以我想現在研究新文學的人，對於文學批評，似乎應該有相當的注意。文學批評在西洋差不多成爲一門獨立的科學，要把他的

文學批評與批評家

图 29　胡愈之文章的首页

图30 《文学批评和批评家》的版权页

关于文学批评的性质，历来有不同的看法，其中不无偏颇之见。比较突出的是把文学批评看作是批评家的自我表现，只凭主观感受，否认有什么客观依据。例如，法朗士就说："优秀的批评家就是这样一个人，他把自己的灵魂在许多杰出作品中的探险活动，加以叙述"；又说："先生们，关于莎士比亚，关于拉辛，我所讲的就是我自己"[①]。他强调的是批评家的自我，批评对象则只是批评家发挥自我的

---

① ［法］法朗士：《文学生活》，伍蠡甫编《西方文论选》下卷，上海译文出版社1988年版，第263页。

凭借物。1923年朱自清还翻译了法朗士的《心灵的漫游》。法朗士在这篇文章里直接说："世上没有客观的批评这种东西，正如没有客观的艺术一样。"① 这种批评充分发挥了批评家的主体意识，因而也很富有个人特色。但由于主观性太强，很难对作品做出客观的评价。就文学批评本身而言，显然是片面的。

文学批评既不是批评家自我表现的手段，更不是阶级斗争的工具，它是一门具有客观规律的文艺科学。俄国诗人普希金说得好："批评是一门科学。批评是揭示文艺作品的美和缺点的科学。它是建立在彻底理解艺术家或作家在其作品中所遵循的规则、深入研究典范作品和积极观察当代的突出现象的基础上的。"② 我们承认文学批评是科学，当然并不是要抹杀它的审美特点，而是要强调它本身的规律性，以及它独立存在的意义。

文学批评既然是一门科学，它就具有客观性。批评家不能单凭自己的主观印象和个人好恶来进行批评，而要对批评对象做出客观的、实事求是的分析。正如鲁迅所说："批评必须坏处说坏，好处说好，才于作者有益。"③ 不仅于作者有益，而且也于读者有益，于整个文学事业有益。但是，恰恰在这个最简单的问题上，却最不容易做到。

并不是说批评文章不能有个人的感情色彩，而是说作品好坏是有客观标准的，并不以批评家的主观意志为转移。如果批评家的主观印象和个人感情与客观标准相符合，这就是正确的批评，反之，就是错误的批评。实事求是，应该是文学批评的基本原则。

同时，文学批评作为一门科学，应该有它的独立性，而不能作为其他事物的附庸，既不能从属于政治或宗教，也不能附着于钱袋和人情关系。科学，是研究特定对象的内在规律的，因此，它应该根据客

---

① [法]法朗士：《心灵的漫游》，朱自清《朱自清全集》第八卷，江苏教育出版社1993年版，第498页。

② [俄]普希金：《普希金论文学》，张铁夫、黄弗译，漓江出版社1983年版，第150页。

③ 鲁迅：《南腔北调集·我怎么做起小说来》，《鲁迅全集》第4卷，人民文学出版社1981年版，第514页。

观规律办事，而不能以某种外在力量为转移。正如生物学、物理学不能根据政治需要来改变自己的定律一样，文艺学——包括文学批评，也不能将自己的观点修改得适合于某种政治需要。至于为了商业利益而进行的炒作和为了人情关系的胡乱捧场，那都属于广告文字，而并非真正的文学批评。文学批评只对客观真理负责，而不依附于某种社会力量。炒作批评和捧场批评的泛滥，就意味着文学批评的灭亡。

作为一门科学，文学批评不是可有可无的东西。尽管世间多有幼稚的批评，错误的批评，乃至恶意的批评，这些都亟须纠正，可用批评的批评来纠正，但却不可以没有文学批评。没有文学批评，文学事业就不能发展，不能前进。

那么，文学批评有什么作用呢？

二 批评不仅是认识的，反射的，同时也应该是创造的，战斗的

针对各种文学体裁不同特点，徐懋庸提出了文艺欣赏的方法。《怎样理解诗》、《怎样理解戏剧》、《怎样理解小品文》、《怎样理解小说》以及《怎样理解文艺批评》、《怎样理解文学史》等都贯穿了他的再现论的文艺思想。同时，他注重文艺批评与研究对创作的重要影响。《怎样理解文艺批评》中他认为，"正确的文艺批评，常能够发幽显微，把作家所已经表现出而自己还不曾分明意识到的真理阐明出来，使作品的效果更加扩大"[1]。他把所有的文艺批评的种类大体分为观念论的批评和辩证法的批评两种，并认为两者都有创造性。"批评不仅是认识的，反射的，同时也应该是创造的，战斗的。"[2]

在《怎样理解文学史》中，他认为"真正的文学史，其实也就是文艺批评。批评和文学史的区别，只是同一文艺科学在应用上的区别罢了。批评，是分析当时的文坛上的作品的，文学史，则是从历史的远景上去检讨文艺的发展的。但批评和文学史所根据的原则，所应用

---

[1] 徐懋庸：《怎样理解文艺批评》，《怎样从事文艺修养》，生活书店1936年版，第147页。

[2] 同上书，第150页。

的方法，大体是相同的。像过去观念论者所说的那样'文学史是客观的，批评是主观的'这种话，是不正确的。"① 他认为正确的文学史也和正确的文艺批评一样，应该是站在历史唯物论的观点上的。"未经唯物史观的光的照明，终不能臻于正确。"②

夏丏尊说："伟大的文艺批评家，应该就是人生全体的批评家，因为文艺批评是以作家的创作为对象的，创作是通过了作家的心眼的人生的表现，批评家的批评，直接是批评创作，间接就是在批评人生。"③ "作品是作家对于人生的叫喊，批评是批评家对于作品的叫喊，作品因了批评增加社会性，也因为愈有社会性，愈有批评的必要。"④

章锡琛翻译的本间久雄的《新文学概论》中著者认同亨德在《文学其原理及问题》中所列的三点文学批评的效果：文学的鉴赏，文学普及及改善，公众趣味的教育。⑤ "创作是否优于批评，正和创作家与批评家孰优孰劣的优劣论，同是极无意味的问题。""批评不但并不破坏创作力，并且能使创作力益加旺盛。""不含有创作家底气息的批评，不能成文学批评。"⑥ "伟大的作品，必待伟大的批评家始能阐明其价值。"⑦

可见，越地现代文学理论认为文学批评大致有两方面的作用。

一种作用是总结创作经验，帮助作家提高创作水平。

反对文学批评最起劲的，大概是创作家。他们装出一副蔑视状，似乎对批评文章不屑一顾。其实，作家大抵是很关心自己作品的社会反响的，如果反响冷淡，作家感到寂寞；如果反响不佳，作家感到颓丧；如果反响热烈，作家感到兴奋。这种社会反响就是文学批评，只

---

① 徐懋庸：《怎样理解文学史》，《怎样从事文艺修养》，生活书店1936年版，第152页。
② 同上书，第155页。
③ 夏丏尊：《文艺论 ABC》，世界书局1928年版，第75页。
④ 同上书，第77页。
⑤ 本间久雄：《新文学概论》，章锡琛译，商务印书馆1925年版，第85页。
⑥ 同上书，第88页。
⑦ 同上书，第97页。

是并不完全形诸文字而已。可见蔑视批评是假的。以前的作家很在乎领导的意见，领导的意见也是一种文学批评，只不过是关乎实际利益的权力批评；现在的作家则热衷于评奖活动，这也与实际利益有关，评奖当然也是一种文学批评，不评出高下优劣，如何能够发奖？至于靠走后门、拉关系来得奖，那是评奖活动的堕落，已无正确评价可言了。实际上，作家们所讨厌的只是对于自己作品缺点的批评，至于溢美之词，是乐于接受的。而恰恰这种不切实际的赞美毁了这些作家。正如钱锺书所说："作品遭人毁骂，我们常能置之不理，说人家误解了我们或根本不了解我们；作品有人赞美，我们无不欣然引为知音。但是赞美很可能跟毁骂一样的盲目，而且往往对作家心理上的影响更坏。因为赞美是无形中的贿赂，没有白受的道理；我们要保持这种不该受的赞美，要常博得这些人的虽不中肯而颇中听的赞美，便不知不觉中迁就迎合，逐渐损失了思想和创作的自主权。有自尊心的人应当对不虞之誉跟求全之毁同样的不屑理会——不过人的虚荣心（vanity）总胜于他的骄傲（pride）。"① 这话说得极具道理，有许多作家不就是在权力的规范和评奖的诱导下，丧失了思想和创作的自主权吗？

　　夏丏尊认为很难断定作家与批评家的地位孰高孰低："批评家之中，有好的坏的，作家之中，也有好的坏的。如果离开了人，抽象地但就批评与创作二事来说，则批评究是知识的产物，创作究是天才的产物，性质不同，无法品定孰优孰劣的。即使勉强评定了也是毫无意义的事。""作家可以不把批评家的批评为意而从事其创作，批评家也可以不管作家的好恶而发抒其批评。彼此有其自由的立场，可各不相犯。一味迎合批评家的意向的不是好作家，拘于主观或以私意品陟作品者，不是好批评。"②

　　总之，批评与创作的关系是十分密切的。错误的批评会破坏创作情绪，或引导作家走上错误的创作道路，而正确的批评则会提高创作水平。古罗马著名理论家贺拉斯做过一个生动的比喻，他把创作比作

---

① 钱锺书：《杂言》，《钱锺书散文》，浙江文艺出版社1997年版，第547页。
② 夏丏尊：《文艺论ABC》，世界书局1928年版，第76页。

"刀子",把批评比作"磨刀石",说磨刀石虽然"自己切不动什么",但却"能使钢刀锋利"。① 伟大的作家是不怕听取别人的批评意见的。巴尔扎克说:"作家没有决心遭受批评家的火力就不该动笔写作,正如出门的人不应该期望永远不会刮风落雨一样。"② 曹雪芹在《红楼梦》还未写完时,就让亲友传阅,他"披阅十载,增删五次",吸取了包括脂砚斋在内的评论者的意见,有些情节,如秦可卿淫丧天香楼,就做了很大的删改,提高了作品的艺术力量。而权威的批评,在批评某一个作家时,不但直接影响这一个作家,而且间接影响了其他作家。如别林斯基对果戈理的评论,不但帮助果戈理坚持现实主义道路,而且影响了许多作家,使果戈理所开创的道路后继有人。总结经验,当然包括正反两方面的经验在内。所以鲁迅将批评家的职务定为灌溉佳花和剪除恶草两种。

　　一部好作品的声誉,当然是靠自身内在价值决定的,但如果没有文学批评及时肯定,有时也会埋没在杂草之中。契诃夫深有感触地说:"由于完全缺乏批评家,许许多多的生命和艺术作品也在我们眼前消灭了。""只因为我们这个时代没有好批评家,许多有益于文明的东西和许多优美的艺术作品,就埋没了。"③ 特别是一些佳花的苗,由于幼小,如果没有进步批评家的灌溉、扶持,便会被旧的社会势力所扼杀。譬如"五四"时期,有些文学青年通过写爱情小说和诗歌,表现出对于自由的追求,因而遭到卫道士们的呵责,这时,鲁迅、周作人等新文化战士就挺身而出,为青年作家辩护。虽然他们所扶持的作品还不是什么佳作,但青年作家沿着鲁迅等人所肯定的反封建的方向前进,终于使新文学蔚为大观。

　　在文艺园地里,有佳花,也必然有恶草。如果不剪除恶草,佳花也不能很好地生长。所以,剪除恶草也是文学批评必不可少的工作。

---

　　① 贺拉斯:《诗艺》,《诗学·诗艺》,人民文学出版社1962年版,第153页。
　　② [法] 巴尔扎克:《人间喜剧·前言》,伍蠡甫编《西方文论选》下卷,上海译文出版社1988年版,第172页。
　　③ [俄] 安·巴·契诃夫:《契诃夫论文学》,汝龙译,安徽文艺出版社1997年版,第401页。

不能将剪除恶草的工作都看作打棍子，首先要看所剪之草是否恶，如果的确是恶的，那就非剪不可。如别林斯基对斯拉夫派的批判，鲁迅与复古派的斗争，都是为发展进步文艺开辟道路，势在必行。有时，在同一个作家身上，在开过佳花之后，也会长出恶草。这样，批评家在他身上就得同时进行两种工作：既灌溉佳花，又剪除恶草。如果戈理在写出《死魂灵》等反对农奴制的好作品时，就得到别林斯基的热情的肯定，后来他在《致友人书信选》里表现出肯定农奴制的错误倾向，别林斯基就毫不留情地在公开信中对其加以谴责。批评家应该成为作家的诤友，才能帮助作家前进。

文学批评的另一种作用是引导读者鉴赏文学作品，充分发挥文学作品的审美作用和教育作用。

这种引导作用，具体表现在三个方面。

首先，是帮助选择作品。法朗士说："我们要爱书，我们要读书；但我们不要用无辨别的手去搜集他们。"① 阅读文学作品，是人类文化教养的重要部分。但是，古往今来，文学作品浩如烟海，正如庄子所说："吾生也有涯，知也无涯，以有涯随无涯，殆已。"② 书当然不可能全读，那么该从何入手呢？于是，文学批评就要担当帮助读者选择作品的责任。读者往往先从批评文章，或者从口头批评中得悉哪些作品值得读，这才去阅读。如果文学批评介绍不得当，读者读过作品后，会大呼上当；如果介绍得恰如其分，读者会省去东翻西找之劳，感到获益匪浅。

其次，是引导审美鉴赏。夏丏尊说："文艺批评的任务，一方面是阐发作品，指导读者，另一方是批评作品，指导作家。文艺批评家，可以说是读者和作者家所共戴的教师。"③ 如果把一部文学作品比作一处名胜古迹，那么批评家就是导游。尽管每个游览者都可以凭审美直觉来欣赏名胜古迹，但往往容易囫囵吞枣，忽略掉许多美景。巴

---

① ［法］法朗士：《心灵的漫游》，朱自清《朱自清全集》第八卷，江苏教育出版社1993年版，第502页。
② 庄子：《庄子·养生主》，《庄子集释》第1册，中华书局1987年版，第115页。
③ 夏丏尊：《文艺论ABC》，世界书局1928年版，第75页。

尔扎克认为："艺术作品就是用最小的面积惊人地集中了最大量的思想，它类似总结。"所以多数人是不可能一下子看透一部作品的，"结果只能隔靴搔痒地观赏"。① 这样，文学批评的分析、引导，更是必不可少的了。

再则，对有害的作品起防范作用。为了全面培养一个人的思维能力，马克思主义者历来主张要同时接受正反两方面的教育。对于文学作品的阅读也是这样，除了好作品之外，也要让读者接触有害的作品。那么怎样防止它害人呢？这就需要文学批评的帮助了。鲁迅说："我是主张青年也可以看看'帝国主义者'的作品的，这就是古语的所谓'知己知彼'。青年为了要看虎狼，赤手空拳地跑到深山里去固然是呆子，但因为虎狼可怕，连用铁栅围起来了的动物园里也不敢去，却也不能不说是一位可笑的愚人。有害的文学的铁栅是什么呢？批评家就是。"②

第二节 文学批评的标准

一 没有一定圈子的批评家，那才是怪汉子呢

章锡琛翻译的本间久雄的《新文学概论》在总结文学批评的方法时说："我对于文艺的鉴赏，决不排斥容纳一种的思想。换一句话，如托尔斯泰的崇奉原始基督教，拉司金的主张一种超越的哲学，诺尔陶的用一种病理学的原理，勃廉谛尔的抱一种古典底理想主义，泰纳的持一种唯物论的机械观，及其他诸人的抱各种的思想、主义、及学说，我是决不排斥的。然而囚于这样的思想、主义、学说，以一种固

---

① [法] 巴尔扎克：《论艺术家》，《古典文艺理论译丛》第 10 辑，人民文学出版社 1965 年版，第 101 页。
② 鲁迅：《准风月谈·关于翻译（上）》，《鲁迅全集》第 5 卷，人民文学出版社 1981 年版，第 296—297 页。

定观念及一种成心来对艺术的作品,是我所排斥的。"①

作为东汉时期的哲学家和文化批评家,上虞的王充曾经写过一部书叫《论衡》,目的是"铨轻重之言,立真伪之平",他自然有个衡量的标准,这个标准"可以一言以蔽之,曰:疾虚妄"。魏晋南北朝的士大夫,好品评人物,常作月旦评,他们心中也有一个做人的标准,虽不明说,但在品评过程中必然有所流露。如《世说新语·雅量》篇记载这样一个故事:

> 祖士少贪爱财物,阮遥集爱好收藏鞋子,他们都长期坚持收藏。他们都有同样的收藏癖好,但人们都不清楚二人的修养谁高谁低。有个人去拜访祖士少,恰好碰见他正在整理财物,客人进门的时候,他还有两小筐没整理好,祖士少把它们放在身后,还斜着身体想遮住,看得出他心里很紧张。有个人造访阮遥集,看见他自己生火给鞋子上蜡,还叹息道:"(虽说有这么多鞋子),不知道一个人一辈子能穿几双呢?"他的神情悠闲潇洒。如此,两个人涵养的高低完全显露出来了。

他们不是以爱好分优劣,而是以有无雅量定高下。可见衡量别人,自己必然有个衡器量具,这就是标准。文学批评自然也不能例外。但有些人认为,文学批评不应该有标准,有了标准就有框框,拿框框去套就会束缚创作的发展。这种看法似是而非,因为有标准是一回事,拿框框去乱套又是另一回事,两者不能混同。还是鲁迅说得好:"我们曾经在文艺批评史上见过没有一定圈子的批评家吗?都有的,或者是美的圈,或者是真实的圈,或者是前进的圈。没有一定圈子的批评家,那才是怪汉子呢。办杂志可以号称没有一定的圈子,而其实这正是圈子,是便于遮眼的变戏法的手巾。……我们不能责备他有圈子,我们只能批评他这圈子对不对。"②

---

① [日]本间久雄:《新文学概论》,章锡琛译,商务印书馆1925年版,第125页。
② 鲁迅:《花边文学·批评家的批评家》,《鲁迅全集》第5卷,人民文学出版社1981年版,第428—429页。

在我们的文学批评实践中，存在着两个问题。

一是标准不对。例如在江青掌控文坛时，就订了"极左"的所谓"无产阶级革命化"的政治标准，又订了复古倒退的"三突出"的艺术标准，用以衡量文艺作品，当然会把几乎所有的作品都打成"反党反社会主义"的大毒草，现代文学史上变成一片"空白"，是谓"空白论"。这当然是极端的例子。在这之前，错误的批评标准早就存在了，也扼杀了许多好作品，不过还没有如是之甚。

二是圈子太窄。由于我们受历史上长期以来的大一统思想的影响，反映在文学批评上，也过分要求整齐划一，而不能容许多样化。譬如，在提倡革命文学时，就要求一律写革命题材；在提倡国防文学时，又要求一律写国防题材，结果完全以题材来定作品之优劣。这当然过于狭窄，实际上也行不通。又如，我们常常以现实主义的标准来衡量作品，而把"反现实主义"作为一条罪状，套在不合己意的作家身上，甚至弄得连当时全国文联主席郭沫若也不敢承认自己是浪漫主义者，直到毛泽东提倡革命现实主义与革命浪漫主义相结合的创作方法时，他才重新打出浪漫主义的旗帜。而这时，批评家又将历史上和现实中所有好作品都说成是现实主义和浪漫主义相结合的成果，好像非此即不足以称好。有些人对于西方现代派的抽象艺术采取不承认态度，以资产阶级颓废艺术之名，一笔抹杀；而信奉西方现代派艺术的人呢，又反过来把现实主义艺术说得一文不值。这些，都是批评标准——也就是圈子太窄的缘故。而现实的冲击，则迫使批评家不能不修正自己的标准，放大批评圈子，否则，只有被遗弃。

文学批评该有什么样的标准，这也有不同的看法。在我国比较流行的是政治标准第一，艺术标准第二的提法。这种提法，本来还是考虑到政治和艺术两个方面的，但在实践的过程中，却变成了政治标准唯一，也就是仅仅从政治上去衡量文学作品，这当然是片面的。它不但忽视了作品艺术上的成就，而且也排除了政治以外的思想意义，其结果是使文学批评的标准越来越窄。后来，人们看到这一弊病，就改为思想标准和艺术标准相结合，这比以前宽泛得多了。因为政治标准仅仅抓住政治思想这一条，而思想标准则囊括各种思想——除政治思想外，还有社会思想、伦理思想、哲学思想、宗教思想等。不能把政治思想和其他思想完全等同起来；不但不能等同，有时，其间还存在着矛盾。例如，歌德和黑格尔，在政治上都和法国革命保持距离，甚至持反对态度。恩格斯曾批评歌德道："在拿破仑清扫德国这个庞大的奥吉亚斯的牛圈的时候，竟能郑重其事地替德意志的一个微不足道的小宫廷做些毫无意义的事情和寻找小小的乐趣。"① 但是，歌德的文学和黑格尔的哲学，却在意识形态的领域内反映了法国革命、讴歌了革命思想。这里，既有政治思想与哲学思想、文学思想的矛盾，也反映了政治思想本身的复杂性。此外，政治思想和社会思想也不尽相同。例如，我国现代作家沈从文，他曾经主张中间路线，在政治上当然不能为革命阵营所赞同，但是，他的小说创作却大量地暴露了上流社会之丑恶，并表露出对下层"抹布阶级"的同情，这是值得肯定的。过去我们以政治标准涵盖一切，对沈从文这样的作家持全盘否定的态度，这当然是不公正的。且不说沈从文还是个文体家，单就在反映湘西地区民情风俗上，他也是独一无二的。至于政治思想与伦理思想的不一致，那更是常见的事。有些干部，在政治上是赞成民主革命以至社会主义革命的，但在道德观念上，封建思想极浓厚，我们却因政治上的原因，把他的一切都肯定下来了。这也是以政治来代替一切的弊病的体现。

也有人将文艺批评的标准定为美学标准和历史标准，依据的是恩格斯的观点。恩格斯在《诗歌和散文中的德国社会主义》中，在1859年5月18日致拉萨尔论《济金根》的信中几次说起"是从美学和历史的观点"进行文学批评的。但是，从美学观点和历史观点出发来批评，与其说是批评标准，毋宁说是批评方法。就批评标准而言，倒不如将思想标准与艺术标准扩大为真、善、美三条标准。这三条标准正好对应文艺作品的三个构成部分：生活、思想、艺术。

---

① 《诗歌和散文中的德国社会主义》，《马克思恩格斯全集》第4卷，人民出版社1956年版，第257页。

二　一切的文学研究，常常以这纯真无垢的谦虚心为出发点

夏丏尊说，"中国是文字的国家，文艺批评的历史很古，从来汗牛充栋的注释家的著作，以及一切诗话、词话、文论等，都是文艺批评。但可惜大半都汲汲于文字上，琐屑不堪，和近代各国的所谓文艺批评者，差不多是全不相同的东西。这也不只中国古来如此，文艺批评的成为一种有势力的趣向，至于产出所谓文艺批评的专门家，在西洋也是近代的事。"① 他在这里指出了文学批评现代发展的事实。在发展过程中，人们从不同角度形成了不同方法。夏丏尊就归纳了几种，他说："所谓文艺批评者，种类很多，有什么印象的批评、历史的批评、科学的批评、社会的批评等。"② 随着文学实践的发展，专门化的批评也是历史趋势。"文艺批评，在现代已俨然成了一种专门的职业。这种职业完全是近代的产物。因了交通印刷的便捷和普通教育的发达，接触文艺的机会，较前丰富，文艺在现代已成了和日常茶饭一样的生活上需要的东西，有需要就必有供给，于是不但创作是专门职业，连批评创作，也成为一种专门的职业了。古代未有如此条件，连职业的创作者尚且没有，何况职业的批评家呢？"③ 那么，如何才能正确客观地进行文学批评呢？

章锡琛翻译的本间久雄的《新文学概论》的最后部分是这样结尾的："爱墨孙所谓'思想是牢狱'的话，在艺术的鉴赏上，尤其是真理。我们对于艺术的鉴赏，第一应该脱出一切思想的牢狱，应该用了纯真，谦虚的心，最妥当，最丰富地容受那作品所给予的刹那的印象。所谓文学艺术的真的伦理底意义，社会底意义，乃至人生底意义，必须以这种纯真的态度的鉴赏批评为第一步，才可以到真理的理解。""一切的文学研究，常常以这纯真无垢的谦虚心为出发点。"④

---

① 夏丏尊：《文艺论 ABC》，世界书局 1928 年版，第 74 页。
② 同上书，第 73 页。
③ 同上书，第 75 页。
④ 本间久雄：《新文学概论》，章锡琛译，商务印书馆 1925 年版，第 126 页。

本间久雄在这里认为"真"是衡量一部作品价值的最基本的方面。所谓真，是指作品的真实性，指作品是否真实地反映了生活内容。许多作家理论家都明确地意识到这一点。

如果所写的内容是虚假的，当然一切都无从谈起了。正如王若虚在《滹南诗话》中所说："真伪未知，而先论高下，亦自欺而已。"外国现实主义作家巴尔扎克、高尔基都认为文学必须得讲真实。左拉也说过："当我读一本小说的时候，如果我觉得作者缺乏真实感，我便否定这作品。"[①] 但真实性并不是指表面的真实，也不是指外形的真实，而是指是否真实地反映了现实的社会关系。恩格斯告诉拉萨尔，主要人物是一定的阶级和倾向的代表，因而也是他们时代的一定思想的代表，他们的动机不是从琐碎的个人欲望中，而正是从他们所处的历史潮流中得来的。艺术作品当然只能攫取历史潮流中的一朵浪花，但要反映出历史潮流的流向，也就是要能从一滴水里看见世界。这样的作品才能深刻。所以真实性又是与深刻性联系在一起的。马克思称赞巴尔扎克，说他是以对现实关系的理解深刻著称；而巴尔扎克作品的深刻性，正是建立在真实性的基础之上。真实性，对于文学创作来说，既是一个基本要求，也是一个很高的要求，并不是所有作家都能做到的。它不但关涉思想的深刻性，而且取决于作家的人生态度和创作态度。鲁迅曾批评我国古代作家不敢直面人生，不敢正视社会矛盾，从而产生了许多瞒和骗的文艺；而中华人民共和国成立以后的历次文艺批判运动中，又不断地批判"写真实"的口号，也是引导作家回避和掩饰矛盾、产生缺乏真实性作品的原因。所以，将"真"列为文学批评标准之一，是引导文学创作直面人生、正视现实的重要问题。

有些人虽然也用真实性的标准来衡量作品，但他们所要求的真实性是要作品所描写的材料与生活事实相符，否则就指责为失真。须知文学作品不同于新闻报道，它不需要与生活事实完全一致，只要符合

---

① ［法］左拉：《论小说》，《古典文艺理论译丛》第 12 辑，人民文学出版社 1967 年版，第 122—123 页。

生活逻辑即可。许钦文说："'是非''善恶'和'美丑',都没有绝对的标准:在这里以为是'是'的,'善'的,'美'的,转到别处,也许以为是'非'的,'恶'的,'丑'的了。"①

有些人用日常常识的眼光来理解真实性,认为与常识相暌离的形象都是不真实的。例如有些画家画奔马,不是四只蹄,而是无数只蹄,这是不合常识的。但是,马在高速奔跑时,留在人们视网膜上的不正是无数只马蹄的形象吗?所以从视觉形象看,又是真实的;又如毕加索画的人像,往往像是两副面孔叠在一起,这也不合常识,但从不同视点看同一个人,这种形象又是真实的。文学上的描写也是如此,如鲁迅笔下高老夫子在课堂里看到的"小巧的等边三角形"等,也是特定心态下的视角真实。这些描写,都不能说是违背真实的标准。恩格斯说得好:"常识在日常应用的范围内虽然是极可尊敬的东西,但它一跨入广阔的研究领域,就会碰到极为惊人的变故。"② 我们应该超脱日常生活常识的眼光,而从研究的观点出发,才能真正掌握"真"的标准。

对于文学作品,我们要从"真"出发,最终达到"真、善、美"的统一。真正优秀的文学作品,总是能深刻地反映生活真实,具有强大的思想力量,同时又有高度的艺术性。

---

① 许钦文:《文学概论》,上海北新书局1936年版,第10页。
② 《社会主义从空想到科学的发展》,《马克思恩格斯选集》第3卷,人民出版社1956年版,第734—735页。

第五编　发展论

第一章 越地现代文学理论关于文学思潮的论述

越地现代文学理论关于文艺起源的问题探讨得不多，毕竟这是一个受外来文化影响文学发生变革的时期。在文艺发展的研究中，更多关注具体的发展文学的方法如创作方法等，对文学思潮、文学流派的研究也不多。徐懋庸的文艺思潮研究是比较集中的成果。

第一节 关于文学思潮的主要讨论

一 文学思潮、文学流派与创作方法

在章锡琛翻译的《新文学概论》里，本间久雄归纳研究文学起源的两条路径：一是从心理学研究；二是从艺术发生学研究。① 前者涉及所谓艺术冲动的研究，后者则为今日还存在的原始人间所见文学形式的归纳的研究。心理学的研究艺术冲动的学说有数种。如游戏本能说，以艺术冲动为一种的游戏本能；模仿本能说，以此为一种的模仿本能；吸引本能说，以此为给予快乐而想吸引的本能；及自己表现本能说，以此为只是表现自己的本能等，即其一例。其中被作为向来研

---

① ［日］本间久雄：《新文学概论》，章锡琛译，商务印书馆1925年版，第14页。

究的对象的，要算游戏本能说最多。本间久雄列举了游戏说的代表人物的代表观点之后，又引用希伦（Hirn）在所著的《艺术的起源》中的说法加以反驳。"把那为艺术品的特色的美，旋律等的艺术底性质解释为游戏冲动的结果，是很不妥的。"① "心理学的说明，必须与艺术的发生学底研究相辅才能解决。"② 从而主张艺术是从最实际的非审美的目的而生的东西。"文学也与别的艺术一样，可以说是从那与实人生最密接的关系而生的。"③ 文学中哪一种样式最先发生？他认为是诗。诗的各个形式中又是抒情诗最先发生。他的自信来源于麦更西（A. S. Mackenzie）的《文学的进化》，其中有专章论述《诗的起源》。

越地现代文学理论关于艺术的起源问题探讨得不多，但艺术发展中的文学思潮问题多有论及。

许钦文从主义和派的角度论述了文学思潮中的创作方法和文学流派。许钦文说："'主义'和'派'，在文学上常常混称。仔细辩称起来，大概主义先有，派是后来形成的。主义是初次提倡时候的原则，派是事实上的结果。事实总未必能够符合理想，所以成了派的作品，往往不如所抱主义的原则。譬如浪漫派是放浪空虚的了，浪漫主义只是要解放，重理想。这是因为，提倡主义的人，总有相当的识见，形成功派的，许多都是附和分子，未免盲从，往往把主义曲解。事实上，一经成派，不久就会另有一种主义起来；派是做着主义的坟墓的了。"④ 他在这里探讨了文学思潮或创作方法与文学流派的关系。

所谓文学思潮，是指在一定的社会文化思想的影响下，为适应社会变革和艺术创新的需要而形成和发展起来的并产生了广泛社会影响的文学思想潮流。文学思潮不是偶然出现的文学现象，它的发生也并非仅仅出于单纯的文学要求。因社会发展而引起的政治、经济与文化上的变化，以及由此产生的思想需求，往往成为导致文学思潮发生的社会原因，直接或间接地促成了文学思潮的形成和发展。

---

① ［日］本间久雄：《新文学概论》，章锡琛译，商务印书馆1925年版，第16页。
② 同上书，第17页。
③ 同上书，第19页。
④ 许钦文：《文学概论》，上海北新书局1936年版，第59页。

文学流派的形成与文学思潮有着密切关系。它们常常同时出现，几乎形影相随。要么是一种文学思潮促成了某个文学流派甚至更多个流派的形成与发展，要么是某个文学流派以其广泛深刻的影响促成了某种文学思潮的产生。

创作方法，是指导作家从事创作的基本原则。创作方法之间的差异，主要因处理艺术和现实之间的关系不同而来。现实主义是按照生活的实际样式来反映生活，浪漫主义则按照作家的理想和愿望来表现生活。作家所根据的创作原则的不同，形象构成和情感表达的方法也不一样。作家的创作方法总是自觉或不自觉地与一定文学思潮相联系。高尔基说："神话是一种虚构。虚构就是从客观现实的总体中抽出它的基本意义并用形象体现出来，——这样我们就有了现实主义。但是，如果在从客观现实中所抽出的意义上面再加上——依据假想的逻辑加以推测——所愿望的、可能的东西，并以此使形象更为丰满，——那么我们就有了浪漫主义，这种浪漫主义是神话的基础。"①根据这种看法，现实主义和浪漫主义被认为是贯穿古今的两个基本创作方法。

人们对20世纪之前的文学思潮与创作方法的描绘，大致的顺序是：古典主义、浪漫主义、现实主义、自然主义、现代主义。另外，苏联在20世纪30年代提出了社会主义现实主义，我国在50年代又提出了革命现实主义和革命浪漫主义相结合的创作方法。这些创作方法的出现，都与一定的文学思潮相联系，是作为某种文学流派的标志而存在的。

许钦文："从古典主义起一直到新写实派，这样的转变，并非由于哪个人的喜欢，也不是因为谁的愿意；无非因为时代渐渐的紧张起来了，再也不能够玩玩的消遣；劝告警戒不够了，只好进一步的动起手来的样子。总之，文学是时代的产物，由于环境的形成。所以有这种转变，原是当然的结果。"②

---

① ［俄］高尔基：《苏联的文学》，《论文学》，人民文学出版社1978年版，第113页。
② 许钦文：《文学概论》，上海北新书局1936年版，第60页。

二 《文艺思潮小史》的特点

徐懋庸的《文艺思潮小史》对作家作品时有精辟的评论。如说"莫里哀所描写的第三种性格，即下仆、听差以及乡下出生的使女和农民等，虽在剧中占次要地位，但使喜剧发生的，却是他们。这些人物是非常素朴质直，有时是滑稽而不懂礼法的。他们发挥着不可思议的自然性，他们以动作言语从下面给上层阶级一种严格的批判"。

徐懋庸的文艺思潮研究体现了如下特点。

第一，体现了一种历史唯物论的观点。徐懋庸在《决定文艺思潮的力量》中说："各阶级的斗争生活，形成了各阶级的世界观，这世界观表现在文艺作品上，就是文艺思想。所以，形成文艺思潮者，原是社会的、阶级的基础上的斗争生活。""厨川白村说，人文发达的动力，是两种力的斗争所产生，这话是不错的，但这相斗争的两种力，并不是灵和肉，神性和兽性之类，主要的是统治阶级和革命的阶级的力量。"这种观点与厨川白村等人的观点是不同的。

日本宫岛新三郎尤其是厨川白村以"灵与肉"、希腊思潮与希伯来思潮的交替来解释西方文学与文学思潮的发展，他们的观点当时在中国影响颇大。

厨川白村著的《文艺思潮论》从欧洲古代文艺思潮开始论述，直到现代文学的新潮，其中贯串着"灵"与"肉"的两大思潮的起迭交替的历史发展过程，并以"灵肉合一观"为艺术的理想境界。厨川白村认为，"灵与肉，圣明的神性与丑暗的兽性，精神生活与肉体生活，内的自己与外的自己，基于道德的社会生活与重自然本能的个人生活，这二者间的不调和，是人类自有思索的事以来，便苦恼烦闷着的原因。""由这两种能力的冲突，于是遂生出人生一切的悲剧。理想与现实，个人与社会，理性与感情，知识与信仰——还有肉与灵。"

所谓"肉"，即是希腊的思潮，亦是兽性，肉体生活，外的自己，自然本能的个人生活；所谓"灵"即是希伯来的基督教思潮，亦是神性，精神生活，内的自己，道德的社会生活。徐懋庸不同意他们的观点，徐懋庸的《文艺思潮小史》认为作家作品派生于时代思潮所奔流的大河床。"各时代的作家的作品的形象和观念，内容和形式，风格和样式，都是被当代的文艺思潮所决定的。所以，当我们接受丰富的世界文学遗产之际，要对各时代的文艺作品能够有深刻的理解，不可不明白文艺思潮的流变。"作者指出决定各时代思潮的流变的根本力量，应该从社会经济生活去寻找解释，否定过去一种颇有权威的解答。他批判了厨川白村的解释，认为"决定文艺思潮的力量"是"经济生活"。这和茅盾在《西洋文学通论》中表述的观点很相近。徐懋庸说："从社会进化的过程上去观察文艺思潮的发展，不但根源最为正确，而且脉络也最分明。譬如从古典主义、浪漫主义、自然主义、现实主义，直到象征主义、表现主义、未来主义、达达主义……虽然都是资产阶级社会的思潮，但各种思潮的发生，都可以根据资本主义的发展的各阶段分别加以解释。"[①]

龚翰熊在其著作《西方文学研究》中说，通观《文艺思潮小史》，可以看到它的确深受弗里契庸俗社会学观点的影响。弗拉季米尔·马克西莫维奇·弗里契（1890—1929）是苏联文学批评家，曾极大地影响过中国的西方文学研究。但与厨川白村不同的是，弗里契影响的主要是当时信仰马克思主义的文学工作者。弗里契是苏联最早试图用马克思主义立场、观点、方法认真研究欧洲文学史和艺术史的著名学者之一。他跟随普列汉诺夫的理论方向，致力于用历史唯物主义对错综复杂的文学艺术现象进行深入研究，希望从中找到对于文学艺术普遍适用的经验模式和文艺发展规律。他在论述中强调马克思主义的基本观点，例如：社会存在决定社会意识、物质生产决定精神生产、经济基础决定上层建筑等。但与此同时弗里契忽视了精神、文化对物质的巨大能动作用，抹杀了文学艺术区别于其他意识形态的审美特性，他用社会学取代美学，用社会与阶级分析取代艺术分析，在文学艺术与阶级意识形态之间寻找等价物与对应物，陷入了庸俗社会学的泥潭。瞿秋白在《论弗里契》一文中就曾评价过弗里契的得与失，

[①] 徐懋庸：《徐懋庸选集》第一卷，四川人民出版社1983年版，第434页。

称"弗里契是专门研究文艺科学的第一个人",同时也指出他的"机械论的错误"。徐懋庸对莎士比亚的评价就是其受到弗里契影响的一个典型例子。一方面徐懋庸认为莎士比亚的许多作品,"是由法理学的认识,自然科学的认识及其他的认识丰富了内容,也是被那表现人类及生活时的完全科学的态度所鼓舞着。"① 另一方面,他说:"莎士比亚作品中的阶级意识,却完全是贵族阶级的意识,他对于新兴资产阶级是表示着敌意的,对于手艺人和农民等,是尽情加以轻蔑和嘲讽的。但因时代的关系,他对于新兴资产阶级的文化特性,却不能不接受,而且将它变形到自己的艺术作品上去了。""这和当时的贵族们的态度一样,他们一面在自己的领土上接受了资本主义的生产方法,一面却仍旧保留着封建意识。"这完全是来自弗里契的观点。

第二,贯穿着比较的方法。例如,徐懋庸认为,"把《十日谈》和但丁的《神曲》一对照,就可以看出商业资本时代的文学和中世纪文学的根本的不同来。""但丁,是贵族阶级的诗人。薄伽丘,则是资产阶级的诗人,在他的小说里面,表现着蔑视贵族阶级,而替新兴的资产阶级争取'身份'的平等的努力。""但丁的《神曲》里面,虽含有若干对于法王们的政治的批判,本质上却完全是一种祝福教会,赞美教会的哲学者、组织者及圣者们的诗歌。但在薄伽丘的《十日谈》中,却把僧侣及修道者等,写成欺瞒者、狂言者、滑稽的丑角。"② "但丁的《神曲》是颂扬禁欲主义的赞美歌。它竭力鄙视肉体,称扬精神,但反之,《十日谈》则是颂扬物质和肉欲的赞美歌。在但丁看来,地上的爱欲是罪恶,所以他在净土的山顶上面,向着贝亚特丽齐忏悔。但在薄伽丘,却以为性爱完全是合法的本能,因为人们并不是'石'与'铁'所构成,而是由'血''肉'所构成的,所以背叛'自然'的命令,背叛生命、肉体及青春的呼声时,是不祥的。在他的几十篇小说中,证明出性爱是俗人和僧尼们的悦乐和健康

---

① 徐懋庸:《徐懋庸选集》第一卷,四川人民出版社1983年版,第453页。
② 同上书,第446页。

的泉源。"①

再比如,徐懋庸从九个方面比较了古典主义与浪漫主义,比较全面,也很有见地。最后得出结论:"归纳起来,浪漫主义文学(一)在描写的情趣上,具有神秘、渴望、爱美、反抗、悲观、忧郁等重要特色;(二)在题材上,个人重于社会的生活,异常的现实生活,超现实的怪诞神秘的中世纪时代的传说逸事,是重要的象征;(三)在文体上,有破格的,色彩的,夸张的,暗喻的等特色。"②"产生这样的浪漫主义文学的社会背景是什么呢?——那是工业资产阶级的成长。"对于浪漫主义产生的背景,徐懋庸对不同国家的浪漫主义进行了对比:"浪漫主义文学,在法国发生的时候虽然较迟,但是法国浪漫主义运动,却比英、德更有理论和组织。"之所以如此,"是因为法国文坛有着文学史家所谓'似是而非的古典主义'这一派的缘故"。徐懋庸还从六个方面比较了浪漫主义与现实主义,认为浪漫主义的特点是"回顾性";"幻想、神秘性、童话式";"与农村及领地等相联结的";"极紧密地与资本主义以前的社会阶级——贵族阶级及农民阶级相联络的";"观念的";"把创作建筑在想象上"。而现实主义则是"描写现代";"消灭了神秘性与噩梦性";"都市文化的产物";"替大小的资产阶级开往了门户";"实证主义的";"以观察和研究来与想象相对置"。③

第三,视野比较宏阔。和其他类似著作相比,《文艺思潮小史》在中国较早地把苏联的"新现实主义"纳入"文艺思潮"来分析。"在二十世纪的文艺中,社会主义的思想,成了唯一的主潮。"现实主义是徐懋庸十分看好的文艺思潮。在《新现实主义》中,他说:"十月革命,产生了新的经济组织,产生了新的政治制度,产生了新文化,也产生了新的文学。""虽然由于革命阶段的不同,苏联新文学的发展,也分着许多时期,但在基调上,自从'十月'以后,苏联的文学跟过去的文学,是完全两样了。""苏联文学的这种新倾向,叫作新

---

① 徐懋庸:《徐懋庸选集》第一卷,四川人民出版社1983年版,第446页。
② 同上。
③ 同上书,第472—475页。

现实主义。""在今日,新现实主义,已经不是只属于苏联作家的创作方法了,全世界的进步作家,都已经接受了新现实主义,因为全世界的多数人类,正在经历着苏联大众所曾经过的斗争,正在追踪着苏联的大众,创造新的现实。"①

在徐懋庸看来,新的世界观决定了新现实主义作品讴歌的是集体主义。"在旧的现实主义里面,主人公普通是被描写成个人主义地经营着个人生活,而与社会生活相对立或游离的。新现实主义,则描写社会的东西与个人的东西之统一,但二者之间,社会的东西却占着优位。新现实主义并不抹杀个人的特性的东西,因为如果没有个人的、特殊的东西,就不能有形象,从而也不能有艺术。但新现实主义者并不在历史的阶级的东西中,去寻求个人主义的东西和'一般人类的东西'(这是同样的)。他却努力描写出事件和人物里面的政治的、阶级的意义。在那骤然而看来好像是带着单一的或狭小的个人性质的东西里面,也揭示出一般的、典型的阶级的东西。新现实主义之特质,是由那社会的东西对于个人的东西之优位中所产生的。"关于新现实主义的这些阐述虽然很不全面,但为当时的中国提供了新的文学信息。

第四,具有本土意识。对中国文艺思潮的演变的概括是本书的特色,主要体现在《中国文艺思潮的演变》一章。徐懋庸首先提出,"中国的文艺,从《诗经》算起,至今是三千年的历史了。但由于中国社会的发展的特殊状况,在'五四'运动以前的两三千年中,文艺思潮的流变,反不如'五四'以后的十七八年中来得快。"所以他对"五四"运动以前的中国文艺思潮的发展论述得比较简略。"总括言之,'五四'运动以前的两千年中的中国文学,完全是封建文学。"②

而后比较详细地介绍了"五四"文学革命、文学研究会和创造社的成立、1926年郭沫若开始提出的无产阶级革命文学、1930年左联成立、1932年的"第三种人"运动。"'五四'运动虽然发动了文学革命,但'五四'时期文学的产品,却很贫弱。在这个时期的反封建

---

① 徐懋庸:《徐懋庸选集》第一卷,四川人民出版社1983年版,第499—507页。
② 同上书,第508—515页。

制度的斗争里，尽了历史的任务，给了伟大的影响的，只有鲁迅的一部作品：《呐喊》。""文学研究会和创造社虽然是对立的，但在根本思想上，其实是共同地反封建，反礼教的。不过文学研究会带点布尔乔亚现实主义的悲观色彩，偏于暴露黑暗；创造社的积极分子，却有对于光明的憧憬罢了。"徐懋庸认为"左联"成立后，"左翼的思想，自此就成为中国文学的主潮，一直发展下去了"①。

"到了一九三五——六年，由于中国现实形势的新变化，中国的文艺又发展到了一个新的阶段——就是国防文学。"②徐懋庸具体分析了出现这种文艺思潮的形势，并认为："国防文学，包含着各种各样的文学作品，从纯粹社会主义的以至于狭义爱国主义的。在这中间，进步的现实主义革命文学，不消说是依然存在的，而且处于中心的地位的。"③他还引用鲁迅在《论现在我们的文学运动》中的讲话来证明，可见徐懋庸虽然遭到鲁迅的痛批，但从心里还是服膺鲁迅的。本章的结尾也是全书的结尾，徐懋庸说："总而言之，中国的大众，将通过民族革命的路而达到现世界最前进的国家所已实现的社会。因此，中国的文艺，将先由各派的国防文艺而发展到一致的进步的现实主义的革命文学。"④也是符合"两个口号"的论争中的"民族的革命的大众文学"的精髓的。

第二节　从古典主义到浪漫主义

一　古典主义

徐懋庸认为，文艺复兴运动，虽然一方面是对于希腊、罗马的古典文化的追求，但这追求的目的，无非是想接受古典文化的遗产，使

---

① 徐懋庸：《徐懋庸选集》第一卷，四川人民出版社1983年版，第512—513页。
② 同上书，第513页。
③ 同上书，第514页。
④ 同上书，第515页。

当代的生活更为丰富,并作为培植新文化的养料。所以,文艺复兴运动的根本意义,到底是新生的、革命的、解放的、创造的——总而言之,是商业资本主义文化的新的建设。照理,紧接着这个运动之后,应该是一种热烈奔放的革命的新思潮的产生罢。哪知不然,在17世纪,欧洲所发生的古典主义(Classicism),倒是一种冷的,拘束极严的思潮,和文艺复兴的本义简直完全相反。

这缘故在哪里呢?——徐懋庸认为还得从经济的发展上去探索。出于发展经济的需要,政治上要求君主独裁。"原来,在17世纪时,欧洲的许多国家,确立了一种特别的政治组织,这便是绝对主义或独裁的君主政治。这种政治组织,在法国尤其表现得明白。君主独裁或绝对主义,是应资本主义的发达的要求而产生的。"①

古典主义产生于17世纪的法国,而流行于欧洲各国。17世纪时路易十四君主专制制度下的法国,是当时欧洲政治文化的中心。这个时候,在法国以及欧洲的一些先进国家里,资本主义已相当发达,资产阶级为了扩大贸易,急速地要求克服当时的封建割据局面,要求政权的集中。君主专制制度是适应这个历史要求而产生的,它跟封建割据状态作斗争,而且推行重商政策,对民族统一,对资本主义的发展,都起着积极的作用。古典主义,便是这种从封建社会向资本主义社会过渡时期的社会意识形态在文学艺术上的反映。

古典主义的认识论基础,乃是当时盛行的唯理论。唯理论要求把一切都放在理性的天平上来衡量,用理性来代替盲目的信仰,它在反对中世纪的宗教哲学,否定教会权威上,具有积极意义;但是,唯理论把理性看作知识的源泉,否认感性认识在认识过程中的作用,这样又必然走到抽象化和绝对化的错误道路上去。

在唯理论的指导下,为适应君主专制主义的政治要求,古典主义形成了以下特色。

(一)追求高雅与标准化

徐懋庸提到,路易十三世的国务大臣兼枢密官黎勋流(Riche-

---

① 徐懋庸:《徐懋庸选集》第一卷,四川人民出版社1983年版,第454页。

lieu）创立了"学院"，它的任务是在确立美的趣味之巩固的法则，监视文学用语的纯正与否等。作家们已经不是最高的创造者和自由的灵感之子，而不得不服从特定的规则了。[①] 古典主义崇尚理性的结果，在艺术形式上，清规戒律就特别多。例如，在文体上就分为高下两种：悲剧、颂诗、英雄诗算是高级的体裁，主人公只限于帝王将相等上层人物；喜剧、讽刺文、寓言等是低级的体裁，主人公由普通人来充当。戏剧有严格的三一律，即要求时间一致、地点一致、行动一致。所谓时间一致，是指剧情的发展在时间上不得超过一昼夜；所谓地点一致，是指故事发生的地点不能转移，人物的行动总是在一个地方，至少不能越出一个场景；所谓行动一致，则要求情节连贯，不能插入与主线无关的情节。在语言上，则讲究典雅华丽，布瓦罗说："不管你写的什么，要避免鄙俗卑污：最不典雅的文体也有其典雅的要求。"[②] 如果万不得已要用一个"狗"字时，就得用一个高雅的表现方式，叫"忠诚可敬的帮手"。否则，是不允许的。据说，有一次在巴黎上演莎士比亚的《奥赛罗》，因为台词中用了"手帕"这个词，竟引起观众大闹，就因为这是俗字，不能入诗的。为维护这种艺术上的标准化、规范化的要求，学院甚至动用行政手段来干涉。高乃依的悲剧《熙德》，因为有不合古典主义规则的地方，就遭到法兰西学院的讨伐。

　　古典主义的代表作家有悲剧大师高乃依、拉辛，喜剧大师莫里哀等。徐懋庸认为，古典主义因为反映了新兴的资产阶级的思想意识，具有反封建、反宗教的作用，因而是进步的；但毕竟与君主政体相联系，所以又具有贵族性，易脱离人民群众。到了18世纪法国大革命之前，古典主义分为两派：一派是贵族派，在思想上更加脱离人民，在艺术上更加僵化；另一派则走向资产阶级启蒙派，如伏尔泰，在历史上起着巨大的进步作用。

---

　　① 徐懋庸：《徐懋庸选集》第一卷，四川人民出版社1983年版，第456页。
　　② 《诗的艺术》，伍蠡甫编《西方文论选》上卷，上海译文出版社1988年版，第292页。

(二) 崇尚理性

最能代表古典主义理论的是布瓦罗,徐懋庸翻译成波阿罗(Nicoas Boi-leau)。布瓦罗在1674年发表《诗学》一书。这一本书后来被批评家评为"古典主义的大教科书"。它的要旨,徐懋庸归结为四点:(1)理性之崇拜,(2)自然之崇拜;(3)古典之崇拜;(4)艺术的完成之崇拜。布瓦罗说:"首先须爱理性:愿你的一切文章永远只凭着理性获得价值和光芒。"① 这是他们的信条。他们的创作是从理性出发的,虽然他们也提倡"师法自然""表现真实",但正如茅盾所说:"他所要师法者,不是客观存在的自然,而是理性所滤过的净化了的自然。""他所谓文学应当表现的真实,也只是理性所认可的真实。"② 而且这种理性,在他们看来,又是永久存在,万古不变的。这种理性,在当时提倡起来,是有反对封建的神秘主义的作用,但过分强调的结果,就会排斥感情,脱离生活实际。

(三) 重视类型

徐懋庸认为:"古典主义的诗歌,一般都是缺乏历史性的,戏曲也往往是缺乏历史性的。而且,戏曲中登场人物的性格描写,是缺乏个性化的。戏曲中的主人公们,并非有个性的个人,而是表现一个观念或一个倾向的综合的类型。例如,高乃伊、拉辛等所创造的人物,不外是忠诚、热情、嫉妒、吝啬等观念的拟人化而已。"③

徐懋庸花了很大篇幅分析莫里哀笔下的人物性格、主题特征。他认为,莫里哀制作喜剧是以批判人生、正风化俗为目的的。他想借着嘲讽以矫正社会的罪恶。他站在布尔乔亚的立场上,从四面八方,观察各阶级的生活。他把所观察到的人类的特质,造成各式各样的类型。这些类型,可以分成三个种类,换言之,也就是三个阶级。第一,是贵族,这是嘲笑的目标。第二,是各种职业的布尔乔亚,这是

---

① 《诗的艺术》,伍蠡甫编《西方文论选》上卷,上海译文出版社1988年版,第290页。
② 茅盾:《夜读偶记》,《茅盾评论文集》(下),人民文学出版社1978年版,第45页。
③ 徐懋庸:《徐懋庸选集》第一卷,四川人民出版社1983年版,第458页。

他所要严格批评的对象。第三，是仆役农民，这是引起喜剧的媒介。他在戏剧中，把各阶级的类型罗列在一起，使他们的性格互相接触对照，因而发生出滑稽的趣味，就在这滑稽中寓着攻击和教育的意义——攻击贵族阶级，教育他自己所属的资产阶级。

然后徐懋庸又分析了伏尔泰。法国社会的经济、政治的变化导致古典主义衰落。"法国文学中的最后的古典主义者伏尔泰，在他晚年的作品中，完全失掉了古典主义的色彩，当他在猛烈地和旧秩序斗争的时候，所做的一切作品中，他是无暇保存古典主义的艺术美了。所以，法国的古典主义，在他的身上回光返照了一下之后，便就死灭了。"[1]

二 浪漫主义

徐懋庸认为，浪漫主义是继古典主义之后的一次文艺大潮，是从18世纪到19世纪，风靡英、德、法诸国的伟大的文艺运动。这种运动的萌芽，发生在英国，但是成为意识的运动的，却先在德国，而更传及英、法。在许多点上，浪漫主义是对于古典主义的否定（Anti-these），但是，除了这消极的一面之外，浪漫主义还有积极的一面，就是对于人生的新的观察、思想、感觉方法的创造。它是文学倾向的进化上的新阶段。[2]

徐懋庸先从历史发展的角度分析了浪漫主义产生的根源。浪漫主义是继古典主义后兴起的一种文学思潮，并与古典主义进行了激烈的斗争。其兴起是在18世纪末，至19世纪而大盛，风靡英、法、德等国。那时，英、法、德诸国相继完成了产业革命，工业资产阶级取代了封建贵族的统治地位，社会关系和思想观念都发生了很大的变化。资产阶级对未来充满了幻想，为自己开辟道路而大喊大叫，在精神上无限扩张，冲击着一切封建束缚；而贵族阶级则为失去的天堂而惆怅，他们缅怀过去，沉浸在另一种幻想里。浪漫主义正是这种新的社会关系和新的思想观念的产物。他们当然不能接受古典主义那些严格

---

[1] 徐懋庸：《徐懋庸选集》第一卷，四川人民出版社1983年版，第462页。
[2] 同上书，第463页。

规则的束缚，思想上的自由发展、个性解放，必然要反映到艺术方法上来，而且古典主义的局限性也越来越明显了，所以在艺术上就要来一个大突破。徐懋庸认可巴尔扎克在《司汤达研究》中所说的，十七十八世纪文学的严格的方法（古典主义）已经不能描写现代社会。但是，当一种创作方法已经形成，并产生了广泛影响之后，要突破它也不是件容易的事。据《雨果夫人回忆录》记载，当雨果的剧作《欧尔那尼》上演时，守旧的观众就很反对，浪漫派的青年们为支持《欧尔那尼》的上演，在巴黎法兰西剧院里大吵大闹，可见双方斗争之激烈。徐懋庸提到戈蒂耶当时穿一件用红绸缎做的胸甲式的背心支持《欧尔那尼》的上演，他也列举了古典派用来攻击浪漫主义的具体言论。但终因浪漫主义符合历史潮流，战胜了古典主义而占领了文坛。

　　朱光潜在《什么是古典主义？》一文中，曾比较古典主义与浪漫主义的差别说："古典主义注重形式的和谐完整，浪漫主义注重情感的深刻丰富；古典主义注重纪律，浪漫主义注重自由；古典主义求静穆严肃，浪漫主义求感发兴起。拿一个比喻来说，古典主义是低眉的菩萨，浪漫主义是怒目的金刚。论流弊，古典主义易流于因袭，一失之冷，二失之陈腐；浪漫主义易流于恣肆，一失之粗疏，二失之芜杂。"[1] 徐懋庸根据这段话分析了浪漫主义在哪些方面突破了古典主义的藩篱。

　　浪漫主义和古典主义相对照的诸特点，大致如下。

　　第一，从世界性与国民性的比较角度看，古典主义是有世界主义性的，它超越了国民性，而看重人类的一般性，而且用了古典的（世界人的）服装，加于这人类的"一般"性上。反之，浪漫主义则是有国民主义性的。它用国民、"民族"，来与"人类"相对峙。徐懋庸认为浪漫主义者之所以对于祖国的过去，对于民族和民间故事的搜集，很有兴味，便是因为这个缘故。

　　第二，从对历史的态度看，古典主义是从古典的古代去寻求立场的，浪漫主义却对于希腊、罗马的历史、社会、文化、艺术等不感兴

------

[1] 朱光潜：《朱光潜全集》第八卷，安徽教育出版社1993年版，第387页。

味，而浪漫主义的作家，常在作品中描写中世纪的生活，例如雨果的《巴黎圣母院》。

第三，从题材表现的对象看，古典主义是组织都市居民的意识的。古典主义只知道都市（贵族的成分还异常浓厚），而且只爱都市。"自然"，只在被化成人工的古典的公园形式的时候，才能被他们所接受。浪漫主义，则以自然来与都市相对峙。徐懋庸认为浪漫主义的作家是热爱自然的，提到了英国华兹华斯（Wordsworth）、拜伦、雪莱，法国的夏多勃里安、拉马丁，都是自然的讴歌者、美景的描写者。但其他浪漫主义的代表作家例如法国的乔治·桑，英国的司各特、柯勒律治，德国的歌德、席勒、史雷格尔兄弟、诺伐里斯等很少提到。

第四，从表现的主导的思想情感看，古典主义所表现的心境、思想、原理，是一般所承认的为全社会（阶级）所共通的心境、思想、原理。浪漫主义，则表现个人的生活感触及生活态度。古典主义诗人把自己隐藏起来，他不谈自己，浪漫主义诗人，则强调个性，使自己与社会相对立。纵然在描写客观的故事的时候，他也时常掺进欢乐的咏叹，而把读者吸引到自身的感情及思想上去。因此浪漫主义者常将自身作为作品中的主人公。

第五，从表现方法看，古典主义者必先是理性的，徐懋庸用了"论理学者"这个词来描述。他认为古典主义者爱一切抽象的东西和普遍的东西，爱发议论。古典主义诗人在自己的诗篇中叙述某种抽象的判断或思想体系，使自己的主人公们用了雄辩家的演说的形式，来论理地正确地发议论。他到处都见不着个别的东西，而只见有一般的东西，到处都不看事实而只看观念。在古典主义者的创作中呈现的这些特性，都是尊重理性，由合理主义去观察人生的结果。浪漫主义和这正相反。浪漫主义者不是在理性上生活，而是在想象上生活的。徐懋庸说，在英国18世纪时，已有许多作家指出想象力是"诗人的主要才能"了。到了19世纪，想象力成了诗歌之最高的调节器。浪漫主义者极端地发挥幻想力，屡屡把自己导引到妄想者、幻觉者的地步。在浪漫主义者身上空想和幻觉便是现实。

第六，从营造的境界氛围看，和古典主义的理智冷静相反，浪漫主义者爱好神秘和恐怖等。关于这一点，徐懋庸引用海其博士（Dr. F. H. Hedge）曾用的比喻加以说明："使人们迷路的树木繁茂的山谷及森林间的曲径，是浪漫的，一般人所走的公路，是非浪漫的。弯弯曲曲地为树叶所遮掩着的溪流，和广大直泻的大河比较起来，是浪漫的。和白日对照的时候，月光是浪漫的。"

第七，从处理艺术与现实的关系看，古典主义的作品，是超历史性的，浪漫主义者，则努力于再现历史的具体的特异的现实。徐懋庸列举，法国浪漫主义作家喜欢"地方色彩及时代色彩"，英国和德国的浪漫主义作家很多喜欢描写西班牙、意大利、日本等特异的国家。

第八，从人物描写的方法看，浪漫主义注重极端的个性化。浪漫主义作家描写人物。以形象越特异，越有个性的，算是越好。这与古典主义的注重性格的普遍性，也恰恰相反。

最后，从文体上看。浪漫主义破坏了古典主义所设定的圣典。在组织材料上给予作家以行动的自由。戏剧创作中的三一律，完全被推翻了。古典的文体是中庸的，是作家自己的抑制，而浪漫的主体，却是自己反映。明快、沉着、公平地表现题材，这是古典文体的最大特色；而浪漫派的文体，却充满了感伤、热情及主观的色彩。

徐懋庸分析了浪漫主义产生的社会基础，然后又分析了代表性作家雨果，尤其是雨果作为浪漫主义作家在语言文字方面的革命。从他的分析，足见当时人们对于古典主义这样一种历史上的文学思潮或创作方法已经有了比较成熟的认识。

第三节　与浪漫主义比较的现实主义

一　历史与现代

徐懋庸对现实主义的分析仍从社会的发展入手。

随着资本主义与工人运动的发展，浪漫主义的情绪开始让位于社会的及现实主义的观念。这种新的观念，在 19 世纪，先是产生于英国，后来又由法国把它翻译为社会的语言，使之成为整个欧洲的遗产。

徐懋庸认为，古典主义、浪漫主义、现实主义，都是资产阶级文学的较发达的阶段。古典主义的文学，是商业资本阶级和从事商业的一部分贵族相结合，反对纯粹封建贵族的时期的文学。浪漫主义的文学，是工业发达之后，资产阶级推翻了贵族阶级，树立自己的支配权的时期的文学。现实主义文学的产生，则在资产阶级完全胜利之后。所以，现实主义文学是资产阶级文学的最后的完成的形式。但在同时，新兴的劳动阶级的观念，也渐渐在现实主义文学中显现出来了。

和浪漫主义是对于古典主义的扬弃一样，徐懋庸认为现实主义是对于浪漫主义的扬弃。

徐懋庸认为浪漫主义带着极厚的回顾性，现实主义则以描写现代为任务。他还指出，浪漫主义把创作建筑在想象上面；现实主义则以观察和研究来与想象相对峙。生活及心理描写之精确，成了现实主义作品的主要要求。现实主义者，尤其是自然主义者，都不是站在比生活还高的地方，不站在生活之外，不是将自己与生活相分离，而是与生活相融合的。但他没有强调现实主义的细节描写的真实性特点。契诃夫认为现实主义作品应该按生活的本来面目描写生活。它的任务是无条件的、直率的真实。高尔基认为现实主义是对于人和人的生活环境做真实的、不加粉饰的描写的。可见描写的真实性是现实主义的重要特点。现实主义特别强调真实性，要求按照现实本来的样子来描写。它与着重抒发理想、按照作家所希望的样子来描写的浪漫主义形成鲜明的对比。现实主义作家并不是没有社会理想——如果没有理想，他们就无法对现实社会进行批判，只不过他们的理想并不直接表露出来，而是隐藏在作品对现实关系的真实而具体的描写中，包含在作家的爱憎态度里。作家既然有爱憎态度，作品当然富有情感，只是现实主义不像浪漫主义那样直接进行主观抒情，它的感情色彩渗透于叙述和描写中。现实主义作品当然有夸张，但它强调细节的真实，所以又以描写的精确性著称。巴尔扎克声称做法国社会的书记，就是要把法国的社会生活状况真实地记录下来，而恩格斯从巴尔扎克的作品里不但看到了1816—1848年法国社会的全部历史，而且在经济细节上也得到许多东西，可见现实主义作品反映现实的准确性。

二 理想与现实

徐懋庸认为，浪漫主义是极紧密地与资本主义以前的社会诸阶级——贵族阶级及农民阶级相联结的。现实主义则替大小的资产阶级开放了门户，而以描写此等阶级的风俗习惯为主，并且也连带地捉住都市住民的勤劳层及一部分的无产阶级。龚古尔兄弟在他们自己的宣言中说：在我们的民主的世纪中，绝没有把社会的下层权弃于文学之外的理由。徐懋庸没有进一步强调现实主义对典型的追求。

浪漫主义是观念的，它以为观念的世界比物质的世界更现实些。在英国及德国，浪漫主义是非常紧密地与观念论的形而上学相联结的。反之，现实主义乃是实证主义的。

同是强调真实性，要求如实地描写现实，现实主义与自然主义又有不同。自然主义的真实描写虽然细致、逼真，但是由于过分追求表面真实的结果，却陷入了烦琐性，甚至将生活的本质掩埋在琐细的真实描写中。现实主义并不以追求表面真实为目的，它的一切细节真实的描写都不是毫无目的的堆砌，而是为了反映现实生活的某些本质规律，说明现实生活的某种本质意义。为了达到这个目的，除了细节的真实描写之外，现实主义作品还要对生活进行典型概括。这样，它在描绘生活对象时，就要舍弃一些缺乏特征性的不必要的细节，而突出一些具有典型意义的事物。现实主义作品描写的具体性与表现现实关系的深刻性是结合在一起的。例如，契诃夫在《小公务员之死》里描写小公务员因打喷嚏将唾沫溅在一位官员的头上而反复道歉最终吓死之事，看来有些琐碎，但实际上通过小公务员的变态心理而深刻地批判了俄国社会的等级制度。

对于典型性所包含的本质规律问题，人们有些误解和曲解。有些人为了掩盖社会的丑恶现象，就指责作品中所揭露的内容不能代表社会本质，因为在他看来，这个社会的本质是美好的、光明的，所以丑恶的、黑暗的东西即使是存在，也是非本质的，不应该写，如果写出来，就是非典型的；而另一些人为了肯定作品的批判性，于是又制造出一种非本质论，认为文学作品不一定要反映本质的东西，只要写出实有的事就可以了。其实，他们的出发点虽然不同，但同样走入一个误区，都没有看到，或者不肯承认，这种丑恶的东西，正是该社会中某种社会关系的必然产物。只有本质的、必然的，才具有典型性，才能深刻地揭露现实。

三 司汤达与巴尔扎克

现实主义的作家多得不胜枚举，其中最全面地描写资产阶级社会的生活和观念的是法国的巴尔扎克。徐懋庸认为巴尔扎克是具有非常敏锐的观察的天才。他把为金钱的霉菌所侵蚀的社会氛围巧妙地加以表现。原来自贵族的特权废止以来，金钱成了不可抗的至高无上的支配者，所有的人类，都被它所征服。不论何处，如政治、习惯、风俗，甚至最高贵的感情中，都被金钱所侵入，人们以金钱之名而行战斗，为了金钱，在交易所中有决死的争战。对于金钱的力量，人类不能抵抗，只好被它所牵引。

另外，巴尔扎克也有浪漫主义者之称。这个原因在于，同样是资产阶级意识的产物的古典主义、浪漫主义、现实主义，继起的一种虽然是对于前面一种的反动，却也是前面一种的继续。现实主义否定了浪漫主义，却也承继了浪漫主义的许多特征。徐懋庸认可巴德拉的说法，现实主义的特征中，自鸣孤高的孤独态度、厌世主义、对于上层阶级的侮蔑等项，完全是浪漫主义的遗物。他也认可高尔基的说法，像巴尔扎克、果戈理、屠格涅夫、托尔斯泰、契诃夫等思想家、大作家，是很难明确地断定其为浪漫主义者抑或为现实主义者的。因为，在这些作家的作品里，浪漫主义的特征和现实主义的因素都具备。

徐懋庸并没有着重提到司汤达。1823年和1825年，司汤达出版了后来合成《拉辛与莎士比亚》一书的两本小册子，虽然打的是浪漫主义的旗号与古典主义论战，实际上阐述的则是现实主义的原则。他反对因袭古人，主张表现现实生活，他认为优秀的创作有如一面照路的镜子，既映出美丽的蓝天，也照出路上的泥塘。直到19世纪30年代以后，现实主义才兴旺发达起来，并逐渐成为占主导地位的文学思潮。可见徐懋庸囿于时见，并没有过多关注司汤达是有客观原因的。

四　幻想与写实

现实主义思潮是资本主义社会矛盾日益尖锐化的产物。但就历史发展来看，并不是徐懋庸所说"资产阶级文学的最后的完成的形式"。资本主义社会比起封建社会来，具有进步性，因而资产阶级带着历史的合理性，大喊大叫地为自己开辟道路，博得人们的同情和赞美。但是，资本主义仍是一种剥削制度，特别是在原始积累阶段，为了积聚工业资金，为了使农民脱离土地的束缚而成为可以而且必须出卖劳动力的自由工人，它的掠夺是带有疯狂性的。所以马克思说，资本来到世上，每一个毛孔都带着血和肮脏的东西。资产阶级的残酷剥削引起了人民的不满和反抗。这种反抗情绪鼓舞了作家，于是产生了一种揭露社会矛盾，批判剥削制度的文学。高尔基把这种文学称作批判现实主义。批判现实主义的代表作家，除了徐懋庸关注到的巴尔扎克，还有法国的司汤达，英国的狄更斯，俄国的托尔斯泰、契诃夫，美国的马克·吐温、杰克·伦敦等。后来人们概括的批判现实主义的真实性、典型性、批判性等特点，徐懋庸也没有清晰地概括。

徐懋庸认为，浪漫主义是幻想的：它尊重一切神秘的及童话式的东西，尊重一切恐怖的及异常的东西。但在现实主义的诗歌中，这种神秘性和噩梦性是被消灭了的。即使早期现实主义者有幻想，但也是通过精确性的手法描写幻想。

浪漫主义是与农村及领地等相联结的，其中自然的感触及风景画的优美，即由此产出。但现实主义却是都市文化的产物；都市是小说的事件及人物的源泉，都市也是抒情诗人们感兴趣的源泉。现实主义的揭露性和批判性特别强,超过了其他创作方法。这与作家的创作态度有关——他们本来就因对现实关系的不满而拿起笔的;也与创作方法的特点有关——由于强调如实地反映人生、深刻地揭示本质的结果,就易于将生活矛盾暴露出来。这样,批判性就成了现实主义的另一个特点。列宁曾称赞托尔斯泰道:"他在自己的晚期作品里,对现代一切国家制度、教会制度、社会制度和经济制度做了激烈的批判,而这些制度所赖以建立的基础,就是群众的被奴役和贫困,就是农民和一般小业主的破产,就是从上到下充满着整个现代生活的暴力和伪善。"[1] 这种批判性,正是现实主义作品珍贵的地方,是它产生社会作用的关键所在。由于作家思想观点的不同,他们批判的立场也不一样。巴尔扎克站在正统派的立场上进行批判,他的作品是对上流社会必然崩溃的一曲无尽的挽歌;托尔斯泰站在宗法制小农的立场上进行批判,他的作品反映了农民起义的弱点和缺陷;契诃夫站在平民知识分子进步的立场上进行批判,他朦胧地看到了新的社会力量,指出了旧制度不可避免地毁灭。正是由于立场、观点的限制,批判现实主义者对于社会弊病的揭露,对于旧制度的批判虽然是深刻的,但他们所开出的拯救社会的药方,却往往是可笑的。列宁曾淋漓尽致地分析过托尔斯泰的作品、学说中的矛盾:第一是一个创作了无与伦比的俄国生活的图画、创作了世界文学中第一流的作品的天才的艺术家与发狂地笃信基督的地主的矛盾体。第二是对社会上的撒谎和虚伪做了非常有力的、直率的、真诚的抗议的作家和颓唐的、歇斯底里的俄国的知识分子的矛盾体。第三个矛盾是:既无情地批判了资本主义的剥削,揭露了政府的暴虐以及法庭和国家管理机关的滑稽剧,暴露了财富的增加和文明的成就同工人群众的穷困、野蛮和痛苦的加剧之间极其深刻的矛盾,又狂信地鼓吹"不用暴力抵抗邪恶"的观点。第四个是最清醒的现实主义与特别恶劣的僧侣主义的矛盾体。[2] 这种矛盾性,不

---

[1] [俄]列宁:《列·尼·托尔斯泰和现代工人运动》,《列宁论文学与艺术》第1卷,人民文学出版社1960年版,第299页。
[2] [俄]列宁:《列甫·托尔斯泰是俄国革命的镜子》,《列宁选集》第2卷,人民出版社1972年版,第370页。

同性质、不同程度地反映在其他批判现实主义作家身上，这是他们的历史局限性。

第四节 19、20世纪交替时期的文学思潮

一 颓废派的特征

徐懋庸认为，在文学上，被叫作真正的"世纪末的作家"的，是所谓"颓废主义""唯美主义""未来主义"的作家们。

颓废主义以至唯美主义的作家和后期现实主义的作家虽然共同体验了"世纪末"的社会的黑暗，但他们和否定资本主义社会的现实主义者不同，他们是有着改造生活的意识的。不过他们所谓的改造生活，并不是真正的社会生活的改造，只是仍在资本主义的组织之内，找寻个人的出路。他们的方法，乃是在观念中把现实的丑恶加以美化、艺术化，这样就算是追求到了新生活的样式。因此，这类的文学，从根本上是与现实主义的一切倾向相反的。

徐懋庸认为法国的颓废派以以下五个倾向为特征。

第一，反科学的倾向。自近代文明的自然科学勃兴以来，人类对于宇宙间的一切事象，都用唯物的见地去观察和解释。现实主义的文学，是十分尊重科学的。颓废的人们则极端憎恶这种态度。徐懋庸引用莫理思（Charles Mofice）的话说明：科学夺去了神秘，夺去了真笑、喜悦和人道，所以他们现在非从科学里去取出神秘主义不可。换句话，就是他们要夺回科学所偷去的一切。颓废派非难科学的人生观、经验论、机械观，宣言科学的破产，而一味希望从科学超脱。

第二，崇拜自己的倾向。颓废派反抗了科学的人生观，所以已经没有外力的凭借，他们除了"自己"以外，已经没有可以依靠的东西。因此他们都是极端地以自己为本位的。法国诗人波特莱尔非常尊重自己。徐懋庸引用颓废派的白蕾（Maurice Bai re s）说明：

颓废派在世界上能够真正知道而且的确是真的存在的,只有一种。这种可以接触的实在,就是"自己"。"宇宙不过是因'自己'的如何而看作美丑的一张壁画而已。我们非执着于我们的'自己'不可。"①

第三,偏重技巧的倾向。这种倾向,在根本上也不外是对于现实主义所采取的自然科学经验论和机械观的反动。颓废派排斥自然的现实的方法,而采取架空的技巧的态度。波特莱尔曾经说过他喜欢画面上绘着的女子颜面,甚于充满了自然的色彩的真的女子的相貌。他爱好舞台上模造的树木山水,甚于自然的实物。这种说话,最能表示出颓废派的第三特征。这种倾向,王尔德可算集大成者。

第四,无感觉的倾向。当然,这里所说的无感觉,不是感觉或感情迟钝的意思。他们的所谓无感觉,就是极端地执着于自己的艺术,而对于一切社会的道德、宗教、习惯、制度等毫无兴味。所以这一种特征,也可以说就是艺术至上主义。徐懋庸认为,波特莱尔所谓"诗在诗的自身之外,毫无目的,也不能另有目的,除出为着作诗的快乐而作的诗之外,决计没有真诗,"这话还可以代表这种倾向。②

第五,偏重"恶"的倾向。这种倾向,即颓废派所强调的"恶魔主义"的中心,换句话说,就是深刻地爱好人生丑恶面的倾向。第一至第四的诸特征,是颓废派作家创作态度上的特色。这里所说的第五特征,则是他们选择题材的倾向。他们创作诗歌小说的题材,大半取诸人生的丑恶和黑暗的方面。尤其是恶魔派作家,他们在丑恶黑暗的事象中,认识了美的存在,而将这种丑恶黑暗当作美的事象进行描写。这与向来也描写人生黑暗面的现实主义文学完全不同。现实主义作家描写丑恶黑暗,是意识到了那是丑恶黑暗,而把它描写出来的;颓废派则将这些丑恶黑暗当作美感而表现。一个是因为要否定丑恶而描写丑恶的,一个是因为美而爱好丑恶,更因爱好丑恶而描写丑恶的,这一点,是现实主义者和恶魔派之间不可混淆的一点。徐懋庸认

---

① 参见徐懋庸《徐懋庸选集》第一卷,四川人民出版社1983年版,第484页。
② 同上。

为，波特莱尔最著名的诗集，其题名叫作《恶之花》，就表示着这种特征。

二 唯美派

关于唯美派诗人的特色，"英国唯美主义运动"的著者哈米尔顿的批评，最为适切。他说："唯美派的诗的特征，是情欲的，官能的，暗示的描写，夸张的隐喻，奇怪的古代文字，和古代俚谣的音律。"①

唯美派最显著的代表者是王尔德。王尔德不仅在作品上，在自己的为人处世上，也经历了极有兴味的浪漫生活，也曾享受过一代流行作家的奢华生活。但是自从因道格拉斯的男色事件得罪入狱之后，名誉地位，完全丧失，辗转漂泊，直至客死于巴黎的旅店。徐懋庸认可王尔德在自己的忏悔录《狱中记》中所说的话，王尔德的生涯和作品对于世纪末的时代，是有象征意义的。

王尔德在许多的论文，如《架空的颓废》《艺术家的批评家》等里面，直接书写他的唯美主义的主张。他的理论的要点，可以归纳为下面几项。

第一，他以为艺术应该从人生游离，应该从人生超脱，为人生所束缚，即不能得到完全的艺术。如同王尔德自己所说：现实的事故，都足为艺术之累。一切艺术上的坏处，都从实感产生。自然就是明白，而明白的就不是艺术。他又说："一切恶艺术都从复归于自然和人生而产生。活动在实行的瞬间已经消亡，这是卑下的事实。这个世界，是由'歌唱的人'替'梦想的人'所造成的。"② 从以上的话，我们可以知道王尔德的唯美主义，是完全超脱现实的艺术。

第二，艺术除了他自身之外，什么都不表现。艺术有独立的生命。只在艺术自身的路途上才有艺术的开展。换句话说，艺术的目的只有艺术，美的目的只有美。所谓"为艺术的艺术"（Art for Art's Sake）就是这种思想的根本。

---

① 参见徐懋庸《徐懋庸选集》第一卷，四川人民出版社1983年版，第485—486页。
② 参见徐懋庸《徐懋庸选集》第一卷，四川人民出版社1983年版，第486页。

第三，根据王尔德的意见，艺术不是人生之镜，而人生才是艺术之镜。这就是说，人生是模仿艺术的。叔本华批评和分解了近世思想的厌世倾向，但是造成这种思想的却不是叔本华而是莎士比亚的哈姆雷特。有了哈姆雷特的厌世主义，现世才有厌世的倾向。虚无主义起于屠格涅夫，而完成于陀思妥耶夫斯基。如此，艺术是常常先于人生的。艺术不是人生的描摹和写生，而是专为艺术自己的目的而创造。有了这种创造，人生才能成为这种艺术的样子。这种事情，不仅在人生方面，在自然方面也是如此。现在的伦敦人都知道伦敦的雾。但是，他们不是因为有雾而知道雾的。而是因为历来的诗人画家使他们认识了雾的美，所以才知道雾的。在伦敦，确定古来就有着雾，但在艺术产生之前，谁都不认识它。所以，即使是自然，也要有了艺术的改造才能存在，所以自然也是模仿艺术的。

总之，以上所说的唯美主义，是将"美"当作绝对至上而极端地和现实游离的，所以全体的特色在"技巧的"这一点。因此，王尔德所最重视的是"非现实的，即反对现实的'罗曼斯'"。他的论文《架空的颓废》中所说的"架空"（lying），据他自己的解释，是"美而非实际的故事"。换言之，就是 Romance。他非常痛恨现实主义。王尔德认为，从艺术的见地看来，左拉的作品差不多毫无价值，只配得零分。他的作品中的人物，都是颓废而可怜的人，罪恶之晶的人。这些人物的生涯，是毫无兴味的记录。谁能对这些人去注意呢？我们对于艺术的要求，是珍奇、魅力和想象，更简单地说，是美而已。所谓真实存在的人，就是这个现实世界上从来不曾存在过的人的意思。所以作家要从现实世界借用人物时，最好有个限度，也不该用现实世界人物的写生，而须改造这些人物。但是左拉的人物，却全是写生。他的作品之所以毫无价值，就是为此。

徐懋庸认为王尔德的小说《杜莲格莱的画像》实践着他的唯美主义。他的这篇作品，与其说是纯粹的小说，毋宁说是一种述异。这篇作品发表之后，就被一般社会当作非社会的、不道德的、病态的作品，而猛烈地加以攻击。

徐懋庸认为用一句话去概括颓废派和唯美派的文学的各种特征就

是，这类文学完全是超现实的——不，宁可说是企图超现实的。在这类超现实的文学后面，我们可以看出一种社会背景，即当资本主义社会已经暴露了矛盾，使民众的多数感觉失望，而发生了破灭的危机的时候，聪明的资产阶级，却想用人工的方法，来掩饰矛盾，引导人心入于幻想的美境，借以挽救资本主义的没落。

徐懋庸注意到，在王尔德的时代，已经发生了社会主义。因此王尔德也写了一部叫作《论社会主义》的书。在这里面，他是社会主义的赞成者。但是他的所谓社会主义，也是以唯美主义为出发点的。他的赞成社会主义制度，并不是为了要使社会继续往前发展，不是为了要重新征服自然界，而是为了实现唯美派的资产阶级的理想；不是为了要消灭病态的嗜好和病态的享乐（这种病态的嗜好和享乐是由悠闲阶级所产生的），而是为了要在全人类中推广这种嗜好和这种悠闲。王尔德毫不理解科学的社会主义的道路，他毫不理解工人运动，他的"社会主义"，只是想把资产阶级带到一种虚幻里去而已。

但是，无论如何，意识总是被生活所决定，观念总是由现实所产生的。如上所说的唯美主义诗人王尔德，当他因犯罪下狱，经验另一种生活之后，他的唯美主义就不得不破灭了。据纪德的《回忆录》所记载：王尔德出狱之后，这样对纪德说道："俄国的作家是很出色的，使他们的作品成为那样伟大的，那是他们寓在作品里面的同情。从前我不是很爱读《波华荔夫人》的么？然而佛罗贝尔不愿把同情放进他的作品里面，因此他的作品只显得小气、狭窄，同情，是使得作品开展，显得伟大的。……你知道，老友，同情这东西，还曾阻止我自杀么？当我入狱的头六个月中，我实在痛苦极了；痛苦得想自杀，然而，当我观察别人，看到他们也同我一样的痛苦而发生同情的时候，我就不想自杀了。哦，老友，同情是一种可感叹的东西；然而我先前不知道它……当我入狱时，我只有顽石一般的一颗心，我只追求享乐，但是现在。我的心完全碎了。现在是同情充满我的胸中了，现在我知道同情是世上最伟大最美丽的东西。"[①]

---

① 参见徐懋庸《徐懋庸选集》第一卷，四川人民出版社1983年版，第488—489页。

徐懋庸极其肯定这一番谈话的重要意义：主张超脱人生，游离现实的王尔德终于被俄国作家所常常表现的"同情"——正视了现实的人生之后的产物——所征服了。这岂不就是现实主义对于他的征服吗？

三 未来主义

徐懋庸所处的20世纪30年代还不足以把当时世界文学思潮的发展看得清楚。后来人们认为世纪之交的文学思潮，也就是诞生于19世纪末、衰落于20世纪初的文学思潮一般概括为现代主义。它主要包括象征主义、未来主义、意象主义、表现主义、意识流小说和超现实主义等文学流派或文学现象。[①] 童庆炳等人在描述现代主义时没有提及未来主义。他们认为，在20世纪西方文学中，沿着19世纪象征主义文学这条线索，相继出现了后期象征主义、表现主义、超现实主义、存在主义、荒诞派、新小说派等文学流派，汇成一股现代主义文学思潮。[②] 与这些后来者不同，对于19世纪末的文学思潮，徐懋庸主要分析的是颓废派、唯美派，对于20世纪初的文学思潮，徐懋庸分析的是未来主义、帝国主义，并把社会主义作为20世纪的文学主潮。

"未来主义"（Futurism）发生于意大利。但在其他各国，各种知识分子集团所表现的种种倾向，如法国的激越主义、力学主义、一致主义、安普主义、德国的以"处女地"自命的文学者集团等——都可以说是未来主义。

未来主义的创始人是意大利诗人费利波·托马索·马里内蒂，他在1909年2月发表了《未来主义宣言》，开始了未来主义运动。除了作家外，意大利的一些画家也发表了《未来主义画家宣言》，参加未来主义运动。这个运动以意大利为中心，后传播到俄、英、法、德等国。俄国未来派形成于1910—1912年，它又分为成两派：自我未来派和立体未来派。自我未来派在第一次世界大战后消失了，立体未来

[①] 王先霈、孙文宪主编：《文学理论导引》，高等教育出版社2007年版，第129页。
[②] 童庆炳主编：《文学理论教程》（第四版），高等教育出版社2008年版，第190页。

派中许多人则转向社会主义，其中杰出的代表就是苏联早期最有才华的诗人马雅可夫斯基。

当代的吴中杰将未来主义的特点归纳为以下三个方面。

1. 否定传统，标榜创新

《未来主义宣言》中说："我们屹立在世纪最尽头的岬角上"，"时间和空间都已经在昨天死了"，我们不能朝后看，"我们想摧毁博物馆、图书馆"，"把图书馆的书架子点上火！……改变河道，让博物馆的地下室淹在洪水里吧！……哦！愿这些壮丽的油画毫无办法地在水中漂荡！……抓住鹤嘴锄和榔头！去破坏那些古老神圣的城市的地基！"① 他们对于文化传统是带着愤怒的眼光加以仇视的，提出要摒弃全部艺术遗产和现存文化。俄国的未来派声称要把普希金、陀思妥耶夫斯基、托尔斯泰等人从现代人的轮船上抛出去。在否定传统的基础上，未来主义者要求创新。他们不但在内容上要求表现新的时代，而且在形式上也要求打破正常的语言规范，消灭形容词、副词、标点符号，仅仅以词的字体变化，各种图案的组合，将一些杂乱无章、莫名其妙的词句连接起来，甚至用数学符号、化学公式以及乐谱等来写诗，随心所欲，自由不羁。这样的"创新"，读者自然难以接受。十月革命以后，俄国工人就说"我不懂"，可是未来主义者并不以为错，马雅可夫斯基的回答是："学习吧。"他们以自我为中心，要求别人向他们靠拢。可是终因为太脱离群众，无法继续下去。

2. 赞美机器，赞美速度

未来主义者认为20世纪是工业社会，20世纪的文明是机器文明，所以他们歌颂城市，赞美机器，力求在作品里表现出现代生活内容和现代生活节奏。《未来主义宣言》中说："我们要歌唱在劳动、欢娱和反叛的激情下的巨大人群；歌唱现代都市的革命的多色多音的拍岸之浪；歌唱夜间在强度的电月亮照耀下的兵工厂和车间的震颤；歌唱贪婪的车站，它们吞进冒烟的巨蛇；歌唱工厂，烟囱里冒出一股股的烟，把它们悬挂在云间；歌唱桥梁，它们像体操家一样跃过阳光照耀

---

① 伍蠡甫主编：《现代西方文论选》，上海译文出版社1983年版，第65—67页。

下的浊浪滚滚的河流；歌唱冒险的巨轮，它们能觉察到天边；歌唱胸膛宽阔的火车头，它们在铁轨上昂首飞步，就像巨大的钢马被长长的列车约束住；歌唱飞机，它们在空中滑翔飞行，螺旋桨的吼声就像无数旗帜在互相拍打，就像热情的人群的鼓掌声。"① 未来主义诗歌喜欢用楼梯式诗体，力感和节奏感特别强，这与他们追求现代高速生活节奏有关。

3. 讴歌战争，崇拜暴力

未来主义者认为，世界的本质是运动，斗争就是美。所以他们对战争、暴力采取赞扬态度。《未来主义宣言》中说："我们想讴歌战争——使世界健康化的唯一手段——军国主义、爱国主义、无政府主义者毁灭一切的手臂，杀生的优美思想，对妇女的蔑视。"② 由于对战争和暴力盲目崇拜的结果，当意大利的法西斯主义兴起之时，未来派的右翼成员就沦为法西斯的工具了。这是未来派的堕落。徐懋庸也看到在俄罗斯，由于劳苦大众革命的实行，未来主义者也加入了这种革命。

后来，马里内蒂又指出了未来主义新诗歌的又一特征——就是从诗歌中排除人类、个性及心理。他认为在文学中，"自我"，即一切心理，是应该灭绝的；在现在，人类是绝对的没有兴味的；所以在文学上，应该灭绝人类。最后，应该由物质代替人类，对于物质的本质，必须做直观的理解。在今日，一片树木或钢铁的热气，在我们之中，是可以引起比女人的微笑和泪更强烈的热情的。因为我们是在文学之中，描写动力者的生命。

徐懋庸认为，未来主义诗歌的新主题把都会、机械、物体、物质等都纳入，"事实上，他们的诗不外是适应于工业的，技术的，即高度形态的资本主义社会的诗歌罢了。未来主义者看见都会的力学性，机械的运动以及新的生活积极性，但同时也陷于美的盲目性"③。他们

---

① 伍蠡甫主编：《现代西方文论选》，上海译文出版社1983年版，第65页。
② 同上。
③ 徐懋庸：《徐懋庸选集》第一卷，四川人民出版社1983年版，第492页。

赞美飞行机，因为它的运动非常出色，又因为它将人们从视野的狭隘里解放；他们也赞美战争，因为它的运动是无上的伟大的，又因为它将人类从平常的消极性里拉开；他们也赞美革命，因为它的运动中展现的伟大的性质，更胜于战争。

第五节　新现实主义

一　新现实主义出现的历史形势

徐懋庸看到，随着帝国主义及其意识的强化，西欧文学之中，产生了新的主题，新的形象，新的气氛。文学之中，第一是进来了新的人物——用英雄情调所描写的军官，战士——帝国主义思想之具现者及实现者，第二是远处的，被征服的殖民地；第三是各种民族的"权威"的思想；第四是战争的主题和热情。与这种新主题相结合，便形成了如下的新的文学图景：（1）殖民地小说及出征殖民地的小说；（2）各国帝国主义间的世界大战的幻想小说；（3）作为艺术图景的战争，或是兵士的战时抒情诗。英、法、德、意各帝国主义国家，都诞生了许多帝国主义的文艺家。其中最可以作为代表的，是意大利的邓南遮。邓南遮本是一个唯美主义者、快乐主义者，后来随着意大利的帝国主义的成长和强化，他就转化为帝国主义诗人。徐懋庸着重分析了他的戏剧《船》所体现的帝国主义思想。①

19世纪中叶社会主义文学思潮开始在西欧形成。因为在英、法、德几个资本主义发达的国家里，工人阶级已作为独立的政治力量登上历史舞台，社会主义运动正蓬勃展开，这股历史潮流必然要反映到文学领域中来，于是出现了具有社会主义倾向的作品。如海涅的《西利西亚的纺织工人》，就强烈地表现了工人阶级对"上帝"

---

① 徐懋庸：《徐懋庸选集》第一卷，四川人民出版社1983年版，第494—495页。

与"国王"的诅咒和反抗，表现了他们埋葬旧世界的决心。恩格斯高兴地赞扬德国当时最杰出的诗人亨利希·海涅也参加了工人阶级的队伍。①

1871年，巴黎出现了工人阶级的政权——巴黎公社，工人阶级的文学真正树立起鲜明的社会主义旗帜。巴黎公社存在的时间虽然不长，但留下许多无产阶级的战斗诗篇，《国际歌》就是其中杰出的一首。《国际歌》对旧社会旧制度进行了猛烈的攻击，对未来充满必胜的信心；它号召工人群众不要相信神仙、皇帝和一切救世主，而要靠自己解放自己。这支歌传遍世界，鼓舞千百万人起来进行斗争。

巴黎公社的失败，使西欧的工人运动遭到挫折，但社会主义思想仍然得到广泛的传播，具有社会主义倾向的作家也越来越多。敏·考茨基和玛·哈克奈斯就是这样的作家，她们的小说表现出对工人阶级同情的态度。不过，鉴于当时的历史条件，作者还不可能在作品里明确地表明自己的立场、观点。恩格斯说："在当前条件下，小说主要是面向资产阶级圈子里的读者，……因此，如果一部具有社会主义倾向的小说，通过对现实关系的真实描写，来打破关于这些关系的流行的传统幻想，动摇资产阶级世界的乐观主义，不可避免地引起对于现存事物的永恒性的怀疑，那么，即使作者没有直接提出任何解决办法，甚至有时并没有明确地表明自己的立场，但我认为这部小说也完全完成了自己的使命。"②

19世纪末20世纪初，随着无产阶级革命中心的东移，社会主义文学运动的中心也移向东方。社会主义文学首先在俄国成熟。作为成熟标志的作品是1907年出版的高尔基的小说《母亲》。这部作品是在1905年革命失败之后写成的，作者运用马克思主义的观点，从历史的发展中观察事物，写出了工人阶级从自发的反抗走向自觉斗争的过

---

① 《共产主义在德国的迅速进展》，《马克思恩格斯全集》第2卷，人民出版社1956年版，第591—592页。

② 1885年11月26日致敏·考茨基信，《马克思恩格斯选集》第4卷，人民出版社1956年版，第673—674页。

程,他们对未来充满了确信。这部小说强烈地鼓舞了群众的革命热情。

徐懋庸认为,从1914年开始的帝国主义大战,暴露了资本主义的残酷的真面目,使得许多中小资产阶级的作家,也抗议起帝国主义,倾向起社会主义来。① 他着重分析了巴比赛和纪德两位作家的转换。

1917年,社会主义革命在俄国取得胜利,同时也为社会主义文学的进一步发展提供了有利条件。新政权在建立之初,因为忙于军事斗争和经济复兴,尚无暇顾及文艺战线。所以,在"十月革命"之后的若干年内,苏俄的文学思想相当活跃,也相当复杂。就创作方法而言,有现实主义、浪漫主义、象征主义、未来主义等;就文学团体而言,有"列夫"派、"路标"派、"拉普"派等,各有各的主张,各有各的做法。当苏维埃政权稳定、国内经济走上正轨之后,苏联共产党和政府就着手抓文艺问题,批判了某些创作倾向,解散了一些文学团体。1928年前后,苏联文学界围绕"如何确定苏联的新文学的特质"问题,展开了广泛的讨论。当时提出过许多看法,如"无产阶级的现实主义""有倾向性的现实主义""浪漫主义的现实主义"等,最后才确定将苏联文学的创作方法称为"社会主义现实主义"。这个提法最早见之于1933年5月29日《文学报》的文章中,到1934年第一次全苏作家代表大会上,正式将它确定为苏联文学创作和文学批评的基本方法,而写入苏联作家协会的章程中。这个章程,吴中杰认为表述了社会主义现实主义创作方法的两点基本要求②。

1. 在现实的革命发展中真实地、历史具体地反映现实。这是从马克思主义的社会发展观来观察问题,认为现实中的一切事物都是在矛盾斗争中发展前进的,因此,作家不能静止地看生活,若要真实地反映出生活的本质,就必须从现实的革命发展中来描写。卢那察尔斯基说:"我们接受现实,但是我们不用静止的态度接受它……我们首先

---

① 徐懋庸:《徐懋庸选集》第一卷,四川人民出版社1983年版,第495页。
② 吴中杰:《文艺学导论》第四版,复旦大学出版社2010年版,第299—302页。

把它当作一项课题、当作一个发展过程来接受。""社会主义现实主义者把现实理解为一种发展,一种在对立物的不断斗争中进行的运动。"①

2. 表现革命的理想主义精神。《苏联作家协会章程》明确规定革命浪漫主义作为社会主义现实主义的有机组成部分。所谓革命浪漫主义,其实质就是革命理想主义。社会主义现实主义作家正是抱着革命理想主义的观点来观察现实的,因而不像旧现实主义那样只描写现实生活的复杂矛盾,而看不到发展方向。社会主义现实主义则要求在对现实生活的具体描写中,反映出生活发展的远景来。高尔基说:"我们不仅要知道两种现实——过去的现实和现在的现实……我们还必须知道第三种现实——未来的现实。我说出这些关于第三种现实的话,不是为了卖弄聪明,完全不是的。我觉得这些话是坚决的号令,是时代的革命的命令。我们现在应该设法把第三种现实列入我们的日常现象,应该描写它。如果没有它,我们就不会理解社会主义现实主义方法是什么。"②

社会主义现实主义作为一种创作方法,自有它的特色,在这种创作方法的指导下,苏联及其他国家的作家也取得了一定的成就。但社会主义社会不应该只有一种创作方法,在革命方向一致的前提下,作家应该有自己的选择。20世纪50年代中期,由于"解冻"思潮的推动,苏联对社会主义现实主义的定义展开了讨论,讨论的焦点,集中在作为社会主义现实主义定义的最后一句话上。《苏联作家协会章程》规定:"社会主义的现实主义,作为苏联文学与苏联文学批评的基本方法,要求艺术家从现实的革命发展中真实地、历史具体地去描写现实。同时艺术描写的真实性和历史具体性必须与用社会主义精神从思想上改造和教育劳动人民的任务结合起来。"在斯大林逝世以后,有些作家提出要修改这个定义,因为"用社会主义精神从思想上改造和

---

① [俄]卢那察尔斯基:《社会主义现实主义》,《卢那察尔斯基论文学》,人民文学出版社1978年版,第53—54页。
② [俄]高尔基:《我国文学是世界上影响最大的文学》,《论文学续集》,冰夷等译,人民文学出版社1979年版,第508页。

教育劳动人民的任务"是外加的，而且正是这一规定，导致苏联文学脱离真实，粉饰生活，走向教条主义。但这种观点在当时难免要受到批评，引起争论。而且，这场论争很快延及中国。不过到了中国，焦点集中到"写真实"的问题上，并引发为对现实主义道路理解的分歧。到了1957年"反右运动"开始后，"写真实"论和"现实主义广阔的道路"论就成为批判对象了。这问题一直到"文化大革命"结束以后，才获得重新估价。而在苏联，后来又有人提出社会主义现实主义应该是一个开放体系，是从创作方法的灵活性和多样化上着眼的。苏联解体以后，他们对于这段历史，自然会另有一番评价。但无论从俄罗斯文学史或从世界文学史上看，社会主义现实主义运动都是一种重要的文学思潮。

二　新现实主义的基本特征

徐懋庸把社会主义现实主义称为新现实主义。他认为，新现实主义的创作方法，并不是彻头彻尾全新的东西，我们可以说，这是过去一切创作方法的优点的综合。过去的一切创作方法，从原始的开始到资产阶级的现实主义为止，它们的终极目的，都是要描写社会人生的现实。但是过去的作家，却为阶级的世界所屏蔽，他们所见的现实，大抵并不完全正确，因此他们所描写的也并不完全正确。许多伟大的古典作家，则常常无意地违反了他们的世界观，而正确地描写了现实。例如果戈理、托尔斯泰、巴尔扎克和其他许多的作家们，他们的世界观虽然是观念论的，但是他们作品中的现实描写却常常是正确的。他们的世界观毕竟限制了他们的现实主义，使之未能发展到更高的程度。新现实主义，则将旧现实主义、浪漫主义甚至古典主义中的艺术方法，接受下来，在新的世界观的水准上去运用，因此它能够最正确、最明了地描写现实。

因此，我们可以说，使新现实主义成为一种新的创作方法的，乃是一种新的世界观——劳动阶级的世界观、唯物辩证法的世界观，并非形而上学的世界观。

在旧的现实主义里面主人公普遍是被描写成个人主义地经营着个人生活，而与社会生活相对立或游离的。新现实主义，则描写社会的东西与个人的东西之统一，但二者之间，社会的东西却占着主要地位。新现实主义并不抹杀个人的特性的东西，因为如果没有个人的，特殊的东西，就不能有形象，从而也不能有艺术。但新现实主义者并不在历史的阶级的东西之中，去寻求个人主义的东西和"一般人类的东西"。他努力描写出事件和人物里面的政治的、阶级的意义。在那骤然看来好像是带着单一的或狭小的个人性质的东西里面，也揭示出一般的、典型的阶级的东西。新现实主义的特质，是由那社会的东西对于个人的东西之优位势中所产生的。

新现实主义，是有党派性的。社会主义的艺术家们，不但能直观地达到正确的结论，还要使自己服务于新社会。如果布尔乔亚的现实主义者对政治往往采取无关心的态度——如佛罗贝尔那样，认为政治是恶党所干的勾当——那么，对于新现实主义作家来说，政治是可以说明社会生活与个人生活之相互关系和原动力的。

总而言之，新现实主义这口号——无论在政治的意义上，或在样式的意义上，都不是空想出来的口号，这口号是概括了无产阶级文学、苏联文学的创作上的经验中的一切的成果的。这在文学的领域，是由马克思、恩格斯、列宁三氏所留给我们的指示而产生的。

徐懋庸认为在当时，新现实主义已经不是只属于苏联作家的创作方法了，全世界的进步作家，都已经接受了新现实主义。因为全世界的多数人类，正在经验着苏联大众所经历过的斗争，正在追踪着苏联的大众，创造新的现实。[1]

---

[1] 徐懋庸：《徐懋庸选集》第一卷，四川人民出版社1983年版，第499—506页。

第二章 越地现代文学理论关于文学发展中的继承与借鉴的论述

　　文学发展不仅取决于物质基础,而且取决于思想因素;不仅深受社会思潮的感染,而且受文学传统本身的制约,受外来文学的影响。如何对待文学遗产和文学交流问题,直接影响当代文学的发展。

　　对待文化遗产,曾经出现过两种偏向:一是不分青红皂白地全部抛弃;二是毫无批判地全盘继承。对待外国文学,也出现过两种偏向:一是闭关锁国,拒之门外;二是不加选择,照单全收。实践经验证明,这些做法都不利于我们文学事业的发展,容易在文化思想上造成混乱。

　　我们应该认真对待文学遗产和外来文学影响的问题,正确处理批判与继承、借鉴与革新的关系,使之成为推动文学发展的积极因素。

第一节　批判地继承民族精神文化的遗产

一　一民族的古典文艺,是一民族的精神文化的遗产

　　人类社会经历过很多历史阶段,但是每一个阶段都是在前一个阶段的基础上发展的,无论是社会生产,还是意识形态,都具有继承性。马克思说:"人们自己创造自己的历史,但是他们并不是随心所

欲地创造，并不是在他们自己选定的条件下创造，而是在直接碰到的、既定的、从过去承继下来的条件下创造。"①

人们不可能避开直接碰到的既定生产条件而进行自由选择，于是受生产力所制约的生产关系也有阶段性，不可能任意超越。例如，中华人民共和国刚成立时所继承下来的是以农业生产为主的落后的生产力，在这样的基础上，只能建立新民主主义社会并发展为初级阶段的社会主义社会。如果我们不承认这一点，不在原来基础上逐步发展生产力，改造生产关系，而突然异想天开地刮起共产风，仿佛马上可以进入共产主义社会，如此则会使社会生产遭到破坏。你所碰到的既定生产条件仍然存在，只不过不是向前发展，而是向后倒退了。既然超越原有的基础是不可能的，那么，抛弃原有的基础是否可以呢？那也是不行的。苏联十月革命之后，出现过一个无产阶级文化派，他们认为原有的机器和铁路都是资本主义社会的，应该全部抛弃，无产阶级要从头创造自己的物质文明。这样做的结果，必然会促使社会倒退到原始时代，所以列宁嘲笑他们是"穴居野人"。

一定的文化虽然是由一定的经济和政治所决定，但同时也是从旧的文化基础发展而来。恩格斯说："每一个时代的哲学作为分工的一个特定的领域，都具有由它的先驱者传给它而它便由此出发的特定的思想资料作为前提。"② 一个国家的文化发达不发达，直接与其文化传统有关。例如，有些国家由于某种特殊原因，如石油的输出或金矿的发现，而突然致富，它可以购买许多现代化设备，但由于文化教育跟不上，却无法制造这种设备；而另一些国家虽因战败而陷于困境，但由于国民原有的文化素养高，很快又可以走上现代化工业国家的前列。甚至，一个国家在某一文化部门的发展情况，也与文化传统有关。例如，德国的哲学特别发达，就与这个国家文化传统中拥有的丰富的哲学思想资料有关，而政治经济学却在相当一段时期内处于落后

---

① 《路易·波拿巴的雾月十八日》，《马克思恩格斯选集》第1卷，人民出版社1956年版，第585页。

② 1890年10月27日致康·施米特信，《马克思恩格斯选集》第4卷，人民出版社1956年版，第703页。

状态，甚至英国的政治经济学一到德国，就变了质，成为官房学，这固然与德国当时的资本主义经济发展的落后状况有关，但同时也由于德国文化传统中缺乏这方面积累的缘故。徐懋庸主张主动接受文学遗产的影响。他在《找寻影响》中认为影响是非常重要的："我们的一切思想、感情、想象，都是我们的生活和记录生活的书籍的影响所形成。我们多经一桩事，多读一本书，就多受一分影响，我们的意识就多起一些变化。人是不能避免影响的，顶顶拘谨、顶顶自封的人，也还感觉到影响的力量。要想象一个完全摆脱一切自然的和人事的影响的人，那是不可能的。"① 找寻影响就是学习，从生活中找影响，就是向生活学习，从书本找影响，就是向书本学习。他认为模仿是最深刻的接受一种影响的办法。"我们的接受'文学遗产'，也就是为了找寻影响，就是学习模仿其中的许多东西。当我们接受'文学遗产'，从书本上找寻影响的时候，同时不可以不扩大生活的范围，去找寻现实的影响。"②

徐懋庸在《文学遗产》中认为"一个初学文艺的青年，首先应该从外国的文学遗产，现代中国的文艺作品以及民间故事歌谣中去学习艺术的技巧"③。

夏丏尊说"古典文艺是经过时代的筛子筛过了的东西"④。"古典文艺的保存，有赖于少数的特志家"——"他们是对于某一作家或一系作家的作品，能找出永久的欢喜的，他们是文艺的爱好者、鉴赏者，文艺作品经过了他们的眼睛，恰如古董品到了富于古董知识的鉴赏家手里一样，真伪都瞒不过的。"⑤ "一民族的古典文艺，是一民族的精神文化的遗产，其底里流贯这一民族的血液的。"⑥

文学作为文化领域的一个组成部分，也有它的继承性。后一代的

---

① 徐懋庸：《找寻影响》，《怎样从事文艺修养》，生活书店1936年版，第78页。
② 同上书，第86页。
③ 徐懋庸：《文学遗产》，《怎样从事文艺修养》，生活书店1936年版，第77页。
④ 夏丏尊：《文艺论ABC》，世界书局1928年版，第35页。
⑤ 同上书，第37页。
⑥ 同上书，第38页。

文学总是在前一代文学的基础上发展起来的。例如，唐代是我国诗歌发展的黄金时代，李白、杜甫、白居易等伟大诗人相继出现。他们的作品，当然是当时政治经济生活的反映，但另一方面，无论在思想内容和艺术形式上，都是前代诗歌的继承和发展。就思想内容而言，从《诗经》开始，就有着优秀的民主性的传统。国风、离骚、汉魏乐府都曾深刻地反映了社会矛盾，表现了民间疾苦。这个传统到南北朝被形式主义文学所淹没。初唐陈子昂在《与东方左史虬修竹篇序》中慨叹道："文章道弊五百年矣！汉魏风骨，晋宋莫传，然文献有可征者。仆尝暇时观齐梁间诗，采丽竞繁，而兴寄都绝，每以永叹。"陈子昂在初唐诗坛揭起了革新的旗帜，开始恢复诗歌的风骚传统，为盛唐诗歌的繁荣铺平了道路。但对"齐梁间诗"也不能简单地否定。由于它"采丽竞繁"，所以在诗歌的形式上就有所贡献，格律诗就是在齐梁间发展起来的。正因为在思想上和艺术上有着这样的准备，所以才出现了唐诗的繁荣。如果割断了风骚传统、抛弃了汉魏风骨，就没有唐代诗歌的成就；同样，如果离开了齐梁间艺术形式的发展，唐代的诗歌肯定也要逊色。

鲁迅说："新的阶级及其文化，并非突然从天而降，大抵是发达于对于旧支配者及其文化的反抗中，亦即发达于和旧者的对立中，所以新文化仍然有所承传，于旧文化也仍然有所择取。"① 鲁迅强调新文化必须是在继承基础上的发展。列宁曾经说过："无产阶级文化并不是从天上掉下来的，也不是那些自命为无产阶级文化专家的人杜撰出来的，如果认为是这样，那完全是胡说。无产阶级文化应当是人类在资本主义社会、地主社会和官僚社会压迫下创造出来的全部知识合乎规律的发展。"② 马克思主义学说本身就是继承人类优秀文化传统发展而成的。它由三个部分组成：哲学、政治经济学和科学社会主义；有着三个来源：德国的古典哲学、英国的古典政治经济学和法国的空想

---

① 鲁迅：《集外集拾遗·〈浮士德与城〉后记》，《鲁迅全集》第7卷，人民文学出版社1981年版，第355页。
② 列宁：《青年团的任务》，《列宁选集》第4卷，人民出版社1995年版，第348页。

社会主义。马克思主义创始人从来不讳言其间的渊源关系。同样,革命的新文学也必然与旧文学有着继承关系。例如,苏联的新文学就继承了俄罗斯优秀的现实主义战斗传统。我们且不必从微观的角度去寻找某些观点或某种手法的来龙去脉,只需从宏观角度考察一下俄国革命思想的发展历程,便可一目了然。列宁在《纪念赫尔岑》中曾分析过俄国革命活动的三代人物,第一代是贵族和地主,十二月党人和赫尔岑。"十二月党人唤醒了赫尔岑。赫尔岑展开了革命鼓动。"第二代是响应、扩大、巩固和加强了这种革命鼓动的平民知识分子革命家,"从车尔尼雪夫斯基到'民意党'的英雄。"第三代才是无产阶级革命风暴的人物。所以,从思想发展史的意义上看,以高尔基为代表的俄国无产阶级革命文学,是以赫尔岑为代表的贵族革命家和以车尔尼雪夫斯基为代表的平民知识分子革命家的文学思想的继承和发展。如果没有赫尔岑和车尔尼雪夫斯基,也就不可能有高尔基的出现。至于后来那些粉饰现实、掩盖矛盾的作品,则是对俄罗斯战斗文学传统的背叛。

总之,历史的发展是有它的承续性的,无论是无产阶级文化派还是现代主义的未来派,都无法割断历史。正如恩格斯所说,历史有时会捉弄人,你如果把它从门口赶出去,它却会从窗子飞进来。要割断历史的人,到头来反会被历史所抛弃。

二 对过去的文学必须实行拿来主义

夏丏尊一面承认"一民族的古典文艺,是一民族的精神文化的遗产,其底里流贯这一民族的血液的"①。一面对古典文艺进行批评:"中国文艺和外国文艺相较,程度远逊。国内当世作家的不及他国作家,不去说了。即就古典文艺而论,中国的文艺较之西洋也实有愧色。"② 这里表明他对古典文艺是一种一分为二的有区别地对待的态度。

文化传统虽然是文化发展的基础,但同样也会成为其前进的阻

---

① 夏丏尊:《文艺论 ABC》,世界书局 1928 年版,第 38 页。
② 同上书,第 38—39 页。

力。缺乏文化传统的国家固然难以创造现代文化,但是,世界上的文明古国却也往往易于衰亡。传统有时会变成历史的包袱,压得古国的人民不能前进。所以,有识之士对于传统文化又都持批判态度。鲁迅说:"我们目下的当务之急是:一要生存,二要温饱,三要发展。苟有阻碍这前途者,无论是古是今,是人是鬼,是《三坟》《五典》,百宋千元,天球河图,金人玉佛,祖传丸散,秘制膏丹,全都踏倒他。"①"五四"时期的新文化战士几乎都采取同样的态度。他们对于国粹主义的斗争是历史的需要。因为不批判旧文化,就不能创造新文化。

作为观念形态的文化,毕竟是一定经济基础的产物,因此,当经济基础发生变革时,人们必然对过去的意识形态进行批判地审查,古今中外,概莫能外。恩格斯在《反杜林论》里论述到法国资产阶级革命时期的情况时道:"在法国为行将到来的革命启发过人们头脑的那些伟大人物,本身都是非常革命的。他们不承认任何外界的权威,不管这种权威是什么样的。宗教、自然观、社会、国家制度,一切都受到了最无情的批判;一切都必须在理性的法庭面前为自己的存在作辩护或者放弃存在的权利。"资产阶级革命是一种剥削制度代替另一种剥削制度,尚且对封建文化采取了批判态度,更何况同一切传统所有制和一切传统思想实行最彻底决裂的无产阶级革命呢?列宁在谈到马克思如何对待人类文化遗产时说:"凡是人类社会所创造的一切,他都用批判的态度加以审查,任何一点也没有忽略过去。凡是人类思想所建树的一切,他都重新探讨过,批判过,在工人运动中检验过,于是就得出了那些被资产阶级狭隘性所限制或被资产阶级偏见束缚住的人所不能得出的结论。"②马克思在批判地继承文化遗产问题上,为我们做出了榜样。

那么,对于文学遗产,我们应该如何批判地继承呢?

---

① 鲁迅:《华盖集·忽然想到(六)》,《鲁迅全集》第3卷,人民文学出版社1981年版,第45页。

② [俄]列宁:《青年团的任务》,《列宁选集》第4卷,人民出版社1995年版,第347页。

鲁迅曾经以一个穷青年得了一所大宅子打比方，来说明对待文化遗产的态度："如果反对这宅子的旧主人，怕给他的东西污染了，徘徊不敢走进门，是孱头；勃然大怒，放一把火烧光，算是保存自己的清白，则是昏蛋。不过因为原是羡慕这宅子的旧主人的，而这回接受一切，欣欣然的蹩进卧室，大吸剩下的鸦片，那当然更是废物。"鲁迅认为，这三种态度都不对，我们应采取"拿来主义"的态度，去占有和挑选。"我们要或使用，或存放，或毁灭。那么，主人是新主人，宅子也就会成为新宅子。"①

首先，我们应该对不同的文学作品加以区别。

夏丏尊对传统文化中的糟粕极为否定："浅薄的劝惩文艺，宣传的实用文艺，荒唐的神怪文艺，非人的淫秽文艺，隐遁的山林文艺，把中国人的心灵加以桎梏或是加以秽浊，还有什么好的深的东西从中国人的心灵中生出来呢？"②夏丏尊的观点与列宁的比较起来略显偏激。列宁说："每一个现代民族中，都有两个民族。每一种民族文化中，都有两种民族文化。"③这是指民主主义和社会主义的文化成分，与资产阶级文化、黑帮和教权派的文化。列宁的话虽然是就现代民族而言，其实在古代民族中，同样有两种文化。在一部《诗经》里，就有两种对立的东西：有拍马屁的颂诗，有反映民间疾苦的国风。而这两种文化，后来都延续下来了，相互展开斗争。对于为帝王将相歌功颂德和宣扬封建意识的作品，我们应该采取排斥的态度；对于敢于直面人生，能够深刻揭示社会矛盾，具有民主思想的进步作品，就要很好地加以继承。徐懋庸的观点更接近列宁这种观念，相较于夏丏尊来说算是比较中肯。但处在那个时代，可以理解。

当然，对于进步的、优秀的古典文艺作品，也不能毫无批判地继承。

---

① 鲁迅：《且介亭杂文·拿来主义》，《鲁迅全集》第6卷，人民文学出版社1981年版，第40页。
② 夏丏尊：《文艺论 ABC》，世界书局1928年版，第39页。
③ ［俄］列宁：《关于民族问题的批评意见》，《列宁论文学与艺术》第1卷，人民文学出版社1960年版，第150页。

由于时代和阶级的局限，古代作家的思想是非常复杂的，这种复杂性必然反映在作品中，毛泽东说："剔除其封建性的糟粕，吸取其民主性的精华。"就是针对这类作品而言。譬如《红楼梦》，是一部伟大的作品，它揭露了封建贵族必然没落的命运，歌颂了反抗封建礼教的少男少女，这些都是民主性的精华。但这部作品也有封建性的糟粕，最突出的是"补天"思想。所谓"补天"，就是想把千疮百孔的封建制度的"天"补起来。此外，还有"色""空"等思想。这些，都必须加以批判。正如徐懋庸在《文学遗产》中认为"中国的古代的文学，虽不是完全不足道的，但要接受这种遗产（这好比遗产之中的'小摆设'）必须在接受那种重要的基本的遗产之后"①。

总之，对于文学遗产，抛弃和照搬都是不对的。

第二节 文化交流与文学发展

一 善于吸收他民族文化之长是文化自信的表现

1929年春，在还没有人对"五四"运动以来新文学运动做系统的回顾和总结的情况下，朱自清在清华大学率先讲授"中国新文学研究"，并编写了一篇讲义《中国新文学研究纲要》，虽是一个纲目性的章节提纲，但足以看出一个新文学运动参与者对中国现代文学发展的观点和评价。其总论第三章标题为"'外国的影响'与现在的分野"，从标题看，他试图详尽地探讨美国、俄国、日本、北欧和东欧、德国、英国等国文学的影响。听过课的王瑶说：第三章"'外国的影响'与现在的分野"则是从创作上不同的风格流派着眼，讲述外国文学对中国新文学的影响及其对种种文学流派的形成在思想和风格上所起的作用。鲁迅认为新文学的开端一方面是由于

---

① 徐懋庸：《文学遗产》，《怎样从事文艺修养》，生活书店1936年版，第77页。

社会的要求，一方面则是受了西洋文学的影响。朱自清在"总论"中正是从中国社会历史背景和外国文学影响这两方面来进行考察的。他在他的著作中反复申说着外国文化的影响。例如，他极不同意胡适、周作人等人认为新诗根于歌谣的说法。"新诗不取法于歌谣，最主要的原因还是外国的影响；别的原因都只在这一个影响之下发生作用。外国的影响使我国文学向一条新路发展，诗也不能够例外。"甚至，新文学运动以来，词和散曲都升格算是诗了，"那是按外国诗的意念说的，也是外国的影响"①。

世界各民族的文学在其发展的过程中，除了自身的继承关系之外，必然还要产生相互之间的影响。正如卢卡契所说："外国文学实际上是一切文学不断向前发展的一个组成部分。这种对外国文学有机而又健康的同化，是一切真正作家……成长和发展的一部分。"②

世界自从结束了"鸡犬之声相闻，而老死不相往来"的局面之后，各民族之间便产生了文化交流。而且随着人类社会的不断前进，这种交流日益频繁，不断扩大。公元前6世纪，中国就开始与埃及有了文化交流，以后，又与日本、印度、朝鲜等国在文化上有着更密切的交往。汉代有班超、张骞通西域，也带回来其他民族的文化。河西走廊，古称丝绸之路，可以作为中外文化交流的历史见证。许多"国乐"，当初原是胡乐，如胡琴、琵琶等。还有许多动植物，也由西域传来，如葡萄、苜蓿、大宛马等。东汉以后，印度的佛教，也开始向中国传播，对中国文化的影响甚大。

一个上升的、具有充分自信力的民族，总是善于吸收他民族文化之长，作为自己的养料。卢卡契认为："就这方面来说，每一个民族的文化都是显然自私的，莫里哀说过：'哪儿有好的东西，我就去要。'这种说法也正适用于对外国文学的汲取和排斥。"③鲁迅在《看镜有感》里，赞扬汉代人勇于吸取异族文化，将外来动植物毫不拘忌

---

① 朱自清：《真诗》，《朱自清全集》（第二卷），江苏教育出版社1996年版，第386页。
② [匈]卢卡契：《托尔斯泰和西欧文学》，《卢卡契文学论文集》（二），中国社会科学出版社1981年版，第450页。
③ 同上。

地拿来充装饰的花纹，认为这是民族自信力的表现；而批评宋代的文化国粹气味熏人，对外来东西推拒、惶恐、退缩、逃避，认为这正是衰弱的表现。他说："无论从那里来的，只要是食物，壮健者大抵就无需思索，承认是吃的东西。惟有衰病的，却总常想到害胃，伤身，特有许多禁条，许多避忌；还有一大套比较利害而终于不得要领的理由，例如吃固无妨，而不吃尤稳，食之或当有益，然究以不吃为宜云云之类。但这一类人物总要日见其衰弱的，因为他终日战战兢兢，自己先已失了活气了。"①

如果说，在封建社会里，各民族之间的文化交流还受着自给自足的小农经济和闭关自守政策的限制，那么，到了资本主义生产方式形成以后，随着资本主义经济的发展，随着商品的流通，各民族之间的文化交流也日益发达了。正如马克思和恩格斯所说："过去那种地方的和民族的自给自足和闭关自守状态，被各民族的各方面的互相往来和各方面的互相依赖所代替了。物质的生产是如此，精神的生产也是如此。各民族的精神产品成了公共的财产。民族的片面性和局限性日益成为不可能，于是由许多民族的和地方的文学形成了一种世界的文学。"② 现代社会为这种世界性的文化交流和世界文学的形成提供了更为有利的条件。

如何借鉴外国文学经验推动民族文学的繁荣？

首先是借鉴文学思想。一个国家、一个民族，一旦出现一种新的文学思想，只要它符合时代的潮流，很快就会风靡各国。例如，文艺复兴时期，首先在意大利产生了人文主义思想，19世纪，英国的拜伦、雪莱开创了一种"立意在反抗，指归在动作"的个性解放文学，都产生了世界性的影响。鲁迅曾经描述过20世纪初期俄罗斯文学对我国影响的情形："那时就知道了俄国文学是我们的导师和朋友。因为从那里面，看见了被压迫者的善良的灵魂、酸辛、挣扎；还和四十

---

① 鲁迅：《坟·看镜有感》，《鲁迅全集》第1卷，人民文学出版社1981年版，第198页。

② 《共产党宣言》，《马克思恩格斯选集》第1卷，人民出版社1995年版，第276页。

年代的作品一同烧起希望，和六十年代的作品一同感到悲哀。我们岂不知道那时的大俄罗斯帝国也正在侵略中国，然而从文学里明白了一件大事，是世界上有两种人：压迫者和被压迫者。"① 十月革命以后，以高尔基为代表的苏联社会主义文学家对我国产生了更大的影响，鲁迅把翻译苏联文学比作偷运军火给起义的奴隶，可见其作用之大。

其次是借鉴艺术形式。这种影响在古代就有范例，如唐代的乐曲，借鉴龟兹乐，宋元的话本、弹词，借鉴佛教的宝卷；而到近代，艺术形式上的借鉴就更多了。以"五四"新文学为例，许多艺术形式都是外来的。话剧、自由诗都是从外国移植进来的；散文、小说虽然古已有之，但其中有些文体——如随笔和报告文学，有些格式——如短篇小说截取横断面的结构方式，却是从异域文苑采撷而得；木刻，原是从中国传向西方，而中国的现代木刻却又是从西方反流回来；意识流手法，虽然有人考证出我国古代就有，但有意识地运用则无疑是近代西方心理学所引起的，而中国晚近的意识流作品，则毋庸讳言，是向西方学习的结果。其实，吸取异域的东西，并非坏事，鲁迅说："一切事物，虽说以独创为贵，但中国既然是世界上的一国，则受点别国的影响，即自然难免，似乎倒也无须如此娇嫩，因而脸红。单就文艺而言，我们实在还知道得太少，吸收得太少。"② 鲁迅就毫不讳言他的小说是受外国小说的影响，而且还具体地指出，他的《狂人日记》是受果戈理同名小说的影响，而《药》则分明留有安特莱夫式的阴冷。

再次是借鉴创作方法。创作方法和艺术流派总是先在一两个国家形成，然后波及其他国家。如古典主义产生于法国，而流行于欧洲各国；未来主义开始于意大利，而传入俄、英、法、德等国；荒诞派也兴起于法国，而流行欧美；社会主义现实主义由苏联提出，而影响到当时的社会主义各国；等等。

---

① 鲁迅：《南腔北调集·祝中俄文字之交》，《鲁迅全集》第4卷，人民文学出版社1981年版，第460页。

② 鲁迅：《集外集·（奔流）编校后记（二）》，《鲁迅全集》第7卷，人民文学出版社1981年版，第162页。

郭沫若说："当我接近惠特曼的《草叶集》的时候，正是'五四'运动发动的那一年，个人的郁积，民族的郁积，在这时找出了喷火口，也找出了喷火方式，我在那时候差不多是狂了。"① 可见，惠特曼的文章能在中国产生影响，是时代的需要，社会的需要。

二　放出眼光，挑选占有

鲁迅说："没有拿来的，人不能自成为新人，没有拿来的，文艺不能自成为新文艺。"② 可见这种吸取工作是多么重要。既然各民族之间相互的文化影响是一个必然趋势，吸取异族文化是发展民族文化的必要条件，那么，我们应该主动地、有意识地吸收外国文学的精华，来发展我们的新文艺。毛泽东说："中国应该大量吸收外国的进步文化，作为自己文化食粮的原料。"③

"五四"文学革命运动是新文化运动的一个重要组成部分。那时所有的重要作家，如鲁迅、胡适、周作人、郭沫若、郁达夫、沈雁冰等，无一不受外国哲学和外国文学的影响，由于他们的努力，中国文学很快就出现了一个崭新的时代。

"五四"新文化运动有许多宝贵的经验，值得我们认真总结、继承、发扬。其中重要的一条，就是勇于吸取外国文化中有用的东西，勇于批判、改造我国传统文化。他们是伸手自己去拿，而不是等人家送来。拿来和送来有所不同，送来者主动权在别人，我们自己是被动的；拿来则是自己放出眼光，挑选、占有，主动权在我。这样，我们可以根据自己的需要来择取。

对于借鉴西方，朱自清有着清醒的审辨意识，绝不是整个儿搬来，其借鉴充满着辩证精神。例如，有人将自己在德国杂志上发表的论文译出，并参照中国读者的实际情况，增减了一些材料印成《中国

---

　　① 郭沫若：《序我的诗》，《郭沫若论创作》，上海文艺出版社1983年版，第213页。
　　② 鲁迅：《且介亭杂文·拿来主义》，《鲁迅全集》第6卷，人民文学出版社1981年版，第40页。
　　③ 毛泽东：《新民主主义论》，《毛泽东选集》第二卷，人民出版社1995年版，第706页。

诗词曲之轻重律》一书，这种"出口转内销"的现象时至今日并不鲜见。但朱自清有着清醒的审辨意识。"读了总还觉得是为外国人写的。书中说中国诗歌的轻重律，与近代西洋诗歌相同，都属于'质的轻重律'；著者以为中国字的平仄，就是轻重。为便于外国人了解而如此说则可，若论实在情形，似乎就不能这样轻易下断语。"接着引用了刘复的《四声实验录》来说明，"固然，四声的问题与平仄的问题有分别；可是这两个问题需要实验是一样的。没有足够的实验而下断语，到底难教人信服。"而对于作者选用的李白的两首古体诗的分析，"疑心他是故意选择了这两个偶尔的例子。我曾随便分析了几首李白的古风，没有一首与这两首有相类似的现象"。"总之，本书就全体论，原来既为外国人作，便不免只以他们的了解为标准，中国读者的不满意是当然的。"①

在《爱国诗》中，朱自清通过比较陆游的《示儿》和法国都德的《柏林之围》，分析了中西关于国家意念的不同，接着又分析了早期新诗中为什么少爱国诗（除了康白情《别少年中国》、郭沫若的《炉中煤》等少数作品外）：

  辛亥革命传播了近代的国家意念，五四运动加强了这意念。可是我们跑得太快了，超越了国家，跨上了世界主义的路。诗人是领着大家走的，当然更是如此。这是发现个人发现自我的时代。自我力求扩大，一面向着大自然，一面向着全人类；国家是太狭隘了，对于一个是他自己的人。于是乎新诗诉诸人道主义，诉诸泛神论，诉诸爱与死，诉诸颓废的和敏锐的感觉——只除了国家。②

该文最后他结合抗战实际，通过分析闻一多《死水》中的《一个

---

  ① 朱自清：《〈中国诗词曲之轻重律〉》，《朱自清全集》（第八卷），江苏教育出版社1996年版，第145—146页。
  ② 朱自清：《爱国诗》，《朱自清全集》（第二卷），江苏教育出版社1996年版，第356—357页。

观念》和《一句话》来呼唤：坚定我们必胜的信念，可以多在诗歌中表现理想国家的意念。

鲁迅说："没有冲破一切传统思想和手法的闯将，中国是不会有真的新文艺的。"① 推陈出新，是世界上一切事物发展的普遍规律，也是文学艺术发展的规律。朱自清、鲁迅等回应了我国自近代以来学习西方的过程中出现的两种错误的倾向。

一种是"中学为体，西学为用"的主张。就是仍以中国传统文化思想为主体，适当地吸收西学中一些形而下的东西来应用。这样，只能学习外国文化的一些皮毛，无法创造新文化。这种主张是洋务派提出来的，虽然早就受到批判，但实际上仍隐藏在一些人的头脑里，渗透在某种文化观念中。在文学问题上，有些人不赞成改变传统的文学思想，只允许吸收一些外国文学的表现手法，其实也是"中体西用"观点的反映。用这种办法来对待外来文化，就会像鲁迅所说的，一切新的东西都会像掉在黑色的大染缸里一样，染成了黑色，也就谈不到吸收与革新。

另一种是"全盘西化"的主张。什么东西都是外国的好，而全部照搬，不加区别，不加改造。这实际上也行不通。因为民族文化思想是长期形成的，它反映在社会生活的各个方面，渗透在思想意识的深层，甚至于变成集体无意识，因此它具有巨大的力量，要改造它需要进行长期的工作，想抛弃它则是不可能的，其结果反而为它所抛弃。而且，任何文化思想都有产生它的气候和土壤，搬迁之后，就会起变化，有如淮南之橘，迁到淮北就变成枳，性味完全两样了。外国文化，有精华，也有糟粕，对于外国文化，只能加以消化和吸收，给传统文化中增加新的养分。正如毛泽东所说："一切外国的东西，如同我们对于食物一样，必须经过自己的口腔咀嚼和胃肠运动，送进唾液胃液肠液，把它分解为精华和糟粕两部分，然后排泄其糟粕，吸收其

---

① 鲁迅：《坟·论睁了眼看》，《鲁迅全集》第 1 卷，人民文学出版社 1981 年版，第 241 页。

精华，才能对我们的身体有益，决不能生吞活剥地毫无批判地吸收。"① 无论是批判地继承本民族的文学遗产，或者借鉴外国的优秀文学，目的都是为了创造今天的新文学。"继承和借鉴决不可以变成替代自己的创造，这是决不能替代的。"② 要想创造新文学，就必须进行文学变革。

许钦文认为，新文学是"大众的"，新文学是"活动的"。③ "新文学是社会的，切于人生的实用的。"④ 借鉴外来文学，也是为发展新文学服务的。

---

① 毛泽东：《新民主主义论》，《毛泽东选集》第二卷，人民出版社1995年版，第707页。
② 毛泽东：《在延安文艺座谈会上的讲话》，《毛泽东选集》第三卷，人民出版社1995年版，第802页。
③ 许钦文：《文学概论》，上海北新书局1936年版，第14页。
④ 同上书，第15页。

余论　越地现代文学理论的现代性

文学艺术虽然由于它的审美属性，而带来一系列的特殊性，但它毕竟属于社会意识形态领域，因而不可能脱离社会而存在。正如恩格斯所说："政治、法律、哲学、宗教、文学、艺术等的发展是以经济发展为基础的。但是，它们又都互相影响并对经济基础发生影响。"[①]因此，当人们宏观地考察文学艺术的时候，就经常考察它的社会联系。越地现代文学理论尤其重视文学与宗教、政治的相互关系的考察，暗合了"审美现代性"与"启蒙现代性"在中国的发展，给历史留下了鲜活的经验与启示。

第一节　"审美现代性"视野下的蔡元培的"以美育代宗教"

一　宗教对文学影响广泛

宗教是一种重要的文化现象，在历史上曾经产生过广泛的影响。它是颠倒了的世界观。但产生它的社会本身就是颠倒了的世界。因此，"宗教是这个世界的总理论，是它的包罗万象的纲

[①] 1894年1月25日致瓦·博尔吉乌斯信，《马克思恩格斯全集》第39卷，人民出版社1975年版，第199页。

要，它的具有通俗形式的逻辑，它的唯灵论的荣誉问题，它的狂热，它的道德约束，它的庄严补充，它借以求得慰藉和辩护的总根据。"①

中国古代的很多文人虽以儒家为正统，但与和尚道士结交者却颇不乏人。特别对于那些深通佛理的禅师，他们更深为敬重。王维与道光禅师为友，又受到禅宗六祖惠能的大弟子神会的赏识；柳宗元的和尚朋友很多，并常为他们写碑铭；苏轼不仅和禅师交往，而且还学他们的口吻，与他们大掉机锋；王安石中年信佛，将家宅舍为寺院；李贽干脆落发为僧；袁宏道则声称，讲禅除李贽外，他是天下无敌。如果说，苏轼、李贽、袁宏道辈，都是比较放达的文人，不受儒家信条的约束，那么，以儒家正统自居的理学家，也有与佛学结缘的。如宋代理学大师周敦颐根据《华严经探玄记》的命意写成名文《爱莲说》。② 理学家从道教《道藏经》吸收养料，写出了《太极图》③。可见，文学从佛教里借鉴和移植了许多东西。

不但理学从佛学中吸收养料，而且与理学相对立的心学，也深受佛学的影响。王阳明的心学就是在佛教禅宗的基础上建立起来的。禅宗讲"本心清净"，王阳明讲"性善"；禅宗讲"直指本心"，王阳明讲"致良知"；禅宗讲"即心即佛"，王阳明宣扬孟子的"求其放心"说，相互间都有联系。直接受王阳明心学影响的李贽的"童心说"与袁宏道的"性灵说"，也与禅宗之自然本性说相关。而且，他们对儒教的叛逆精神，也多少受到禅宗"呵佛骂祖"作风的启迪。④

佛学思想不但影响文艺创作，而且也影响到文艺批评。《诗品》的作者司空图是禅宗信徒，他讲究"不着一字，尽得风流"；严羽的《沧浪诗话》以禅喻诗，要求"羚羊挂角，无迹可求"，都是禅宗

---

① ［德］马克思：《黑格尔法哲学批判·导言》，《马克思恩格斯选集》第1卷，人民出版社1956年版，第1页。
② 吴中杰：《文艺学导论》第四版，复旦大学出版社2010年版，第66页。
③ 参见侯外庐、邱汉生、张岂之主编《宋明理学史》上卷第一章，人民出版社2001年版。
④ 参见葛兆光《禅宗与中国文化》，上海人民出版社1986年版。

"不落言筌"表达方式的流衍。

儒家是讲进取的，佛道是讲退隐的，为什么中国文人士大夫会接受佛道思想呢？这也有特定的社会原因。因为在封建社会里，没有自由职业的知识分子，要么做官，要么退隐，所以鲁迅说中国只有两种文学：一种是廊庙文学；一种是山林文学。鉴于这种情况，儒家就有"达则兼济天下，穷则独善其身"的说法。到"穷"时，就要找老庄的清静无为说或佛家的出世思想作为精神上的自我调剂。即使在"达"时，官场的斗争激烈，不能时时占上风，也要从佛道思想中寻找精神安慰，所以有"大隐隐于朝"的说法。

总之，宗教思想大抵先影响哲学思想，然后影响到文学思想。这种影响有时是有形的，有踪迹可寻，有时是无形的，不一定与某种宗教条文有直接联系，如中国古代自然淡泊的诗，或表现宁静幽远境界的画，都是这种无形影响的表现。既然它是总理论和包罗万象的纲要，肯定会渗透到文学艺术这块园地里来。在中外历史上，宗教和文学艺术总是结下不解之缘。越地现代文学理论中，蔡元培就提出了有名的"以美育代宗教"说。

原始艺术和原始宗教，本来是密不可分的。两者可以说是同时形成，有着共同的认识论根源，即对现实的主观幻想的认识。当然，两者出于不同的社会需要，原始艺术的产生是由于人类审美的需要，原始宗教的产生则出于人类企图掌握自然的要求。而原始宗教一旦产生，它就要利用原始艺术，这就激发了原始艺术的发展。在远古时代，初民将某种动植物当作神来崇拜，这叫图腾崇拜。弗洛伊德将图腾崇拜看作原始的宗教形式，图腾崇拜与原始艺术的关系很密切：首先是需要塑造或绘制图腾崇拜物的形象，作为本部落的标志，作为顶礼膜拜的偶像，这就是原始的绘画和雕塑。其次，在崇拜图腾的礼仪中要载歌载舞，这是原始歌舞，后来还逐渐演变出神话剧来。在原始社会中，神的意识占主导地位，艺术与它相关是必然的。正如别林斯基所说："艺术从来不是独立地、单独地发展的，相反，它的发展总是和其他意识范畴连在一起的。在各民族的幼年时代和少年时代，艺术或多或少地总是宗教思想的表现，而在壮年时代，则是哲学概念的表现。"①

后来，虽然宗教文化与世俗文化分离，但宗教为了自身的需要，仍旧离不开艺术。基督教的《圣经》，本身就是文学性很强的神话历史故事，佛教经典里除一部分经论之外，也有一些文学性很强的经传，如《佛本生经》和《六祖坛经》等，都是用佛祖的传记故事来宣扬佛法。但经典无论怎样有文学性，也只能以知识分子为读者对象，还不可能普及到下层群众中去。为了广泛地在善男信女中传教，宗教还要利用文学艺术作为传经布道的工具。历史上许多名画，其实都是以宗教为题材的宣传画，如达·芬奇的名画《最后的晚餐》，拉斐尔画了许多圣母像。佛教中的雕塑和绘画也不少。

宗教是苦难人民的精神慰藉。宣传宗教的艺术当然起了抚慰人心的作用。但是，不可否认，宗教也推动了艺术的发展。梵蒂冈教堂中和中国云冈、龙门、敦煌三大石窟里的雕塑和壁画，都成了人类宝贵的艺术财富。有些巨型佛像，如果没有狂热的宗教精神，是难以完成的，它们在艺术史上占有重要地位。龙门奉先寺的卢舍那大佛，就被称为中国古代雕塑作品中的最高代表。而我国雕塑艺术的发展，可以说主要体现在佛像的造型上。宗教画和雕塑的艺术手法，显然对世俗画和雕塑有重大影响。有人从北魏时期衣着贴体的佛像身上，找到了唐代绘画中"曹衣出水"法的历史渊源，从佛手的造型美中研究出中国画何以讲究手的艺术美。有些宗教艺术，在文体上还有创新作用，如佛教变文，就对我国说书艺术的发展起了推动作用，并间接促进了小说创作的发展。我国古典小说中常见的散韵混合形式，在叙述中插入一段对场景或人物的骈体描写，显然是受了变文文体的影响。

越地现代文学理论诸家中，多人与佛教结缘。艺术修养深厚的李叔同后来皈依佛门。朱光潜虽然与弘一大师仅仅是一面之缘，但其对大师却景仰有加，称其为自己"最景仰的一位高士"，不但多次通过描述朋友来赞誉大师，甚至将丰子恺转赠的大师书写的条幅挂在书房

---

① ［俄］别林斯基：《杰尔查文作品集》，《别林斯基选集》第5卷，上海译文出版社2005年版，第161页。

作为座右铭。① 夏丏尊也曾认真地考虑过出家，李叔同的出家就有夏丏尊的怂恿，但他自己到底没有出家。朱自清说夏丏尊："可是受弘一师的感动极大，他简直信仰弘一师。自然他对佛教也有了信仰，但不在仪式上。""他是以宗教的精神来献身于教育的。""他读《爱的教育》，曾经流了好多泪。他翻译这本书，是抱着佛教徒了愿的精神在动笔的，从这件事上可以见出他将教育和宗教打成一片。"② 而弘一大师多次在春晖长住，朱自清在春晖中学做的关于刹那主义的演讲等很难说没有受他的影响。

二 "以美育代宗教"的内涵

1906 年，王国维把美术看作"上流社会之宗教"，在中国首倡美育，并且提出在中国要以美育取代宗教的缺位。③ 蔡元培继承王国维的以"美育代宗教"思想，在《赖斐尔》《对于教育方针之意见》《教育独立议》《以美育代宗教》《美育代宗教》等文章中，都有所发挥。而他 1917 年在北京神州学会的讲演词、发表于《新青年》杂志的《以美育代宗教说》，最为著名也最有代表性，是他美育论著中的经典之作，社会影响很大。

在这篇文章中，蔡元培说宗教利用艺术"以刺激人心，而使之渐丧其纯粹之美感"，还说宗教以各种艺术"为美术作用，故能引人入胜"。由此他认为不能使美育附丽于宗教，常受宗教之累，失其陶冶之作用。他的以美育代宗教的思想立足于此，体现了一种美好愿望：发挥美育功能，符合现实利益，有利于人们的身心健康，改善人们的社会精神生活。自此以后，文艺界、美学界将"以美育代宗教"奉若神明。直到 21 世纪，实践美学的领军人物李泽厚仍旧在其新著《己卯五说》中提出以"审美代宗教"。潘知常认为：

---

① 王伟凯：《朱光潜与弘一大师》，《兰台世界》2015 年第 1 期。
② 朱自清：《教育家的夏丏尊先生》，《朱自清全集》（第四卷），江苏教育出版社 1996 年版，第 461 页。
③ 王国维：《王国维文集》第 3 卷，中国文史出版社 1997 年版，第 25 页。

"'以美育代宗教',20世纪中国美学成也在兹,败也在兹。没有它,就没有20世纪的中国美学,不越过它,也就没有21世纪的中国美学。新世纪的中国美学要想真正有所进步,亟待从跨越'以美育代宗教'的失误开始。"①

潘知常认为蔡元培论证了"以美育代宗教"的两层必要性和三层可能性。"以美育代宗教"的必要性体现在以下方面。首先,从宗教的本质论证看,宗教并不具备永恒不变的神圣地位,而只是不成熟的一种历史形态,一种迷信,随着社会的发展,就势必被哲学所取代。②这就是说,蔡元培尽管并未忽视"信仰心"问题(虽然他对"信仰心"的认识并不正确),但是他却认为宗教代表"信仰心"只是暂时,哲学取代宗教而代表"信仰心"则是顺理成章。其次,从宗教失落后遗留的空白看,宗教的真正功能只在于慰藉感情,但无论哪种宗教,却又都具有"扩张己教攻击异教"的褊狭性,往往使感情受到刺激和污染,反而不如美育的感情纯正。相比之下,美育是自由的,而宗教是强制的;美育是进步的,而宗教是保守的;美育是普及的,而宗教是有界的。因此美育应当从附丽于宗教的状况中解脱出来。因为要满足人性发展的内在需求,同时使感情勿受刺激和污染,使感情成为纯正之感情,就只能舍宗教而取美育。

蔡元培又分三层论证了"以美育代宗教"的可能性。首先是心理学的层次,"宗教之原始,不外因吾人精神之作用而构成。吾人精神上之作用,普通分为三种:一曰智识;二曰意志;三曰感情。最早之宗教,常兼此三作用而有之"。既然宗教"不外因吾人精神之作用而构成","吾人精神"一旦从有神论转向无神论,"以美育代宗教"也就成为可能。具体来看,在知识与宗教的关系方面,现代科学已经对外在世界的来源,诸如"生自何来?死将何往?创造之者何人?管理之者何术?"做出了充分的解答,无须再借助宗教;在意志与宗教的关系方面,宗教与对于伦理道德与利他主义的需要有关,但是当绝对

---

① 潘知常:《"以美育代宗教":中国美学的百年迷途》,《学术月刊》2006年第1期。
② 蔡元培:《蔡元培全集》第2卷,浙江教育出版社1997年版,第339页。

普遍道德原则为相对伦理原则取代以后，尤其是当人们借助归纳法去得出道德原理，致使借助宗教已无必要；在情感与宗教的关系方面，宗教历来都是利用审美与艺术来控制人的感情，但这种特定的关系也逐渐解体，审美与艺术已经日益走出宗教领域，走向自然现象和社会生活本身，更使得借助宗教已无必要。其次是教育学的层次，从"宗教完全是教育"的前提出发，蔡元培认为，历史上曾经有一个把教育完全委托给宗教的时期，但是随着社会的进步与发展，智、德、体三育均已逐渐脱离宗教，"在宗教上被认为尚有价值的，只有美育的原素了"。但是，美育又比宗教更为纯正，没有刺激和污染之弊。最后是本体论的层次。从康德的哲学观出发，蔡元培将世界一分为二，"一为现象，一为实体"。而达到实体世界的途径，固然不可能是宗教，但也不是德、智、体，而只能是美育。

周作人对文艺和宗教也做了比较研究。他在一篇文章中认为"宗教与文学都是由求生之念抽出来的"。从宗教和艺术的发展史来看，古代的美术都是表示宗教的情感，并没有游戏的念头，后来有些离开仪式才成艺术。但是，艺术虽然分了出去，而它的宗教的本体仍然存在。它还是要表示它的情感，雕刻、绘画、表演，都是种种宗教仪式的变体。因此他说宗教是一条纵流，而艺术把它分开来。正因为这样，文学和宗教有不少相同的地方。再有宗教是希望将来的，文学也讲将来。所以他认为宗教无论如何受科学的排斥，而在文艺方面仍然是有相当的位置的。这并不是赞扬宗教，或是替宗教辩护，而是因为它们的根本精神确是相同。即使所有的教会都倒了，文艺方面一定还有这种宗教的本质的情感。文学与科学不很相合，但与宗教是相合的。宗教的根本精神是与艺术的存在同其寿命。姚全兴认为，周作人虽然没有正确地区别文学与宗教的本质，但其指出情感是它们的共同特征和历史渊源，还是有一定意义的。[1]

在北京大学的《新潮》杂志上，有《罗家伦论美育——罗家伦致熊子真》的信，罗家伦也是绍兴人。他认为蔡元培的主张说明了形式

---

[1] 姚全兴：《五四时期关于以美育代宗教说的论争》，《美与时代》2008年第8期。

宗教是可以没有的，信仰心是不可没有的，而各人的信仰心就是各人的主张，一个人不能没有主张，不能没有信仰心。他举例说，苏格拉底、伽利略、蔡元培都是有信仰的人。在他看来，各人对于真理的信仰就是各人自己的宗教。①

罗家伦在致熊子真的信中，还认为宗教的构成，情感为最大的要素，美育的用处，也是情感的安慰。不但可以安慰，而且可以疏导人，使人向优美愉快的方向走。疏导得好，固可以不会郁结到一个不可收拾的地步，还可以使人趋于合理的生活，而无盲从的危险。但是现在世界上不少人只知道宗教而不知道美育。②

三 "以美育代宗教"的社会基础

潘知常认为，蔡元培提倡的"以美育代宗教"，显然是对20世纪初中华民族所遭遇的意义困惑、作为终极关怀的信仰维度层面在中国传统文化中的缺席以及西方宗教（尤其是基督教）文化的大举入侵这三重时代课题的敏锐回应。

蔡元培著专文疾呼"文化运动不要忘了美育"，"以美育代宗教"在一定程度上填补了价值真空，显示了深远的文化内蕴，体现了王国维、蔡元培等第一代美学家的睿智。在西方现代化的进程中，生存问题完全可以通过人与自然维度的"科学"、人与社会维度的"民主"来解决，而存在问题也完全可以通过人与灵魂维度的"信仰"来解决。因此，在王国维、蔡元培那里，一方面出于对儒家传统的价值真空的洞察；另一方面也出于对于西方基督教的自以为是的"正当防卫"，他们采取的仍旧是传统的中国式的解决方式。这就是：不断往后退，最后退到诗化人生的审美当中。这是一种没有宗教的宗教，也是一块国人最后的精神领地，或许可以称之为"以审美代替信仰"。意义不在，但是美神却在，拒绝以信仰来填补价值真空，但是却可以在美育中让无根浮萍般的人生得以皈依。这无疑是面对儒家夕阳西

---

① 姚全兴：《五四时期关于以美育代宗教说的论争》，《美与时代》2008年第8期。
② 同上。

下、上帝兵临城下困局时王国维、蔡元培所给出的美学回应。

"以美育代宗教"的提出与西方的审美主义思潮有关。我们知道，"启蒙现代性"与"审美现代性"是西方现代化中的两个关键词。而"审美现代性"在中国尤为引人瞩目。韦伯有言，审美为现代社会提供了某种世俗的"救赎"。它与宗教并行，取宗教而代之，成为新的精神依托、第二教主。康德对于审美无功利性的关注，席勒对于审美弥合现代人性分裂的功能的倾心，黑格尔对审美带有令人解放的性质的强调，都彰显着审美在现代社会中的独特性质。不过，正如韦伯所表述的，"审美现代性"意味着面对现代社会的工具理性化的世俗救赎。所以席勒指出，对于审美的强调有两种不同的取向：一是关注审美在弥合现代人性分裂中的特殊作用，它关注的关键是感性；二是关注审美在人类从自然状态到道德状态的中介作用。由于信仰维度的阙如，蔡元培等第一代美学家就顺理成章地把对于罪恶的解释权从上帝那里夺过来，转交给历史。犹如卢梭将人区分为"自然人"与"人所造成的人"，蔡元培等第一代美学家也又一次回到了"人之初，性本善"的传统思路，认为罪恶的原因不在"自然人"，而在于"人所造成的人"。而"人所造成的人"则完全来自社会，是社会造成了人的自然本性的扭曲，使之蜕变为恶。这样一来，罪恶的承担者从个人转向了社会，赎罪之路也转向了审美之路。对于个人原罪，个人不可能凭借自己的力量而得救，因此必须回归信仰，这就是所谓赎罪之路；对于社会原罪，个人完全可能凭借对于社会的反抗而得救，这就是所谓审美之路。具体来说，既然社会被判断为罪恶的源泉，个人之为个人，也就将自身的内在紧张转化为人与社会之间的外在紧张。一方面，不惜将因为社会给予自己的压迫而产生的严重屈辱投射为刻骨的仇恨，必欲铲之而后快，而且错误地认定铲之后而必快；另一方面，既然上帝根本不存在，于是就自己为自己谋划未来。这种被提升到终极价值的位置的世俗之物一旦幻灭（而且必然幻灭），就势必引起全社会深刻的存在性失望，并引发新的"意义危机"。于是，就只有再走向新的人与社会之间的外在紧张，再绘制新的审美蓝图。因此，所谓审美之路实际无非就是沿着审美之维对于"我"的一再大写。舍勒敏锐而幽默地将这里的"我"称之为"自我骄傲者"。蔡元培等第一代美学家事实上都是这样的"自我骄傲者"。"以美育代宗教"并非对于启蒙现代性的反抗，也并非感性对于理性的反抗，而是"报国之道"、救国之路，可以称之为"审美救世"，也可以称之为"美育救国"。因此，进入现代的中国并未走上赎罪之路，而是走上了审美之路。事实上，"以美育代宗教"堪称20世纪中国美学研究的逻辑规定，直到实践美学为止。尽管这样，潘知常认为，所谓审美，它以对于爱的追忆与怀想抗拒着遗忘，以对于存在的聆听与应答抗拒着虚无。但是在"以美育代宗教"的影响下，中国20世纪的审美却走上了错误的道路。"在整体上缺乏一种伟大的东西、深刻的东西，无法与20世纪中华民族的苦难相当，也无法与20世纪中华民族的耻辱相称。"①

"回首20世纪，科学主义盛行，出于救亡图存、思富求强的心结，中国的几代文化精英全都归附在近代西方启蒙理性的大旗下。在人与自然的维度补'科学'，在人与社会的维度补'民主'，无疑就是这一'归附'的两大创获。然而令人遗憾的是，对于人与灵魂的维度，则无暇也无人问津。"②

王元骧认为，宗教的本质是信仰，而蔡元培却认为"宗教本旧时代的教育"，并认为随着时代的进步，宗教的认识作用和道德作用都已消失，唯有情感教育的作用仍然保留，故提出"以美育代宗教"这一口号。这种观点是值得商榷的。若转而以信仰论的观点来理解这个口号，那么它在今天不仅没有失去它的意义，反而更凸显它的理论价值。③

蔡元培为了维护人的整体存在和人的全面发展而不遗余力地提倡审美教育和艺术教育，体现了一位杰出的教育家的卓识远见。

自清代末年以来，出于对清政府的腐败以及列强侵略所带来的灾

---

① 潘知常：《"以美育代宗教"：中国美学的百年迷途》，《学术月刊》2006年第1期。
② 同上。
③ 王元骧：《评蔡元培"以美育代宗教说"》，《社会科学战线》2013年第7期。

难的深切感受，许多爱国志士都认为中国之所以沦落到这个地步，根本原因就在于缺乏民主和科学，因而都希望通过引进西方的科学技术来求得国家的复兴，带有鲜明的"科学救国主义"的倾向，这在当时无疑是一种进步的社会思潮，蔡元培的教育思想与这一时代潮流在大方向上是一致的，但显然又高出这一思潮，表现为他并没有为反对封建迷信的思想启蒙的需要而完全陷入科学主义与科学救国论。他意识到科学只不过是一种工具，它是需要人来掌握和运用的，所以到了不同的人那里，就可能会产生完全不同的社会效应，它既可以为人类造福，也可能为社会带来灾难。就教育方面来看，就必然会导致唯智主义而放弃了对于整全人格的培养，甚至有可能致使物欲主义的泛滥而腐蚀社会和人心。所以在谈到教育的时候，蔡元培与王国维和梁启超一样，都认为作为整全的人应该是知、意、情全面发展的人。所以，除了知识教育、道德教育之外，情感教育更是不可缺少的一个组成部分。

蔡元培认为"科学崇尚的是物质，宗教注重的是情感。科学愈昌明，宗教愈没落，物质愈发达，情感愈衰颓"。他在1935年《与时代画报记者谈话》中说道："我以为现在的世界，一天天往科学路上跑，盲目地崇尚物质，似乎人活在世上的意义只是为了吃面包。以致助长了贪欲的劣性，从竞争而变成大抢夺，我们竟可以说大战的酿成，完全是物质的罪恶。"[1] 而艺术在他看来自古以来就是依附于宗教而存在的。我们提倡美育，便是使艺术从宗教的支配下解放出来，而恢复它的纯粹的审美本性，"使人能在音乐、雕刻、图画、文学里又找到他们遗失了的（审美的）情感"。于是他在1917年提出"以美育代宗教"这一口号。

陈独秀于1920年发表的《基督教与中国人》认为：中国社会麻木不仁，文化源泉里缺少情感至少是一个重大的原因。现在要补救这个缺点，似乎应该拿美和宗教来引导我们的情感，让"美与宗教的情

---

[1] 蔡元培：《与时代画报记者谈话》，《蔡元培美学文选》，北京大学出版社1983年版，第214—215页。

感，纯洁而深入我们生命的源泉的里面。我们主张把耶稣崇高的、伟大的人格和热烈、深厚的情感，培养在我们的血里，就是因为这个理由"。他提出以"宗教来引导情感"，就是看中宗教的信仰本质。信仰是价值论的核心问题，与之不同，蔡元培则是从知识论、认识论的观点来理解宗教的。按知识论的观点视宗教的本质为教育，所以他认为随着科学和社会的发展，宗教中所包含的认识的因素和道德的因素都已失去了它的意义和价值，唯有情感的作用和审美的功能还存在着，因而艺术可以取而代之。

　　正是由于批判地吸取了基督教思想精神的这种积极的因素，康德的伦理学才成为对西方伦理学的一大推进，它把传统伦理学所侧重研究的世俗伦理上升为美德伦理和信念伦理。科学和道德的发展并没有完全否定宗教的精神。

　　西方美学思想史对"美是什么"的问题向来没有统一的理解，一直存在着两大系统即希腊传统和希伯来传统的分歧和对立：希腊传统是以感觉论、经验论的观点来看待美，着眼于美的外观和形式，看重的是一种"可见的美"，它的基本形态是"优美"；而希伯来传统是从体验论、超验论的观点来看待美的，认为"美在上帝"，上帝是没有肉身而不现身于世间的，所以只能是在祝祷中由内心体验所得的"不可见的美"，它的基本形态是"崇高"。蔡元培认为宗教的知识、道德作用消失之后，美的作用主要在于愉悦身心，陶冶情感，因为"人之所以有感情，而非都有伟大而高尚的行为，这是因为感情推动力的薄弱。要转弱而为强，转薄而为厚，有待于陶冶。陶冶的工具，为美的对象；陶冶的作用，叫作美育"。因为美能使人的情感超越个人的利害关系，而获得普遍的意义。

四　"以美育代宗教"的意义

　　"以美育代宗教"这种观点所接受的基本上是希腊的传说，是从感觉论、经验论的观点来看待美所得出的结论，并没有涉及艺术与宗教的同质性，以及美育何以能取代宗教的问题。而要准确揭示艺术与宗教的同质性，王元骧认为要从信仰论的观点来看。艺术作为审美客体之所以能取代宗教，从根本上说不是它的感性外观，而恰恰在于它的内在精神，在于它的超验性和形上性，这正是信仰的一大特征。因为信仰作为对于人生理想的一种确信和追求，它的意义就在于使人从当下的境遇中摆脱出来，由于精神上有所皈依而使灵魂得以安顿，从而使人的生存有了自己的根基而不致成为无家可归的精神漂泊者。唯其如此，艺术才既具有宗教精神而又能超越宗教的局限，才能起到以艺术进行审美教育来取代宗教的作用。

首先，从美与艺术的性质来看。美与艺术尽管都是以感性的形式出现，但其作用并不止于给人以感官的愉悦，而更在于激发人的情感和想象，将其带到一个自己所追逐的理想的世界之中，作为一种人类的永恒的期盼，其性质是超验的、形上的。高尔基认为，按天性来说，人都是艺术家，他总希望把美带到生活中去，凭借想象在自己的作品中获得自己愿望的满足，因而神话和传说也就成了艺术和宗教的共同根源。只是由于艺术与宗教不同，它不是从彼岸世界来找到慰藉，而是把终极的关怀落实到现实人生中。因为人总是生活在希望之中的，要是没有一个希望向他招手，他的生活也就失去了内在的动力。

许多艺术家都是在极其困顿的生活中创造艺术的辉煌的。贝多芬就是一个典型的例子。严重的耳聋，对于作为一个音乐家的他来说，无疑是一个最沉重的打击！他曾经想到自杀，但要完成的艺术创作让他打消了这一念头，他觉得在自己尚未把自己感到的使命全部完成之前，不能离开这个世界。此外，从曹雪芹、吴敬梓、米开朗琪罗、米勒、罗丹、莫扎特等人的艺术活动中，我们也多少可以看到与贝多芬相似的对于艺术近乎宗教徒那样的献身精神。这就是罗丹说的"真正的艺术家，是人类之中最信仰宗教的"。

其次，从美与艺术的功能来看。正是由于美与艺术像宗教那样，载负着人类的理想和希望，所以它不仅可以抚慰人的心灵，使人在苦难中看到光明而给人以生存下去的信心和勇气，成为人战胜一切苦难和诱惑的精神动力，就像恩格斯在谈到民间故事时说民间故事使一个劳累的农民"忘却了自己的劳累，把他的硗瘠的田地变成馥郁的花园"；使一个疲乏不堪的手工业学徒感到自己的"寒碜的楼顶小屋变成一个诗的世界和黄金的宫殿"；民间故事书"还像圣经一样培养他的道德感，使他们认清自己的力量、自己的权利、自己的自由、激起他的勇气，唤起他对祖国的爱"。而且它还能起到提升人的人格和境界的作用，就像安瑟尔谟说的，由于信仰上帝，爱上帝，而使"已经被恶习所毁损和消灭，被罪恶的烟雾所蒙蔽"的自我，由于"上帝的榜样"的存在而得以复新和重生，而在自己的身上"创造出上帝的形象"来。艺术与宗教一样，对人生具有立法的功能，所以雪莱认为"诗拯救了降临于人间的神圣，以免它腐朽"。要是人们心目中没有一个"上帝"，那么岂不会同陀思妥耶夫斯基所说的，他什么事都干得出来了。

如果我们这样来理解艺术与宗教的同质性，那么，蔡元培的"以美育代宗教"的意义不仅没有消失，而且在今天反显得更为突出。

从艺术的功能来看，随着市场经济在我国的发展而导致人的思想的物质化、功利化和神圣感的丧失，以致金钱成了人们心目中万能的上帝，在什么都可以以金钱来交换获取的今天，美作为"世间的上帝"，它在一定意义上可以唤醒人的良知，而起到维护人格独立和尊严的作用。

从艺术本身来看，当它日益为商业所利用，趋向娱乐化、消费化，沦为有钱人的玩物的时候，正确阐明艺术和宗教的同质性，可以唤起艺术家的责任意识和对自己神圣使命的坚守，意识到凡是真正的艺术，能够反映时代精神、推动社会进步而经历时间的检验为历史所肯定的艺术，总是美的艺术，也是自己最值得追求并为之付出的艺术。这是我们从"以美育代宗教"这一口号中所获得的应有的启示。

蔡元培的"以美育代宗教说"，在"五四"时期发表后，社会上引起了很大反响，展开了论争，震动了当时思想学术界，余波一直延续到20世纪40年代末。它在哲学、宗教、艺术特别是美学、美育方面都具有重大的思想意义和学术价值，产生了深远的社会影响。

第二节 "启蒙现代性"视野下文学与政治的关系

一 政治与文学关系密切

鲁迅说："据我的意思，即使是从前的人，那诗文完全超于政治的所谓'田园诗人''山林诗人'，是没有的，完全超出于人间世的，也是没有的。既然是超出于人世，则当然连诗文也没有。诗文也是人事，既有诗，就可以知道于世事未能忘情。"① 政治是一种强大的社会力量，它要求各种事物都围绕自己这个轴心旋转。对于文学，并不例外。各个政治集团总要求文学来适应自己的政治需要，为自己的政治利益服务。这在我国封建社会里，表现得特别明显。孔子曰："诵诗三百，授之以政，不达；使之四方，不能专对；虽多，亦奚以为。"② 这简直把《诗经》当作治理政事和办理外交的工具了。他又说："诗可以兴，可以观，可以群，可以怨。迩之事父，远之事君，多识于鸟兽草木之名。"③ 这里，虽把对文学的作用理解得太过宽泛，但着重点还是政治需要——可见政事得失，团结众人，怨刺上政，为事父事君的大事服务。孔子的观点对后代影响很大。儒家论文，大抵都从政治和伦理上着眼。政治不但作为一种强力来干预文学，而且广泛地渗透到社会生活的各个方面，使得生活在社会中的文学家不可能超脱政治。历史上有所谓"田园诗人"和"山林诗人"，有所谓"为艺术而艺术"的文学家，但实际上都是与社会相连，与政治相关。

周作人作为"五四"时期新文化运动的积极分子，提倡"人的文学"，反对封建文化。后来被白色恐怖吓坏了，宣称要在十字街头筑

---

① 鲁迅：《而已集·魏晋风度及文章与药及酒之关系》，《鲁迅全集》第3卷，人民文学出版社1981年版，第516页。
② 《论语·子路》，《四书章句集注》，中华书局1983年版，第143页。
③ 《论语·阳货》，《四书章句集注》，中华书局1983年版，第178页。

起象牙之塔，不管外面多么纷扰，他要躲在里面临《九成宫》字帖。所以他在20世纪30年代鼓吹幽默文章，提倡闲适小品，一副超然出世的样子。且看他在1934年写的《五十自寿诗》："前世出家今在家，不将袍子换袈裟。街头终日听谈鬼，窗下通年学画蛇。老去无端玩古董，闲来随分种胡麻。旁人若问其中意，且到寒斋吃苦茶。"这是何等的飘逸！两首诗在《人间世》上发表以后，唱和吹捧者不少，批评否定的也大有人在，一时间沸沸扬扬，甚是热闹。还是鲁迅的评价最为深刻而中肯，他说："周作人自寿诗，诚有讽世之意，然此种微词，已为今之青年所不瞭。"具有讽世的微词，正是这个时期周作人奠定"平和""闲适"的小品文的基本格调。① 所以当时有人评论周作人的道路是：从叛徒到隐士。但在社会斗争激烈的社会里，这种超然物外的态度是难以持久的。果然，周作人并没有做稳隐士。抗日战争开始不久，他就在沦陷了的北平出任伪职，堕落为汉奸。这样，他从超然物外，又陷入了政治的泥潭。

但这并不等于说文学要完全为政治服务。诚然，鲁迅在《〈自选集〉自序》中谈到自己在"五四"时期所写的小说时，曾经说过："这些也可以说，是'遵命文学'。"但他接着说："不过我所遵奉的，是那时革命的前驱者的命令，也是我自己所愿意遵奉的命令，绝不是皇上的圣旨，也不是金元和真的指挥刀。"② 这句话说得很清楚，他的"遵命"并不是盲目的，更不是功利的，而是"遵奉"与自己的观点相一致的"命令"。我们还应该注意到，这里用"也可以说"这样勉强的词语，而且又在"遵命文学"一语中打上引号，说明这段话是在特定语境中说的。这语境，可以从1928年所写的《〈农夫〉译者附记》中看出。鲁迅在这里说："今年上半年'革命文学'的创造社和'遵命文学'的新月社，都向'浅薄的人道主义'进攻，即明明白白证明着这事的真实。""乖哉乖哉，下半年一律'遵命文学'了，而

---

① 徐从辉编：《周作人研究资料》（下），天津人民出版社2014年版，第669页。
② 鲁迅：《南腔北调集·〈自选集〉自序》，《鲁迅全集》第4卷，人民文学出版社1981年版，第456页。

中国之所以不行，乃只因鲁迅之'老而不死'云。"① 原来他称自己的作品"也可以说，是'遵命文学'"，是一种调侃和讽刺。后来在《革命文学与遵命文学》的演讲中，则明显地将"遵命文学"作为"革命文学"的对立物加以批判，鄙视、憎恶之情溢于言表，何言提倡？② 盖鲁迅好作反讽之语，见者不察，作为正面之语运用，或明知其意在于讽刺，而故意曲解为提倡，使其为己所用。

从鲁迅历来的文学见解看，他是最反对配合形势，命题作文的。比如，他在《忽然想到（十一）》中说："即使是真的诗文大家，然而却不是'诗文大全'，每一个题目一定有一篇文章，每一回案件一定有一通狂喊。他会在万籁无声时大呼，也会在金鼓喧阗中沉默。"③ 又在《革命时代的文学》中说："好的文艺作品，向来多是不受别人命令。不顾利害，自然而然地从心中流露的东西；如果先挂起一个题目，做起文章来，那又何异于八股，在文学中并无价值，更说不到能否感动人了。"④ 他更讨厌那些依附权势，遵奉指挥刀之命的文人，对他们多有讽刺。如在《小杂感》中说："世间大抵只知道指挥刀所以指挥武士，而不想到也可以指挥文人。"⑤ 在《革命文学》中又说："世间往往误以两种文学为革命文学：一是在一方的指挥刀的掩护之下，斥骂他的敌手的；一是纸面上写着许多'打，打'，'杀，杀'，

---

① 鲁迅：《译文序跋集·〈农夫〉译者附记》，《鲁迅全集》第10卷，人民文学出版社1981年版，第465—466页。
② 鲁迅于1932年11月24日在北平女子文理学院作《革命文学与遵命文学》的演讲，未存讲稿。但次日《世界日报》的"特讯"中有所报道。鲁迅在演讲中谴责了三种人：（一）在上海以革命文学自居，而后来因怕被捉，于是成为民族主义文学之丁卒矣，彼之革命文学，一变为遵命文学矣。（二）有些人一面讲马克思主义，而却走到前面去，他所讲者，十分高超，使之难以了解，但绝非实际可做到，似此表面虽是革命文学，其实乃是遵命文学。（三）一些人打着"为艺术而艺术"之牌子，不顾一切，大步踏进，对于时代变迁中之旧道德、旧法律，彼等毫不向及，不关心世事，彼借此幌子，而保自己实力，表面上虽是前进。实则亦是遵命文学。
③ 鲁迅：《华盖集·忽然想到（十一）》，《鲁迅全集》第3卷，人民文学出版社1981年版，第94页。
④ 鲁迅：《而已集·革命时代的文学》，《鲁迅全集》第3卷，人民文学出版社1981年版，第418页。
⑤ 鲁迅：《而已集·小杂感》，《鲁迅全集》第3卷，人民文学出版社1981年版，第530页。

或'血，血'的。如果这是'革命文学'，则做'革命文学家'，实在是最痛快而安全的事。从指挥刀下骂开去，从裁判席上骂下去，从官营的报纸上骂开去，真是伟哉一世之雄，妙在被骂者不敢开口。而又有人说，这不敢开口，又何其怯也？对手无'杀身成仁'之勇，是第二条罪状，斯愈足以显革命文学家之英雄。所可惜者只在这文学并非对于强暴者的革命，而是对于失败者的革命。"① 这些话，才真正代表了鲁迅的文学精神！

鲁迅不但不提倡文艺服从于政治，而且还做过《文艺与政治的歧途》的演讲，说："我每每觉到文艺和政治时时在冲突之中。"这确是实情。因为文艺家感觉敏锐，对于社会问题较早看出来，"他说得早一点，大家都讨厌他。政治家认定文学家是社会扰乱的煽动者，心想杀掉他，社会就可平安。"而且，政治家与文艺家的思维方式也不一样，处理问题的方法也不一致，"政治想维系现状使它统一，文艺催促社会进步使它渐渐分离；文艺虽使社会分裂，但是社会这样才能进步起来。文艺既然是政治家的眼中钉，那就不免被挤出去。"② 可见这种矛盾有时会闹到非常激烈的地步。可见，要正确处理文艺与政治的关系，需要政治家与文艺家共同的努力。

二 启蒙文论的政治愿望

在上层建筑的各个部门中，与文艺关系最为密切的是政治。政治是经济的集中表现，而且渗透到社会的每一个角落，所以，作为社会意识形态的文学，不能不与政治发生关系。

鲁迅、周作人的启蒙文论，表现了文学家对政治的积极参与。刘锋杰先生等人认为，中国现代的思想启蒙运动的开端与中国现代文论的发生相表里，应当从龚自珍、魏源算起，经过黄遵宪、梁启超，再

---

① 鲁迅：《而已集·革命文学》，《鲁迅全集》第3卷，人民文学出版社1981年版，第543页。

② 鲁迅：《集外集·文艺与政治的歧途》，《鲁迅全集》第7卷，人民文学出版社1981年版，第113—114、116页。

到鲁迅、周作人等人。龚自珍与魏源重视人的情感，呼唤人才的出现，已经感觉到了人的重要性。梁启超要求开启民智，明确提出了人的问题。鲁迅、周作人等人真正形成了立人的总体思路，全面实施思想启蒙计划。启蒙路线的确定，是一个逐渐生成的过程，它是中国社会从近代进入现代的标志之一。

鲁迅曾清醒地认识到了转向思想启蒙的必要性，提出"根柢在人"的"立人"总纲。鲁迅承认，物质的发达与众治的建立是19世纪西方的成就，但他借鉴了19世纪末期尼采等人的反现代化思想，反思了这一现代成就，认为物质与众治未必能够更好地推动社会的继续发展，即使我们从西方取来物质与众治，也不能解决中国的根本问题。鲁迅反对简单地将中国的危局困境归罪于"古之文物"，或"文言"与"思想简陋"，提出了一连串疑问："将以富有为文明欤……？将以路矿为文明欤……？将以众治为文明欤……？"并用事实一一加以驳斥，得出了"欧美之强，莫不以是炫天下者，则根柢在人"这一观点。所以，不是物质可以使国家富强独立，也不是众治（政治制度）可以使国家富强独立，而是人的素质决定了国家的富强独立。鲁迅指出，即使"不为将来立计，仅图救今日之阽危"，也应知道这个基本道理。为此，他提出自己的口号："是故将生存两间，角逐列国是务，其首在立人，人立而后凡事举；若其道术，乃必尊个性而张精神。假不如是，槁丧且不俟夫一世。"① 鲁迅的"尊个性而张精神"，就是他另一处所说的"掊物质而张灵明，任个人而排众数"，即通过精神上的自由来反对精神上的奴役，通过个人主义来对抗集体主义的束缚，总之，是叫人站立起来成为属于自我的人。②

鲁迅作为文学家，更多地关注文学在启蒙中的地位与作用。比如他肯定了科学的重要性，但鲁迅认为，人类既需要牛顿，也需要莎士比亚；既需要波义耳，也需要拉斐尔；既需要康德，也需要贝多芬；

---

① 鲁迅：《文化偏至论》，《河南》月刊第7号，1908年8月。
② 刘锋杰、薛雯、尹传兰等：《文学政治学的创构》，复旦大学出版社2013年版，第45页。

既需要达尔文,也需要卡莱尔,一句话,既需要科学家,也需要哲学家、文学家与艺术家。如此一来,才可以"致人性于全,不使之偏倚,因以见今天之文明者也"。① 正是怀抱着寻找"人性之全"与制约人类发展的最终原因的目的,鲁迅强调了进行思想文化改革的必要性,并将这一思想文化改革落实到人的思想情感的改造之上,从而建立了"任个人""张灵明"的立人的启蒙路线。如果说《文化偏至论》提出了启蒙总纲,那么《摩罗诗力说》就是启蒙总纲的美学说明,是完整的启蒙文论,通过对西方 19 世纪文学经验的总结,奠定立人的启蒙路线,为中国发展提供根本的解决之道。②

鲁迅曾自述在日本学习时,看到幻灯片中表现愚昧的中国人麻木地看待国人被处死,激发了启蒙救人的思想:"我们的第一要著,是在改变他们的精神,而善于改变精神的是,我那时以为当然要推文艺,于是想提倡文艺运动了。"③

周作人与陈独秀丰富了中国现代的启蒙文论。陈独秀强调办《新青年》杂志,其宗旨就是追求"吾人最后之觉悟",指的就是人的意识的全面觉醒。"一切虚文空想之无裨于现实生活者,吐弃殆尽。"④ 体现了陈独秀的启蒙内涵更多了一些政治实践的内容。

周作人关于"人的文学"的界定,更加清晰地表达了启蒙文论的具体内涵。周作人提倡"人的文学",反对"非人的文学",就是要寻找人的现代内涵,以促成人的觉醒。他提倡"人的文学"的意图并不全在文学之上,而是"希望从文学上起首,提倡一点人道主义思想"。周作人的核心观点是:"我们相信人的一切生活本能,都是美的善的,应得完全满足。凡是违反人性,不自然的习惯制度,都应排斥改正。""我们要在文学上略略提倡,也稍尽我们爱人类的意思。"⑤

---

① 鲁迅:《科学史教篇》,《河南》月刊第 5 号,1908 年 6 月。
② 刘锋杰、薛雯、尹传兰等:《文学政治学的创构》,复旦大学出版社 2013 年版,第 47 页。
③ 鲁迅:《呐喊·自序》,《鲁迅全集》第 1 卷,人民文学出版社 1981 年版,第 417 页。
④ 陈独秀:《敬告青年》,《青年杂志》1 卷 1 号,1915 年 9 月 15 日。
⑤ 周作人:《人的文学》,《新青年》5 卷 6 号,1918 年 12 月 15 日。

周作人的启蒙思想大体同于鲁迅，反对对于个人的压迫，主张人的精神自由，强调文学的启蒙性质。若说两人的区别，经过后来的人事变动与思想发展，周作人比鲁迅更加重视如何保持个人的独立性，偏向于消极的个人自由，而鲁迅更加重视反抗的集合，偏向于积极的个人自由。①

三 启蒙文论参与政治的表现

一是强调文艺的不用之用

鲁迅清醒地看到了文艺与现实政治的疏离。他指出："由纯文学上言之，则以一切美术之本质，皆在使观听之人，为之兴感怡悦。文章为美术之一，质当亦然，与个人暨邦国之存，无所系属，实利离尽，究理弗顾。故其为效，益智不如史乘，诚人不如格言，致富不如工商，弋功名不如卒业之券。"因此启蒙文论提出了文学的无用之用来赋予文学以社会功能，即文学能够通过自己的审美来丰富人的情感，从而提升人的精神世界，使个人能够以一种充盈的状态自立于社会之上，而非萎靡卑琐、心灵干枯，强调文学以其审美特性作用于个人的生命与情感，进而影响社会进步。鲁迅引述爱尔兰诗人兼批评家道登的观点以为说明："美术文章之杰出于世者，观诵而后，似无裨于人间者，往往有之。然吾人乐于观诵，如游巨浸，前临渺茫，浮游波际，游泳既已，神质悉移。而彼之大海，实仅波起涛飞，绝无情愫，未始以一教训一格言相授。顾游者之元气体力，则为之陡增也。故文章之于人生，其为用决不次于衣食，宫室，宗教，道德。盖缘人在两间，必有时自觉以勤勉，有时丧我而惝恍，时必致力于善生，时必并忘其善生之事而入于醇乐，时或活动于现实之区，时或神驰于理想之域；苟致力于其偏，是谓之不具足。严冬永留，春气不至，生其躯壳，死其精魂，其人虽生，而人生之道失。"② 就是说，人生的需要

---

① 刘锋杰、薛雯、尹传兰等：《文学政治学的创构》，复旦大学出版社2013年版，第49页。

② 鲁迅：《摩罗诗力说》，《河南》月刊第2—3号，1908年2—3月。

是多方面的，既有物质的，也有精神的；既有劳作的，也有闲暇的；既有现实的，也有想象的。文学能够在人的精神、闲暇、想象的需要上发挥作用，也是一种特殊的功用，可称之为"不用之用"。周作人也表达了类似看法，他认为，中国传统受儒家思想桎梏，虽然有人希望通过提振工商的方式来谋求变革，但不知饥饿的心灵本来不愿思想解放，这又哪里能够成功呢？所以，用文章来改革虽然被"不识者"认为是迂腐的，而实际上则是"中国切要之图"。具体的作用则是："夫文章者，国民精神之所寄也。精神而盛，文章固即以发皇，精神而衰，文学亦足以补救，故文章虽非实用，而有远功者也。"① 前述夏丏尊也强调文学的"无用之用"，而许钦文认为文学能够"救济神经病"，朱自清认为文学是用了人生的语言达到圆满的刹那，这些越地现代的启蒙文论用其"无用之用"的论述，相当圆满地解释了文学的独特功能，既守住了文学的特性，也承认了文学的功用，将文学与个人结合起来了，也将文学与社会结合起来了。虽然鲁迅对屈原给予了相当的肯定，但也不满于屈原身上缺乏反抗性，"惟灵均将逝，脑海波起，通于汨罗，返顾高丘，哀其无女，则抽写哀怨，郁为奇文。茫洋在前，顾忌皆去，怼世俗之浑浊，颂己身之修能，怀疑自遂古之初，直至百物之琐末，放言无惮，为前人所不敢言。然中亦多芳菲凄恻之音，而反抗挑战，则终其篇未能见，感动后世，为力非强。"② 鲁迅后来甚至将屈原称作是统治者的帮闲，类同于贾府的焦大，也是秉持反抗标准来要求诗人的。鲁迅关于陶渊明的评价，与朱光潜展开论争，也反映了他的这个一贯态度。朱光潜认为，屈原、阮籍、李白、杜甫都不免有些金刚怒目、愤愤不平的样子，而陶潜浑身是静穆，所以他伟大。鲁迅则强调历来的伟大作者，没有一个是浑身静穆的，肯定陶诗中"猛志固常在"的一面，指出正因为陶渊明并非浑身"静穆"，所以才伟大。反抗，成为鲁迅评价文学的一个标准。

---

① 周作人：《论文章之意义暨其使命因及中国近时论文之失》，《河南》月刊第4—5号，1908年5—6月。
② 鲁迅：《摩罗诗力说》，《河南》月刊第2—3号，1908年2—3月。

二是创造"遵命文学"

鲁迅首次提到自己的创作动机时,曾说自己由学医转向学文,是基于要用文艺去改变当时国人的精神状态,也就是用文艺去启蒙。此时没有"遵命文学"的问题,他所期望的创作主体当然是独立的,以自己对于世界的理解来参与改变这个世界的活动,所以会用自己心爱的形式即文艺来推行启蒙事业。这正是鲁迅提倡文学的无用之用时期,反对追求文学的即时效应,因而有意要与现实政治需要保持距离。《文化偏至论》和《摩罗诗力说》的批评活动都是例证。但到鲁迅真正创作之际,已经是"五四"时期,他承认为了"敷衍朋友们的嘱托","仍不免呐喊几声,聊以慰藉那在寂寞里奔驰的猛士,使他不惮于前驱"。① 鲁迅承认自己的创作是"听将令"的产物,为此不惜改变创作内容,增加作品中的乐观气氛,以满足"主将是不主张消极的"需要。此时,还可勉强地将"听将令"视作是对启蒙需要的反映,听了启蒙的"将令"来做启蒙的文学。但根据"将令"的需要进行创作,就有可能背离文学的真实性与艺术性。因而鲁迅自觉地承认自己的"小说和艺术的距离之远,也就可想而知了"②。文学的无用之用,已经开始服从现实需要。1932 年,鲁迅正式提出了"遵命文学"概念,虽然涉及的是同一段创作经历,却反映了鲁迅正在往深处挖掘自己的创作用意,将原来的"听将令"直接演变成为"遵命文学"概念,将原来的"文学革命"说成是"革命文学"。③ 鲁迅通过自己的创作实践表明遵命创作是可行的,证明了要求作家以文学的方式参与政治革命是完全合理的,这一示范价值极其重大,鲁迅送给革命文学一份重礼,用自己的实践证明革命文学要求的合法性。④ 越地现代文学理论虽然偏重把文学当作表现,但正如朱自清所说,无论是

---

① 鲁迅:《呐喊·自序》,《鲁迅全集》第 1 卷,人民文学出版社 1981 年版,第 419 页。
② 同上书,第 420 页。
③ 鲁迅:《南腔北调集·〈自选集〉自序》,《鲁迅全集》第 4 卷,人民文学出版社 1981 年版,第 455—456 页。
④ 刘锋杰、薛雯、尹传兰等:《文学政治学的创构》,复旦大学出版社 2013 年版,第 54 页。

记录生活,是显扬时代精神,是创造理想世界,都是表现人生。许钦文也着重在文学表现的是"人生的",并将这共通的意见,分作"表现人生""批评人生""指导人生"三项来说明。可见,对现实人生的关怀,是越地现代文学理论进一步发展的原因之一。

三是积极评价"革命文学"

1927年,鲁迅曾经针对大谈特谈革命文学的现状泼过冷水,认为用文学来宣传、鼓吹与煽动以完成革命,"这样的文章是无力的,因为好的文艺作品,向来多是不受别人命令,不顾利害,自然而然地从心中流露的东西;如果先挂起一个题目,做起文章来,那又何异于八股,在文学中并无价值,更说不到能否感动人了"①。而为了达到创作上的"自然流露",鲁迅提出了先做革命的人,才能创造革命的文学,甚至指出:"革命并不能和文学连在一块儿,虽然文学中也有文学革命。但做文学的总得闲定一点,正在革命中,哪有工夫做文学。"② 并强调文学的反抗性与政治的维持现状是根本冲突的。这些都保留了早期思想的印迹,要将文学与社会功利区别开来,至少是强调文学另有创作规律,难以轻易地与革命运动结合起来。这就解释了朱自清为什么认为革命文学派把鲁迅当作攻击的对象的原因。③ 但很快地,鲁迅就从学习革命文学理论中得到了营养,转而肯定革命文学,最后加入左联,并成为左翼文学运动的领袖。鲁迅终于接受了"文学是宣传"的口号,直接认同文学是功利性的,这时候,他提醒人们的只是强调文学应当艺术化些,才多少合乎文学的艺术性质。鲁迅对于"第三种人"的批判,可谓其文论思想发生质变的一个标志。鲁迅否定了做"第三种人"的可能性,认为在阶级社会中,不是属于这个阶级,就是属于那个阶级,没有中间道路可走,这与他早年主张作家的独立性已经南辕北辙。当"自由人"提出作家应当"为艺术而艺术"时,

---

① 鲁迅:《而已集·革命时代的文学》,《鲁迅全集》第3卷,人民文学出版社1981年版,第418页。
② 鲁迅:《集外集·文艺与政治的歧途》,《鲁迅全集》第7卷,人民文学出版社1981年版,第117页。
③ 朱自清:《朱自清全集》(第四卷),江苏教育出版社1996年版,第268页。

鲁迅又给予彻底否定，认为"为艺术而艺术"已经过时，已经反动，这与他早年强调艺术独立毫不相干。在启蒙文论中，作家是独立的，文学是独立的，文学的任务是用于提升人的精神境界的；在革命文学理论中，作家是政治化的，文学也是政治化的，文学的任务是用于表现无产阶级的革命诉求，鲁迅认同了后者。①

越地现代文学理论中，夏丏尊坚信文艺的本质是超越现实功利的美的情感。他既不相信艺术派所说美与善无关，把艺术完全看成是独立的东西，也不承认人生派的主张，把美只认为善的奴仆。他相信文艺对人有用处，但不赞成把文艺流于浅薄的实用。朱自清虽然不想卷入"革命文学"的论争，但他收集资料，于1929年发表了《关于"革命文学"的文献》一文，介绍了几种关于革命文学的理论书籍和杂志。徐懋庸直接参与了"左联"的活动。另外，像鲁迅的《记念刘和珍君》那样的直接参与现实政治斗争的文章，朱自清也以亲历者写过《执政府大屠杀记》。而朱自清起草的《国立西南联合大学张奚若等十教授为国共商谈致蒋介石、毛泽东电文》更是后话。② 可见，越地现代文学理论虽然偏重文学的审美特质，但绝不是守在象牙塔内，而是积极有所作为的。

---

① 刘锋杰、薛雯、尹传兰等：《文学政治学的创构》，复旦大学出版社2013年版，第54—55页。

② 朱自清：《朱自清全集》（第四卷），江苏教育出版社1996年版，第452页。

参考文献

一 专著

（一）越地现代文学理论文献

［1］［日］本间久雄：《文学概论》，章锡琛译，商务印书馆 1930 年版。

［2］本间久雄：《新文学概论》，章锡琛译，商务印书馆 1925 年版。

［3］蔡元培：《蔡元培全集》，浙江教育出版社 1997 年版。

［4］范寿康：《美学概论》，商务印书馆 1927 年版。

［5］范寿康：《艺术之本质》，商务印书馆 1928 年版。

［6］范文澜：《文心雕龙注》，人民文学出版社 1961 年版。

［7］胡愈之：《文学批评——其意义及方法》，见东方杂志社编印、商务印书馆发行的《文学批评与批评家》，1923 年版。

［8］鲁迅：《鲁迅全集》，人民文学出版社 1981 年版。

［9］夏丏尊：《文艺论 ABC》，世界书局 1928 年版。

［10］徐懋庸：《徐懋庸选集》，四川人民出版社 1984 年版。

［11］许钦文：《文学概论》，上海北新书局 1936 年版。

［12］周作人：《周作人散文全集》，广西师范大学出版社 2009 年版。

［13］朱自清：《朱自清全集》（第四卷），江苏教育出版社 1996 年版。

（二）其他中文文献

[1] 董衡巽：《海明威研究》，中国社会科学出版社 1980 年版。

[2] 杜书瀛、钱竞主编：《中国二十世纪文艺学学术史》，上海文艺出版社 2001 年版。

[3] 傅莹：《中国现代文艺理论发生史》，上海文艺出版社 2008 年版。

[4] 葛兆光：《禅宗与中国文化》，上海人民出版社 1986 年版。

[5] 古典文艺理论译丛编辑委员会：《古典文艺理论译丛》（1），人民文学出版社 1961 年版。

[6] 关峰：《周作人文学思想研究》，民族出版社 2006 年版。

[7] 郭绍虞：《沧浪诗话校释》，人民文学出版社 1962 年版。

[8] 郭绍虞：《中国历代文论选》，上海古籍出版社 1979 年版。

[9] 胡适：《中国新文学大系·建设理论集》，上海良友图书印刷公司 1935 年版。

[10] 黄曼君：《中国二十世纪文艺理论批评史》，中国文联出版社 2002 年版。

[11] 江流等编：《艺术特征论》，文化艺术出版社 1984 年版。

[12] 林毓生：《中国传统的创造性转化》，生活·读书·新知三联书店 2011 年版。

[13] 刘锋杰、薛雯、尹传兰等：《文学政治学的创构》，复旦大学出版社 2013 年版。

[14] 刘锋杰：《蜕变与回归——现代文学中的文化对抗》，国际文化出版公司 1989 年版。

[15] 刘锋杰：《中国现代六大批判家》，安徽文艺出版社 1995 年版。

[16] 陆游：《陆游选集》，中华书局 1962 年版。

[17] 毛泽东：《毛泽东选集》，人民出版社 1996 年版。

[18] 茅盾：《茅盾评论文集》（上），人民文学出版社 1978 年版。

[19] 明丽霞：《范寿康美学思想研究》，硕士学位论文，东北师范大学，2007年。

[20] 匿名：《中国当代文学研究资料·巴金专集》第1卷，江苏人民出版社1981年版。

[21] 钱钟书：《谈艺录》上卷，生活·读书·新知三联书店2001年版。

[22] 王夫之：《薑斋诗话笺注》，戴鸿森笺注，人民文学出版社1981年版。

[23] 王国维：《王国维文集》，中国文史出版社1997年版。

[24] 温儒敏：《中国现代文学批评史》，北京大学出版社1993年版。

[25] 吴中杰：《文艺学导论》，复旦大学出版社2010年版。

[26] 伍蠡甫：《西方文论选》，上海译文出版社1979年版。

[27] 宇清、信德：《外国名作家谈写作》，北京出版社1980年版。

[28] 张大明等：《中国现代文学思潮史》，十月文艺出版社1995年版。

[29] 中国社会科学院外国文学研究所外国文学研究资料丛刊辑委员会：《外国理论家作家论形象思维》，中国社会科学出版社1979年版。

[30] 周海波：《中国现代文学批评史论》，上海人民出版社2002年版。

（三）外文译著

[1]［保］季米特洛夫：《季米特洛夫论文学、艺术与科学》，杨燕杰等译，人民文学出版社1959年版。

[2]［德］H.R.姚斯、［美］R.C.霍拉勃：《接受美学与接受理论》，周宁、金元浦译，辽宁人民出版社1987年版。

[3]［德］黑格尔：《美学》第1卷，朱光潜译，商务印书馆

1979年版。

［4］［德］康德：《判断力批判》上卷，商务印书馆1964年版。

［5］［俄］别林斯基：《别林斯基选集》，上海文艺出版社1963年版。

［6］［俄］车尔尼雪夫斯基：《美学论文选》，人民文学出版社1957年版。

［7］［俄］列夫·托尔斯泰：《列夫·托尔斯泰论创作》，董启译，漓江出版社1982年版。

［8］［俄］卢那察尔斯基：《卢那察尔斯基论文学》，蒋路译，人民文学出版社1978年版。

［9］［俄］普列汉诺夫：《普列汉诺夫美学论文集》，人民出版社1983年版。

［10］［俄］契诃夫：《契诃夫手记》，贾植芳译，浙江人民出版社1982年版。

［11］［俄］斯托洛维奇：《现实中和艺术中的审美》，生活·读书·新知三联书店1985年版。

［12］［法］罗丹：《罗丹艺术论》，罗丹口述，葛塞尔记，沈琪译，人民美术出版社1978年版。

［13］［美］乔纳森·卡勒：《文学理论入门》，李平译，译林出版社2008年版。

［14］［瑞士］皮亚杰：《发生认识论原理》，商务印书馆1981年版。

［15］［斯洛伐克］高利克：《中国现代文学批评发生史》，社会科学文献出版社1997年版。

［16］［英］克莱夫·贝尔：《艺术》，中国文联出版公司1984年版。

［17］［英］里德：《艺术的真谛》，王柯平译，辽宁人民出版社1987年版。

［18］［英］迈克·克朗：《文化地理学》（第2版），南京大学出版社2005年版。

［19］柏拉图：《柏拉图文艺对话录》，人民文学出版社1983

年版。

[20] 亚里士多德：《诗学·诗艺》，人民文学出版社1962年版。

二 论文

（一）对蔡元培的研究

[1] 段宝林：《蔡元培先生与民间文学》，《北京大学学报》（哲学社会科学版）1982年第6期。

[2] 李宗刚：《蔡元培主导下的北京大学与五四文学的发生》，《聊城大学学报》（社会科学版）2007年第3期。

[3] 唐金海、邓全明：《蔡元培文学批评的向度与张力》，《复旦学报》（社会科学版）2007年第5期。

[4] 禹雄华：《对蔡元培"以美育代宗教"说的新思考》，《湖南师范大学社会科学学报》1994年第5期。

[5] 杜音：《论蔡元培"以美育代宗教"说》，《长沙大学学报》1998年第3期。

[6] 杨修健：《"以美育代宗教"与文化的发展——蔡元培美育思想寻根》，《常州教育学院学报》（综合版）1999年第1期。

[7] 朱存明：《以美育代宗教的文化解析》，《徐州师范大学学报》1999年第4期。

[8] 胡健：《以美育代宗教——蔡元培美育思想新论》，《昭通师范高等专科学校学报》2000年第2期。

[9] 宫承波：《"以美育代宗教"的历史文化价值及其当代意义》，《文史哲》2000年第5期。

[10] 范琰：《探讨"以美育代宗教"的现实意义》，《南京社会科学》2001年第4期。

[11] 周立山：《论蔡元培的"以美育代宗教说"》，《武汉教育学院学报》2001年第4期。

[12] 李红：《对蔡元培"以美育代宗教"思想的反思》，《青海社会科学》2002年第3期。

[13] 李丕显：《"以美育代宗教"的现代意义》，《文史哲》2002年第4期。

[14] 赵惠霞：《美育与心灵家园建构——论蔡元培"以美育代宗教说"的当代意义》，《哲学研究》2002年第9期。

[15] 彭公亮：《论蔡元培"以美育代宗教"说的精神内涵》，《培训与研究》（湖北教育学院学报）2002年第6期。

[16] 江琼：《培养全面发展人才的重要思路——简评蔡元培"以美育代宗教说"》，《福建理论学习》2003年第5期。

[17] 冉铁星：《试论"以美育代宗教"》，《湖南师范大学教育科学学报》2003年第3期。

[18] 杜卫：《"感性启蒙"："以美育代宗教说"新解》，《浙江社会科学》2003年第5期。

[19] 薛富兴：《再论"以美育代宗教"——兼与李丕显、赵惠霞先生商榷》，《汕头大学学报》2004年第5期。

[20] 潘知常：《"以美育代宗教"：中国美学的百年迷途》，《学术月刊》2006年第1期。

[21] 易存国：《由"观音菩萨"看"以美育代宗教"》，《艺苑》2006年第1期。

[22] 毛长娟：《"以美育代宗教"说——蔡元培的美育思想浅析》，《前沿》2006年第3期。

[23] 阎建国：《"以美育代宗教"与"审美救赎论"的现实启示》，《求实》2006年第3期。

[24] 范晓梅：《宗教世界图景的瓦解与审美拯救方案的设计——蔡元培的"以美育代宗教"》，《时代文学》（双月版）2007年第1期。

[25] 姚全兴：《五四时期关于以美育代宗教说的论争》，《美与时代》（下半月）2008年第8期。

[26] 王菲：《实践：蔡元培"以美育代宗教说"的动因和旨归》，《艺苑》2009年第5期。

[27] 潘黎勇：《"以美育代宗教说"：政治意识形态与审美乌托

邦》,《广播电视大学学报》(哲学社会科学版) 2010 年第 1 期。

[28] 马德邻:《在"理想"与"信仰"之间——也论蔡元培"以美育代宗教"的思想》,《学术界》2010 年第 3 期。

[29] 潘黎勇:《蔡元培"以美育代宗教说"的价值结构分析》,《求是学刊》2010 年第 2 期。

[30] 李向伟:《蔡元培〈以美育代宗教说〉辨析及补论》,《南京艺术学院学报》(美术与设计版) 2010 年第 2 期。

[31] 王本朝:《以美育代宗教与中国现代美学的身份认同》,《艺术百家》2011 年第 5 期。

[32] 李清聚:《美育与人类健康精神家园的建构——"以美育代宗教"思想的当代价值探析》,《社会科学家》2011 年第 10 期。

[33] 潘黎勇:《"以美育代宗教":蔡元培审美信仰建构的双重价值追求》,《吉首大学学报》(社会科学版) 2012 年第 1 期。

[34] 潘黎勇:《论"以美育代宗教说"与蔡元培审美信仰建构的世俗性》,《文艺理论研究》2012 年第 2 期。

[35] 徐美君:《蔡元培"以美育代宗教"思想探析》,《科技信息》2012 年第 10 期。

[36] 赵非、赵建国:《对以美育代宗教、以科学代宗教、以哲学代宗教的思考》,《河北旅游职业学院学报》2012 年第 4 期。

[37] 姚文放:《蔡元培"以美育代宗教"说对于康德的接受与改造》,《社会科学辑刊》2013 年第 1 期。

[38] 单正平、舒志锋:《"以美育代宗教"再认识》,《文学与文化》2013 年第 2 期。

[39] 王元骧:《评蔡元培"以美育代宗教说"》,《社会科学战线》2013 年第 7 期。

[40] 赵士林:《文化哲学的新视野——李泽厚对"以美育代宗教"的新阐释》,《晋阳学刊》2013 年第 5 期。

[41] 李清聚:《"以美育代宗教"抑或"以哲学代宗教"?——蔡元培宗教替代观的实质探析》,《山西高等学校社会科学学报》2014 年第 2 期。

[42] 陈晓辉：《蔡元培"以美育代宗教"的审美现代性阐释》，《宁夏大学学报》（人文社会科学版）2014年第2期。

[43] 李清聚：《对蔡元培"以美育代宗教"思想的理性反思》，《衡阳师范学院学报》2014年第4期。

[44] 张大为：《"美"与"宗教"的世纪迷局——重审"以美育代宗教"问题》，《社会科学论坛》2014年第12期。

[45] 温旭：《蔡元培"以美育代宗教"思想对大学生的教育启示》，《当代青年研究》2015年第2期。

[46] 林婷婷：《对"以美育代宗教"的批判》，《中国市场》2015年第14期。

[47] 李诗坤：《蔡元培的教育思想之"以美育代宗教"——浅析蔡元培〈以美育代宗教〉》，《音乐时空》2015年第13期。

[48] 刘清瑶：《浅谈蔡元培的"以美育代宗教说"》，《美与时代》（下）2015年第9期。

[49] 李超然：《蔡元培"以美育代宗教"说及其对思想政治教育的启示》，《党史博采》（理论）2016年第7期。

（二）对范文澜的研究

[1] 蔡美彪：《范文澜在天津的革命与学术生涯》，《历史教学》2001年第1期。

[2] 陈其泰：《范文澜早期的学术成就》，《社会科学战线》2001年第1期。

[3] 陈允锋：《范文澜〈文心雕龙注〉的"论"体特征》，《宁夏大学学报》（人文社会科学版）2001年第1期。

[4] 陈其泰：《范文澜学术和思想之飞跃》，《南开学报》2001年第6期。

[5] 卞孝萱：《范文澜先生的治学与为人》，《许昌师专学报》2002年第1期。

[6] 王运熙：《范文澜的〈文心雕龙讲疏〉》，《江苏大学学报》

（社会科学版）2003 年第 2 期。

［7］李平：《也谈范文澜早期著作〈文心雕龙注〉》，《学术界》2003 年第 4 期。

［8］刘跃进：《〈文心雕龙〉研究的里程碑——读范文澜〈文心雕龙注〉》，《江苏行政学院学报》2005 年第 2 期。

［9］赵庆云：《范文澜研究综述与展望》，《贵州社会科学》2008 年第 3 期。

［10］贺根民：《范文澜〈文心雕龙注〉的体系意识》，《中国矿业大学学报》（社会科学版）2013 年第 1 期。

［11］运丽君：《范文澜〈文心雕龙注〉之"势"内涵辨析》，《阴山学刊》2015 年第 2 期。

（三）对范寿康的研究

［1］何家炜：《范寿康》，《浙江档案》1989 年第 9 期。

［2］明丽霞：《范寿康美学思想研究》，硕士学位论文，东北师范大学，2007 年。

［3］李维武：《武汉大学与二十世纪 30 年代中国哲学——范寿康与〈中国哲学史通论〉》，《武汉大学学报》（人文科学版）2008 年第 5 期。

［4］刘湧：《范寿康〈中国哲学史通论〉及其历史地位》，硕士学位论文，黑龙江大学，2008 年。

［5］王海平：《范寿康〈教育哲学大纲〉中教育伦理学思想评述》，《合肥学院学报》（社会科学版）2013 年第 1 期。

［6］潘玲妮：《探析范寿康的艺术美学思想渊源》，《现代装饰》（理论）2016 年第 2 期。

（四）对夏丏尊的研究

［1］周振甫：《从编字典看夏丏尊先生的为人》，《辞书研究》1986 年第 4 期。

［2］魏杰：《现代文章学奠基人之一——夏丏尊》，《殷都学刊》1988 年第 4 期。

［3］吕萍：《夏丏尊的语文教学观》，《绍兴师专学报》（社会科学版）1989 年第 3 期。

［4］程稀：《佛学与夏丏尊的语文教育学》，《扬州师院学报》（社会科学版）1992 年第 1 期。

［5］翟瑞青：《略论夏丏尊的情感教育》，《浙江师大学报》1996 年第 5 期。

［6］孙海林：《夏丏尊教育实践与教育思想研究》，《湖南第一师范学报》2003 年第 2 期。

［7］关名朴：《夏丏尊语文教育思想研究综述》，《四川教育学院学报》2006 年第 7 期。

［8］杨道昂：《读夏丏尊和叶圣陶先生的〈文心〉有感》，《文学教育》（上）2007 年第 1 期。

［9］朱文斌：《生活的艺术化——评夏丏尊的〈白马湖之冬〉》，《名作欣赏》2007 年第 7 期。

［10］童尔男：《论夏丏尊散文的"客观性"倾向——从夏丏尊散文"对话体"现象说起》，《湖州师范学院学报》2007 年第 3 期。

［11］田瑞云：《夏丏尊教育思想中的宗教精神》，《泰山学院学报》2007 年第 4 期。

［12］程稀：《夏丏尊国文教材的影响》，《教育评论》2008 年第 2 期。

［13］商金林：《绚烂与平淡的统一——夏丏尊和他的散文》，《江苏行政学院学报》2009 年第 2 期。

［14］过传忠：《讲武堂·晋察冀·夏丏尊》，《世纪》2009 年第 5 期。

［15］赵萍、刘浪：《现代文学作品中的李叔同形象——以夏丏尊、丰子恺、叶圣陶散文为例》，《绵阳师范学院学报》2010 年第 1 期。

［16］龙红霞、张永：《对夏丏尊爱的教育的反思》，《铜仁学院

学报》2010年第3期。

［17］葛晓燕：《弘一法师影印〈华严经疏论纂要〉时间考证——与〈平屋主人——夏丏尊传〉作者商榷》，《浙江档案》2010年第5期。

［18］葛晓燕、杜晋：《〈夏丏尊先生年表〉修正》，《绍兴文理学院学报》（哲学社会科学）2010年第5期。

［19］李玉华：《夏丏尊的人格教育思想》，《湖南科技学院学报》2010年第11期。

［20］李兴洲：《爱的教育：夏丏尊的教育思想与实践》，《河北师范大学学报》（教育科学版）2010年第11期。

［21］程荣：《夏丏尊翻译思想初探——以〈爱的教育〉为例》，《长治学院学报》2010年第6期。

［22］项红专：《教唯以爱——夏丏尊"爱的教育"思想与实践》，《中小学管理》2011年第5期。

［23］苏风贵：《写作教学应培养学生的读者意识——有感于夏丏尊、朱自清的教育观》，《学周刊》2011年第28期。

［24］张直心、王平：《"无中生有"的校园风景——夏丏尊在浙江省立第一师范学校》，《杭州师范大学学报》（社会科学版）2011年第6期。

［25］陈贵章：《作文是生活，而不是生活的点缀——读夏丏尊、叶圣陶先生〈文心〉有感》，《科学大众》（科学教育）2012年第1期。

［26］朱国、粟斌：《浅论夏丏尊写作教学观》，《沈阳工程学院学报》（社会科学版）2012年第2期。

［27］甘平：《论夏丏尊的阅读观及其现时指导意义》，《图书情报论坛》2012年第2期。

［28］甘平：《论夏丏尊的阅读观及其现实指导意义》，《晋图学刊》2012年第4期。

［29］张永祥：《论夏丏尊编辑思想的教育学特征及其现实意义》，《焦作师范高等专科学校学报》2012年第4期。

［30］王光华、李秀茹：《夏丏尊的语文教育思想评析》，《兰台世界》2013 年第 10 期。

［31］张伟平：《试论教育家夏丏尊的青少读物出版理念及价值》，《出版发行研究》2013 年第 7 期。

［32］穆飞：《浅析夏丏尊爱的教育对当代语文情感教育缺失的反思》，《教育教学论坛》2014 年第 17 期。

［33］冯学敏：《试析夏丏尊"爱的教育"思想与实践》，《江苏教育研究》2014 年第 16 期。

［34］刘丽平：《浅析夏丏尊的语文教育思想》，《现代语文》（学术综合版）2014 年第 7 期。

［35］田丽、张军凤：《夏丏尊：从清末秀才到教育家》，《课程教学研究》2014 年第 9 期。

［36］汲安庆：《夏丏尊语文教育形式观之辨证》，《青海师范大学学报》（哲学社会科学版）2015 年第 1 期。

［37］汲安庆：《一个被尘封的美学存在——夏丏尊语文教育形式美学论》，《山东师范大学学报》（人文社会科学版）2015 年第 2 期。

［38］汲安庆、史玮：《在动态平衡中寻找"自我"的量度——夏丏尊语文教育形式美学对散文教学的启示》，《集美大学学报》（教育科学版）2015 年第 2 期。

［39］林添胜：《夏丏尊语文教学"形式观"辨证与思考》，《六盘水师范学院学报》2015 年第 2 期。

［40］汲安庆：《夏丏尊语文教育形式美学研究中的基本概念》，《东方论坛》2015 年第 3 期。

［41］汲安庆：《灵肉一致，陶养成人——论夏丏尊语文课程形式美学观》，《教师教育学报》2015 年第 3 期。

［42］汲安庆：《何曾只道是寻常——夏丏尊语文教育思想研究综述》，《集美大学学报》（教育科学版）2015 年第 6 期。

［43］汲安庆：《边缘研究中的多维触发——夏丏尊语文教育形式美学研究综述》，《教师教育学报》2015 年第 6 期。

［44］刘东方、程莹：《论夏丏尊的编辑观》，《出版发行研究》

2016 年第 1 期。

［45］汲安庆：《三位一体：求用、求美与求在——夏丏尊语文教育本体思考研究》，《教师教育学报》2016 年第 2 期。

［46］周鹏欢：《语文教育界的"一份极健康的吃食"——夏丏尊、叶圣陶合著〈文心〉评介》，《现代语文》（学术综合版）2016 年第 5 期。

（五）对许钦文的研究

［1］钱英才：《鲁迅与许钦文——"鲁迅与浙江乡土文学"研究之一》，《杭州师范学院学报》（社会科学版）1981 年第 1 期。

［2］刘一新：《许钦文小说的特色》，《杭州大学学报》（哲学社会科学版）1982 年第 4 期。

［3］张炳隅：《许钦文和他的〈故乡〉》，《语文学习》1982 年第 9 期。

［4］王德林：《"希望你以后出书，要比这一本更加厚实！"——鲁迅与许钦文的小说集〈故乡〉》，《绍兴师专学报》（社会科学版）1985 年第 1 期。

［5］牛维鼎：《怀念许钦文先生》，《阜阳师范学院学报》（社会科学版）1985 年第 1 期。

［6］谷兴云：《"深深地怀着感激的心情"——记许钦文先生的指导和教诲》，《阜阳师范学院学报》（社会科学版）1985 年第 1 期。

［7］熊融：《关于许钦文的"二次入狱"》，《鲁迅研究动态》1985 年第 4 期。

［8］钱英才：《许钦文年谱简编（初稿）》，《杭州师院学报》（社会科学版）1985 年第 3—4 期。

［9］熊融：《关于许钦文的"二次入狱"——一九八一年版〈鲁迅全集〉补注》，《社会科学》1985 年第 6 期。

［10］谢德铣：《许钦文和他的小说》，《齐鲁学刊》1986 年第 5 期。

[11] 杨剑龙:《论许钦文的散文创作》,《扬州师院学报》(社会科学版)1987年第1期。

[12] 钱英才:《许钦文、陶元庆与杭州》,《杭州师院学报》(社会科学版)1987年第3期。

[13] 钱英才:《论许钦文小说的创作特色》,《杭州师范学院学报》(社会科学版)1989年第4期。

[14] 杨剑龙:《论许钦文的乡土小说》,《扬州师院学报》(社会科学版)1990年第2期。

[15] 杨剑龙:《论许钦文的乡土小说》,《中国现代文学研究丛刊》1991年第1期。

[16] 龙渊,高松年:《许钦文及其散文创作》,《湖州师专学报》1993年第3期。

[17] 张稚庐:《许钦文与"刘陶惨案"》,《春秋》1994年第1期。

[18] 杨剑龙:《论鲁迅对许钦文创作的影响》,《上海师范大学学报》(哲学社会科学版)1995年第3期。

[19] 王家伦:《漫评许钦文的散文》,《济宁师范专科学校学报》2002年第2期。

[20] 今哲:《乡土文学家许钦文》,《今日浙江》2003年第19期。

[21] 陈军:《"教我者,鲁迅先生也"——记著名作家许钦文》,《民主》2003年第10期。

[22] 蔡一平:《回忆许钦文老师》,《新文学史料》2007年第2期。

[23] 鲁雪莉:《坚硬"土性":越文化植被下的精神传承——许钦文乡土小说的文化底蕴与精神意义》,《浙江师范大学学报》(社会科学版)2008年第6期。

[24] 鲁雪莉:《许钦文思想与艺术的越文化渊源》,《绍兴文理学院学报》(社科版)2008年第6期。

[25] 鲁雪莉:《论许钦文散文的越文化底蕴》,《丽水学院学报》

2008年第6期。

［26］王晓暖：《福建省立师范学校文献档案中的许钦文》，《绍兴文理学院学报》（哲学社会科学）2010年第6期。

［27］华嘉：《许钦文：鲁迅先生的学生和知友》，《民主》2011年第5期。

［28］刘芹：《情景交融的描绘 从容不迫的情调——许钦文〈鉴湖风景如画〉赏析》，《高中生之友》2011年第4期。

［29］鲁雪莉：《越文化视阈下的乡土言说——许钦文师承鲁迅的乡土小说独创性意义》，《江西社会科学》2013年第2期。

［30］王琨：《许钦文与〈槟榔周刊〉》，《新文学史料》2016年第2期。

［31］郦千明：《许钦文两次入狱真相》，《检察风云》2016年第24期。

［32］刘恋：《"五四"式苦闷：许钦文文学理论的个性化书写》，《长江大学学报》（社会科学版）2017年第1期。

［33］蔡一平：《回忆许钦文老师》，《中华活页文选》（教师版）2017年第5期。

（六）对徐懋庸的研究

［1］关锋：《徐懋庸的反动哲学》，《哲学研究》1957年第6期。

［2］王树理：《同搞阴谋诡计的人斗争到底——读鲁迅杂文〈答徐懋庸并关于抗日统一战线问题〉》，《破与立》1976年第6期。

［3］刘效炎：《鲁迅与国防文学——重读〈答徐懋庸并关于抗日统一战线问题〉》，《辽宁大学学报》（哲学社会科学版）1978年第2期。

［4］马蹄疾：《鲁迅致徐懋庸两信系年考订》，《辽宁大学学报》（哲学社会科学版）1979年第2期。

［5］赵英：《一件总想否定而又否定不了的事实——就鲁迅〈答徐懋庸并关于抗日统一战线问题〉手稿驳夏衍同志》，《鲁迅研究动

态》1980 年第 2 期。

［6］任白戈：《〈徐懋庸杂文集〉序》，《读书》1981 年第 1 期。

［7］王韦：《徐懋庸传略》，《晋阳学刊》1982 年第 1 期。

［8］张大明：《先睹为快——读〈徐懋庸杂文集〉札记》，《读书》1983 年第 4 期。

［9］张桂年：《徐懋庸及其杂文》，《江西教育学院学刊》（哲学社会科学版）1985 年第 1 期。

［10］王尔龄：《杂文家徐懋庸的小说》，《徐州师范学院学报》1985 年第 3 期。

［11］宋志坚：《徐懋庸的"余惟自问"》，《福建论坛》（文史哲版）1986 年第 1 期。

［12］唐纪如：《敌乎友乎 岂无公论？——重评徐懋庸关于抗日统一战线问题致鲁迅信》，《南京师大学报》（社会科学版）1986 年第 1 期。

［13］李伏虎：《"鸣放"前后徐懋庸文艺思想述评》，《西北民族大学学报》（哲学社会科学版）1986 年第 3 期。

［14］王韦：《一场有关"答徐懋庸并关于抗日统一战线问题"的争鸣》，《鲁迅研究动态》1986 年第 9 期。

［15］王尔龄：《"左联"时期的徐懋庸》，《聊城师范学院学报》（哲学社会科学版）1987 年第 1 期。

［16］伏琛：《徐懋庸与〈新语林〉》，《瞭望周刊》1989 年第 52 期。

［17］丸山升、孙歌：《由〈答徐懋庸并关于抗日统一战线问题〉手稿引发的思考——谈晚年鲁迅与冯雪峰》，《鲁迅研究月刊》1993 年第 11 期。

［18］武在平：《朋友之道 以诚相见——记毛泽东与徐懋庸的一次谈话》，《湖南党史》1994 年第 6 期。

［19］董大中：《徐懋庸的〈理水〉注释》，《鲁迅研究月刊》1996 年第 1 期。

［20］袁勇麟：《徐懋庸和"鲁迅风"杂文》，《中国现代文学研

究丛刊》1997年第3期。

[21] 白岩：《被鲁迅"痛斥"之后的徐懋庸》，《百年潮》1999年第9期。

[22] 肖剑南：《徐懋庸与毛泽东的交往》，《福建党史月刊》2000年第5期。

[23] 张小红：《徐懋庸的坎坷人生》，《世纪》2004年第3期。

[24] 何满子：《〈答徐懋庸……〉有关的另一篇文章》，《文学自由谈》2004年第3期。

[25] 一丁：《赵树理致徐懋庸的信首次亮相》，《文史月刊》2006年第3期。

[26] 陈漱渝：《"敌乎，友乎？余惟自问"——徐懋庸临终前后琐忆》，《鲁迅研究月刊》2008年第12期。

[27] 李拉利：《赵树理致徐懋庸信（1944年4月20日）刍议》，《中国现代文学研究丛刊》2009年第1期。

[28] 陈漱渝：《"敌乎友乎？余惟自问"——徐懋庸临终前后琐忆》，《新文学史料》2009年第1期。

[28] 程振兴：《被"注释"的鲁迅——以〈答徐懋庸并关于抗日统一战线问题〉题注为中心》，《海南师范大学学报》（社会科学版）2014年第2期。

[29] 刘云：《左翼文学场域的运作规则——〈答徐懋庸并关于抗日统一战线问题〉手稿辨正》，《山东大学学报》（哲学社会科学版）2014年第2期。

[30] 陆其国：《鲁迅与徐懋庸绝交前后》，《档案春秋》2016年第3期。

[31] 张铁荣：《鲁迅致徐懋庸公开信的前前后后》，《读书》2016年第10期。

[32] 程振兴：《论徐懋庸的鲁迅叙述》，《河北师范大学学报》（哲学社会科学版）2017年第2期。

（七）对章锡琛的研究

［1］傅莹:《外来文论的译介及其对中国文论的影响——从本间久雄的〈新文学概论〉译本谈起》,《暨南学报》(哲学社会科学版)2001年第6期。

［2］张旭春:《文学理论的西学东渐——本间久雄〈文学概论〉的西学渊源考》,《中国比较文学》2009年第4期。

［3］盖生:《本间久雄的〈新文学概论〉对中国二十世纪初文学原理文本书写的影响》,《湖南社会科学》2010年第3期。

［4］振甫:《鲁迅和章锡琛》,《读书》1979年第1期。

［5］王建辉:《开明创始人章锡琛先生》,《出版广角》1999年第3期。

［6］张汉文:《有才干、有胆识的编辑家、出版家——简括章锡琛先生正义爱国、勤恳务实、乐于助人的一生》,《新闻出版交流》2001年第2期。

［7］章克标:《章锡琛助人为乐》,《世纪》2001年第3期。

［8］章士敫:《章锡琛与开明书店》,《出版史料》2003年第3期。

［9］霜木:《开明书店创始人章锡琛》,《今日浙江》2003年第16期。

［10］章士宋:《章锡琛和开明书店》,《出版史料》2007年第2期。

［11］刘慧英:《"妇女主义":五四时代的产物——五四时期章锡琛主持的〈妇女杂志〉》,《南开学报》(哲学社会科学版)2007年第6期。

［12］范军:《章锡琛的书刊广告艺术》,《中国编辑》2008年第4期。

［13］张静、张卓倩:《出版人章锡琛的妇女解放思想初探》,《文化学刊》2009年第6期。

［14］王秀田:《章锡琛与〈妇女杂志〉改革》,《首都师范大学

学报》（社会科学版）2011年第3期。

　　［15］周利荣：《章锡琛与五四时期的妇女报刊》，《出版史料》2011年第2期。

　　［16］崔慎之：《章锡琛主持下〈妇女杂志〉编辑思想之变革》，《新闻知识》2011年第9期。

　　［17］蔡银春：《章锡琛的编辑出版思想探析——以〈新女性〉为例》，《出版广角》2014年第3期。

后　　记

  2012年学校开职称评审会议的那天，我正在接待来访的王嘉良先生。中午吃饭时他对我说："如果你现在还没接到消息，就说明你没通过。"这一年的评审我原来也不存希望，我还为自己没向人打一个招呼而高兴。但真到评审的时候也希望能通过就好。回到办公室后我还是没忍住大哭了一场，主要是觉得对不住这么多年跟在身边的妻子。无非是要多等一年才离开这个单位，冷静下来后我还是决定要补上一些短项。不久之后就申报了《越地现代文学理论研究》这个课题。

  之前我曾经四次申报越文化基地课题。临到自己再不想申报时又被人拉入做其重大课题中的一个子课题。可惜这个子课题在这次职称评审中没起到加分的作用。以往的申报花费了多少时间和精力我也说不上来，这次申报的成功我能记得的是从选题开始就有信心。基地课题的评委主要来自校内。后来所说10个评委中我得票不高，我想了一下，陈述的时候我发现认识我的评委只有寿永明教授、潘承玉教授、谢一彪教授等，在这里必须要感谢这些默默帮我的人。有了这个课题，又增加了新发表的被人大复印资料转载的成果，另一本专著也出版了，2013年评职称的时候我就很放心了。尽管在学校评审之前拗不过叶岗院长的好心提醒，给一些可能去参加评审的中层干部打打电话。我总是相信自己这年评个教授没有问题。后来叶岗院长还去省里做评委了，那一年运气真好！那一年真顺利，于我又产生一些挑剔心理：从当年公示情况看，若真从权威期刊论文、省部级课题、成果获奖这些指标看，全省本科高校12个教授中，我全都有，排在第三、第四名，多数人这三项是不均衡的。

说这么多，我只想强调这个课题立项给我带来的实际利益。人生兜兜转转，真是啼笑皆非。想当年，我迫不及待地想转行，参加衡阳市的报社和电视台的公开招考，五百人中笔试数一数二。面试官问我为什么好好的大学老师不做，我傲娇地说，因为没意思，现在可以看得到的是五年一个台阶评下去，我38岁就可以当教授了。在电视台挂名三个月后，还是回到学校继续考研究生。这下等评上教授，43岁了。晚了五年不说，回头看自己的学术，实在对不起这个职称。

学术还没有上路，生活还得继续。原来这个课题我只想立项，没想到结项。可是后来都必须要结项，不结项就要取消立项。临到要结项，我又想好好完成这个课题。于是一拖，现在五年了才结题，这当中还要感谢绍兴文理学院越文化研究院潘承玉院长和莫玉葭博士的督促。

评了职称后，我曾经想让自己好好看看书，认真教教书，有了余暇踏踏实实做一点学问。于是我调到了现在的学校。现实肯定不是人想象的那样。中间我又在学英语和研究《尼基塔》方面花了不少时间，直到2016年暑假才集中时间来对付这个课题。可是那年8月下旬先是得知父亲患了重病，接着师母突然去世。国庆节的时候，我带上电脑，打算守在父亲床前熬夜时修改书稿的，不料父亲在10月1日早上去世了！直到2017年暑假我再次集中时间处理书稿的问题，寒假早早结束其他工作开始校对书稿。暑假虽热，但妻儿都回老家去了，我开始节食不吃晚饭，晚上的时间利用得很充分。这年的寒假特别冷，又下了一次大雪，我常常觉得手脚冰凉。想尽办法取暖，鼻子上火又感冒了。看来过年也只能把咳嗽当鞭炮了。

现在，终于能有一个还账的东西了。我本想写上一句话：敬献父

后　记

亲灵前。但觉得完成得不好，心中愧怍。生前不祭喉，死后祭壁头，没什么用，不写了。即使献给读者，心里仍觉不安：错误一定很多，但愿不要污了读者诸君的眼睛。

李先国

2018 年 2 月 11 日

于狭獂湖畔